MARIE LOUISE FISCHER ● DAS HERZ EINER MUTTER

MARIE LOUISE FISCHER

DAS HERZ EINER MUTTER

ROMAN EINER VERLORENEN TOCHTER

VERLEGT BEI
KAISER

Berechtigte Ausgabe für den
Neuen Kaiser Verlag Gesellschaft m. b. H., Klagenfurt

Schutzumschlag: Volkmar Reiter
Druck und Bindung: Ueberreuter Buchproduktion – Korneuburg

1

Helga Reimers, in gewissen Kreisen Frankfurts als ‚Kitty' bekannt, kam aus dem Badezimmer ihres Appartements. Sie hatte sich einen Morgenmantel aus fliederfarbener, fließender Seide übergeworfen, dessen weite Ärmel sowie der lange, glockig geschnittene Rock mit weißen Flaumfedern besetzt waren. Das glänzende kupferrote Haar fiel ihr in reichen Locken bis auf die Schultern.

„Aufstehen!" rief sie. „Ich dachte, du wärst längst abgezogen!"

Aber der Mann, der quer über dem breiten, luxuriösen Bett lag, rührte sich nicht. Sie knipste die Deckenbeleuchtung an. Mit einem Schlag war das eben noch schummrige Zimmer in strahlend helles Licht getaucht. Der riesige Spiegel über dem Bett warf die Lichter des Kristalleuchters schimmernd zurück.

„Aufstehen!" rief Kitty noch einmal und ging langsam auf den Mann und das Bett zu. Die hohen Absätze ihrer fliederfarbenen, ebenfalls mit Flaumfeden besetzten Pantöffelchen gruben sich in den dicken, maisgelben Teppichboden Bei jedem Schritt fiel der weite Morgenmantel, der nur in der Taille mit einem Band zusammengehalten wurde, in der Mitte weit auseinander und gab ihre langen nackten Beine bis zu den Oberschenkeln frei.

Aber dem Mann im Bett entging dieser Anblick. Er war eingeschlafen, schnarchte leise, mit offenem Mund. Kitty betrachtete ihn mit Abscheu. Er lag halb auf der Seite, sein dicker weißer Bauch quoll hervor wie ein schlecht aufgepumpter Ballon. Sein schlaffes Gesicht unter der feuchten Glatze wirkte ungemein töricht.

Wie abgestochen sieht er aus, fuhr es Kitty durch den Kopf.

Dann überwand sie sich und bohrte ihm die langen, knallrot lackierten Fingernägel in die runde, schwarz behaarte Schulter.

„Los, mach schon!"

Mit einer ungeschickten Bewegung versuchte er die Hand wegzuscheuchen wie eine Fliege, die den Schlaf stört, und murmelte: „Sei doch nicht so . . . laß mich doch!"

Sie verstärkte ihren Griff unbarmherzig, bis der Schmerz ihn aus dem Schlaf riß. „Verdammt, was soll das?"

Aber gleichzeitig mit seinem Bewußtsein erwachte erneut seine Begierde. Kitty hatte sich über ihn gebeugt, ihr Gesicht mit dem grell geschminkten Mund, den weit auseinanderstehenden grünen Augen unter den langen schwarzen Wimpern war dicht vor ihm. Er aber sah nicht ihr Gesicht, sondern den tiefen Ausschnitt ihres Morgenmantels, der den Ansatz ihrer Brüste freigab.

„Ach so“, sagte er mit einem bösen Lächeln. „Wenn du das willst – kannst du haben!“ Er griff nach ihr.

Sie richtete sich auf, aber nicht schnell genug. Er bekam noch ihr Handgelenk zu fassen, ehe sie den Arm zurückreißen konnte. In seinen kleinen Augen stand ein triumphierendes Glitzern.

„Na, komm schon“, sagte er, „hab dich nicht so!“

„Nein!“ schrie sie. „Laß mich los! Ich will nicht!“

Ihr unerwarteter Widerstand machte ihm Spaß. „Warum denn nicht? Was ist denn los? Das ist doch schließlich dein Beruf!“ Er hatte sich im Bett aufgerichtet, verdrehte ihr den Arm mit brutalem Griff.

Sie gab nicht nach, wehrte sich fauchend und kratzend wie eine Katze. „Deine Zeit ist um!“ schrie sie. „Weißt du, wie spät es jetzt ist?“

Er ließ sie so plötzlich los, daß sie ins Taumeln geriet und beinahe hingefallen wäre. „Ach so“, sagte er, „das ist es, was dir Sorgen macht. Aber da kann ich dich beruhigen. Ich habe noch genug bei mir. Was willst du für die Überstunde haben? Fünfhundert? Oder tust du es nicht unter einem Tausender?“

Sein verächtlicher Ton, darauf angelegt, sie zu demütigen und zu verletzen, verfehlte seine Wirkung völlig. Kitty hatte nur das verlokkende Angebot herausgehört, und ihr eben noch zorniges Gesicht wechselte blitzschnell den Ausdruck. Sie setzte ein verlockendes Lächeln auf und senkte die Wimpern.

„Du bist wirklich süß“, sagte sie zögernd, „aber ...“

„Na, hol dir schon meine Brieftasche! In meiner Jacke steckt sie. Du wirst sehen, daß ich dich nicht angelogen habe!“

„Das glaub ich dir auch so“, sagte sie heuchlerisch. „Aber es geht nicht, wirklich nicht. Es tut mir leid. Ich habe keine Zeit mehr.“

„Also wartet schon der nächste?“

Sie warf den Kopf mit den kupferroten Locken in den Nacken, lachte unnatürlich. „Was du denkst! Willst du hören, daß ich dich für jeden anderen stehenlasse? Aber es geht wirklich nicht, ich muß heute früh einen Besuch machen.“

Der Mann beobachtete sie mit zusammengekniffenen Augen, verärgert und amüsiert zugleich. „Einen ... was? Sag das noch mal!“

„Einen Besuch. Mehr verrate ich nicht. Schließlich darf ich doch auch ein Privatleben haben, oder ... ?“

„Na klar doch!“ Der nackte Bauch des Mannes wabbelte, als er lachte. „Mädchen, du fängst an, mir Spaß zu machen!“

„Und du langweilst mich“, sagte sie unbeherrscht. „Also los, zieh dich an, ich habe dir jetzt alles erklärt.“

„Ich glaube, da habe ich eine viel bessere Idee“, sagte er ungerührt, „ich werde hier auf dich warten, bis du von deinem ...“ Er machte eine kleine Pause, betonte dann das folgende Wort so, daß es eine doppelsinnige Bedeutung erhielt: „Besuch ... zurückkommst! Na, wie wär's damit?"

„Nein!" erklärte sie schroff.

Aber damit erreichte sie nur, daß er sich gemütlich im Bett ausstreckte, die Decke über sich zog und sie spöttisch angrinste.

Kitty holte tief Atem. „Warum eigentlich nicht?" sagte sie. „Bleib nur, wenn du unbedingt willst! Deine goldigen Kinderchen werden dann den Sonntag eben ohne ihren geliebten Pappi verbringen müssen." Sie zuckte die Achseln. „Ich denke, das werden sie schon verschmerzen können." Sie wandte sich ab, als wäre sie jetzt endgültig entschlossen, ihn seinem Schicksal zu überlassen. Er fuhr hoch, sein Gesicht war rot angelaufen, selbst die Glatze schien sich rosig verfärbt zu haben. „Was fällt dir ein", brüllte er, „meine Kinder da mit hineinzuziehen?"

Sie drehte sich um, musterte ihn halb über die Schultern hinweg mit hochgezogenen Augenbrauen. „Wieso denn? Schließlich hast du mir ja stundenlang von deiner Familie erzählt ... von deiner frigiden Frau, die du lieber heute als morgen verlassen würdest, wenn die reizenden Kleinen nicht wären. Spiel dich bloß nicht auf! So sehr scheinst du doch nicht an ihnen zu hängen."

Er war mit einem Satz aus dem Bett gesprungen, fuhr in seine Unterhose, zog sich das Hemd über den Kopf, begann nach seinen Socken zu suchen, die er achtlos ins Zimmer geworfen hatte.

Sie beobachtete ihn aus kalten Augen. „Wenn du dich beeilst", sagte sie spöttisch, „bist du noch vor dem Frühstück zu Hause, und niemand merkt etwas von deinem Ausflug. Ihr habt doch getrennte Schlafzimmer?" – „Ach, halt die Schnauze!"

Sie wartete, bis er vollständig angezogen war, dann trat sie vor ihn hin, legte ihre Arme auf seine Schultern, so daß die weiten Ärmel ihres fliederfarbenen Morgenrocks bis zu den Ellbogen zurückrutschten. „Du bist mir doch nicht böse, Süßer?" fragte sie und warf lockend die kupferroten Haare in den Nacken.

Er wollte sie packen, aber sie wich rasch und geschickt zurück. „Na dann, auf ein andermal." Er ging an ihr vorbei auf den Flur hinaus.

Sie lief ihm nach. „Du hast doch meine Telefonnummer? Ruf mich an, wenn du mal Zeit und Lust hast."

„Hoffentlich mußt du dann nicht wieder Besuche machen", sagte er spöttisch.

„Bestimmt nicht", versicherte sie. „Heute ist eine Ausnahme!"

Als er die Klinke der Wohnungstür schon in der Hand hatte, ließ sie sich noch einmal von ihm anfassen. Obwohl sie innerlich vor Ungeduld fieberte, ihn endlich loszuwerden, hielt sie es für angebracht, ihm dieses letzte Vergnügen zu gönnen. Der Gedanke, daß ein Mann sie unzufrieden verlassen könnte, bereitete ihr Unbehagen.

Der Trick wirkte. Das Gesicht des Mannes hellte sich auf. „Ein Luder bist du“, sagte er, „aber ein dolles! Bis bald, Kitty ... ich lasse von mir hören!“

Helga Reimers alias Kitty verschloß die Wohnungstür hinter dem letzten Kunden und legte die Sicherheitskette vor. Sie lief in ihr kleines, elegant und behaglich eingerichtetes Wohnzimmer, nahm einen Schlüssel aus einer großen chinesischen Vase, schloß einen Schrank auf, holte ihre grüne Krokoledertasche heraus und trug sie in die Küche. Die elektrische Uhr an der Wand zeigte an, daß fünf Uhr morgens schon vorüber war. Kitty öffnete das Küchenfenster. Die graue, fahle Morgendämmerung über Frankfurt wurde im Osten von der aufgehenden Sonne mit einem sanften rötlichen Schimmer erhellt. Ein Schwall der frischen, taufeuchten Frühlingsluft drang in die Küche, blähte die weißen Tüllgardinen auf, ließ Kitty erschauern. Hastig schlug sie das Fenster wieder zu. Sie setzte einen Kessel mit Wasser auf den Herd, stellte eine Tasse und Pulverkaffee bereit.

Dann setzte sie sich mit übereinandergeschlagenen Beinen an den Tisch, öffnete das Reißverschlußfach ihrer Handtasche und begann ein Bündel Scheine zu zählen. Den Betrag trug sie in ein dickes Notizbuch ein. Zwei Hundertmarkscheine zog sie aus dem Bündel und steckte das übrige Geld in eine Stahlbüchse, die sie aus dem Küchenschrank nahm. Den kleinen Schlüssel wollte sie schon in die Krokoledertasche zurücklegen, besann sich aber anders, holte eine einfache graue Tasche aus ihrem Schlafzimmer, steckte den Schlüssel und auch die beiden Banknoten hinein, ihren Ausweis dazu. Der Wasserkessel pfiff. Kitty überbrühte den Pulverkaffee und zündete sich eine Zigarette an.

Wieder schlug sie ihr dickes Notizbuch auf, diesmal bei der Seite mit dem heutigen Datum: 18. Mai. Hier standen die Decknamen der nächtlichen Kunden, dahinter die Beträge. Jetzt schrieb sie dazu: „Glatze – DM 300.“ Nach kurzem Überlegen malte sie dahinter ein kleines „v. e.“. Ihre Abkürzung für das Prädikat: „Vielleicht ergiebig.“ Sie zögerte, wollte die Buchstaben wieder ausstreichen, entschloß sich dann aber, es mit einem Fragezeichen dahinter bewenden zu lassen.

Sie nahm einen vorsichtigen Schluck des heißen Kaffees. Dann blätterte sie noch einmal in ihrem Notizbuch zurück und widmete sich ganz ihrer Lieblingslektüre, dem Studium von dreistelligen und vielstelligen Zahlen. Dabei bewegte sie unaufhörlich die Lippen, wie ein Schulkind bei einer schweren Rechenaufgabe. Die Asche ihrer Zigarette streifte sie achtlos auf der Untertasse ab. Als der Kaffee getrunken, eine zweite Zigarette geraucht war, klappte Kitty mit einem tiefen Seufzer der Befriedigung ihr inhaltsreiches Notizbuch zu. Sie fühlte sich jetzt entschieden besser. Das benutzte Geschirr stellte sie ins Spülbecken, und die Krokoledertasche verschloß sie wieder an ihrem gewohnten Platz.

Dann streckte sie die Arme und lief gähnend ins Bad. Sie knipste das Licht an, betrachtete ihr Spiegelbild nachdenklich in dem unerbittlichen Neonlicht, dann griff sie mit beiden Händen in ihre kupferroten Locken. Ein Ruck – und sie hielt die ganze Pracht in ihren Händen. Zum Vorschein kam kurzgeschnittenes weiches aschblondes Haar, das sich, unter dem Druck der Perücke, eng an den Kopf gelegt hatte.

Sorgfältig stülpte sie die Perücke über einen hölzernen Kopf, riß die langen nachtschwarzen Wimpern ab und machte sich daran, ihr stark geschminktes Gesicht gründlich zu reinigen. Dann setzte sie eine Badehaube auf und stellte sich unter die Dusche.

Als sie sich später, in ihren schneeweißen Frotteemantel gehüllt, vor den großen dreiteiligen Spiegel in ihrem Schlafzimmer setzte, glaubte sie, sich der Helga von früher gegenüberzusehen, dem abenteuerlustigen Mädchen aus Bingen, das sich aufgemacht hatte, die Welt zu erobern. Ihr helles Gesicht wirkte jetzt, ohne Schminke und ohne falsche Locken, völlig verändert. Sie beugte sich dem Spiegel entgegen, suchte nach Spuren, die all diese Nächte auf ihrem jungen Gesicht hinterlassen haben mußten. Aber ihre Haut war glatt und gepflegt, noch zeigten sich keine Falten, keine Runzeln. Die bläulichen Schatten unter ihren Augen würden verschwinden, wenn sie erst wieder einmal richtig ausgeschlafen war. Niemand, der sie so sah, hätte erkennen können, wer sie war und wie sie ihren Lebensunterhalt verdiente.

Nein, dachte sie, keine Rede davon, daß ich auf die schiefe Bahn geraten bin. Ich tu's ja freiwillig, und ich weiß genau, warum. Wenn es mir nicht mehr paßt, kann ich jederzeit aussteigen. Ein Lächeln umspielte ihre Lippen, während sie ihre dichten Wimpern tuschte. Sie verzichtete für heute auf den Lidstrich, legte nur ein helles, kaum merkbares Make-up auf, wählte eine zarte Pastellfarbe für ihre Lippen. Sie bürstete ihr kurzgeschnittenes aschblondes Haar, bis es wieder Glanz bekam, toupierte es, damit es sich locker und natürlich um ihr Gesicht legte und ihre etwas niedrige Stirn kaschierte.

Als sie den Bademantel von den Schultern gleiten ließ, entdeckte sie die häßlichen dunklen Flecken auf ihren Armen.

„Verdammt", murmelte sie. Ihre Augen verengten sich, sie biß sich auf die Lippen. Aber sie hatte sich sofort wieder gefaßt. Was soll's, dachte sie, ziehe ich eben eine Bluse mit langen Ärmeln an. Dann wählte sie ein einfaches graues Kostüm vom vorigen Jahr, und als sie fertig angezogen war, wirkte sie – in der hochgeschlossenen weißen Hemdbluse, dem schlichten Kostüm, weißen Waschlederhandschuhen und weißen Pumps – überaus brav. So meinte sie jedenfalls.

Aber sie war sich nicht bewußt, daß ihre Augen sie immer verraten würden, diese grünen, leicht schräggestellten Augen, die mit soviel kaltem Wissen in die Welt blickten – Augen, die sich der eigenen Macht bewußt waren und der Schwäche der Männer.

Wenige Minuten später verließ Helga Reimers alias Kitty ihre Wohnung in dem modernen Appartementhaus, dessen glatte, helle Fassade so viele verschiedene Schicksale verbarg. Es war indessen acht Uhr geworden. Die Großstadt zeigte ihr farbloses, verschlafenes Sonntagsgesicht. Kitty stellte ihren Vulkanfiberkoffer ab, in den sie die Geschenke für ihre Familie gepackt hatte – ihre Tasche und die Stahlbüchse hielt sie unter den Arm geklemmt –, schloß ihren weißen Mercedes 220 auf, warf den Koffer nach hinten, setzte sich ans Steuer, fuhr los.

Vor der Bank am Hauptplatz stoppte sie, zog die Handbremse, wartete ein paar Sekunden und beobachtete mißtrauisch die wenigen Passanten. Dann stieg sie aus, ließ die Tür offen, lief über den Bürgersteig und warf die Stahlbüchse in den Nachttresor. Dann fuhr sie weiter zu einer Großtankstelle, mit Reparaturwerkstätte, wo sie ihren Wagen regelmäßig überholen und pflegen ließ.

Ben, ein blonder neunzehnjähriger Junge in blauem Overall, lief herbei, als sie den Mercedes vor der Zapfsäule zum Halten brachte, und riß die Tür auf. Als er Kitty in ihrer bürgerlichen Aufmachung sah, stutzte er, zog die hellen Augenbrauen fragend hoch und grinste.

„He, Kitty ... heute mal nicht auf dem Kriegspfad?“ rief er. „Hast es wohl gar nicht mehr nötig, wie?“

Sie schwang die langen, schlanken Beine aus dem Wagen. „Du kannst mich mal“, sagte sie, durchaus nicht unfreundlich.

„Wann?“ fragte er prompt.

Sie sah ihn abschätzend an. Er war ein hübscher Junge, und sie mochte ihn. „Jederzeit nach Voranmeldung“, sagte sie lächelnd, „aber nicht umsonst!“

Er wich einen Schritt zurück. „Wo denkst du hin!“ rief er mit gespielter Empörung. „Die Mädchen, mit denen ich es zu tun habe, zahlen mir noch was drauf!“

„Das müssen nette Gänse sein!“ Sie gab ihm die Autoschlüssel. „Wagen waschen, tanken, Luft prüfen ... das Übliche! Heute abend brauche ich ihn wieder!“

Ben legte salutierend die Hand an die Mütze. „Immer gern zu Ihren Diensten, gnädige Frau!“

Kitty öffnete ihre Handtasche. „Und hier ist mein Wohnungsschlüssel. Bring ihn doch bitte zu Frau Hommes und sag ihr, sie möchte saubermachen.“

Er verstaute den Schlüsselbund in der Brusttasche seines Overalls. „Hast du keine Angst, während deiner Abwesenheit beklaut zu werden?“

„Für wie dumm hältst du mich eigentlich?“ gab sie ungerührt zurück. „Los, steh nicht hier herum, bestell mir ein Taxi. Ich muß zum Bahnhof.“

Ben verbeugte sich ironisch. „Wie gnädige Frau befehlen!“

Während er ins Büro zurückeilte, zündete sie sich eine Zigarette an, öffnete die Autotür und las die Kilometerzahl ab.

Als Ben zurückkam und meldete, daß das Taxi in wenigen Minuten da sein würde, sagte sie: „Danke! Und noch eins, Ben, keine Extratouren, ja? Ich würde es herauskriegen, verlaß dich drauf.“

„Nur keine Bange“, erwiderte er keß, „ich werde deine stadtbekannte Großzügigkeit nicht strapazieren!“

Sie blies ihm den Rauch ihrer Zigarette ins Gesicht. „Ein Mundwerk hast du, Junge. Aus dir kann noch mal was werden!“ Sie trat ihre Zigarette aus, als das Taxi hielt. Ben half dem Chauffeur den Koffer zu verstauen und winkte ihr nach, als sie davonfuhr. Aber sie sah sich nicht mehr um.

Als Frau Anna Reimers mit ihren beiden jüngsten Kindern vom sonntäglichen Kirchgang nach Hause kam, nahm sie sich nicht die Zeit, ihren Mantel auszuziehen. Sie stürzte sofort in die Küche, griff nach einem Topflappen, öffnete das Backrohr und zog den Rost, auf dem die Kasserolle mit dem Schweinebraten stand, heraus. Erleichtert atmete sie auf, als sie sah, daß sie nichts versäumt hatte. Der Braten begann sich gerade angenehm zu bräunen. „Gott sei Dank! Und ich dachte schon ... die ganze Zeit während der Predigt mußte ich immerzu daran denken ... wirklich zu dumm von mir!“ Sie griff zur Kelle, schöpfte Saft ab und goß ihn über den brutzelnden Braten.

Ohne daß sie darauf geachtet hatte, war ihr Rolf, der Fünfzehnjährige, gefolgt und hatte sie von der Schwelle aus beobachtet. Als sie sich jetzt umdrehte und wieder auf den Flur hinaus wollte, stieß sie fast mit ihm zusammen. „Willst du mir helfen?“ fragte sie lächelnd und fuhr ihm liebevoll durch das blonde, mit viel Wasser mühsam gebändigte Haar. Rolf war ein lebhafter Junge mit einer vergnügten Himmelfahrtsnase und blauen, sehr wachen Augen. Daß er vom Gymnasium einigermaßen gute Noten nach Hause brachte, bestärkte Frau Reimers noch in ihrem mütterlichen Stolz auf ihren einzigen Sohn.

Jetzt zog er eine Grimasse. „Nein, Mutti, das nicht! Ich wollte nur fragen ... wie lange dauert es noch mit dem Essen?“

„Hast du denn solchen Hunger? Wir haben doch spät gefrühstückt.“

„Darum dreht's sich ja gar nicht! Ich wollte nur wissen ... kann ich noch mal runter? Die anderen warten auf mich.“

„Jetzt vor dem Essen? Aber Rolf!“

„Papa ist doch auch noch nicht da!“

Frau Reimers zog ihren Mantel aus, hängte ihn sorgfältig in der Flurgarderobe über einen Bügel – morgen würde sie ihn auf dem Balkon lüften und gründlich durchbürsten, bevor er in den Kleiderschrank zurückkam. „Bei Papa ist das etwas anderes", sagte sie, „das weißt du doch ganz genau. Er wäre bestimmt lieber gleich mit uns nach Hause gegangen, aber er mußte noch zum Frühschoppen, weil er dort wichtige Herren von der Stadtverwaltung trifft..."

„Na, eine Ausrede hat der doch immer!"

„Rolf!" Frau Reimers' blaue Augen, die, ihren dreiundvierzig Jahren zum Trotz, noch immer etwas Kindliches hatten, wurden dunkel vor Empörung.

Der Junge legte schmeichelnd seinen Arm um ihre Taille. „Nun hab dich man nicht so, Mutti! Ich wollte ja bloß sagen ... Ich finde es nicht richtig, wenn einer in der Familie immer 'ne Sonderstellung einnimmt! Warum kann Papa weg und ich muß bleiben?"

„Weil ich es so wünsche", sagte Frau Reimers mit Nachdruck. Sie ließ ihren Sohn stehen, kehrte in die Küche zurück und band sich eine Schürze über das einfache Kleid, dem ein weißer Kragen und weiße Manschetten eine gewisse festliche Frische verliehen.

Rolf war so leicht nicht kleinzukriegen. Er folgte ihr in die Küche. „Aber ich weiß nicht, was ich hier soll", maulte er.

„Beschäftigte dich ... mit irgend etwas", sagte die Mutter, „hör doch Schallplatten. Ich weiß gar nicht, warum du dir diese Beatles und Rolling Stones und all den Unsinn kaufst, wenn du dann nichts damit anzufangen weißt."

„Platten hören! Am Sonntagmorgen! Und bei dem Wetter!"

Frau Reimers hatte das Tuch von der Schüssel mit dem Hefeteig-Ansatz genommen und rief mit lauter Stimme: „Karin! Karin!"

Der Ruf war nicht zu überhören, aber es dauerte Minuten, bis Karin in die Küche trat, in einem schottisch karierten Hausmantel, den sie lose übergeworfen hatte. Darunter trug sie einen hellblauen Unterrock.

„Ja, was gibt's?" fragte sie unwillig.

„Karin, bitte, kümmere du dich doch um Rolf", sagte Frau Reimers, ohne sich nach ihrer Tochter umzusehen, „er langweilt sich. Vielleicht könnt ihr etwas zusammen spielen oder..."

Das Gelächter der beiden riß sie herum.

„Spielen!" rief Rolf. „Aber Mutti, wir sind doch keine kleinen Kinder mehr!"

Frau Reimers war rot geworden. Sie schämte sich ein bißchen, weil sie begriff, daß sie sich wieder einmal vertan hatte. „Dann tut sonst etwas", sagte sie, „macht euch nützlich ... Wie wäre es, wenn ihr schon mal den Tisch decken würdet?"

Karin wurde ernst. „Tut mir furchtbar leid, Mutti, aber... ich glaube, ich habe ganz vergessen, dir das zu erzählen. Ich kann heute mittag nicht mit euch essen."

„Was sagst du da?" Die Augen von Frau Reimers wurden groß. „Ausgerechnet heute, wo es Schweinebraten und grüne Kartoffelklöße gibt? Wo ich mir all die Arbeit gemacht habe!"

„Ich weiß ja, ich weiß", sagte Karin beschwichtigend, „ich hätte es dir früher sagen sollen, aber ich habe es vergessen. Das kann doch passieren."

„Aber gerade heute! Wo wir doch Helga erwarten!"

Karin zuckte die Schultern. „Wer weiß, ob die kommt! Die hat bestimmt sonntags was Besseres zu tun."

„Aber sie hat mir doch geschrieben!" Frau Reimers deutete mit dem Kinn auf den Küchenschrank. „Da, im mittleren Fach liegt die Karte ... ja, bei den Rabattmarken ... lies selber!"

Karin begann zu wühlen und zog die Postkarte, die eine bunt kolorierte Ansicht der Frankfurter Paulskirche zeigte, heraus. Sie betrachtete sie stirnrunzelnd, drehte sie dann um und las die wenigen hingekritzelten Zeilen.

„Primitiv", sagte sie abfällig und schob die Karte wieder zurück.

Frau Reimers hatte sich wieder ihrem Hefeteig zugewandt, den sie jetzt kräftig durchknetete. „Ansichtspostkarten sind nun mal so", sagte sie mit Nachdruck, „und, ehrlich gestanden, ich finde sie hübsch."

„Ich meine doch die Schrift", sagte Karin hart. „Helga schreibt mit ihren zweiundzwanzig Jahren immer noch wie eine geistig minderbemittelte Vierzehnjährige."

„Karin!" Frau Reimers schrie fast. „Wie kannst du so lieblos von deiner Schwester sprechen?"

„Wenn es doch wahr ist!"

„Ärgere dich nicht, Mammutschka", sagte Rolf. „Karin ist bloß wütend, weil Helga schicker ist als sie!" Er bückte sich rasch und wich einer Ohrfeige aus, die ihm die Schwester verpassen wollte. „Also, ich haue jetzt ab. Bis später dann!"

Ehe die Mutter ihn noch zurückhalten konnte, war er schon aus der Küche geschlüpft, die Wohnungstür fiel hinter ihm ins Schloß.

„Wenn du ein bißchen Familiensinn hättest, Karin", sagte Frau Reimers, „würdest du wenigstens zum Mittagessen dableiben. Nachher kannst du ja immer noch fort. Warum ihr Mädels nur immer diese Angst habt, was zu versäumen." Ihre Hände hörten nicht eine Sekunde auf, den Teig zu bearbeiten.

Karin stand gegen den Türpfosten gelehnt, die Hände in den Taschen ihres Morgenmantels. „André Colbert holt mich ab", sagte sie in einem Ton, als wenn dies alles erklärte.

Frau Reimers horchte auf. „So? Das ist natürlich schön für dich! Er ist ein netter, feiner Mensch ... und aus einer so guten Familie!"

„Eben. Und deshalb wirst du verstehen, daß ich ihn nicht versetzen will."

„Dann bitte ihn doch einfach, zum Essen zu bleiben."

„Das möchte ich nicht, Mutti, das ... könnte einen falschen Eindruck bei ihm erwecken. Er soll nicht glauben, daß ich es darauf angelegt habe, ihn einzufangen."

„Früher, als er noch mit Helga befreundet war, ist er öfters zum Essen bei uns gewesen."

„Die Sache mit Helga ist dann ja auch schiefgegangen."

„Du meinst ... weil ich ihn mal zum Essen eingeladen habe?"

Karin lachte auf. „Unsinn, Mutti, doch nicht deswegen. Wahrscheinlich kam verschiedenes zusammen."

„Aber dann ..."

Karin legte ihren Arm um die Schulter der Mutter und gab ihr einen flüchtigen Kuß auf die Wange. „Es tut mir sehr leid, Mammutschka, aber ich habe jetzt keine Zeit, mich mit dir über Gott und die Welt zu unterhalten! André kann jeden Augenblick da sein, und ich bin noch nicht umgezogen!" Schon war sie aus der Küche gehuscht.

Anna Reimers blieb allein zurück. Ihre Hände, die eben noch so fleißig gearbeitet hatten, wurden langsamer. Seltsam, dachte sie, ein ganzes Leben lang schafft und sorgt und kümmert man sich um die Familie, immer nur um die Familie. Für einen selber bleibt gar nichts. Und dann, wenn man denkt, jetzt werden sie endlich einmal alle beisammen sein, man wird ein bißchen fröhlich sein und miteinander plaudern können, dann sind sie auf einmal alle fort. Und man ist allein. Mutterseelenallein. Sie merkte erst, daß sie weinte, als eine Träne in den Teig tropfte. Sie wischte sich mit dem Unterarm über die Augen. Ein bißchen Teig blieb in ihrem sorgfältig frisierten Haar hängen.

Als Helga Reimers alias Kitty ihren Koffer in der Hand, durch die Straßen der alten Stadt schritt, lag ein leichter silberner Dunstschleier über Bingen. Nur die Dächer der Burg Klopp glänzten hoch oben im Sonnenlicht. Es versprach, ein wunderbarer Frühlingstag zu werden. Vom Rhein wehte der vertraute Geruch von Wasser und Tang herüber.

Helga begriff durchaus, daß dies alles schön und anheimelnd war, und dennoch hätte sie in jedem Moment die Großstadt mit ihrer Betriebsamkeit und ihren Lichtern dem Kleinstadtidyll vorgezogen.

Vielleicht lag es daran, daß sie noch in der alten Heimat geboren war, aus der ihre Eltern, als sie drei Jahre alt war, hatten flüchten müssen. Sie konnte sich zwar nicht mehr an das, was vorher gewesen war, erinnern, dennoch hatte sie in der Stadt zwischen Rhein und Nahe nie wirklich Wurzeln geschlagen. Bei Karin und Rolf war das anders. Sie waren hier zur Welt gekommen und aufgewachsen, sie kannten nichts anderes und wollten daher nicht fort. Wahrscheinlich, dachte Helga, werden sie hierbleiben, bis sie versauert und verschimmelt sind. Ihr sollte es recht sein.

Sie war es nicht gewohnt, längere Strecken zu Fuß zu gehen, aber sie schritt tapfer weiter. Ihrer Eltern wegen wollte sie nicht mit einem Taxi vor dem Haus in der Turmstraße vorfahren. Es war auch so mühsam genug, das Bild lebendig zu halten, das sie sich von ihr machten – das Bild der tüchtigen kleinen Verkäuferin, die sich von früh bis spät die Beine in den Leib stand und hin und wieder durch eine Gehaltsaufbesserung belohnt wurde.

Vor dem Wirtshaus ‚Zur Goldenen Traube' blieb Kitty stehen, wechselte den Koffer von der rechten in die linke Hand. Die ‚Goldene Traube' hatte sich jedenfalls in all den Jahren nicht verändert. Breit und behäbig stand sie an ihrem Platz, mit den tief in dicken Mauern liegenden Fenstern, dem runden, kunstvoll geschnitzten Torbogen. Das Wirtshaus gehörte, wie die Weingüter draußen vor der Stadt, der Familie Colbert. Und hier hatte eigentlich alles begonnen.

Wie lange war es her? Nur drei Jahre? Helga konnte es fast nicht glauben, es kam ihr viel, viel länger vor, wie ein Ereignis aus einem anderen Leben, einer anderen Welt.

Dennoch erinnerte sie sich sehr gut an alles, an jede Einzelheit jenes denkwürdigen Tages, an dem man sie zur Weinkönigin gekürt hatte. Wie glücklich war sie gewesen und wie stolz die Eltern! Welch ein Triumph! Damals war sie überzeugt gewesen, endlich den ersten Schritt zu ihrer Karriere getan zu haben – und das hatte sie wohl auch wirklich, wenn die Karriere, die sie dann eingeschlagen hatte, auch entschieden anders aussah, als sie es sich je vorgestellt hatte.

Während Helga weiterging, glaubte sie wieder den Applaus der Gäste und Einheimischen zu hören. Man hatte ihr Wein zu trinken gegeben, immer wieder, viel mehr, als sie vertragen konnte. Aber noch berauschender hatten die Komplimente gewirkt, die auf sie hereingeprasselt waren.

„Sie sind zu schön, viel zu schön für dieses Nest! Sie gehören nach Berlin oder München – zum Film. Ihr Bild auf einer Titelseite! Wenn man so aussieht wie Sie, muß man Karriere machen!"

Und sie hatte alles in sich eingesogen und für bare Münze gehalten.

André ... Wo war André die ganze Zeit gewesen? Helga konnte sich nicht mehr daran erinnern. Wahrscheinlich hatte sie damals, in ihrem Siegestaumel, auch gar nicht mehr auf ihn geachtet. Und doch war sie einmal verliebt in ihn gewesen, dumm und albern und verliebt.

Er war nicht ihr erster gewesen. Nein, es hatte schon viel früher angefangen, im letzten Schuljahr, als sie sich nachmittags mit den Jungen auf den Hängen zwischen den Rebstöcken herumgetrieben hatte. Aber André war der erste gewesen, der Eindruck auf sie gemacht hatte.

Wie alt mochte er jetzt sein? Fünfundzwanzig? Sechsundzwanzig? Damals war er jedenfalls noch ein grüner Junge gewesen. Aber sie hatte es ihm auch leicht gemacht.

Erst auf dem Winzerfest, als sie zur Weinkönigin gewählt wurde, war sie sich ihres Wertes voll bewußt geworden. Aber dumm war sie noch immer gewesen, dumm und unerfahren. Sie hatte alles geglaubt, was ihr die Männer versprochen hatten, alles wörtlich genommen.

Der dicke Berliner hatte leichtes Spiel mit ihr gehabt. „Ich bin Manager", hatte er ihr gesagt, „ich bringe dich ganz groß heraus!" Und sie war mit ihm aufs Zimmer gegangen, ohne Zögern, ohne auch nur einen Gedanken an André zu verschwenden.

Aber er stand auf dem Flur, als sie herauskam – zerzaust, den Rebenkranz schief auf die blonden Haare gedrückt, an den silbernen Knöpfen ihres roten Mieders, das nicht zugehen wollte, herumfummelnd. Er hatte nichts gesagt und nichts gefragt, er hatte sie nur angesehen und war gegangen.

Der dicke Berliner war auch am nächsten Tag fort gewesen. Ihr neu erworbener Ruhm verblich im Grau des Alltags. Sie war keine Weinkönigin mehr, sondern ein Nichts: das Flüchtlingsmädchen Helga, Tochter des städtischen Angestellten Paul Reimers.

Da hatte sie es in Bingen nicht mehr ausgehalten. Niemand hatte ihr geholfen, sie hatte sich ganz allein und aus eigener Kraft die Stelle im Frankfurter Kaufhaus besorgt.

Merkwürdig, dachte Helga Reimers, in Frankfurt denke ich doch nie mehr daran, aber hier in Bingen überfällt's mich einfach, ob ich will oder nicht. Es war ihr, als ob aus allen Ecken und Winkeln der alten Stadt die Vergangenheit hervorkäme.

Jetzt ging sie die enge Turmstraße entlang. Aus den Häusern drang Radiomusik, aus offenen Fenstern kam der Duft von gebratenem Fleisch. Helga blieb einen Augenblick stehen. Dann öffnete sie die Haustür, stieg die steile Stiege in dem dunklen Treppenhaus hinauf und drückte auf die Klingel unter dem Türschild ‚Paul Reimers'.

„Mutti, hörst du denn nicht? Es hat geklingelt!" Karin steckte ihren Kopf durch die Tür. „Das wird André sein! Mach ihm auf, führ ihn ins Wohnzimmer, ich bin noch nicht soweit!"

„Ja, ja, ich geh' ja schon", sagte Frau Reimers. Sie hatte sich gerade die Hände gewaschen, band sich die Schürze ab, warf einen prüfenden Blick in den Spiegel – doch, sie sah repräsentabel genug aus. Ein Glück, daß sie sich gestern das Haar hatte tönen lassen. Es gab junge Männer, die die Mütter ihrer Freundinnen einer unbarmherzigen Prüfung unterzogen, weil sie glaubten, die Auserwählte würde eines Tages auch so werden.

Es klingelte wieder, und sie rannte zur Tür. Als sie ihre Tochter vor sich sah, erstrahlte ihr Gesicht. „Helga, Liebling ... ich wußte es ja! Wie schön, daß du da bist!"

Die beiden Frauen fielen sich in die Arme, hielten sich sekundenlang eng umschlungen. Helga machte sich als erste los. „Mammutschka, du tust ja so, als käme ich geradewegs vom Mond!"

„Kommt mir auch fast so vor! Laß dich mal ansehen, Liebling! Gut siehst du aus, aber blaß. Sag mal, überarbeitest du dich auch nicht in Frankfurt? Sei mir bitte nicht böse, aber ich kann das Gefühl nicht loswerden, daß diese Leute dich da ganz schön ausbeuten!"

„Ach, woher denn, Mutti! Heute wird eben überall viel verlangt!" Helga nahm ihren Koffer auf und trat in die Wohnung.

„Kannst du über Nacht bleiben?" fragte Frau Reimers hoffnungsvoll. „Vielleicht sogar ein paar Tage?"

Kitty klopfte auf den Vulkanfiberkoffer. „Deswegen? Nein, da habe ich bloß ein paar Geschenke für euch mitgebracht."

„Aber das sollst du doch nicht, Helga, das ist doch nicht nötig! Wie oft habe ich dir schon gesagt ..."

Helga küßte ihre Mutter auf die Wange. „Ich tu's doch gerne, Mutti!" Sie warf einen prüfenden Blick in den Flurspiegel. „Wo sind denn die anderen?"

„Papa und Rolf sind bestimmt zum Essen wieder da. Und Karin ..." Frau Reimers senkte die Stimme. „André Colbert holt sie gleich ab. Ich glaube, diesmal wird's was Ernstes!"

„Wirklich?" Ein Lächeln spielte um Helgas Lippen. „Na, dann herzlichen Glückwunsch!"

„Laß dir Karin gegenüber nichts anmerken, daß ich dir was verraten habe. Zieh sie nicht auf", mahnte die Mutter. „Du weißt, sie ist so empfindlich!"

„Keine Sorge, ich halte dicht!"

Sie gingen in das Wohnzimmer, einen kleinen, mit Möbeln vollgestopften Raum. Kittys Blick fiel auf ihr Foto als Weinkönigin. In einem schmalen Silberrahmen prangte es an der Wand neben dem Schreibtisch. Es war ihr noch nie so abgeschmackt erschienen. Dieses junge Mädchen mit der unmöglichen Frisur, dem Rebenkranz auf den Locken, dem gezierten Lächeln und dem fischäugigen Blick hatte wirklich nichts mehr mit ihr zu tun.

„Wann nehmt ihr das scheußliche Bild endlich weg?" fragte Helga. „Ich schicke euch einmal ein neues."

„Ja, tu das, Liebling, das wäre wunderbar", sagte Frau Reimers.

„Setz dich doch, mach es dir gemütlich! In einer halben Stunde ist das Essen fertig. Willst du vielleicht vorher einen Likör?"

„Aber, Mutti ... mach dir doch bitte keine Umstände! Ich bin schließlich hier zu Hause!"

Wieder klingelte es an der Wohnungstür. „Das ist bestimmt André!" rief Frau Reimers. „Entschuldige mich ..." Sie lief hinaus.

Helga schwang sich auf die Lehne eines eingesunkenen alten Sessels, zündete sich eine Zigarette an und betrachtete mit kritischem, leicht amüsiertem Blick die altvertraute Umgebung. Daß sie hier einmal hatte leben können – unvorstellbar!

Von draußen hörte sie Stimmen. Dann öffnete sich die nur angelehnte Tür, und André erschien, ein dunkelhaariger, gutaussehender junger Mann in einem tadellosen Einreiher. Als er Helga erblickte, blieb er wie angewurzelt stehen. Sie begegnete seinem verwirrten Blick mit weit geöffneten spöttischen Augen.

„Helga ... du hier?" fragte er verblüfft.

„Du sagst es!" Sie streifte die Asche ihrer Zigarette ab, ohne die Augen abzuwenden.

Frau Reimers kam ins Zimmer. „Ja, stellen Sie sich vor, André, Helga ist zu Besuch gekommen. Nun, was sagen Sie? Hat sie sich in der Großstadt sehr verändert?"

„Ja", sagte André.

Helga zuckte mit keiner Wimper. „Und darf ich fragen, worin diese Veränderung besteht?"

„Du bist schöner geworden."

Helgas Lächeln vertiefte sich. „Wirklich? Glaubst du, ich könnte heute noch einmal zur Weinkönigin gewählt werden?"

Sein Gesicht verfinsterte sich bei dieser unliebsamen Erinnerung. „Mußt du unbedingt von diesen alten Geschichten anfangen?"

„Warum denn nicht?" sagte sie leichthin und wippte mit dem schlanken Bein. „Schließlich waren sie doch ganz interessant oder ... ?"

„Mutti!" rief Karin aus ihrem Zimmer.

„Nehmen Sie doch Platz, André", sagte Frau Reimers hastig. „Ich bin gleich wieder da!"

André Colbert trat dicht auf Helga zu. „Du hast es immer schon verstanden, mich verrückt zu machen."

„Nicht verrückt genug, um mich zu heiraten."

„Das lag nicht an mir, Helga! Du kennst doch meine Eltern ..."

„Eben. Und deshalb bin ich froh, daß ich diesem Schicksal entgangen bin. Mir geht es blendend, und ich fühle mich sehr wohl in meiner Haut ... falls du danach fragen wolltest."

„Das wäre mir nicht im Traum eingefallen, denn das sieht man dir ja an." – „Danke!"

Plötzlich wußte er nichts mehr zu sagen. Es wurde sehr still in dem kleinen Zimmer. Aber er mußte sie weiterhin ansehen.

„Helga", sagte er schließlich, „ich habe öfter mal in Frankfurt zu tun, geschäftlich ..."

„Interessant", sagte sie gleichgültig.

„Ich meine, könnten wir uns nicht mal wiedersehen? Ich habe das Gefühl, wir hätten uns allerhand zu sagen."

„Ich nicht", erklärte sie kühl und genoß es, ihn zappeln zu lassen.

„Gib mir deine Adresse!"

Sie schüttelte den Kopf. „Nein."

„Und warum nicht? Bin ich dir so unsympathisch? Kannst du mir nicht verzeihen?"

„Ich erinnere mich nicht, daß ich dir etwas zu verzeihen hätte, André. Aber man soll alte Leichen nicht ausbuddeln. Sie stinken nämlich."

Er zuckte zusammen, als hätte er einen Schlag erhalten.

„Mach nicht so ein Gesicht", sagte sie kühl. „Du hast jetzt Karin ... und ich meine Freiheit. Jedem das Seine, André. Aber es war nett, dich mal wiederzusehen. Du hast dich nämlich überhaupt nicht verändert "

Er wollte etwas entgegnen, aber in diesem Moment kam Karin ins Zimmer. Sie sah sehr hübsch aus in einem Imprimé-Kleid, das ihre schlanke, jugendliche Figur betonte. Ihr kluges, etwas nüchternes Gesicht hatte durch ein geschicktes Make-up Farbe bekommen. Das Lächeln, mit dem sie die Schwester begrüßte, fiel reichlich gezwungen aus. „Helga, wie schön, daß du dich hier mal wieder sehen läßt!"

„Du siehst gut aus, Kleine", sagte Helga gönnerhaft.

Karin legte mit einer fast besitzergreifenden Bewegung ihre Hand auf Andrés Arm. „Tag, André. Wollen wir?"

André Colbert zögerte für Sekunden, und Helga konnte es sich nicht versagen, in die Kerbe zu schlagen.

„Laßt euch durch mich nicht stören!" sagte sie.

Karin meisterte die Situation. „Oder wollen wir Helga mitnehmen, André?"

André blickte beunruhigt von einer Schwester zur anderen.

„Das wäre vielleicht gar keine schlechte Idee!"

„Lieb von euch", sagte Helga, „aber ich bleib' bei Mutti! Schwirrt ab, ihr beiden! Ich wünsche euch viel Spaß!"

Sie schwang sich von der Sessellehne, und während Frau Reimers das junge Paar zur Tür begleitete, stellte sie den Koffer auf den Tisch und öffnete ihn.

„Hier, Mutti", rief sie und schwenkte einen Unterrock – schwarz mit cremefarbener Spitze – hoch in die Luft, „das ist für dich!"

Frau Reimers ließ das zarte Gewebe fast andächtig durch ihre abgearbeiteten Hände gleiten. „Wunderbar, Helga ... aber wann kann ich denn so etwas anziehen?“

„Immer, wenn es dir Spaß macht!“

„Ich weiß nicht, aber ich habe das Gefühl, so was schickt sich nicht für mich!“

„Unsinn! Eine Frau in deinem Alter sollte sich so hübsch wie möglich anziehen! Sieh mal, was ich für die anderen mitgebracht habe ... einen Fußball für Rolf, eine Strickweste für Papa, und für Karin zwei Paar hauchdünne Strümpfe. Eigentlich hat sie die nicht verdient, das Biest, aber immerhin ist sie ja meine Schwester.“

Frau Reimers war überwältigt. „Du sollst dich nicht so für uns in Unkosten stürzen, du weißt, daß ich das nicht mag ...“

Helga gab ihrer Mutter einen raschen Kuß. „Aber ich habe dir doch schon oft erklärt, daß ich alles viel billiger bekomme ... zum Einkaufspreis! Es ist wirklich nicht der Rede wert! Und da wir gerade so schön allein sind ...“ Sie öffnete ihre Handtasche, drückte der Mutter einen Hundertmarkschein in die Hand. „Für dich! Aber steck's nicht in den Haushalt, gib's auch nicht für Rolf oder Papa aus, sonst werde ich ernstlich böse.“

„Du bist ein gutes Kind, Helga“, sagte Frau Reimers gerührt, „ein so gutes Mädchen ... Ohne deine Hilfe, glaube ich, wären mir in den letzten Jahren schon manchmal die Dinge über den Kopf gewachsen. Ich weiß gar nicht, wie ich dir danken soll, mein Kind!“

„Ist ja schon gut, Mammutschka ...“

Frau Reimers küßte ihre Tochter mit Tränen in den Augen.

„Aber jetzt“, sagte sie mit einem tiefen Seufzer, „muß ich in die Küche, sonst verbrutzelt mir der Braten und das Essen kommt nicht rechtzeitig auf den Tisch!“

Helga folgte ihrer Mutter. „Kann ich dir helfen?“ fragte sie, als Frau Reimers die Kartoffelklöße vorsichtig in das siedende Wasser legte.

„Danke, das brauchst du nicht. Ruh dich nur ein bißchen aus und erzähl mir was ... von dir, Liebling! Wie es mit der Arbeit geht und was du abends tust und von deinen Freundinnen. Du weißt ja, Mütter sind neugierig, sie möchten alles wissen.“

Helga biß sich auf die Lippen. Sie sah zu Boden. Es war immer dasselbe: Kurze Zeit durfte sie glauben, wieder zu Hause zu sein, bei den Menschen, zu denen sie gehörte. Und dann war es schon wieder vorbei. Die unüberbrückbare Schranke fiel zwischen ihr und der Mutter nieder, und eine Sekunde lang empfand sie geradezu Haß auf diese ahnungslose Frau, die nicht einmal spürte, wie sehr sie sich voneinander entfernt hatten.

„Oder hast du etwas zu verbergen, Helga?“ fragte Frau Reimers. „Liebeskummer? Du weißt, daß du mir alles erzählen kannst!“

Helga schluckte. „Aber nein, Mutti, wie kommst du darauf ... Ich weiß nur nicht, wo ich anfangen soll!"

„Irgendwo."

Und Helga log munter drauflos, baute eine Welt auf, wie sie sich Anna Reimers für ihre Tochter erträumte, eine Welt voll Arbeit und Vergnügungen, die mit dem wirklichen Leben, das sie führte, nicht das geringste zu tun hatte.

Paul Reimers kam zum Mittagessen nicht nach Hause. Auch nicht zum Nachmittagskaffee. Er erschien erst, als Rolf, der seine Schwester herzlich begrüßt und den Fußball mit Begeisterung in Empfang genommen hatte, schon wieder zu seinen Freunden gerannt und Helga bereits auf dem Weg zum Bahnhof war.

Anna Reimers hatte sich mit einem Buch ans Fenster gesetzt. Aber sie hatte keine Ruhe zum Lesen, sondern beugte sich immer wieder vor, um die enge Straße besser überblicken zu können. So sah sie ihn schon, als er um die Ecke bog – den hageren Mann, der sich sehr aufrecht hielt, als wenn er dadurch eine Größe vortäuschen wollte, die er tatsächlich gar nicht besaß. Anna Reimers bemerkte sofort, daß er heute noch steifer ging als sonst. Ein sicheres Zeichen dafür, daß er nicht mehr ganz nüchtern war. Sie eilte sofort in die Küche, um Kaffeewasser aufzusetzen. Als Paul Reimers die Wohnungstür aufschloß, lief sie ihm entgegen.

„Paul ... da bist du ja endlich!"

Er hing seinen grauen Hut mit Präzision auf den Garderobenhaken und wandte sich ihr dann zu. „Tut mir leid, daß ich nicht eher kommen konnte", erklärte er. „Aber ich hatte Gelegenheit, mit Stadtdirektor Münzelmann zu sprechen, sozusagen privat, unter vier Augen, das war mir wichtig genug ..."

„Aber natürlich, Paul, ich mache dir ja keinen Vorwurf!" beeilte sich Frau Reimers zu versichern. „Nur ... Helga war da. Sie war ganz unglücklich, daß sie dich verpaßt hat."

Herr Reimers runzelte die Stirn, als wenn er sich erst besinnen müßte, von wem seine Frau sprach. „Helga? Ach so. Geht es ihr gut?"

„Ja, Paul ..." Sie half ihm aus dem Mantel. „Eine Sekunde, ich will nur eben rasch den Kaffee aufgießen ... Du trinkst doch eine Tasse? Oder möchtest du dich lieber hinlegen?"

„Wie kommst du darauf?" Auf dem grauen Gesicht von Paul Reimers brannten rote Flecke.

„Nur so ..." Sie lief eilig in die Küche.

Während das Wasser durch den Filter sickerte, legte sie einige Schnitten Streuselkuchen auf einen Teller. Tassen und Untertassen klirrten in ihren Händen. Sie ärgerte sich über ihre eigene Nervosität.

Paul ist gar kein Tyrann, redete sie sich selber gut zu, er ist nur unzufrieden, das ist alles. Aber diese Unzufriedenheit hat doch mit mir und seiner Familie nichts zu tun! Sie wußte genau, was ihrem Mann zusetzte. Seit zwanzig Jahren lebten sie nun in Bingen, aber immer noch gehörten sie nicht ganz dazu. Gerade deshalb waren der Frühschoppen, der Gesangverein, der Kegelklub für ihn so wichtig, gerade deshalb hatte es ihn so gekränkt, daß Helga keinen Sohn der Stadt geheiratet hatte, sondern nach Frankfurt gezogen war. Paul Reimers ging es um Anerkennung, und deshalb war er immer, wenn er sonntags zeitig vom Frühschoppen zurück war, niedergeschlagen und schlecht gelaunt.

Aber heute, dachte Frau Reimers, muß doch alles gutgegangen sein, sonst wäre er nicht so lange geblieben!

Paul Reimers hatte es sich in dem mächtigen, reichlich abgewetzten Polstersessel bequem gemacht, als seine Frau mit dem Tablett hereinkam.

„War es nett?“ fragte sie unsicher. Sie gab Sahne und Zucker in den Kaffee und setzte sich ihm gegenüber.

„Nett? Nein, absolut nicht. Aber ich habe etwas erreicht! Ich denke dabei nicht in erster Linie an mich, sondern an dich und die Kinder. Wenn ich erst einmal in die gehobene Beamtenlaufbahn aufsteige ...“

„Hat der Stadtdirektor dir das versprochen? O Paul, das wäre ja wunderbar!“

Er hielt es für nötig, ihre Begeisterung zu dämpfen. „Noch ist es nicht soweit“, sagte er, „aber immerhin, ich werde an einem Arbeitskurs in Frankfurt teilnehmen, und das ist doch entschieden ein Schritt vorwärts, der –“

Sie ließ ihn gar nicht erst aussprechen. „Du fährst nach Frankfurt, Paul?“ rief sie. „Aber dann mußt du Helga besuchen! Versprich mir das! Mein Gott, wird das Mädel sich freuen!“

Paul Reimers nahm einen Schluck Kaffee, zündete sich eine Zigarette an. „Es handelt sich nicht um eine Privatreise, Anna ...“

„Ja, ich weiß! Aber trotzdem – eine Stunde wirst du doch irgendwann mal freihaben.“

„Na schön, gib mir Helgas Adresse, ich werde mal sehen, was sich machen läßt!“

„Helgas Adresse?“ Für eine Sekunde wurde Anna Reimers’ Gesicht fast töricht vor Verwirrung. „Tut mir leid, aber die habe ich nicht!“

„Nimm dich zusammen, Anna! Es ist doch einfach nicht möglich, daß wir nicht wissen, wo unsere Tochter wohnt!“

„Ich hätte sie fragen sollen“, gestand Frau Reimers zerknirscht, „das war mein Fehler. Ich weiß nur, seit sie in Frankfurt ist, ist sie ein paarmal umgezogen Hat sie mir nicht doch gesagt, wo? Nein, ich kann mich beim besten Willen nicht erinnern.“

„Nun, ich muß schon sagen ...“ Paul Reimers zerkrümelte ein Stück Streuselkuchen zwischen den Fingern. „Ich finde es merkwürdig!“

„Ich weiß es!“ Frau Reimers’ Gesicht strahlte. „Wir brauchen uns gar nicht den Kopf über ihre Adresse zerbrechen! Sie arbeitet ja im Kaufhaus Maak ... in der Schmuckabteilung! Du brauchst ja nur dorthin zu gehen, wenn du sie sehen willst. Nein, wird das eine Überraschung für sie sein!“

Am Montag fuhr Paul Reimers nach Frankfurt.

Am ersten Tag wurde noch nicht gearbeitet. Die meisten Herren, die an der Tagung teilnahmen, trafen erst im Laufe des Nachmittags ein. Auf dem Programm standen Vorträge, ein Empfang beim Oberstadtdirektor und ein gemeinsames Abendessen.

Paul Reimers schwirrte der Kopf, als endlich alles zu Ende war. Er hatte das ungute Gefühl, auch auf diesem Kursus, von dem er sich so viel versprochen hatte, nichts weiter zu sein als ein kleines, unbedeutendes Rädchen. Er war dankbar, als ihm ein Bekannter aus Boppard vorschlug, noch einen kleinen gemeinsamen Bummel zu machen. Ein anderer Kursteilnehmer aus Koblenz schloß sich ihnen an. Aber bald merkte er, daß es den Herren nicht darum ging, einen ruhigen Schoppen zu trinken, sondern daß sie in der Großstadt etwas erleben wollten. Doch in der gutbürgerlichen Weinstube, in die sie gerieten, tat sich nichts. Eine Zeitlang versuchten die Herren, sich mit pikanten Geschichten vom Frankfurter Nachtleben über ihre Enttäuschungen hinwegzuhelfen, ergingen sich in detaillierten Schilderungen, bei denen Paul Reimers verlegen wurde.

„Das ist ja unglaublich“, sagte er immer wieder, „nein, so etwas gibt’s doch gar nicht! Jetzt übertreiben Sie aber wirklich!“

Und die anderen weideten sich an seiner Verlegenheit.

Aber bald genügte das nicht mehr. Einer der Herren, der Koblenzer, faßte sich ein Herz und nahm den Ober beiseite. „Nun sagen Sie mal, wo kann man denn um diese Zeit hier überhaupt noch hingehen?“

„Kaiserstraße“, lautete die lakonische Antwort.

Die Herren zahlten und brachen auf. Der Ober, mit dem Trinkgeld nicht ganz zufrieden, blickte ihnen mit leichter Verachtung nach. Paul Reimers zog nur deshalb mit, weil er kein Spielverderber sein wollte. Er fühlte sich durchaus nicht wohl in seiner Haut.

Auf der Kaiserstraße glänzten die Lichtreklamen; blau, rot, grün, gelb schrien die Leuchtbuchstaben über den Nachtlokalen ihr Angebot den Herren aus der Provinz entgegen. Sie schlenderten dahin, blieben vor den Schaukästen stehen, betrachteten die Mädchen in den koketten Posen, stießen sich gegenseitig an. Sie fanden nicht den Mut zu einer Entscheidung.

Ein mächtiger goldbetreßter Portier nahm sie ihnen ab. „Immer hereinspaziert, meine Herren“, sagte er in verschwörerischem Flüsterton,

„hier bei uns sehen Sie das Beste vom Besten! Strip-tease, direkt aus Paris ... einmalig, sage ich Ihnen!" Er schnalzte mit der Zunge, hielt die Tür einladend offen.

Plötzlich entschloß sich Paul Reimers, nicht weiter mitzumachen.

„Nein", sagte er, „ohne mich! Ich geh' jetzt in mein Hotel ..."

„Aber warum denn?" rief der Koblenzer. „Jetzt wird's doch erst lustig!"

„Ich möchte morgen früh ausgeschlafen sein", erklärte Paul Reimers und fühlte selber, daß diese Ausrede in den Ohren der anderen fadenscheinig klingen mußte.

„Ach, lassen Sie ihn doch", sagte sein Bekannter aus Boppard, „wer nicht will, hat schon gehabt!"

Der Koblenzer kicherte. „Ich glaube, das ist ein ganz Heimlicher! Der will uns loshaben, weil er noch was Besonderes vorhat!" Lachend drängten die Männer durch die offene Türe.

Paul Reimers stand plötzlich allein dem Portier gegenüber, der ihn von oben herab musterte. Er wandte sich rasch ab und ging weiter. Zu seiner eigenen Überraschung fühlte er sich durchaus nicht erleichtert. Er kam sich blamiert vor. Morgen würden die anderen ihn auslachen. Beinahe hätte er sich umgedreht und wäre den anderen nachgegangen. Aber das hätte nur noch alberner gewirkt. Nein, es gab eine andere Möglichkeit, diese Scharte wettzumachen. Er brauchte sich nur eines dieser leichten Mädchen aufzugabeln, von denen es in Frankfurt ja nur so wimmeln sollte. Dann würde er es sein, der den anderen morgen etwas zu erzählen hatte. Na also.

Er erinnerte sich an die Worte des Koblenzers. „Die ganz großen Edelnutten", hatte er gesagt, „fahren mit ihren Luxusschlitten die Kaiserstraße lang und picken sich ihre Freier auf."

Paul Reimers trat an den Bordstein. Er konnte es sich nicht recht vorstellen, aber immerhin begann er, langsam vorbeigleitende Wagen zu kontrollieren und entdeckte mehr als einmal eine verführerische, einsame Frau am Steuer. War es möglich? Gab es so etwas wirklich? Sollte er so hinter dem Mond zurück sein?

Eine prickelnde Erregung überfiel ihn, der heiße Wunsch, etwas zu erleben, sich zu bewähren – nicht mehr nur deshalb, um den anderen gegenüber mit seinem Erlebnis prahlen zu können.

Mit so einer Frau in einem Luxusauto mußte doch alles ganz anders sein als zu Hause mit Anna. Und er hatte nicht mal gewußt, daß es so etwas gab. Sein halbes Leben hatte er versäumt.

Er trat noch einen Schritt vor, winkte zaghaft mit der Hand, überschlug im gleichen Augenblick seine Barschaft. Ein schneeweißer Mercedes 220 glitt langsam heran, hielt dicht neben ihm. Paul Reimers zerstreute seine letzten Bedenken. Ach was, dachte er, die Welt wird es schon nicht kosten! Ein Fenster wurde heruntergekurbelt, und eine rauhe, leicht ironische Stimme sagte: „Guten Abend, Herr Direktor!"

Er sah undeutlich ein sorgfältig geschminktes Gesicht unter kupferroten üppigen Locken, grüne Augen unter langen schwarzen Wimpern und – erkannte seine Tochter Helga.

2

Den Bruchteil einer Sekunde starrten sich Vater und Tochter durch das geöffnete Fenster des weißen Mercedes an. Dann sagte Paul Reimers mit einer Stimme, die fremd in seinen eigenen Ohren klang: „Helga ... du?"

Jetzt erst reagierte sie. „Was wollen Sie von mir?" stieß sie rauh hervor. „Ich kenne Sie ja gar nicht!" Blitzschnell ging das Fenster in die Höhe. Der weiße Mercedes glitt davon.

Paul Reimers war es, als drehte sich die nächtliche Großstadtstraße um ihn. Er taumelte, schwankte zur Seite, suchte einen Halt. Aber um ihn war nichts, eine öde, gähnende Leere, die ihn zu verschlingen drohte.

Jemand packte ihn am Arm. „Ist Ihnen nicht gut?" fragte eine unbekannte Stimme. „Kann ich etwas für sie tun?"

Paul Reimers atmete tief und klammerte sich an den Fremden. „Danke", sagte er mühsam, „es ist nichts ... nur eine kleine Übelkeit!" Er sah in das freundliche, besorgte Gesicht eines älteren Herrn.

Eine Frau, mit einem komischen kleinen Hut auf den weißen Locken, stand mehrere Meter entfernt. Sie schwenkte ungeduldig ihre Handtasche. „Laß doch den Kerl", sagte sie schrill, „siehst du denn nicht, daß er betrunken ist?"

„Aber Lilly, ich muß doch ..." Der ältere Herr protestierte.

„Gar nichts mußt du, Otto! Komm endlich!"

Paul Reimers quälte sich ein Lächeln ab. „Danke", sagte er, „es geht mir wirklich schon besser!"

„Na also!" Die Frau kam und zog ihren Begleiter fort. Sie entfernten sich. „Zu albern von dir, den Samariter zu spielen", hörte Paul Reimers die Frau noch sagen.

Dann verschwanden sie aus seinem Gesichtskreis und seiner Erinnerung. Er ging langsam weiter. Es war Helga, dachte er, ich kann mich doch nicht so täuschen. Ich kenne doch meine eigene Tochter!

Aber je länger er über das Unfaßbare nachgrübelte, desto stärker wurden die Zweifel an seiner eigenen Erkenntnis. Es war alles so unwahrscheinlich, so unglaublich. Wie sollte Helga zu einem so eleganten

Wagen kommen? Sie konnte unmöglich soviel verdienen, und wenn es so wäre, dann hätte ihm seine Frau doch wohl davon erzählt.

Außerdem hatte Helga blondes Haar, und in den ganzen letzten Jahren hatte sie es kurzgeschnitten getragen. Er erinnerte sich noch gut, als sie das erstemal mit ihrer Kurzfrisur in Bingen aufgetaucht war. Vor sechs Wochen hatte er sie zuletzt gesehen, und er war ganz sicher, daß ihre Haare damals noch kurz gewesen waren. Die Unbekannte hatte lange kupferrote Locken gehabt. Natürlich, die Frauen ließen sich heutzutage das Haar färben. Aber es war doch unmöglich, daß es in ein paar Wochen so wachsen konnte. Auch die Augen waren anders gewesen, größer, faszinierender, der Mund üppiger. Wie hatte er nur in dieser eleganten Frau seine eigene Tochter sehen können? Die Phantasie mußte ihm einen Streich gespielt haben, das war die einzige Erklärung – eine recht unglaubhafte Erklärung, denn Paul Reimers wußte nur zu gut, daß er ein nüchterner Mensch ohne große Einbildungskraft war.

„Wahrscheinlich", sagte er sich, „habe ich wirklich zuviel getrunken, und das schwere Essen heute abend ... Ich bin so etwas einfach nicht gewöhnt. Und die vielen Reden! Irgend etwas muß bei mir ausgesetzt haben, sonst wäre ich doch gar nicht auf die Idee gekommen, den Wagen anzuhalten ... Ja, in dem Augenblick muß bei mir schon etwas nicht in Ordnung gewesen sein. Wie wäre ich denn sonst auf die abwegige Idee gekommen, in Frankfurt ein Abenteuer zu suchen – ich, der ich mich ein ganzes Leben lang um Anstand, Ordnung und Korrektheit bemüht habe! Es muß das schlechte Gewissen gewesen sein, das mir einen Streich gespielt hat."

Paul Reimers lief durch die nächtlichen Straßen und merkte nicht einmal, daß er halblaut mit sich selber sprach. Der Schock saß ihm noch in allen Gliedern. Als er das kleine Hotel erreichte, in dem er und die meisten anderen Kursteilnehmer von der Stadtverwaltung aus untergebracht waren, hatte er sich zu der Überzeugung durchgerungen, daß er einer Sinnestäuschung zum Opfer gefallen sein mußte. Eine andere Erklärung war für ihn einfach nicht denkbar.

Und dennoch, eine tiefe Beunruhigung blieb. Wenn ich mir doch nur die Autonummer gemerkt hätte, dachte er, dann könnte ich der Sache auf den Grund gehen. Ich muß Klarheit haben!

Dann fiel ihm ein, daß ja alles ganz einfach war. Er brauchte nur morgen in das Kaufhaus Maak zu gehen und mit Helga zu sprechen. Dann würde er alles erfahren. Er nahm sich vor, seine Tochter gleich am nächsten Tag aufzusuchen. Und nachdem er sich zu diesem Entschluß durchgerungen hatte, fühlte er sich entschieden besser.

„Helga in einem weißen Mercedes und mit kupferroten Locken auf der Kaiserstraße in Frankfurt", murmelte er, „wenn ich das zu Hause erzähle, werden sich alle totlachen! Das ist wirklich der Witz des Jahrhunderts!" Aber sein Lächeln wurde zu einer schmerzlichen Grimasse, als sein Magen rebellierte.

Für Kitty gab es keinen Zweifel – sie hatte ihren Vater erkannt, und sie wußte, daß kein Irrtum möglich war. Das kalte Entsetzen saß ihr im Nacken, als sie mit zusammengebissenen Zähnen weiterfuhr. Um ein Haar hätte sie ein Rotlicht überfahren. Gerade noch im letzten Augenblick kam sie zum Stehen, und ihr Entsetzen wurde zur Panik. Ein Zusammenstoß mit der Polizei war genau das, was sie sich in ihrer Situation am wenigsten erlauben konnte. Als die Ampel umschaltete, fuhr sie langsam und mit äußerster Konzentration weiter. Aber an der Hauptwache wendete sie nicht, wie gewöhnlich, um die Tour über die Kaiserstraße noch einmal zu machen, sondern sie bog in eine Nebenstraße ein und fuhr weiter, bis sie eine Parklücke fand. Sie war jetzt außerstande, ihrer nächtlichen Beschäftigung nachzugehen.

Sie parkte den Mercedes, stieg aus, schloß ab. Erst jetzt merkte sie, daß ihre Knie zitterten. Im Schein einer Straßenlaterne zog sie einen Taschenspiegel hervor und überprüfte ihr Aussehen. Ihr Make-up war tadellos, aber ihre Haut war unter der Schminke blutleer. Ihre Augen zeigten einen verstörten, verängstigten Ausdruck.

Zum Davonlaufen sehe ich aus, dachte sie, als sie den Spiegel in ihre Handtasche zurückgleiten ließ. Ihr Blick glitt die Häuserreihe entlang, und sie atmete auf, als sie wenige Meter entfernt auf der anderen Straßenseite ein Lokal entdeckte. Sie brauchte dringend eine Stärkung.

Sie überquerte die Fahrbahn, öffnete die schwere Tür und schlug den ledernen Vorhang zurück. Auf den ersten Blick sah sie, daß sie nicht in eines der üblichen Nachtlokale geraten war, sondern in ein gutes Restaurant. Die gediegene Garderobe, die dunkel getäfelten Wände, die schweren Teppiche drückten Seriosität aus. Aber das störte sie nicht, im Gegenteil. Es wäre ihr unangenehm gewesen, jetzt in die gewohnte Umgebung zu geraten, ein bekanntes Gesicht zu treffen.

Sie winkte der Garderobenfrau ab, die sich bei ihrem Eintritt erhoben hatte, und schritt weiter. Der Wandspiegel warf ihre elegante Erscheinung – eine schlanke junge Dame mit kupferroten Locken in einem hellgrünen Komplet – zurück und stärkte ihr Selbstvertrauen.

Auch in den Gasträumen waren die Wände holzgetäfelt. Auf den blütenweißen Decken schimmerten Gläser, weißes Porzellan mit blauem Muster, und überall standen Blumen. Das Publikum war so gepflegt wie die Räumlichkeiten. Es gab keine Musik, man unterhielt sich gedämpft. Einige Herren blickten auf, als Kitty eintrat, aber sie achtete nicht darauf. Im Augenblick stand ihr nicht der Sinn danach, Bekanntschaften anzuknüpfen. Selbstbewußt und mit hocherhobenem Kopf schritt sie geradeaus und war erleichtert, als sie einen freien Tisch fand.

Es wurde ihr nicht einmal bewußt, daß der Herr am Nebentisch, ein hochgewachsener blonder Mann in tadellosem hellgrauen Anzug, sie unter halb geschlossenen Lidern heraus fixierte.

Kitty setzte sich, zog die langen weißen Handschuhe aus, legte ihre Tasche vor sich auf den Tisch. „Einen Fernet Branca, bitte", sagte sie zu dem herbeieilenden Ober, einem grauhaarigen Mann, der die Würde eines englischen Butlers zur Schau trug. Sie öffnete ihre Handtasche und zündete sich eine Zigarette an. Ihre Finger mit den langen, leuchtend lackierten Nägeln zitterten. Sie preßte die Lippen zusammen.

Mein Vater in Frankfurt, dachte sie, verdammt, hätte mich nicht jemand warnen können? Millionen Männer gibt es, und ausgerechnet er muß mir über den Weg laufen. So was kann auch nur mir passieren. Verdammt, wie soll es jetzt weitergehen? Ich kann mich nie mehr in Bingen blicken lassen, nie mehr. Es ist aus.

Ihre Lippen verzogen sich bei der Erinnerung daran, daß ihr Vater, der gestrenge, moralisch unantastbare kleine Provinzbeamte, offensichtlich Kontakt gesucht hatte. Aber diese Erkenntnis, die Zerstörung des Vaterbildes, das trotz ihres Lebenswandels bisher unangetastet geblieben war, trug nicht dazu bei, ihre Verzweiflung zu mildern.

Vielleicht hab ich's von ihm, dachte sie, vielleicht war er seit jeher so und hat uns allen nur blauen Dunst vorgemacht!

Plötzlich tauchte ein ganz neuer Gedanke in ihr auf. Er wird nicht wagen, es Mutter zu erzählen, er kann's nicht wagen! Ich hab' ihn ja auf frischer Tat ertappt. Er wird es nicht riskieren, daß ich ihn bloßstelle. Ich habe ihn ja in der Hand. Unwillkürlich ballte sie die Linke zur Faust, als wollte sie ihn zwischen ihren langen Fingern zerdrücken.

Sie zuckte zusammen, als der Ober sie ansprach. Er reichte ihr ein kleines silbernes Tablett, auf dem nichts lag als eine schmale Karte aus Büttenpapier.

Kitty sah ihn verständnislos an. „Was soll das? Ich hatte einen Fernet Branca bestellt . . ."

Mit unbewegtem Gesicht hielt ihr der Ober das Tablett unter die Nase. Sie nahm die Karte, las sie – und glaubte ihren Augen nicht zu trauen: „Sie werden gebeten, das Restaurant rasch und unauffällig zu verlassen!"

„Was soll das heißen?" sagte sie laut. „Was fällt Ihnen denn ein? So was ist mir noch nie passiert . . ."

Der Ober beugte sich zu ihr herab und erklärte flüsternd: „Diese Maßnahme ist keineswegs gegen Sie persönlich gerichtet. Die Direktion duldet keine alleinstehenden Damen. Ich hoffe doch, daß ich auf Ihr Verständnis rechnen kann!"

„Das ist eine Unverschämtheit!" sagte Kitty unbeherrscht. „Rufen

Sie mir Ihren Direktor hierher! Er soll mir das persönlich sagen, wenn er den traurigen Mut dazu aufbringt!"

Der alte Ober war ganz beleidigte Würde. „Aber ich bitte Sie, seien Sie doch nicht so laut!" mahnte er. „Die anderen Gäste werden ja schon aufmerksam! Sie werden doch keinen Skandal erregen wollen!"

Der blonde junge Herr vom Nebentisch hatte sich langsam erhoben. Er zog mit einer mechanischen Bewegung die weißen Manschetten, an denen Platinknöpfe schimmerten, aus den Ärmeln seiner Jacke und trat näher. „Würden Sie die Freundlichkeit haben, die Dame zu bedienen, Herr Ober", sagte er scharf. „Sie steht unter meinem Schutz!"

„Ich bedaure außerordentlich, Herr Direktor."

„Tun Sie, was ich Ihnen sage!"

Der Ober wand sich vor Verlegenheit. „Bitte, verstehen Sie mich doch nicht falsch, Herr Direktor, aber ich habe strikte Anweisung –"

Der Blonde fiel ihm ins Wort. „Auch gut", sagte er, „dann muß ich Sie bitten, meine Bestellung zu streichen!" Er warf mit lässiger Bewegung einen Geldschein auf den Tisch, verbeugte sich vor Kitty.

„Gnädiges Fräulein, darf ich mir erlauben ..."

Kitty war aufgesprungen, raffte ihre Handschuhe und ihre Tasche zusammen. „Das ist sehr nett von Ihnen", sagte sie, „gehen wir irgendwohin, wo die Luft besser ist!" Sie sah alle Blicke auf sich gerichtet, als sie und ihr Beschützer das Lokal verließen, aber das machte ihr nichts aus. Sie mußte an sich halten, sich nicht umzudrehen und jedem einzelnen der Gaffer die Zunge herauszustrecken. Sie fühlte sich nicht gedemütigt, sondern sie war ehrlich empört, und das Eingreifen des ritterlichen Fremden erfüllte sie mit Triumph.

Er eilte ihr nach, warf der Garderobenfrau seinen Schein auf den Tisch, riß ihr den Mantel fast aus der Hand. Dann öffnete er Kitty die Tür und ließ sie vorausgehen. Auf der Straße schob er seine Hand unter ihren Ellenbogen. „Bitte, gnädiges Fräulein, wohin darf ich Sie bringen? Sie werden mir doch die Freude machen, mit mir zusammen zu essen?"

„Ich weiß gar nicht, wie ich Ihnen danken soll", sagte sie geziert. „Das alles ist mir ... so furchtbar unangenehm!"

„Dieser Ober hat sich einfach unglaublich benommen!" empörte er sich.

„Wahrscheinlich hat er nur seine Pflicht getan", widersprach sie heuchlerisch. „Ich ... es ist sonst auch nicht meine Art, allein auszugehen. Aber ... mir ist vorhin etwas Furchtbares passiert. Ich hätte beinahe einen Menschen angefahren, und da ..."

Er war gut einen Kopf größer als sie und mußte sich etwas herabneigen, um ihr in die Augen zu sehen. „So etwas Ähnliches habe ich mir gleich gedacht. Sie wirkten vorhin ganz verstört."

„Man hat es mir angesehen?" fragte sie erschrocken.

„Keine Angst, Sie sahen blendend aus." Er lächelte. „Aber unter diesen Umständen kommt es natürlich gar nicht in Frage, daß Sie Ihren Wagen benutzen. Meiner steht gleich da vorn. Ich schlage vor, wir fahren ins ‚Bukarest'. Übrigens ... ich hatte bisher keine Gelegenheit, mich vorzustellen ..." Er verbeugte sich formell. „Heinz Schlüter-van Dorn."

„Ich heiße Helga Reimers", sagte sie und wußte selbst nicht, warum sie ihren bürgerlichen Namen nannte.

Eine gute Stunde später waren Kitty und Heinz Schlüter-van Dorn bei französischem Champagner angelangt und nannten sich beim Vornamen. Sie hatten Schaschlik am Spieß und Pilaw gegessen, zum Nachtisch kleine, sehr süße Honigkuchen und dazu würzigen roten Wein getrunken. Ein Zigeunergeiger spielte schmachtende Weisen, und Kitty fühlte sich glücklich und wie berauscht – nicht durch den Alkohol, sondern durch das Bewußtsein, von einem so gutaussehenden und finanzkräftigen Mann umworben zu werden.

Heinz Schlüter-van Dorn hatte ihr erzählt, daß er Industriemanager sei, von seinen großen Reisen quer durch Europa und die ganze Welt berichtet. Kitty war beeindruckter, als sie zugeben wollte. Von einem Mann wie ihm hatte sie ihr ganzes Leben geträumt.

„Zu schade, daß wir uns heute erst kennengelernt haben", sagte er und spielte mit dem Stiel seines Champagnerglases. „Morgen früh muß ich nach Paris und von dort aus auf einen Sprung nach London. Es ist noch nicht abzusehen, wann ich wieder in Frankfurt sein werde."

Sie zwang sich zur Zurückhaltung. „Sie führen ein beneidenswertes Leben, finde ich."

„Wie man's nimmt. Wenn man eine gewisse Höhe erreicht hat, dann umweht einen eine kalte Luft. Man fühlt sich manchmal recht einsam." Er sah sie an, stellte zum erstenmal eine direkte Frage: „Sie leben immer in Frankfurt?"

„Ja." Sie spürte, er wartete darauf, daß sie etwas von sich erzählte, aber sie wußte nicht, was sie sagen sollte.

„Ich will nicht indiskret sein", versicherte er sofort, „wenn Sie nicht über sich sprechen möchten ..."

„Doch natürlich, nur ... von mir gibt es nicht viel zu berichten." Sie lächelte zaghaft. „Ich führe das langweilige Leben einer Tochter aus reichem Hause."

Er hob die hellen Augenbrauen. „Ist das wirklich so langweilig?"

„Doch." Sie seufzte. „Bis zum Abitur war ich in einem sehr strengen Internat, und dann, als ich nach Hause durfte ..." Sie rechnete blitzschnell nach, machte sich um zwei Jahre jünger. „Das war vor einem Jahr, ich war gerade neunzehn, mußte ich feststellen, daß Papa schon ganz feste Pläne mit mir hatte. Ich sollte den Sohn eines Geschäftsfreundes heiraten, André Colbert. Er war ein netter Junge, ich kannte ihn schon von Kindheit an. Aber ohne Liebe, nein, das war nicht das Richtige für mich. Ich weigerte mich, Papa wurde sehr böse, drohte mir mit Enterbung. Da bin ich bei Nacht und Nebel aus meinem Elternhaus fort."

„Und jetzt sind Sie ganz auf sich allein gestellt?"

„Doch nicht ganz", erwiderte sie. „Ich habe ein kleines Vermögen von meiner Großmutter geerbt, und dann ... Ich stehe immer noch mit meiner Mutter in Verbindung. Aber sie hat wenig Zeit für mich. Gesellschaftliche Verpflichtungen, Sie kennen das ja sicher ..." Sie zuckte die Schultern. „Nicht nur Sie sind einsam, Heinz ..."

„Man sollte glauben, daß ein Mädchen wie Sie von Verehrern geradezu umwimmelt wäre."

„Wo sollte ich jemanden kennenlernen? Ich gehe fast nie aus. All diese Partys ... natürlich werde ich oft eingeladen, seit ich in Frankfurt bin ... langweilen mich nur, dieses ganze verlogene gesellschaftliche Getue. Und in ein Lokal kann man ja als alleinstehende Dame nicht gehen. Sie haben selber miterlebt, was mir heute passiert ist."

„Es gibt auch andere Gaststätten ..."

„Ja, sicher. Da haben Sie recht. Aber unter zweifelhafte Mädchen möchte ich mich natürlich auch nicht gerade mischen." Sie blickte ihn lächelnd an. „Sie sehen, es ist alles gar nicht so einfach für mich."

Er streichelte sanft ihre Hand. „Nachdem ich das weiß, bin ich dem Zufall sogar noch doppelt dankbar, der uns zusammengeführt hat."

„Vielleicht sollte ich arbeiten", sagte sie, „aber ich habe ja keinen Beruf erlernt. Und wenn man's finanziell nicht nötig hat, fehlt eben auch der nötige Antrieb ..."

„Das verstehe ich sehr gut, Helga!" Er hob sein Glas. „Trinken wir den letzten Schluck darauf, daß wir uns gefunden haben ... und darauf, daß Sie von nun an nie mehr ganz allein sein werden. Das verspreche ich Ihnen!"

Sie sah in sein männliches, ein wenig kantiges Gesicht. Seine blauen Augen waren von überzeugender Ehrlichkeit.

„Ich danke Ihnen, Heinz", sagte sie benommen.

Sie tranken. Helga spürte noch keine Müdigkeit. Sie war es gewohnt, nachts auf zu sein, für sie hatte der Abend gerade erst begonnen. Aber sie erhob keinen Einwand, als er zahlte und zum Aufbruch drängte.

„Sie ahnen nicht, wie leid es mir tut, daß wir schon Schluß machen müssen. Aber kurz nach sechs Uhr startet mein Flugzeug, das heißt für mich, um fünf Uhr aufstehen ..."

Sie hielt die Hand vor den Mund, täuschte ein leichtes Gähnen vor.

„Mir ist es auch lieber so", log sie, „ich brauche meinen Schönheitsschlaf."

„Auf alle Fälle werde ich Sie noch nach Hause bringen", erbot er sich, als sie auf die Straße traten. „Das werden Sie mir doch erlauben?"

Aha, dachte sie, jetzt kommt's! Na, etwas anderes war ja auch nicht zu erwarten. Sie mußte sich zusammennehmen, um ihre Enttäuschung zu verbergen – er war so anders gewesen als alle anderen Männer, die sie bisher gekannt hatte.

„Eigentlich wollte ich mir ein Taxi nehmen und meinen Wagen holen", sagte sie.

„Kommt gar nicht in Frage. Heute nacht lasse ich Sie nicht mehr ans Steuer", erklärte er entschieden.

Sie gab ihren Widerstand auf, ließ sich von ihm zu seinem Jaguar dirigieren, wies ihn an, wie er zu fahren hatte. Sie sprachen kein privates Wort miteinander, die Stimmung zwischen ihnen war plötzlich gespannt.

„Halten Sie da vorn", sagte sie, „ja, dort in dem neuen Appartementhaus wohne ich!"

Er stoppte, zog die Handbremse, stieg aus, ging um den Wagen herum und öffnete ihr die Tür. „Die Adresse", sagte er lächelnd, „werde ich mir merken . . ." Er beugte sich über ihre Hand, sie spürte den sanften Druck seiner Lippen. „Ich danke Ihnen für diesen wundervollen Abend, Helga . . . Sie haben mich sehr glücklich gemacht!"

Sie merkte, daß dies der Abschied sein sollte, und war wieder, diesmal auf andere Weise, enttäuscht. „Wollen Sie nicht noch eine Tasse Kaffee bei mir trinken?"

Er schüttelte den Kopf. „Sehr lieb von Ihnen, Helga, aber es ist schon sehr spät. Ich möchte Sie nicht kompromittieren."

Für Sekunden verschlug es ihr den Atem. „Ja, natürlich", stammelte sie dann, „daran habe ich gar nicht gedacht. Sie sehen, ich bin ein sehr unerfahrenes Mädchen."

Er sah ihr tief in die Augen. „Bleiben Sie, wie Sie sind, Helga!"

Dann wandte er sich ab, als müsse er sich mit Gewalt losreißen, stieg in seinen Wagen, winkte ihr noch einmal zu und brauste davon.

Sie sah ihm nach, fast schwindlig vor Glück. Dann trat sie entschlossen ins Haus.

Als Kitty die Wohnungstür aufgeschlossen hatte, steckte sie, noch bevor sie die Tür aufstieß, die Hand durch den Spalt und knipste das Licht in der winzigen Diele an. Erst dann trat sie ein.

So machte sie es immer, wenn sie nachts allein in ihre leere Wohnung kam. Sie hatte Angst vor der Dunkelheit, Angst vor einer unbekannten Gefahr, die sie aus einer finsteren Ecke heraus anspringen könnte.

Schon oft hatte sie daran gedacht, sich eine Katze anzuschaffen, oder besser noch einen Hund, der sie schwanzwedelnd empfangen würde. Aber bisher hatte sie sich noch nicht dazu entschließen können. Ein Tier brauchte Pflege, darüber war sie sich klar. Vielleicht gab es auch Schwierigkeiten wegen der Kunden.

Sie ging von Zimmer zu Zimmer, knipste sämtliche Lampen an und gab sich erst zufrieden, als auch der letzte Winkel erhellt war. Sie zog die Jacke ihres grünen Komplets aus, trat in das kleine Wohnzimmer, ließ sich in den riesigen, pompösen Ledersessel fallen, der zuviel Platz einnahm, aber ihrer Vorstellung von Luxus entsprach. Sie streckte die Beine aus, streifte die Pumps von den Füßen, legte sie auf den niedrigen Tisch. Ihr Blick fiel auf den blankpolierten Sekretär, eine teure, aber schlechte Chippendale-Imitation, den sie praktisch nie benutzte. Dort standen neben einer riesigen Muschel, einem Mitbringsel von der Ostsee, ein Eiffelturm en miniature und ein rotberockter Wachsoldat mit Bärenmütze, jeweils unter einer Plastikglocke. Diese Souvenirs hatten für sie seit jeher die Verbindung mit der großen weiten Welt bedeutet, jetzt erinnerten sie sie an Heinz Schlüter-van Dorn, und unwillkürlich seufzte sie sehnsüchtig auf.

Sie fuhr sich mit beiden Händen in die Perücke, riß sie ab, warf sie auf einen Stuhl. Dann nahm sie die Beine vom Tisch, öffnete ihre Handtasche, zog das dicke Notizbuch heraus, schlug die Seite mit dem Datum von heute auf – sie war blank und leer, und das nach einer Nacht, in der sie so viel erlebt hatte.

Sie zückte ihren Kugelschreiber, überlegte eine Sekunde, dann kritzelte sie quer über die Seite: „Ihn kennengelernt!" Das Wörtchen ‚ihn' malte sie in dicken Druckbuchstaben. In die Rubrik, in die sie sonst ihre Einnahmen einzutragen pflegte, machte sie einen dicken Strich.

Die verspielte kleine Messinguhr über dem Sekretär holte schnarrend aus, um die volle Stunde anzuschlagen. Sie blickte auf. Es war genau zwei Uhr. So früh war sie schon seit langem nicht mehr ins Bett gekommen. Aber sie dachte gar nicht daran, noch einmal wegzufahren, ihren Mercedes zu holen und ihr Glück zu versuchen. Es war ihr, als ob sie einen Wendepunkt ihres Lebens erreicht habe, als würde von nun an alles anders werden.

Sie klappte das Notizbuch zu, steckte es in die Handtasche zurück und ging auf Strümpfen ins Bad. Gerade als sie die Klinke in der Hand hatte, klingelte es an der Wohnungstür – einmal kurz, einmal lang, dann wieder kurz. Es war das Zeichen, das sie mit ihrer Freundin Irma verabredet hatte.

Irma hatte die Wohnung im gleichen Stockwerk gegenüber. Sie war einige Jahre älter als Kitty und auch schon einige Jahre länger im Geschäft. Kitty verdankte ihr manchen Hinweis und einige Tricks, Irma war die einzige Kollegin, mit der sie wirklich befreundet war.

Aber heute nacht hatte sie keine Lust, Irma zu begegnen. Trotzdem kam ihr gar nicht der Gedanke, die Freundin nicht hereinzulassen. Sie zog eine kleine Grimasse des Abscheus und ging zur Wohnungstür. Irma platzte herein wie eine Rakete.

„Bist du allein, Kitty?" sprudelte sie los. „Das nenne ich Glück! Du, ich brauche dich dringend, wirklich ... Rate mal, wer drüben bei mir ist?"

Sie hatte offensichtlich getrunken. Ihre weißblonde Perücke war etwas verrutscht, ihre hellen Augen unter den angeklebten Wimpern blickten verschwommen. Sie war kleiner als Helga, zierlicher und wirkte aus entsprechender Entfernung immer noch wie ein Teenager. Aber ihre Haut war schlaff und großporig, scharfe Falten hatten sich zwischen Nase und Mund eingekerbt. Sie trug einen schwarzseidenen Hausanzug, der ihren Körper wie eine zweite Haut umspannte.

Kitty zuckte die Achseln. „Keine Ahnung."

„Bolle und Neumann! Was sagst du nun? Wir haben einen Riesenspaß zusammen ... Komm doch auch rüber, dein Typ wird verlangt!"

Kittys Gleichgültigkeit war wie weggewischt. „Bolle und Neumann", sagte sie, „das sind doch die ..."

„Klar, mit denen wir damals die Gaudi hatten! Du, die lassen was springen, das weißt du doch! Anspruchsvoll sind sie zwar, das stimmt. Aber das ist endlich mal wieder 'ne Sache, die lohnt!"

Von einer Sekunde zur anderen war Heinz Schlüter-van Dorn zu einem bedeutungslosen Schemen verblaßt. In Kittys grüne Augen trat der Ausdruck kalter Gier. „Du, ich komme!" sagte sie und leckte sich mit der Zungenspitze über die Lippen.

„Zieh dich erst um", sagte Irma, „du willst dir doch nicht das gute Kleid ruinieren, und außerdem ..." Sie zwinkerte vielsagend. „Wir müssen die beiden doch auf Touren bringen! Also, ich geh schon!"

„Ich bin in fünf Minuten drüben", rief Kitty ihr nach, riß an ihrem Reißverschluß und ließ das grüne Kleid zu Boden sinken. „Aber ich warne dich ... laß dir nicht einfallen, vorher abzukassieren! Ich lass' mich nicht von dir übers Ohr hauen, klar?"

Irma blickte lächelnd über die Schulter zurück. „Nur keine Sorge, Kleines, wir machen halbe-halbe. Das versteht sich doch am Rande!" Die Wohnungstür fiel hinter ihr ins Schloß.

Kitty stieg aus dem Kleid, warf es im Schlafzimmer über einen bunt bezogenen Sessel, trat – in Strümpfen und schwarzem Büstenhalter – vor den Spiegel und stülpte sich die Perücke mit den langen kupferroten Locken auf.

Erst zwei Tage später hatte Paul Reimers Gelegenheit, das Kaufhaus Maak aufzusuchen. Es geschah in der Mittagspause, der einzigen

Zeit, in der er sich freimachen konnte. Er hatte seine Selbstsicherheit wiedergewonnen. Schon im hellen Licht des nächsten Tages war ihm das nächtliche Erlebnis wie ein wüster Alptraum erschienen. Seine Tochter in einem weißen Mercedes auf der Kaiserstraße? Das war etwas, was es nicht geben durfte und deshalb auch nicht geben konnte.

Als er durch einen der weit offenen Eingänge in das riesige Kaufhaus trat, war er ganz sicher, daß er in wenigen Minuten seiner Tochter gegenüberstehen und auch der letzte Schatten aus seinem Bewußtsein schwinden würde.

Was sein eigenes Verhalten in jener Nacht betraf, so verschanzte er sich hinter der Ausrede, daß es sich ja nur um einen Versuch gehandelt hatte, einen Spaß, den er bestimmt nicht bis zum Ende ausgekostet hätte. Vor sich selber war er schon wieder der brave und treusorgende Gatte und Familienvater geworden, für den er sich seit jeher hielt. Das Bollwerk seiner Rechtschaffenheit hatte gewankt, aber es war stark genug, um auch ein Erdbeben zu überdauern. Sehr gerade, mit steifem Rücken und hochgerecktem Hals, marschierte er zwischen den Verkaufsständen dahin, fest entschlossen, sich von dem überwältigenden Angebot an Waren aller Art – Handtücher, Bettwäsche, Strümpfe, Socken, Küchengeräte, Sportartikel und Parfümeriewaren –, über das sein Blick hinwegflog, nicht verwirren zu lassen.

„Alles Schund", redete er sich ein, „mit so etwas zieht man nur den Leuten das Geld aus der Tasche!"

Aber er war dennoch und ganz gegen seinen Willen beeindruckt. Immerhin, daß Helga hier arbeitete, hieß schon etwas. Sie hatte mehr erreicht, als er sich nach ihren miserablen Schulzeugnissen erwartet hatte.

Es war schwer für ihn, sich zwischen all den Ständen mit Angeboten und Sonderangeboten zurechtzufinden. Aber sein Stolz verbot es ihm, jemanden zu fragen – auf keinen Fall wollte er für einen unbeholfenen Provinzonkel gehalten werden.

Endlich fand er, gleich neben der Rolltreppe, einen Hauswegweiser, der ihm weiterhalf. „Schmuckwaren, Parterre", las er und wußte jetzt wenigstens, wo er suchen mußte.

Er marschierte weiter, die Hände auf dem Rücken. Kinder liefen ihm zwischen die Beine, Frauen stießen ihn an mit ihren Paketen. Dann entdeckte er den Stand mit den Schmuckwaren – einen gläsernen Ladentisch, unter dessen Platte auf schwarzem Samt glitzernde Broschen, Ringe, Ketten und Kolliers ausgebreitet lagen. Auf einem Ständer hingen vielfarbige Ketten.

Hinter dem Ladentisch standen zwei Mädchen und unterhielten sich. Die eine war groß, schwarzhaarig, sie lachte mit breitem Mund und kräftigen weißen Zähnen. Von der anderen sah er nur den Rücken. Sie war schmal, mit kurzgeschnittenem aschblonden Haar.

Helga! durchfuhr es ihn, und die ungeheure Erleichterung, die er in dieser Sekunde empfand, erfüllte ihn fast mit Scham. Er unterdrückte das Lächeln, das schon auf seinen Lippen lag – nein, er durfte Helga auf keinen Fall überschwenglich begrüßen. Dazu lag wirklich kein Grund vor. Immerhin blieb die unerhörte Tatsache, daß sie es nicht für nötig gehalten hatte, ihren Eltern ihre Adresse anzugeben.

Er trat auf die beiden Mädchen zu. Die Schwarzhaarige mit dem breiten Mund wurde auf ihn aufmerksam und stieß ihre Kollegin an. Beide fuhren auseinander und wandten sich ihm zu. Paul Reimers erkannte, daß er sich wiederum geirrt hatte. Die blonde Verkäuferin war nicht Helga, sie hatte nicht die geringste Ähnlichkeit mit seiner Tochter.

Das Blut hämmerte in seinen Schläfen. Mit Anstrengung hielt er die Worte zurück, die ihm schon auf der Zunge gelegen hatten. Einen Atemzug lang war er aus dem Konzept gebracht.

„Sie wünschen, mein Herr?" fragte die Blonde mit einem berufsmäßigen Lächeln.

„Ich ... ich suche meine Tochter", brachte Paul Reimers mühsam heraus.

Die beiden Mädchen wechselten einen raschen Blick.

„Sie heißt Helga Reimers", erklärte er mit Nachdruck, „und sie muß hier arbeiten."

„Im Verkauf?" fragte die Schwarze.

„Natürlich im Verkauf", sagte er gereizt. „Wo denn sonst?"

Das Lächeln der Blonden wurde amüsiert. „War ja nur 'ne Frage", sagte sie. „Hier bei Maak gibt es auch jede Menge Büropersonal, Packerinnen, Dekorateurinnen und so weiter. Aber sind Sie ganz sicher, daß Ihre Tochter als Verkäuferin arbeitet?"

„Ja, und zwar hier ..." Paul Reimers trommelte auf die gläserne Theke „Sie verkauft Schmuckwaren!"

Wieder wechselten die beiden Mädchen einen Blick.

„Aber das müßten wir doch wissen", sagte die Schwarze. „Kennst du eine Helga Reimers, Susi?"

Die Blonde schüttelte den Kopf.

„Vielleicht gibt es noch einen anderen Stand mit Schmuckwaren im Haus?" fragte Paul Reimers.

„Ausgeschlossen", erwiderte Susi entschieden.

„Und wenn Sie sich nun in der Adresse geirrt haben?" gab die Schwarze zu bedenken. „Vielleicht arbeitet Ihre Tochter bei Karstadt oder bei ..."

„Nein. Im Kaufhaus Maak. Ich bin ganz sicher."

„Ja dann ..." Die Schwarze legte ihre Stirn in Falten und dachte angestrengt nach. „Dann erkundigen Sie sich doch am besten mal bei der

Personalabteilung! Die ist da hinten, im Seitenflügel, hinter der Milchglastür, wo steht: Für Unbefugte ist der Eintritt verboten!"

„Warten Sie, da vorn kommt die Abteilungsleiterin", rief die Blonde und lief ein paar Schritte vor. „Fräulein Lichnowsky!"

Fräulein Lichnowsky war eine Frau Anfang der Dreißig. Sie hatte das selbstbewußte Auftreten einer Junggesellin, die etwas erreicht hat und sich ihres Wertes bewußt ist.

„Der Herr da", erzählte Susi, während sie neben ihr zurücktrippelte, „möchte eine Helga Reimers sprechen! Er behauptet, sie hätte ihm gesagt, sie würde hier bei uns arbeiten ... bei den Schmuckwaren!"

Fräulein Lichnowski musterte Paul Reimers durchdringend aus scharfen grauen Augen. „Guten Tag, mein Herr", sagte sie ohne Wärme.

Paul Reimers beeilte sich, sich noch einmal vorzustellen.

„Ach so", sagte Fräulein Lichnowsky, „Sie sind der Vater ..."

Sie scheuchte die beiden Mädchen mit einer Handbewegung an ihren Stand zurück, trat ein paar Schritte beiseite und wartete ab, bis Paul Reimers ihr nachgekommen war.

„Tut mir sehr leid, Herr Reimers", sagte sie dann mit leiser Stimme, „Ihre Tochter arbeitet nicht mehr bei uns. Schon lange nicht mehr. Sie ist ... also, das war vor etwa einem Jahr ... entlassen worden. Nicht daß etwas Besonderes gegen sie vorgelegen hätte. Aber sie kam meist unausgeschlafen zur Arbeit, war hochfahrend und interesselos. Bei dem derzeitigen Personalmangel verzichten wir nicht gern auf eine Kraft, aber schließlich müssen wir ja auf den Ruf unseres Hauses Rücksicht nehmen. Sie werden verstehen."

„Ja", sagte Paul Reimers steif und fühlte sich zutiefst gedemütigt.

„Ich habe keine Ahnung, wo sie jetzt arbeitet und was sie tut", sagte Fräulein Lichnowsky. „Vielleicht können Sie bei der Personalabteilung ihre alte Adresse erfahren. Aber ich bezweifle, ob Ihnen das etwas nützen wird. Mädchen dieser Art sind ja meist nicht sehr seßhaft."

Paul Reimers zuckte zusammen, als habe er eine Ohrfeige bekommen. „Danke."

„Am einfachsten ist, wenn Sie sich ans Einwohnermeldeamt wenden", erklärte Fräulein Lichnowsky, „dort können Sie jederzeit erfahren, ob ..."

Paul Reimers ertrug es nicht länger. Er wartete nicht ab, bis die Abteilungsleiterin ausgesprochen hatte.

Er glaubte, die Blicke der beiden Verkäuferinnen und ihrer Vorgesetzten geradezu in seinem Rücken zu spüren, aber er hielt sich kerzengerade, den Kopf erhoben. Wenn er schon ein geschlagener Mann war, so sollte ihm doch niemand anmerken, wie hart ihn diese Niederlage traf.

Paul Reimers wurde am Samstag abend zu Hause erwartet, und seine Frau hatte alle Vorbereitungen getroffen, die sie für diese Gelegenheit notwendig hielt. Sie hatte seine Abwesenheit zu einem gründlichen Hausputz benützt. Die alten Möbel waren auf Hochglanz poliert, die Gardinen gewaschen. Ein Strauß Frühjahrsblumen stand auf dem Wohnzimmertisch. Ein Kartoffelauflauf, Vaters Lieblingsessen, wartete nur darauf, in das Backrohr geschoben zu werden. Bestimmt hatte er in der ganzen Zeit in Frankfurt nichts Anständiges zu essen bekommen. Man wußte ja, was man in den billigen Lokalen heutzutage vorgesetzt bekam, und um in ein teures Restaurant zu gehen, war Vater doch viel zu sparsam. Geschäftig lief Frau Reimers hin und her. Sie hatte sich sogar die Zeit genommen, zum Friseur zu gehen, und zu Ehren des Tages den schwarzseidenen Unterrock, Helgas Geschenk, angezogen – nur schade, daß er unter dem Kleid gar nicht zur Geltung kam.

Karin und Rolf beobachteten die Tätigkeit ihrer Mutter mit amüsierter Nachsicht. Sie fühlten sich erst betroffen, als Frau Reimers mit aller Entschiedenheit erklärte, daß beide heute abend zu Hause zu bleiben hätten.

„Vater war eine ganze Woche fort", sagte sie, „er hat bestimmt Sehnsucht nach euch gehabt Und er hat das Recht, wenigstens an diesem einen Abend seine Familie beisammen zu finden."

Rolf, der aus Erfahrung wußte, was die Glocke geschlagen hatte, wenn seine Mutter diesen bestimmten Ton anschlug, ergab sich in sein Schicksal. „Schon gut, Mutti", sagte er friedfertig. „Reg dich doch nicht auf ... klar, wir bleiben. Ist ja Ehrensache!"

Karin gab sich nicht so schnell geschlagen. „Ich denke ja gar nicht daran!" protestierte sie. „Das ist ja eine Zumutung ... gerade heute, wo ich mit André verabredet bin!"

„Wann bist du das denn nicht?" spottete Rolf und duckte sich eiligst, um einer Ohrfeige seiner Schwester zu entgehen.

„Du hast die ganze Woche gewußt, daß Vater heute zurückkommt", sagte Frau Reimers eisern, „du hättest eben für heute abend keine Verabredung treffen sollen. Übrigens bin ich überzeugt, daß André durchaus versteht ..."

„Ich kann ihn doch nicht einfach versetzen!"

„Warum denn nicht? Schließlich ist es doch auch schon mal vorgekommen, daß dein geliebter André nicht zu einer Verabredung erschienen ist!"

„André ist ein Geschäftsmann, er hat viel zu tun ... Das läßt sich doch gar nicht vergleichen ..."

„Doch", widersprach Frau Reimers, „auch du hast Verpflichtungen deiner Familie gegenüber. Und du kannst erwarten, daß er das gleiche

Verständnis dafür aufbringt wie du für –" Sie hielt mitten im Satz inne, denn sie hörte den Schlüssel in der Wohnungstür.

„Da kommt Vati!" schrie Rolf und stürzte in den düsteren Flur hinaus.

„Schon?" fragte Frau Reimers verwirrt. „Und ich dachte ... na, um so besser!" Sie lächelte ihre Tochter an, sagte begütigend: „Vielleicht kannst du dann nachher doch noch fort, Karin, ich will dir ja nicht den Spaß verderben. Nun setz aber ein anderes Gesicht auf, ja?"

Auch sie wollte zur Begrüßung auf den Flur hinaus, aber da kam Rolf schon zurück. „Dicke Luft", flüsterte er mit Verschwörermiene. „Achtung, äußerste Vorsicht! Gefahrenstufe eins!"

„Du machst Spaß", sagte Frau Reimers ungläubig. Aber als ihr Mann eintrat, sah sie sofort, daß etwas nicht in Ordnung war. Sie kannte ihn seit fünfundzwanzig Jahren und wußte nur zu gut, was die verkniffenen Lippen, die steile, tiefe Furche auf der Stirn zu bedeuten hatten.

Dennoch machte sie den zaghaften Versuch, die Situation zu überspielen. „Paul", sagte sie, „wie schön, daß du endlich wieder da bist! Es ... es war sehr einsam ohne dich und ..." Sie bot ihm die Wange zum Kuß, spürte die flüchtige Berührung seiner kalten Lippen. Auch Karin begrüßte den Vater.

„Du bist sicher hungrig, Paul", sagte Frau Reimers. „Wir können in einer Stunde essen ... oder soll ich lieber erst Kaffee machen? Wir könnten den Sonntagskuchen anschneiden."

Die Explosion kam ohne Vorbereitung. „Essen, essen, essen!" brüllte Paul Reimers. „Etwas anderes hast du nicht im Kopf! Kümmere dich lieber um deine Kinder, anstatt ein solches Theater mit deiner ewigen Kocherei zu machen!"

Anna Reimers schluckte. „Natürlich, du hast recht, Paul, es war dumm von mir! Entschuldige, bitte, ich ... ich bin einfach ein bißchen nervös ..."

„Von was denn, möchte ich wissen?"

Unerwartet kam Karin der Mutter zu Hilfe. „Es war bestimmt furchtbar anstrengend für dich, Vati", sagte sie schmeichelnd. „Nun setz dich doch mal erst ... Erzähl uns, wie ist es mit dem Kurs gegangen?" Sie bugsierte den Vater in seinen Lieblingssessel, schwang sich selber auf die Lehne und legte den Arm um seine Schulter.

Frau Reimers schöpfte neuen Mut. „Ja, und wie geht es Helga?" fragte sie. „Wart ihr mal zusammen aus? Du hast sie doch bestimmt getroffen und –"

Er unterbrach sie hart. „Nein!"

„Aber, Paul, ich hatte dich doch so gebeten ..."

„Ich war im Kaufhaus Maak, wenn du das meinst. Aber dort arbeitet sie nicht mehr. Sie ist entlassen worden, schon vor mehr als einem Jahr. Wegen Faulheit und Unfähigkeit."

Frau Reimers war totenblaß geworden. Sie rang nach Luft, ihre Lippen zitterten.

„Und damit", erklärte Herr Reimers mit Nachdruck, „ist dieses Thema endgültig erledigt. Ich wünsche Helga nicht mehr zu sehen, ich verbiete hiermit, daß sie meine Wohnung auch nur ein einziges Mal noch betritt. Sie ist für mich und für euch gestorben ... Habt ihr mich alle verstanden?"

„Aber, Paul, ich bitte dich ..."

„Schluß", donnerte er. „Ende der Debatte. Ich habe zu arbeiten."

Karin stand auf. „Na, dann darf ich mich ja wohl zurückziehen", sagte sie, nahm ihre Mutter rasch in die Arme und küßte sie auf beide Wangen. „Mach dir nichts draus, Mutti, so was Ähnliches habe ich seit langem kommen sehen!"

„Bitte, geh du auch, Rolf", sagte Frau Reimers tonlos. „Laß Vati und mich allein!"

Paul Reimers sah seine Frau an, und sein Blick wurde milder.

„Vielleicht ist es nicht mal allein unsere Schuld, Anna", sagte er. „Wir hätten sie eben nicht nach Frankfurt gehen lassen sollen. Aber schließlich war sie alt genug und . . . Jedenfalls läßt sich jetzt nichts mehr ändern. Du mußt dich damit abfinden."

In Anna Reimers' Augen standen Tränen. „Aber Paul, sie ist doch unser Kind, wir können sie doch nicht einfach ... Wir müssen uns um sie kümmern! Vielleicht hat sie Sorgen, sie sah immer so blaß aus, so ... so überarbeitet! Mein Gott, das arme, arme Mädchen!"

Paul Reimers dachte an den weißen Mercedes und war nahe daran, alles zu sagen. Aber er tat es nicht. Es gibt Dinge, die der Mensch nicht einmal vor sich selbst wahrhaben will.

„Sie hat uns belogen und betrogen", sagte er, „begreif das doch endlich! Sie hätte ja unsere Hilfe haben können, jederzeit. Wir hätten ihr hier in Bingen bestimmt eine neue Stellung verschafft, wenn sie –"

„Vielleicht hat sie sich geschämt", sagte Frau Reimers leise.

„Man schämt sich nur dann, wenn man etwas zu verbergen hat!"

Herr Reimers stand auf. „Ich habe keine Lust, länger mit dir darüber zu reden. Das führt zu nichts. Ich will nichts mehr darüber hören. Der Fall ist für mich erledigt."

„Aber ... sie war doch immer so ein gutes Kind!"

„War sie das wirklich? Kennst du sie so genau?" Herr Reimers trat dicht auf seine Frau zu. „Du hast dir doch immer etwas vorgemacht. Mach die Augen auf, sieh deine Tochter, wie sie wirklich ist!" Er zog einen kleinen Zettel aus der Jackentasche – den Zettel mit Helgas

Adresse, die er sich beim Einwohnermeldeamt hatte geben lassen, ohne dann den Mut aufzubringen, weiter nach ihr zu forschen. „Da! Das schenke ich dir! Damit du wenigstens weißt, wo deine Tochter lebt!“

3

Für Anna Reimers war eine Welt zusammengebrochen. Sie war weit davon entfernt, die wirklichen Zusammenhänge auch nur zu ahnen. Es fiel ihr schwer genug, zu begreifen, daß Helga nicht mehr im Kaufhaus Maak arbeitete, und selbst diese Erkenntnis wollten weder ihr Herz noch ihr Verstand wahrhaben. Sie hatte keinen Grund, an den Worten ihres Mannes zu zweifeln, und dennoch ... Immer wenn sie an ihre älteste Tochter gedacht hatte, und das war täglich viele Male geschehen, hatte sie sie hinter dem Ladentisch der Schmuckabteilung gesehen, adrett gekleidet, ein freundliches Lächeln auf den Lippen, wie sie geduldig oder leicht gereizt – Helga war schließlich kein Engel! – schwierige Kunden zufriedenstellte.

Zwar war Frau Reimers nie in Frankfurt gewesen, hatte das Kaufhaus Maak nie betreten, aber Helga hatte doch immer alles so lebendig geschildert. Noch bei ihrem letzten Besuch hatte sie eine amüsante Geschichte von einem jungen Mann erzählt, der bei ihr Eheringe erstehen wollte und dem sie nur mühsam begreiflich machen konnte, daß hier kein echter Schmuck geführt wurde.

Und das alles sollte gelogen sein? Ein Jahr, mehr als ein Jahr, sollte Helga ihr eine Existenz vorgegaukelt haben, die mit ihrem wirklichen Leben gar nichts zu tun hatte? Und warum nur? Warum?

Frau Reimers fiel es nicht schwer, Entschuldigungen für ihre Tochter zu finden. Natürlich hatte sich das Mädchen geschämt, weil man sie entlassen hatte. Sie hatte den Zorn des Vaters gefürchtet, die Eltern nicht enttäuschen wollen.

Aber diese Entschuldigungen boten keine wirkliche Erklärung, Frau Reimers war klug genug, das einzusehen. Inzwischen mußte Helga doch längst wieder eine andere Stellung gefunden haben. Wenn sie sich schon schämte, die Wahrheit zuzugeben, wäre es doch viel einfacher gewesen, zu behaupten, sie hätte ihre Stellung bei Maak freiwillig aufgegeben, weil ihr der neue Arbeitsplatz mehr zusagte.

Aber zu lügen, immer wieder zu lügen, mit offenen Augen und ohne eine Spur von Verlegenheit, nein, das überstieg das Fassungsvermögen der Mutter. Sie hatte das quälende Gefühl, daß sich ein schreckliches Geheimnis hinter alledem verbarg, und es kam ihr auch vor, als ob ihr Mann mehr wußte, als er sagte – aber was steckte dahinter? Frau Reimers' Fantasie wurde nur von eigenen Erlebnissen gespeist; sie reichte nicht in eine Welt, die ihr so fern lag wie das Leben auf einem anderen Stern.

In den nächsten Tagen versuchte sie immer wieder, das Gespräch auf Helga zu bringen. Aber sobald sie auch nur eine Andeutung in dieser Richtung machte, stand Paul Reimers auf und verließ das Zimmer, auch wenn sie mitten in einer gemeinsamen Mahlzeit waren. Sie mußte letzten Endes einsehen, daß er wirklich entschlossen war, seine Drohung wahrzumachen – für ihn existierte Helga nicht mehr.

Anna Reimers hatte sich in all den Jahren ihrer Ehe noch nie so einsam gefühlt. Verstand Paul denn nicht, daß sie ihre Tochter nicht einfach aufgeben konnte? Ihre Älteste, die sie in so schwerer Zeit geboren, die ihr so viel Freude geschenkt, so viel Sorgen bereitet hatte!

Das Gefühl unendlicher Einsamkeit verstärkte sich noch durch die Gleichgültigkeit ihrer anderen Kinder.

„Hör doch endlich damit auf, Mutti", sagte Karin, als Paul Reimers wieder einmal mit steinernem Gesicht zu seinem Hut gegriffen und die Wohnung verlassen hatte. „Das wird doch wirklich langsam zu dumm. Vater will einfach nicht darüber reden, begreifst du das denn nicht?"

Und Rolf sagte: „Reg dich nicht auf, Mammutschka! Du kennst doch Vati. Lange hält er das sowieso nicht durch. Laß ihn doch in Ruhe, dann kommt alles ganz von selbst wieder in Ordnung." Er erklärte das auf seine nette Art, die Frau Reimers sonst immer gutgetan hatte. Jetzt aber spürte sie nur seine grenzenlose Verständnislosigkeit und hatte plötzlich das Gefühl, einem Fremden gegenüberzusitzen, dem fremden Sohn eines fremden Mannes.

Sie stürzte aus dem Zimmer, weil sie ihren Kindern nicht das Schauspiel ihrer Tränen und ihrer Verzweiflung bieten wollte.

Es gab für Anna Reimers nur einen einzigen Trost: Sie hatte Helgas Adresse. Sie bewahrte den Zettel des Einwohnermeldeamtes, den ihr Mann ihr im Zorn hingeschleudert hatte, wie eine Kostbarkeit. Mehr als einmal war sie nahe daran, Helga zu schreiben. Aber dann unterließ sie es doch wieder. Wenn Helga sie, ohne mit der Wimper zu zucken, ins Gesicht hinein belogen hatte, wieviel leichter würde es ihr fallen, einen Bogen Papier mit Lügen zu bedecken. Nein, ein Brief konnte jetzt nichts mehr helfen. Sie mußte Helga sehen, mit eigenen Augen, wie sie lebte, was sie tat, wie es ihr ging. Sie mußte es wissen, sonst würde sie keine ruhige Minute mehr haben.

Natürlich wagte sie nicht, mit ihrem Mann über diesen Plan zu sprechen Sie war sich darüber klar, daß sie eine Lüge erfinden mußte, um wenigstens für zwei Tage von Bingen fortzukommen. Ihr Kummer verdoppelte sich noch bei diesem Gedanken. Zum erstenmal in ihrem Leben würde sie ihren Mann hintergehen. Aber es half nichts. Er zwang sie ja dazu. Es blieb ihr überhaupt keine andere Wahl.

Während Anna Reimers ihrer gewohnten Tätigkeit nachging, putzte, wusch, stopfte, kochte und einkaufte, zerbrach sie sich unentwegt den Kopf über dieses Problem, das sie bis in die Nächte hinein verfolgte.

Endlich kam ihr eine Idee. Sie hatte nur wenige Stunden geschlafen, war früh erwacht, als der Morgen erst grau vor dem Fenster heraufdämmerte. Sie wagte sich nicht zu rühren, um ihren Mann nicht zu stören. Mit brennenden Augen starrte sie an die Zimmerdecke, da kam ihr ein Gedanke.

In den nächsten Tagen hatte ihre Schwester Bertha, die in Hilden verheiratet war, Geburtstag. Das war ein guter Vorwand. Seit Monaten hatte sie ihre Schwester nicht gesehen, aber sie standen in enger brieflicher Verbindung. Paul würde keinen Verdacht schöpfen, wenn sie erklärte, Bertha besuchen zu wollen – und er würde bestimmt auch nicht auf die Idee kommen, sie zu begleiten, denn er schätzte die Familie ihrer Schwester nicht. Berthas Mann, ein gelernter Bäcker, hatte es vorgezogen, in die Fabrik zu gehen, wegen des besseren Verdienstes und der angenehmeren Arbeitszeit. Paul hatte ihm dieses „Absinken ins Proletariat", wie er es nannte, nie verziehen.

Anna Reimers mußte an sich halten, um ihren Mann nicht zu wecken. Am liebsten hätte sie sofort mit ihm darüber gesprochen. Aber sie lag starr und steif mit gefalteten Händen. Sie kannte ihn nur zu gut. Sie durfte nichts überstürzen, ihn auf keinen Fall verärgern, sonst war alles verloren.

Als der Wecker klingelte, fuhr sie hoch. Sie konnte es nicht begreifen, aber sie war tatsächlich noch einmal eingeschlafen.

Sie legte ihre Hände auf die Schulter ihres Mannes und rüttelte ihn leicht. „Paul, Paul ... es ist Zeit! Du mußt aufstehen!"

Er ächzte laut.

Sie sprang aus dem Bett, ließ den Wecker weiterläuten, ging in die Küche und setzte Kaffeewasser auf. Dann klopfte sie gegen die Türen der Kinder. Aber sie ließ sich nicht wie sonst Zeit, sich zu vergewissern, ob sie wirklich wach geworden waren, sondern lief ins Schlafzimmer zurück.

Paul Reimers saß auf der Bettkante, den Kopf in die Hände gestützt. Sein Gesicht war fahl vor Müdigkeit. Er wirkte in dem viel zu weiten Schlafanzug bemitleidenswert mager.

„Paul", sagte Frau Reimers so beiläufig wie möglich, „mir ist heute nacht ein Gedanke gekommen! Übermorgen hat doch Bertha Geburtstag ... Wollen wir da nicht zusammen nach Hilden fahren?"

Er gähnte. „Warum?"

„Aber Paul!" Sie zwang sich zu einem kleinen Lachen. „Sie hat uns doch so lange nicht mehr gesehen!"

Er reckte sich, stand auf. „Fahr du von mir aus, wenn du gern möchtest. Mich laß gefälligst mit solchen Geschichten in Frieden ..." Er angelte nach den Pantoffeln, schlurfte ins Bad.

Sie lief hinter ihm her. „Du müßtest mir einen kleinen Zuschuß geben, Paul. Für die Fahrt hätte ich noch genug, aber ich muß Bertha doch schließlich irgend etwas mitbringen."

„Ein Narr, der mehr gibt, als er hat ..." Paul Reimers starrte in den Spiegel über dem Waschbecken, fuhr sich mit der Hand über die unrasierte Wange.

„Paul!" sagte sie bittend.

„Ich kann dir nicht helfen. Wenn du es dir nicht leisten kannst, mußt du eben darauf verzichten. Ich halte das Ganze sowieso für eine Kateridee."

Anna Reimers gab nicht auf. „Dann werde ich eben ohne ein Geschenk zu Bertha fahren. Aber was macht das für einen Eindruck!"

Er prüfte die Klinge seines Rasierapparates. „Vor der Fabrikarbeitersgattin brauchst du dich bestimmt nicht zu genieren", sagte er verächtlich.

Das Frühstück wurde eine einzige Hetze. Rolf war natürlich nicht rechtzeitig aufgestanden und schlang im Stehen sein Brötchen hinunter. Karin war wieder einmal beleidigt, daß der Vater das Bad zu lange in Beschlag genommen hatte. Paul Reimers, der gern in Ruhe frühstückte, verschanzte sich hinter der Zeitung.

Anna Reimers atmete auf, als endlich alle gegangen waren. Sie trat zum Küchenschrank, holte die ausrangierte Zuckerdose heraus, in der sie ihr Geld aufbewahrte. Sie hoffte auf ein Wunder, aber das Wunder blieb aus: Ihr mühsam erspartes Geld reichte nicht. Der Hunderter, den Helga ihr beim letzten Besuch in die Hand gedrückt hatte, war für einen neuen Anzug für Rolf draufgegangen – der Junge sollte doch im Gymnasium nicht hinter den anderen zurückstehen müssen.

Mit einem tiefen Seufzer strich sie ihre Notgroschen wieder zusammen. Dann holte sie ihr Portemonnaie und zählte das Wirtschaftsgeld nach. Aber sie konnte rechnen, soviel sie wollte, es ließ sich einfach nicht genug abknapsen. Selbst wenn sie darauf verzichtete, Rolfs Schuhe, die er so dringend brauchte, vom Schuster zu holen, selbst wenn sie die Milchrechnung anstehen ließ, es reichte nicht.

Es gab nur eine einzige Möglichkeit: Sie mußte Karin um Hilfe bitten. Karin, die als Sekretärin in einer Weingroßhandlung arbeitete, verdiente gut. Sie legte seit Jahren fleißig für eine Aussteuer beiseite. Karin würde helfen können. Wenn sie nur wollte.

Anna Reimers nahm es als ein gutes Zeichen, daß sie allein in der Wohnung war, als Karin am Spätnachmittag nach Hause kam. Der

Vater war noch nicht zu Hause, und Rolf hatte seine Schulaufgaben schon erledigt und war wieder fort.

„'n Abend, Mutti!" rief Karin und steckte ihren Kopf in die Küche. „Gibt's was Neues?"

Frau Reimers stand am Bügelbrett. „Ich habe dir deine weiße Bluse geplättet", sagte sie, „die gute! Sie ist wieder wie neu geworden."

„Aber Mutti, ich habe dir doch schon tausendmal gesagt, das sollst du nicht tun! Das kann ich genausogut selber."

„Ich weiß, Karin!" Frau Reimers glättete das feuchte Tuch über der Hose ihres Mannes. „Aber ich wollte dir eine kleine Freude machen."

Karin lachte. „Ist dir auch prächtig gelungen!" Sie ging um das Bügelbrett herum, legte ihren Arm um die Schulter der Mutter, gab ihr einen Kuß auf die Wange. „Ich protestiere auch nur anstandshalber!"

Frau Reimers setzte das heiße Eisen auf das feuchte Tuch. Zischend entwichen Dampfwolken. „Karin", sagte sie, ohne ihre Tochter anzusehen, „du könntest mir einen großen Gefallen tun ..."

„Ja? Was denn?"

„Könntest du mir ... zwanzig Mark leihen?" Sie sah, daß Karins Gesicht sich verfinsterte, und fügte hastig hinzu: „Nur bis Ende des Monats, Karin, dann kannst du es von deinem Wirtschaftsbeitrag abziehen."

„Ich verstehe nicht, wieso dir das helfen soll", erwiderte Karin. „Im nächsten Monat fehlt es dir dann wieder."

Frau Reimers blickte angestrengt auf das Bügeleisen, wie es über das feuchte Tuch glitt – hin und her, her und hin. „Ich möchte gern Tante Bertha in Hilden besuchen, sie hat doch Geburtstag und –"

Karin fiel ihr ins Wort. „Warum siehst du mich nicht an, Mutti?"

„Ich? Ja, aber ... ich bügle doch", verteidigte sich Frau Reimers, aber sie konnte nicht verhindern, daß sie rot wurde.

„Nein, es ist nicht deswegen!" Karin nahm der Mutter mit energischem Griff das Bügeleisen aus der Hand und stellte es auf den Drahtuntersatz. „Du beschwindelst mich, Mutti!"

„Aber Karin ... warum sollte ich denn ..."

„Weil du nicht zu Tante Bertha nach Hilden, sondern zu Helga nach Frankfurt fahren willst."

Eine Sekunde lang sahen sich Mutter und Tochter fast feindselig in die Augen.

Frau Reimers senkte als erste den Blick. „Bitte, Karin", sagte sie, „verrat mich nicht bei Vater! Er ... du weißt, wie er ist ... er würde kein Verständnis dafür haben, aber ... ich muß doch zu Helga! Ich muß, Karin!"

„Warum?" fragte Karin nüchtern und glich in diesem Augenblick sehr ihrem Vater.

„Das fragst du? Ich muß mich doch um Helga kümmern! Du hast gehört, was Vater erzählt hat, sie arbeitet nicht mehr bei Maak ... Vielleicht geht es ihr schlecht, vielleicht ist sie in Not ..."

„Nein", sagte Karin hart, „das glaube ich nicht, Mutti. Helga geht es besser als uns allen zusammen."

„Du weißt etwas von ihr?" fragte Frau Reimers, halb hoffnungsvoll, halb erschrocken.

„Nein", antwortete Karin, „aber ich kann zwei und zwei zusammenzählen. Und du auch, Mutti ... wenn du nur willst! Mach dir doch nichts vor! Ich habe schon seit Monaten gemerkt, was mit Helga los ist."

„Ich habe gar keine Ahnung, wovon du redest", sagte Anna Reimers hilflos.

„Helga hat einen reichen Freund. Das ist für mich so sicher wie das Amen in der Kirche. Denk mal nach, Mutti ... Helgas Geschenke! Du weißt doch, wie geizig sie immer war. Schon als Kind hat sie ihre Schätze immer gehortet, hat ihre Ostereier lieber verschimmeln lassen, als mir oder Rolf was abzugeben. Als sie zum erstenmal mit Geschenken ankam, da wußte ich gleich, was los war."

Frau Reimers ließ sich auf einen Stuhl sinken. „Der Mensch kann sich ändern, Karin."

„So nicht. Wenn Helga uns etwas schenkt, dann nur, weil sie ein schlechtes Gewissen hat und weil sie soviel Geld hat, daß es ihr kein Opfer bedeutet! Und woher soll eine stellungslose Verkäuferin schon Geld haben, wenn nicht von einem Mann?"

„Wußtest du früher schon, daß sie ihre Stellung bei Maak verloren hat?"

„Natürlich nicht. Damals ahnte ich ja auch nur, daß irgend etwas nicht stimmt. Aber jetzt weiß ich es, ich weiß es ganz genau. Hast du nicht gemerkt, wie sie sofort wieder versucht hat, mit André Colbert zu flirten? Obwohl sie wußte, wie ich zu ihm stehe? Aber so ist Helga, sie schreckt vor nichts zurück. Sie will alles haben, was ihr gefällt. So war sie immer schon. Und ausgerechnet um dieses Biest machst du dir Sorgen?" Karin lachte schrill.

„Bitte, Karin", mahnte Frau Reimers, „ich wünsche nicht, daß du in diesem Ton von Helga sprichst! Schließlich ist sie deine Schwester ..."

„Eine feine Schwester, die keine Skrupel haben würde, mir André auszuspannen! Die sich von irgend so einem alten Kerl aushalten läßt, nur, um nicht arbeiten zu müssen ..."

„Aber das weißt du doch alles gar nicht, Karin!" rief Frau Reimers. „Das sind doch nur Behauptungen ... völlig aus der Luft gegriffene Behauptungen!"

Karin stemmte die Hände in die Hüften. „So? Und warum hat sie uns dann alle belogen?"

Da war sie wieder, die Frage, die Anna Reimers Tag und Nacht keine Ruhe ließ und auf die sie keine Antwort geben konnte.

„Weil sie etwas zu verbergen hat“, fuhr Karin fort, „und wie ich Helga kenne, kann es sich dabei nur um einen Mann handeln! Mach dich doch nicht verrückt, Mutti, laß Helga in Ruhe. Sie lebt das Leben, das sie sich selbst ausgesucht hat, sie braucht dich ja gar nicht.“

Frau Reimers schüttelte wie betäubt den Kopf. „Das kannst du nicht wissen.“

„Na schön, wenn du dir nichts sagen läßt, dann fuhr zu Helga!“ rief Karin aufgebracht. „Sie hat dir ja immer schon mehr bedeutet als wir alle zusammen. Immer war sie dein Liebling, immer hast du sie verwöhnt und vorgezogen ...“

„Das ist doch nicht wahr!“

„O doch! Für Helga hattest du immer eine Entschuldigung, für ihre Faulheit, ihren Leichtsinn, ihren Egoismus. Das kam ja alles von der Flucht, die sie als kleines Kind mitgemacht hatte! Wenn Helga eine schlechte Note in der Schule hatte, dann hast du sie bedauert und vor Vater in Schutz genommen ... und ich, ich bin für meine guten Zeugnisse nicht einmal gelobt worden! Bei mir war ja alles immer selbstverständlich!“

Anna Reimers stand auf, wollte Karin in die Arme nehmen.

„Liebling, das kommt dir alles nur so vor ...“

Karin wich vor ihr zurück. „So? Ich leide wohl an Wahnvorstellungen? Und daß ich immer nur Helgas abgelegte Fetzen tragen durfte, das bilde ich mir wohl auch nur ein?“

„Es ist doch ganz natürlich, daß die jüngere Schwester ...“

„Völlig natürlich! Besonders dann, wenn die ältere viel hübscher ist! ‚Ist sie nicht ein süßer blonder Engel?‘ Wie oft hast du das gesagt, du warst ja immer vernarrt in sie ... du bist es heute noch!“

Karin stürzte aus der Küche, kam wenige Sekunden später mit ihrem Portemonnaie zurück, warf einen Fünfzigmarkschein auf das Bügelbrett. „Hier, da hast du dein Reisegeld, an mir soll es nicht liegen. Aber beklag dich nachher nicht, wenn du eine unangenehme Überraschung erlebst. Und vergiß nicht, Helga einen schönen Gruß zu bestellen! Von mir aus kann sie tun und lassen, was sie will ... Aber André bekommt sie nicht, und wenn sie sich auf den Kopf stellt! André gehört mir!“

Als der erste Schrei durch die nächtliche Stille des Appartementhauses gellte, fuhr Kitty hoch. Kerzengerade saß sie im Bett und starrte mit weit offenen Augen in das schummrig beleuchtete Schlafzimmer. Das Blut stockte in ihren Adern, ihr Herzschlag setzte aus.

Beim nächsten Schrei duckte sie sich, schlug die Arme über den Kopf, als erwarte sie, daß Wände und Decke im nächsten Augenblick über ihr zusammenstürzten. Für Sekunden vergaß sie völlig, daß sie nicht allein war.

Erst als der Mann an ihrer Seite sie zu sich herabzuziehen suchte, erinnerte sie sich wieder. Mit einer geschmeidigen Bewegung löste sie sich von ihm. „Nein, laß mich, bitte ..."

In diesem Augenblick schrillte auch schon die Türglocke. Fast gleichzeitig hämmerten Fäuste gegen die Füllung. Kitty raste zur Tür, ergriff im Laufen ihren violetten Hausmantel, schlüpfte hinein, während sie die Tür aufriß.

Irma taumelte in die kleine Diele. Ihr schwarzseidener Hausmantel war über der Brust zerrissen. Sie schrie wimmernd, mit weit geöffnetem Mund.

Kitty schlug die Tür hinter ihr zu, packte sie bei den Schultern und schüttelte sie. „Was ist, Irma? Um Gottes willen, nimm dich zusammen! Was ist denn geschehen?"

Aber Irma war außerstande, etwas zu erklären. Sie brachte nur stöhnende, unverständliche Laute heraus. Kitty schlug ihr mit der flachen Hand ins Gesicht.

Die keuchenden Töne verstummten, Irma schluckte schwer, fuhr sich mit beiden Händen zum Hals, auf dem sich rote Flecken abzeichneten. „Ein Kerl", stieß sie hervor, „er will mich umbringen ... in meiner Wohnung!"

Kitty hatte es schon in jener Sekunde gewußt, als der erste Schrei ertönte, und dennoch überfiel sie panisches Entsetzen. In ihrer nächsten Nähe war geschehen, was sie und alle anderen, die ihr Glück auf der Straße suchten, in jeder Phase ihrer Tätigkeit zu fürchten hatten. Die Angst, die mit ihr aufstand und sie selbst im Schlaf nicht einen Atemzug verließ, hatte plötzlich greifbare Gestalt angenommen.

Irma klammerte sich an ihr fest. „Du mußt mir helfen, Kitty! Allein traue ich mich nicht mehr zurück ..."

„Dann bleib hier!"

„Nein, ich ... mein ganzes Geld ist drüben, mein Schmuck ... bitte, Kitty, laß mich nicht im Stich!"

Der Mann kam aus dem Schlafzimmer. Er hatte die Jacke unter den Arm geklemmt, stopfte sich mit fahrigen Händen das Hemd in die Hose; seine Krawatte hing ihm aus der Tasche.

Irma stürzte zu ihm hin. „Bitte, kommen Sie mit! Sie sind ein Mann, sie können leicht –"

„Nichts zu machen!" Der Kunde schlüpfte in seine Jacke.

„Feigling!"

Er verzog das Gesicht zu einem schiefen Grinsen. „Du hast gut reden, Mädchen, du hast keinen Ruf zu verlieren. Aber ich kann es mir einfach nicht leisten, in einen Skandal verwickelt zu werden!" Er riß seinen hellen Mantel vom Garderobenhaken. „Also dann, bis bald mal ..." Ohne Kitty anzusehen, öffnete er die Tür und drückte sich ins Treppenhaus hinaus.

Irma rieb sich den Hals, sie mußte husten. „Da geht er hin", sagte sie verächtlich.

„Und kommt nicht wieder! Den hast du mir vertrieben. Irma!"

Kitty hatte ihre Kaltblütigkeit wiedergewonnen, sie drehte sich um und ging in ihr Wohnzimmer.

Irma folgte ihr. „Was willst du tun, Kitty? Doch nicht etwa ..."

Sie schob sich zwischen Kitty und das Telefon.

„Die Polizei? Ich bin doch nicht blöd. Warte nur, mit dem Kerl werden wir schon allein fertig." Sie riß die linke Schublade des Chippendale-Sekretärs auf, holte eine Pistole hervor.

Irma riß die Augen auf. „Du hast ... eine Waffe?"

„Eine Gaspistole. Aber immerhin! Das wird genügen, um den Kerl einzuschüchtern."

„Er hat ein Messer", sagte Irma, „ein Fallschirmmesser, ein Riesending, damit hat er mich bedroht. Ich bin nicht hysterisch, Kitty." Irma schluchzte auf. „Er wollte mich wirklich umbringen!"

„Wir dürfen ihn eben nicht an uns herankommen lassen. Gehen wir!"

Hintereinander schlichen sich die beiden Mädchen aus der Wohnung. Kitty, die Gaspistole in der vorgestreckten Hand, ging voraus. Die Tür von Irmas Appartement stand halb offen.

Kitty schob die Pistole durch den Spalt. „Hände hoch!"

Von drinnen kam keine Antwort. Mit einem Fußtritt ließ Kitty die Tür aufspringen, durchquerte die winzige Diele. Irmas Appartement war kleiner als ihres. Es gab nur einen einzigen Raum, der Irma zum Wohnen, Schlafen und zur Ausübung ihres Berufes diente.

Das große Zimmer war leer.

„Er ist fort", sagte Irma unendlich erleichtert.

Kitty senkte die Gaspistole. Ihre Hand zitterte, die Knöchel waren weiß vor Anstrengung. „Sollten wir nicht doch vorsichtshalber im Bad und in der Küche –"

Irmas Aufschrei schnitt ihr das Wort ab. Erst in diesem Moment sah sie, was geschehen war. Die Türen des eingebauten Kleiderschranks standen weit offen. Einige Kleider waren von den Bügeln gerutscht und lagen auf dem Teppich. Irma war hingelaufen, um sie aufzuheben. Sie hielt ein langes weißes, mit goldenen Pailletten besticktes Abendkleid in der Hand – es war von oben bis unten aufgeschlitzt.

Sie warf es über das Bett, hob das nächste auf. Es war genauso zugerichtet. Sie ließ es fallen, als hätte sie sich verbrannt, stürzte auf den Schrank zu, fuhr mit beiden Händen durch Kleider und Mäntel – alle, alle waren sie aufgeschlitzt.

„Nein“, wimmerte sie, „o nein, nein, nein!“

Kitty wurden die Knie weich. Sie ließ sich in einen Sessel sinken. Sie fühlte die grauenhafte Bedeutung dieser Entdeckung mehr als sie sie verstand. „Der muß verrückt gewesen sein“, stammelte sie. „Das ist ja ... Wahnsinn!“

Irma brach – eine aufgeschlitzte Breitschwanzjacke in den Händen – über dem Bett zusammen und schluchzte hemmungslos. Von der Straße herauf tönten die Signale der Funkstreife, ohne daß die Mädchen darauf achteten.

„Der gute Pelz“, wimmerte Irma, „der gute, gute Pelz ...“

„Aber der läßt sich doch reparieren!“ Kitty erhob sich, sie hatte immer noch das Gefühl, als wären ihre Knie aus Gummi. Langsam ging sie zum Bett hinüber und beugte sich über die Freundin. „Hör auf zu heulen, das nutzt jetzt auch nichts mehr.“

Es läutete an der Wohnungstür. Irma und Kitty schraken hoch. Beiden fiel gleichzeitig ein, daß sie die Tür nicht hinter sich abgeschlossen hatten, um sich den Rückzug freizuhalten. Dann hörten sie auch schon Schritte. Zwei Beamte der Funkstreife traten ins Zimmer. Es waren stämmige junge Männer mit glatten, selbstbewußten Gesichtern und hellen, wachsamen Augen. Auf der Schwelle blieben sie stehen. Der eine, kleiner als sein Kamerad, mit blondem Bürstenhaar, zog zischend die Luft durch die Zähne.

Der andere, ein Schwarzhaariger, hob die Augenbrauen. „Na, hier scheint's ja wirklich was gesetzt zu haben, meine Damen! Kleine Prügelei?“

„Ein Kerl mit einem Fallschirmmesser“, stammelte Irma. „Er hat mich bedroht, er wollte mich umbringen! Da bin ich zu meiner Freundin rüber, und als war wiederkamen ...“ Die Stimme versagte ihr.

Der Kleinere hob das zerfetzte weiße Abendkleid vom Boden. „Scheint eine Mordswut gehabt zu haben, der Knabe!“ Er sah Irma an. „Warum? Was hat es gegeben?“

„Nichts! Ich ... ich habe ihn ja erst heute kennengelernt!“

„Ein Wahnsinniger“, sagte Kitty.

Der Blonde richtete sofort seinen Blick auf sie. „Hat er einen solchen Eindruck auf Sie gemacht?“

Kitty kam erst jetzt zum Bewußtsein, daß sie nackt unter ihrem violetten Morgenmantel war. Unwillkürlich versuchte sie, ihre Beine zu bedecken. „Ich habe ihn ja gar nicht gesehen! Ich schlief schon, als meine Nachbarin –“

Der Schwarzhaarige unterbrach sie. „Am besten erzählen Sie das alles auf dem Präsidium! Ziehen Sie sich jetzt an, alle beide ...“

Kitty sprang auf. „Aber ich ... ich habe mit der ganzen Sache doch nichts zu tun!“

„Wir haben Sie am Tatort angetroffen", erklärte der Blonde, „und laut Aussage Ihrer Freundin –"

„Freundin, was heißt hier Freundin?" rief Kitty. „Wir sind Nachbarinnen, nichts weiter!"

„Das können Sie später alles erzählen! Bleib du hier, Jochen, mach Bestandsaufnahme! Ich werde die Rothaarige rüberbegleiten!" Er packte Kitty am Arm.

Sie versuchte sich loszureißen. „Was fällt Ihnen ein? Ich kann sehr gut allein gehen!"

„Finden Sie? Nach dem hier ..." Der Blonde deutete mit einer Kopfbewegung auf die zerfetzten Kleidungsstücke. „Ich glaube, Sie können männlichen Schutz sehr wohl gebrauchen!" Im Hinausgehen sagte er zu seinem Kameraden: „Ich verstehe die Mädchen nicht, beim besten Willen ... Nacht für Nacht Kopf und Kragen zu riskieren für ein paar lumpige Piepen! Was ist das für ein Geschäft!"

In jeder anderen Situation hätte Kitty sich stärker zur Wehr gesetzt, aber nach dem, was heute nacht geschehen war, brachte sie keine Kraft zum Widerstand mehr auf. Außerdem wäre es doch zwecklos gewesen.

Sie machte noch einen schwachen Versuch, den Polizeibeamten in der Diele zum Warten zu bewegen, aber als er darauf bestand, sie ins Schlafzimmer zu begleiten, gab sie nach.

„Wenn Sie Wert darauf legen, mir beim Anziehen zuzusehen, na, bitte!" sagte sie frech und warf die kupferroten Locken in den Nacken.

Sie stieß die Tür auf und ging voraus. Der Polizist folgte ihr auf dem Fuß. Einen Augenblick lang sah sie das Zimmer wie durch seine Augen: das zerwühlte Bett, ihr Kleid, ihre Unterwäsche, ihre Strümpfe, die sie achtlos über den mit Kreton bezogenen Sessel geworfen hatte, und noch etwas – über dem Fußende hing ein Kleidungsstück, das nicht ihr gehörte: ein Männerhemd. Der Kunde mußte es in der Eile vergessen oder bewußt darauf verzichtet haben, es anzuziehen.

Mit einer raschen Bewegung wollte Kitty es wegnehmen, aber der Polizeibeamte fiel ihr in den Arm. „Lassen Sie nur", sagte er freundlich, „aufräumen können Sie später. jetzt ziehen Sie sich besser erst einmal an!"

Sie wandte sich ihm zu und las in seinen Augen, daß er alles verstand.

Er zog sein Meldungsbuch aus der Brusttasche seiner Uniformjacke, begann sich Notizen zu machen, während sie eine lange graue Hose und einen Rollkragenpullover aus dem Kleiderschrank zog, ihre Unterwäsche vom Sessel nahm und im Badezimmer verschwand.

Als sie zurückkam, hatte er einige Geldscheine in der Hand. „Hier", sagte er, „das gehört Ihnen! Es lag auf dem Nachttisch, stecken Sie es ein."

Wäre sie nicht so abgebrüht gewesen, wäre sie errötet. Sie war nahe daran, den Besitz des Geldes abzuleugnen – sie hatte wirklich nichts davon gewußt, der Kunde mußte es beim Weggehen für sie hingelegt haben –, dann aber griff sie zu, holte ihre Handtasche und stopfte das Geld hinein.

„Also, können wir gehen?" fragte der Polizeibeamte. „Nehmen Sie die Tasche ruhig mit ... Sie werden Ihre Ausweise brauchen!"

Kitty zuckte die Schultern. Sie hätte die Tasche, die den Verdienst dieser Nacht und das Notizbuch enthielt, in dem sie ihre Einnahmen einzutragen pflegte, liebend gern zu Hause gelassen, aber sie wollte den Beamten nicht mißtrauisch machen. Dem Menschen ist alles zuzutrauen, dachte sie, der durchsucht mir noch meine Tasche, wenn ich jetzt unsicher werde!

„Von mir aus", sagte sie, trat zum Kleiderschrank und holte ihren Nerzmantel heraus – nicht weil sie gefroren hätte, die Frühlingsnacht war mild und ihr Pullover warm genug, aber sie brauchte etwas, um ihr angeschlagenes Selbstbewußtsein zu heben.

Aber der Polizeibeamte verzog beim Anblick des kostbaren Pelzes keine Miene. „Kommen Sie, kommen Sie", drängte er. „Wir haben schon viel zuviel Zeit verloren!"

„Gestatten Sie mir wenigstens, daß ich mit meinem eigenen Wagen fahre?" fragte sie hochnäsig. „Mein Mercedes parkt unten vor der Tür."

„Da steht er auch morgen früh noch gut", erwiderte der Polizeibeamte ungerührt. „Fahren Sie lieber mit uns, da haben Sie's schneller und bequemer." Er ließ sie vorangehen, faßte sie nicht an, und trotzdem war ihr so elend, als würde sie in Handschellen abgeführt.

Im Wachzimmer des Polizeipräsidiums mußten Irma und Kitty ihre Personalien angeben. Dann wurden sie voneinander getrennt. Irma wurde in ein Nebenzimmer geführt. Ein älterer Beamter begleitete Kitty über einen langen, spärlich beleuchteten Gang, klopfte an eine Tür und forderte sie auf, einzutreten.

Das Zimmer war einfach möbliert. Es gab zwei große Schreibtische, die gegeneinandergestellt waren. Der eine war leer, hinter dem anderen saß ein Herr mit grauen Schläfen, eine randlose Brille auf der scharfgeschnittenen Nase, durch die aufmerksame ruhige Augen blickten. Er trug keine Uniform, sondern einen unauffälligen, leicht zerknitterten Anzug. Bei Kittys Eintritt erhob er sich halb und stellte sich vor. „Kriminalrat Hellwege ... bitte, nehmen Sie doch Platz!" Er nahm den Laufzettel aus den Händen des begleitenden Beamten entgegen. „In Ordnung, ich danke Ihnen!"

Kittys Begleiter zog sich zurück. Sie setzte sich auf den Stuhl, den der Kriminalrat ihr zugeschoben hatte, und schlug die Beine übereinander. Die Höflichkeit des Beamten tat ihr wohl.

„Darf ich rauchen?" fragte sie.

Kriminalrat Hellwege hatte den Laufzettel überflogen, jetzt hob er den Kopf. „Aber bitte sehr, natürlich ... nehmen Sie doch meine!" Er schob ihr sein Päckchen hin, gab ihr Feuer.

Kitty inhalierte tief und mit Genuß. Es schien nur halb so schlimm zu werden, wie sie befürchtet hatte.

„Sie sind also Helga Reimers?" fragte der Kriminalrat.

Kitty nickte. „Ja, und ich muß mich über diese Funkstreifenbeamten beschweren, Herr Kriminalrat! Ich mache nicht gern jemandem Unannehmlichkeiten, aber es war völlig überflüssig, mich mitten in der Nacht hierherzuschleppen ... Ich weiß von der ganzen Sache gar nichts. Nur das, was meine Wohnungsnachbarin mir erzählt hat. Ich habe den Kerl ja überhaupt nicht gesehen ... und was er angerichtet hat, das kann Irma ja auch viel besser bezeugen als ich. Außerdem haben Ihre Männer das doch mit eigenen Augen gesehen ..."

Kriminalrat Hellwege ließ sie reden, ohne auch nur den Versuch zu machen, sie zu unterbrechen. Er wartete einfach ab, bis sie nicht mehr weiter wußte. „Sie müssen mir glauben", sagte Kitty, „ich weiß wirklich nichts, gar nichts!"

Kriminalrat Hellwege zündete sich eine Zigarette an und lehnte sich zurück „Wenn Sie das sagen, wird es wohl auch so sein ..."

Kitty sprang auf. „Dann kann ich jetzt also gehen?"

„Ich werde Sie nicht lange aufhalten, das verspreche ich Ihnen ... aber ich glaube doch, wir sollten die Gelegenheit nutzen, uns ein wenig zu unterhalten."

„Worüber?"

„Sie haben angegeben, daß Sie von Beruf Verkäuferin sind ... Setzen Sie sich doch wieder!"

Kitty gehorchte. „Das stimmt auch", sagte sie.

„Aber Sie arbeiten doch nicht mehr in Ihrem Beruf?"

„Ich habe meine Stellung verloren. Ich bin auf der Suche nach ... nach einem geeigneten Arbeitsplatz."

Kriminalrat Hellwege schüttelte sanft den Kopf. „Und das seit über einem Jahr! Dabei habe ich mir sagen lassen, daß das Stellenangebot noch niemals so groß war wie heute."

„Es ist trotzdem nicht leicht, etwas Passendes zu finden."

„Ja", bestätigte der Kriminalrat ruhig, „besonders dann, wenn man gar nicht wirklich arbeiten will "

„Aber wer sagt Ihnen denn das?" fuhr sie auf.

Er wechselte den Ton. „Kitty", sagte er, „nun machen Sie bloß keine Geschichten. Geben Sie doch zu, daß Sie nicht allein waren, als Ihre Freundin Sie um Hilfe rief ..."

„Und wenn schon! Kann man denn nicht mal Besuch haben?" Jetzt erst wurde ihr bewußt, daß er sie mit ihrem Decknamen angeredet hatte. „Woher wissen Sie überhaupt . . ." Sie stockte und hatte plötzlich Angst, sich zu verraten. „Es war mein Verlobter", trumpfte sie auf, „ja, damit Sie Bescheid wissen . . . mein Verlobter war bei mir!"

„Und Ihr Verlobter pflegt Ihnen Geld für Ihre . . . Gefälligkeit zu geben?"

„Ach so, das meinen Sie, das war nur . . . ich hatte ihm etwas geliehen, das hat er mir heute wiedergebracht."

„Und würden Sie dann auch so nett sein, mir den Namen Ihres Verlobten zu nennen?" Kriminalrat Hellwege bog die Schreibtischlampe so, daß ihr voller Schein auf Kittys Gesicht fiel. Er selbst saß jetzt im Halbdunkel.

Sie preßte die Lippen zusammen, dachte angestrengt nach.

„Machen Sie es sich doch nicht so schwer, Kitty", sagte der Kriminalrat. „Glauben Sie etwa, mir macht es Spaß, mit Ihnen Katz und Maus zu spielen? Es wäre doch viel besser, wenn wir beide uns miteinander unterhielten wie zwei erwachsene, vernünftige Menschen."

„Ich weiß gar nicht, was Sie von mir wollen!" erwiderte sie böse.

„Na schön, dann werde ich es Ihnen sagen. Wir – ich arbeite übrigens im Sittendezernat, falls Sie die Aufschrift auf der Tür übersehen haben sollten – also, wir beobachten Sie schon seit Monaten. Sie pflegen in Ihrem Mercedes die Kaiserstraße abzugrasen, und . . ."

Kitty protestierte. „Das ist eine Verleumdung!"

Kriminalrat Hellwege seufzte. „Gut. Dann seien Sie so nett und erklären mir, wovon Sie leben. Aber erklären Sie es mir, bitte, ganz genau, so, daß ich es auch verstehe. Woher haben Sie zum Beispiel diesen Nerz?"

„Den hat mir ein Bekannter geschenkt "

„Aha. Wahrscheinlich wieder Ihr Verlobter. Den Mercedes verdanken Sie wohl auch diesem sagenhaften Herrn?"

Kitty schwieg.

„Wir wissen alles über Sie, glauben Sie mir doch", sagte der Beamte eindringlich. „Wir haben Sie beobachtet, wir haben die Männer gezählt, mit denen Sie zusammen waren . . . Es hat wirklich keinen Zweck, mir etwas vorzumachen! Ich will Ihnen ja auch keine Schwierigkeiten bereiten Sie haben nicht das geringste zu befürchten . . ."

„Was wollen Sie dann überhaupt von mir?"

„Eine Kleinigkeit." Kriminalrat Hellwege öffnete eine Schublade, zog ein Formular heraus, trug Kittys Personalien ein und schob es ihr über den Schreibtisch zu. „Da. Lesen Sie das durch und unterschreiben Sie!"

Kitty studierte das Formular mit zusammengezogenen Augenbrauen.

„Sie verpflichten sich damit, sich beim Gesundheitsamt zu melden und, wenn nötig, einer stationären Behandlung zu unterziehen."

„Das verstehe ich nicht", sagte Kitty, „ich bin doch ganz gesund."

„Um so besser für Sie! Dann kann es Ihnen doch auch nichts ausmachen, sich mal von einem Arzt ansehen zu lassen. Das ist eine Sache von zehn Minuten, dann können Sie wieder gehen."

„Aber ich sehe den Zweck nicht ein . . ."

„Kitty!"

Sie warf das Formular auf den Schreibtisch. „Und überhaupt, ich will das nicht! Ich gehe schon von selber zum Arzt, wenn ich krank bin . . . ich denke nicht daran, diesen Quatsch zu unterschreiben."

„Wie Sie wollen", sagte Kriminalrat Hellwege ruhig, „dann sehe ich mich leider gezwungen, Sie bis morgen früh in Haft zu nehmen und dem Untersuchungsrichter vorzuführen."

„Was?"

Kriminalrat Hellwege lächelte. „Ja, so ist es nun mal. Sie haben die Wahl."

Aber Kitty wußte sehr gut, daß ihr keine Wahl blieb. Wenn sie nicht unterschrieb, würde man sie in Untersuchungshaft stecken, man würde ihr die Tasche abnehmen und ihr sorgfältig gehütetes Notizbuch finden, und damit wäre alles zu Ende. Wortlos zog sie das Formular wieder zu sich heran, Kriminalrat Hellwege reichte ihr seinen Kugelschreiber, und sie malte ihre Unterschrift.

„Danke", sagte er, „ich wußte ja, daß Sie ein vernünftiges Mädchen sind."

„Kann ich jetzt gehen?" Kittys grüne Augen flackerten vor Erregung und Zorn.

„Nur noch ein paar Formalitäten. Wir müssen eine Karteikarte für Sie ausfüllen . . . Augenblickchen, das haben wir gleich." Er zog die Schreibmaschine heran, schob ein Formblatt hinein und begann mit zwei Fingern zu tippen. „Es handelt sich nur um eine erkennungsdienstliche Maßnahme, eine reine Routinesache . . . So, da haben wir's schon!" Er zog das Formblatt aus der Maschine. „Jetzt noch Ihre Fingerabdrükke . . . alle fünfe bitte, von jeder Hand . . . es tut nicht weh!"

Er stand auf, legte das Formblatt vor Kitty hin, daneben die flache Dose mit dem blauen Puder.

„Nachher werden wir noch zwei hübsche Fotos von Ihnen machen . . . von vorn und im Profil . . . Und dann werden Sie nie mehr etwas mit uns zu tun haben, dann ist es ausgestanden und vorbei."

Kitty hatte ihre Finger schon in das blaue Pulver gesteckt und wollte sie auf die Stelle drücken, die der Kriminalrat ihr zeigte. Da las sie, was auf dem Kopf des Formblattes stand. Es war ihr, als habe sie einen betäubenden Schlag auf den Hinterkopf erhalten. „Helga Reimers alias Kitty, Prostituierte . . ." In riesigen Lettern schien dieses Wort vor ihr aufzuleuchten, dieses Wort, mit dem ihr ein Stempel aufgeprägt wurde, der nie mehr zu löschen sein würde: Prostituierte!

Bis zu diesem Moment hatte sie sich frei gefühlt, jetzt war sie gefangen in dem Netz, das sie sich selbst geknüpft hatte. Das Spiel war vorbei, es war bitterer Ernst geworden.

Sie war eine Prostituierte.

Obwohl Kitty in dieser Nacht kaum geschlafen hatte, stand sie doch am nächsten Morgen schon gegen zehn Uhr auf – für sie eine ungewöhnlich frühe Zeit – und fuhr zum Gesundheitsamt. Mit ihrem Mercedes. Aber diesmal – zum erstenmal – konnte es ihr Selbstbewußtsein nicht heben, am Steuer des luxuriösen Wagens zu sitzen. Die Angst und das Entsetzen steckten ihr noch in allen Gliedern.

Die Untersuchung zeigte kein Ergebnis, die Krankenhausbehandlung blieb ihr erspart. Sie nahm es ohne Genugtuung zur Kenntnis und zeigte auch keine Erregung, als der Amtsarzt ihr erklärte, daß sie sich von nun an jede Woche einmal zur Untersuchung zu melden hätte, entweder bei ihm oder einem privaten Arzt ihrer Wahl.

„Das sollte doch auch in Ihrem eigenen Interesse sein", sagte der Amtsarzt, den Kittys starre Ruhe irritierte.

„Aber ja", erwiderte sie müde, „alles geschieht nur in meinem eigenen Interesse ... warum auch sonst?"

Weder einige Aperitifs noch ein ausgezeichnetes Mittagessen in einem guten Lokal vermochten ihre Laune zu heben. Sie verzichtete auf den Kaffee, fuhr gleich wieder nach Hause, zog die Vorhänge zu und legte sich schlafen – jetzt endlich konnte sie schlafen. Es war alles entschieden, erledigt, sie brauchte nicht mehr zu grübeln, es war vorbei.

Als sie gegen fünf Uhr erwachte, fühlte sie sich besser. Sie machte sich einen Kaffee in der kleinen Küche, rauchte eine Zigarette, studierte die Zahlen in ihrem kleinen Notizbuch und fand allmählich ihren Lebensmut zurück.

Na, wenn schon, dachte sie, dann bin ich eben eine Prostituierte! Was soll's? Ist ja auch bloß ein Wort. Die können mich wirklich mal, alle!

Sie hatte ein plötzliches Bedürfnis nach Sauberkeit und Bewegung, schlüpfte in ihren hellblauen Kittel und machte sich daran, die Wohnung aufzuräumen – das tat sie gewöhnlich nur selten. Meist überließ sie es ihrer Zugehfrau, Frau Hommes, aber heute hatte sie Lust, sich selbst zu betätigen.

Sie führte den Staubsauger über den Wohnzimmerteppich, als es an der Wohnungstür klingelte. Sie öffnete einen Spaltbreit, ohne die Kette zu lösen und – sah sich ihrer Mutter gegenüber.

Schreck und Freude überfielen sie. Vor Verwirrung wußte sie im ersten Augenblick nicht, was sie tun sollte, und fuhr sich unwillkürlich mit der Hand übers Haar – Gott sei Dank! Sie hatte ihre Perücke nicht auf.

„Helga, ja, was ist?" sagte draußen Frau Reimers. „Willst du mich nicht hineinlassen?"

Kitty nahm die Kette ab, öffnete die Tür, und die beiden Frauen fielen sich in die Arme.

„O Mutti, was für eine Überraschung! Warum hast du denn nicht geschrieben? Ja, woher hast du überhaupt meine Adresse? Ich wollte sie dir mitteilen, aber dann ... ich bin einfach nicht dazu gekommen ..."

„Du bist aber schwer zu finden", sagte Frau Reimers. „Warum hast du denn kein Türschild?"

„Ach, das Schild kommt noch. Ich hab's schon lange bestellt, aber du weißt doch, die Handwerker ... Komm herein, Mutti, schau dich um ... Soll ich dir eine Tasse Kaffee machen?"

„Hübsch hast du es hier", sagte Frau Reimers und sah sich anerkennend in der kleinen Diele um. „Also, nach dem, was Vati mir erzählt hat ... Er war nämlich in Frankfurt, mußt du wissen ..."

Kitty nahm der Mutter den Mantel ab. „Was hat er dir erzählt?" fragte sie und konnte nur mühsam ihren Schrecken verbergen.

„Daß du nicht mehr bei Maak arbeitest ..."

„Und sonst?"

„Nichts weiter. Aber du kannst dir vorstellen, wie böse er deswegen war. Du hättest uns das wirklich mitteilen sollen."

Kitty nahm ihre Mutter in die Arme. „Ach, Mutti, das ist alles so kompliziert ... Ich bin richtig froh, daß du jetzt hier bist, daß ich dir alles zeigen kann! Weißt du, das ist nämlich so ... Ich bin verlobt, aber wir können jetzt noch nicht heiraten, weil ... ich werde dir alles erzählen! Er ist ein wunderbarer Mann, er würde dir auch gefallen, ein Industriemanager, Heinz, ein großes Tier ..."

„Verheiratet?" fragte Frau Reimers.

„Aber nein, Mutti, dann könnten wir doch nicht verlobt sein! Es ist etwas ganz anderes, nämlich ... komm doch erst mal in die Küche!"

Wieder klingelte es an der Tür.

Verdammt, dachte Kitty, das wird doch nicht Irma sein? Na, die werde ich aber abschieben, schneller, als sie es je für möglich gehalten hätte!

Sie öffnete. Heinz Schlüter-van Dorn stand da, strahlend, gepflegt, selbstsicher, einen Strauß roter Rosen in der Hand.

„Heinz ... du?"

„Ich habe dir doch versprochen ..."

Helga wußte eine Sekunde lang nicht, was sie tun sollte. Er war schon eingetreten und sah mit leichtem Erstaunen von Kitty auf Frau Reimers.

„Ja, willst du uns denn nicht bekanntmachen, Helga? Ich bin nämlich Helgas Mutter, müssen Sie wissen ... und Sie, Sie können ja wohl niemand anders sein als ihr Verlobter!"

4

Helga Reimers war es, als ob ihr der Boden unter den Füßen weggezogen würde. Ihre ganze Kaltblütigkeit ließ sie in diesem Moment im Stich. Mit entsetzten, weit aufgerissenen Augen, unfähig, auch nur ein einziges Wort hervorzubringen, starrte sie von ihrer Mutter zu dem Mann, dem sie nur ein einziges Mal in ihrem Leben begegnet war.

Aber Heinz Schlüter-van Dorn meisterte die Situation mit bemerkenswerter Geistesgegenwart. „Gnädige Frau, ich freue mich unendlich, Sie kennenzulernen", sagte er ernsthaft. Er verbeugte sich formvollendet und überreichte Frau Reimers die tiefroten, eben erblühten Rosen.

Anna Reimers erglühte vor Freude. „Für mich?" stammelte sie. „Oh!" – Es war lange her, daß ihr jemand Rosen geschenkt hatte, so lange, daß sie sich schon nicht mehr erinnern konnte, ob es je geschehen war.

„Für die Mutter meiner Helga", erklärte Heinz Schlüter-van Dorn lächelnd, und in seinen Augen erschien ein seltsames Funkeln.

Aber das sah Frau Reimers nicht. Sie hatte die Nase tief zwischen die duftenden Rosen gesteckt. „Sie ahnen nicht, wie froh Sie mich gemacht haben!" Sie reichte ihm die Hand, und er zog sie an die Lippen.

Erst jetzt hatte Helga ihre Fassung wiedergewonnen. „Bitte, Mutti", sagte sie, „im Küchenschrank steht eine Vase ... da, die Türe geradeaus .. sei doch so lieb ..."

„Aber ja! Die herrlichen Rosen! Es wäre doch wirklich schade, wenn sie ..." Frau Reimers warf noch einen Blick auf die beiden jungen Leute, dann zog sie sich mit einem verständnisvollen Lächeln zurück.

„Es ist mir ... furchtbar peinlich, Heinz", sagte Helga mühsam.

„Aber warum denn, Liebling?" Er zog sie in die Arme, küßte sie sanft.

Helgas Lippen waren kalt. „Bitte, gehen Sie jetzt", sagte sie, „gehen Sie rasch, bevor meine Mutter zurückkommt!"

Er hielt sie ganz fest. „Würde das nicht sehr merkwürdig aussehen?"

„Daran zweifle ich nicht."

In seinen Augen blitzte jetzt unverhohlener Spott. „Aber es wäre doch viel einfacher, wir spielten die kleine Komödie zu Ende."

„Nein, ich ... bitte, lassen Sie mich los!“

„Aber, aber, Liebling ... du scheinst zu vergessen, daß wir uns soeben verlobt haben!“ Zum erstenmal hatte er sie geduzt, und sie, die sich diese vertrauliche Anrede schon von so vielen, im Grund unbekannten Männern hatte gefallen lassen, empfand sie diesmal als Beleidigung.

Sie wandte den Kopf zur Seite, trommelte ihm mit den Fäusten auf die Brust. „Mit so etwas scherzt man nicht“, stieß sie heiser hervor, „das ist ... gemein!“

„Sieh mal an“, sagte er. „Im Grunde deines Herzens bist du also doch noch ein kleines Mädchen, das von den Hochzeitsglocken träumt.“

Erst als Frau Reimers, die Rosen in einer schimmernden Vase aus Bleikristall, wieder in die Diele kam, ließ er Helga los.

Helgas Wangen hatten rote Flecken bekommen. Sie zupfte sich die Kittelschürze zurecht. Frau Reimers wußte nicht, wohin sie schauen sollte. Heinz Schlüter-van Dorn hatte die Hände in die Manteltaschen gesteckt und beobachtete die beiden Frauen amüsiert.

„Wohin soll ich die Blumen stellen?“ fragte Frau Reimers, und fast im gleichen Atemzug fügte sie hinzu: „Wollen Sie nicht Ihren Mantel ausziehen, Heinz? Ich darf doch Heinz zu Ihnen sagen ... ?“

„Aber natürlich, gnädige Frau?“ Er knöpfte seinen dunklen Mantel auf. Darunter kam ein tadellos sitzender Smoking zum Vorschein. „Eigentlich hatte ich ja vor, Helga zum Abendessen einzuladen ...“

„Meine Mutter ist eben erst gekommen“, erklärte Helga hastig, „es ist ausgeschlossen, daß ich sie jetzt allein lasse.“

Schlüter-van Dorns Lächeln vertiefte sich. „Das sollst du ja auch gar nicht, Liebling! Ich war eben im Begriff, meine Einladung auch auf deine Mutter auszudehnen. Sie werden mir doch die Freude machen, gnädige Frau?“

„O ja, natürlich! Mit Vergnügen!“ sagte Frau Reimers impulsiv. Dann erst sah sie Helgas verkniffenes Gesicht und begriff, daß ihre Begleitung nicht erwünscht war.

„Ein andermal, meine ich“, verbesserte sie sich rasch. „Heute fühle ich mich nicht ... ich meine, ich bin einfach müde. Die Reise und das alles ... Aber du brauchst dich nicht um mich zu kümmern, Helga, geh nur allein ...“

„Ich möchte wirklich nicht.“

„Aber warum denn nicht? Ich würde mir nie verzeihen, wenn ich dir den Abend verdorben hätte.“

„Aber Mutti ...“

„Ich werde mich nicht langweilen, ganz bestimmt nicht. Ich schaue mich einfach hier ein bißchen in deiner Wohnung um, male mir aus, wie du lebst, mache es mir gemütlich. Ja, genau darauf hätte ich Lust.“

Helga nahm ihre Mutter in die Arme. „Du bist mir wirklich nicht böse?" fragte sie beschämt.

„Aber nein, ganz bestimmt nicht!"

„Wir holen es nach, gnädige Frau. Das nächstemal, wenn Sie nach Frankfurt kommen", versprach Heinz Schlüter-van Dorn.

Helga atmete tief. „Also gut. Dann ziehe ich mich jetzt an."

„Ja, mach dich schön für mich, Liebling", sagte er lächelnd, „wir wollen ganz groß ausgehen."

Helga öffnete die Tür zum Wohnzimmer. „Mach's dir solange bequem ... ach, ich muß ja noch den Staubsauger wegräumen!"

Sie begann die Schnur aufzuwickeln.

Frau Reimers hatte endlich Gelegenheit, die Vase abzustellen. Sie plazierte sie mitten auf dem niedrigen Tisch, trat einen Schritt zurück und sagte andachtsvoll: „Das macht sich wirklich großartig!"

Heinz Schlüter-van Dorn rückte ihr den riesengroßen pompösen Ledersessel zurecht. „Nehmen Sie Platz, gnädige Frau! Ich hoffe doch, Sie werden mir Gesellschaft leisten, bis Helga fertig ist!"

Anna Reimers setzte sich, aber sie wagte nicht, sich bequem zurückzulehnen, sondern saß vorn auf der Kante, sehr aufrecht, und bemühte sich, ihre Beine möglichst damenhaft hinzustellen.

„Aber gern, Heinz", sagte sie strahlend.

Helga war der Gedanke, ihre Mutter und Heinz Schlüter-van Dorn allein zu lassen, alles andere als angenehm. „Es wäre mir lieber, du würdest mir beim Anziehen helfen, Mutti", sagte sie. „Der Reißverschluß ..."

„Ruf mich nur, wenn du soweit bist!"

Helga machte sich übertrieben lange an dem Staubsauger zu schaffen. Sie zerbrach sich den Kopf, wie sie die Situation ändern sollte. Sie hätte ihre Mutter nur zu gern aus dem Zimmer gelotst, andererseits wollte sie ihr aber auch nicht gleich jetzt Rede und Antwort stehen.

Sie holte eine Flasche Whisky und zwei Gläser aus dem Schrank. „Hier", sagte sie, „damit euch die Zeit nicht zu lang wird ... Würdest du, bitte, Wasser und Eis aus dem Kühlschrank holen, Heinz!"

Frau Reimers sprang auf. „Laß mich das doch ..."

Heinz Schlüter-van Dorn drückte sie sanft zurück. „Bleiben Sie bitte sitzen, gnädige Frau!" Er verließ das Zimmer.

Helga beugte sich zu ihrer Mutter herab. „Tu mir den Gefallen, Mutti", sagte sie eindringlich, „und belästige Heinz nicht mit neugierigen Fragen! So etwas hat kein Mann gern ..."

„Aber was glaubst du denn von mir, Helga!"

„Und erzähl ihm auch keine rührseligen Geschichten aus meiner Kindheit, hörst du? Das interessiert ihn nicht ..." Sie wollte noch mehr sagen, aber in diesem Augenblick kam er schon mit einer Flasche

Wasser und einigen Eiswürfeln auf einem Unterteller zurück, nahm Helga den Whisky aus der Hand und schenkte ein.

„So, Liebling“, sagte er lächelnd, „jetzt haben wir alles, was wir brauchen . . . du kannst uns unbesorgt allein lassen. Ich werde deine Mutter nicht langweilen.“

„Diese Idee wäre mir nie gekommen!“ Mit Überwindung wandte sie sich zum Gehen und schob den Staubsauger vor sich hin. Als sie die beiden lachen hörte, spürte sie eine jähe Übelkeit im Magen.

Noch nie hatte Helga Reimers sich so rasch und gleichzeitig so sorgfältig zurechtgemacht. Sie duschte und parfümierte sich, dann legte sie, noch in ihrem weißen Bademantel, ein helles Make-up auf, zog die Augenbrauen mit einem Pinsel nach, verrieb grünen Lidschatten mit einer Spur Weiß zu den Augenbrauen hin, klebte ihre langen dunklen Wimpern an, zog den Ansatz entlang einen breiten schwarzen Lidstrich. Sie zog den Mund mit dem Konturenstift nach, wobei sie die Oberlippe ein wenig vergrößerte, füllte die Umrisse dann mit Farbe und Pinsel aus. Ihr blondes Haar bürstete sie, bis es glänzte, toupierte es leicht, zog es in die Stirn, um den niedrigen Haaransatz zu verbergen.

Dann wählte sie hauchdünne, durchbrochene Strümpfe, ein Cocktailkleid aus goldfarbener, in sich gemusterter Seide, das ihre schönen, ein wenig zu mageren Schultern freigab, dazu braune Schlangenlederpumps mit hohen Absätzen, eine kleine, dazupassende Abendtasche, und die ganze Zeit waren ihre Gedanken bei ihrer Mutter und Heinz Schlüter-van Dorn, die jetzt über sie redeten.

Sie nahm ihre Stola aus fast schwarzbraunem Naturnerz aus dem Schrank, legte sie um die nackten Schultern, tupfte sich noch ein wenig Parfüm hinter die Ohren.

Gerade als sie sich die langen, bis zu den Ellbogen reichenden Handschuhe übergezogen hatte, schrillte das Telefon. Helgas wacher, immer mißtrauischer Verstand schlug sofort Alarm. Sie drehte sich auf dem Absatz um und rannte ins Wohnzimmer.

Heinz Schlüter-van Dorn war aufgestanden. „Das Telefon“, sagte er.

„Ich habe es gehört.“ Sie stürzte zum Apparat, riß den Hörer von der Gabel, meldete sich atemlos. „Ja . . . ?“

„Nu rate mal, wer hier spricht, Kind“, ertönte eine unverkennbar rheinische Stimme.

„Keine Ahnung“, erwiderte Helga kalt.

„Aber Kitty! Wat bist du heut so komisch? Nu sage bloß, dat du den Schmitz aus Nüss verjessen hast! Komm, sei en brav Kind, mach keine Umstände!“

Helga erinnerte sich sehr gut an den Fabrikanten Schmitz aus Neuss am Rhein. Er war einer ihrer Stammkunden, und ein gut zahlender noch dazu. Aber sie spürte die Blicke von Heinz Schlüter-van Dorn und ihrer Mutter im Rücken, und obwohl sie wußte, daß es nicht stimmen konnte – hatte sie das Gefühl, daß die beiden jedes Wort mithörten.

„Falsch verbunden", sagte sie heftig und knallte den Hörer auf die Gabel.

Sie wandte sich um und erklärte mit einem erzwungenen Lächeln: „Zu dumm! Immer diese Idioten! Ich habe nämlich eine ganz ähnliche Nummer wie – wie ein Reisebüro hier in der Stadt, und deshalb –"

Es klingelte wieder.

„Das solltest du vielleicht aber doch etwas freundlicher erklären", sagte Frau Reimers, „schließlich kann dieser Mann doch nichts dafür . . ."

„Es war eine Frau", behauptete Helga, „und wenn ich jedesmal eine lange Erklärung abgeben wollte, dann hätte ich den ganzen Tag zu tun!"

Hartnäckig klingelte das Telefon weiter.

„Willst du nicht abnehmen?" fragte Heinz Schlüter-van Dorn. Er stand immer noch, das Whiskyglas in der einen, die brennende Zigarette in der anderen Hand, und sah mit einem seltsamen Ausdruck in seinen klaren blauen Augen auf sie herab.

„Nein, das werde ich nicht", sagte sie, zornig vor Verlegenheit. Sie bückte sich und riß die Telefonschnur aus der Wand. „So, Mutti, jetzt wird dich auch niemand stören, wenn wir weg sind."

Sie legte für eine Sekunde ihre Wange an die ihrer Mutter.

„Bleib sitzen, trink in Ruhe deinen Whisky aus . . . Du brauchst uns nicht zur Tür zu bringen, wirklich nicht! Ich werde sehen, daß ich so bald wie möglich wieder zurückkomme . . . aber warte nicht auf mich, leg dich einfach ins Bett!"

Frau Reimers strich zaghaft über den weichen, schimmernden Pelz. „Wie elegant du bist, Helga, wie eine Prinzessin!"

Helga lächelte. „Hübsch, nicht wahr? Ein Geschenk von Heinz!" Sie hängte sich bei ihm ein. „Er verwöhnt mich wirklich sagenhaft!"

Heinz Schlüter-van Dorn leerte sein Glas, Helga nahm ihm die Zigarette ab, tat einen Zug und drückte sie aus. „Bis nachher dann, Mammutschka!"

Er beugte sich noch einmal über Frau Reimers' Hand. „Bis bald, gnädige Frau, es war mir ein Vergnügen!"

Helga zog ihn ungeduldig fort.

„Viel Spaß, Kinder!" rief Frau Reimers hinter ihnen her. Dann wagte sie es endlich, sich tief in den Sessel zurücksinken zu lassen. Sie lächelte mit geschlossenen Augen, fühlte sich ein bißchen berauscht, nicht nur durch den ungewohnten Alkohol, sondern auch vor Erleichterung.

Meine Helga ist verlobt, dachte sie. Paul hat sich geirrt, alles ist in Ordnung, und was für einen prächtigen jungen Mann sie da gefunden hat! Solche Männer gibt es in Bingen nicht. Sie hat ganz recht getan, in die Großstadt zu gehen, sie hat überhaupt alles richtig gemacht. Nein, als Verlobte eines Industrieberaters könnte sie unmöglich noch im Kaufhaus arbeiten, das wird Paul schon einsehen müssen!

Draußen in der Diele zog Heinz Schlüter-van Dorn seinen Mantel an. Helga warf einen letzten Blick in den Spiegel.

„Du hast mir noch gar nicht gesagt, ob ich dir gefalle."

Er musterte sie aufmerksam. „Doch. Du bist schöner denn je. Nur .. du hast etwas vergessen."

Sie verstand ihn nicht gleich. „Was meinst du?"

„Deine Perücke!"

Sie sahen sich in die Augen, und sekundenlang hatte sie den Eindruck, daß dieser Mann mehr von ihr wußte, als sie für möglich gehalten hatte.

„Wenn du Wert darauf legst", sagte sie schließlich.

„Ja, das tue ich", erklärte er ruhig.

Sie hastete ins Schlafzimmer, riß die Schranktür auf, nahm die Perücke vom Holzkopf, zog sie sich im Bad über das kurze aschblonde Haar. Als sie ihr schmales Gesicht umrahmt von den glänzenden kupferroten Locken im Spiegel sah, hatte sie das Gefühl, in eine zweite Haut geschlüpft zu sein.

Heinz Schlüter-van Dorn hatte seinen Jaguar in einer Nebenstraße geparkt. Stumm gingen sie nebeneinander her. Er schritt so eilig aus, daß Helga Mühe hatte, an seiner Seite zu bleiben. Ihre hohen Absätze klapperten auf dem Pflaster.

Als er die Autotür öffnete, um sie einsteigen zu lassen, ertrug sie das Schweigen nicht länger. „Wenn Sie nichts mehr von mir wissen wollen", sagte sie rauh, „wäre es besser, wir machten gleich Schluß!"

Er hob erstaunt die hellen Augenbrauen. „Aber wieso denn?"

„Tun Sie doch nicht so", sagte sie heftig. „Gut, Sie sind mir draufgekommen, daß ich gelogen habe! Aber das gibt Ihnen doch kein Recht, mich wie eine ...", sie schluckte, „... wie eine Verbrecherin zu behandeln!"

„Halt den Mund und steig ein!" befahl er grob.

Sie gehorchte. Nicht weil sie nicht die Kraft gehabt hätte, sich seinem Befehl zu widersetzen, sondern einfach deshalb, weil ihr so viel an ihm lag. Er verkörperte für sie alles, was sie sich seit jeher ersehnt hatte, und mit ihm zu brechen, hätte für sie bedeutet, auf den schönsten Traum ihres Lebens zu verzichten.

Als er sich ans Steuer setzte, sagte sie kleinlaut: „Es tut mir leid, Heinz ... ehrlich!"

Er gab Gas. Der Jaguar stieß nach hinten auf die Fahrbahn hinaus, er riß das Steuer herum, und der Wagen schoß vorwärts.

„Ich erinnere mich nicht, dir einen Vorwurf gemacht zu haben", sagte er beherrscht.

„Aber Sie hätten allen Grund dazu gehabt!"

„Warum?" Er lächelte, ohne sie anzusehen. „Weil ich entdeckt habe, daß du nicht die bist, als die du dich ausgegeben hast? Keine Tochter aus reichem Hause? Aber wer sagt dir denn, daß Geld für mich eine Rolle spielt?"

Darauf wußte sie nichts zu antworten. Ihre Hände in den langen dunklen Handschuhen umkrampften die Abendtasche.

„Du hast mir was vorgemacht", sagte er gelassen, „stimmt. Aber du kanntest mich doch gar nicht. Was für einen Anlaß hättest du haben sollen, mir die Wahrheit auf die Nase zu binden? Du wolltest dein Image heben, das verstehe ich sehr gut. Ein im Geschäftsleben durchaus erlaubter und üblicher Kunstgriff."

„Ich wollte so gern, daß Sie mich lieben", gestand sie leise.

„Und jetzt, glaubst du, könnte ich das nicht mehr? Nur weil deine Mutter keine oberflächliche Gesellschaftsziege, sondern eine liebenswerte, warmherzige Frau ist?"

„Ich wußte wirklich nicht, daß sie mich besuchen würde!"

„Und mich hattest du natürlich auch nicht erwartet. Das ist mir vollkommen klar, Helga. Du hast die Situation bestimmt nicht heraufbeschworen, im Gegenteil, sie ist dir über den Kopf gewachsen. Aber ich bin dem Schicksal dankbar, daß es so gekommen ist. Jetzt weiß ich wenigstens Bescheid."

Helga war es, als ob ihr Herz einen Schlag lang aussetzte. „Was wissen Sie?" fragte sie mit steifen Lippen.

„Daß du ein Mädchen aus kleinen Verhältnissen bist, die die Sehnsucht nach der großen Welt nach Frankfurt getrieben hat. Glaub mir, ich habe dafür volles Verständnis. Ich liebe ehrgeizige Menschen. Mit ihnen läßt sich etwas anfangen."

Sie wagte es kaum zu glauben, daß er alles so leicht nahm. „Ist das Ihr Ernst?" fragte sie unsicher.

„Ja. Und jetzt setz, bitte, ein anderes Gesicht auf. Es steht dir nicht, wenn du die Stirn kraust, die Mundwinkel herunterhängen läßt ... lächle!" Einen Augenblick wandte er ihr die blauen, durchdringenden Augen zu. „Ja, so ist's besser ... und jetzt nimm dir eine Zigarette und zünde auch mir eine an!"

Helga streifte die langen Handschuhe ab, tat, was er verlangte, steckte ihm die brennende Zigarette in den Mund und nahm sich selber eine. Sie inhalierte tief. Die dunklen Wolken schienen sich verzogen zu haben, ohne daß es zu einem Unwetter gekommen war. Aber sie fühlte sich keineswegs beruhigt. Eigentlich hätte sie erleichtert sein müssen, aber sie fühlte dumpf, daß die Reaktion ihres Begleiters seltsam war. So vieles mußte für ihn ungeklärt sein. Warum stellte er keine Fragen?

Sie blickte zum Fenster hinaus und stellte fest, daß sie die nächtliche Kaiserstraße entlangfuhren, ihre gewohnte Tour. Durchschaute er sie? War es seine Absicht, sie zu erschrecken und zu verwirren?

Unwillkürlich schüttelte sie den Kopf mit den kupferroten Locken. Jetzt fange ich schon an, Gespenster zu sehen, dachte sie, ich muß Klarheit schaffen. In dieser Angst kann ich nicht weiterleben! „Heinz", sagte sie mit Überwindung, „ich muß Ihnen etwas erklären ..."

Er blies den Rauch durch die Nase, nahm die Zigarette aus dem Mund. „Ich lege keinen Wert auf Geständnisse."

„Aber ich muß! Es soll doch Klarheit zwischen uns herrschen, sonst ..." Ihre Stimme versagte.

„Wenn es dir guttut, dann rede nur."

„Haben Sie sich nicht gefragt, woher ich die Wohnung habe? Das Auto? Die Pelze?"

„Dafür", sagte er ruhig, „gibt es eine Menge denkbarer Erklärungen."

„Als ich nach Frankfurt kam, hatte ich zuerst eine Stellung im Kaufhaus Maak ..."

„Das hat mir deine Mutter erzählt!"

„... in der Schmuckwarenabteilung." Sie sprach langsam, ihr Verstand arbeitete fieberhaft. Sie wußte, wie wichtig es war, jetzt die richtigen Worte zu finden. Sie durfte nicht zuviel sagen und doch mußte es genügen, um Heinz Schlüter-van Dorn ein für allemal zufriedenzustellen. „Dort lernte ich einen Mann kennen, einen Fabrikanten aus Idar-Oberstein. Normalerweise kamen ja immer nur die Vertreter, aber einmal – es ging um einen Jahresabschluß – tauchte dieser Fabrikant persönlich auf. Ich gefiel ihm, er lud mich zum Abendessen ein. Ich sagte natürlich zu."

„Völlig natürlich", bestätigte Heinz Schlüter-van Dorn. „Ein junges Mädchen voller Träume allein in einer großen Stadt."

„Er ... ich wurde seine Geliebte. Er richtete mir die Wohnung ein. Er war überhaupt sehr großzügig. Aber ich liebte ihn nicht. Trotzdem, als er mich dann verließ, war das ein schwerer Schlag für mich. Ich fühlte mich einfach verloren. Das war ... gerade eine Woche, bevor ich dich kennenlernte. Ich lief herum wie ein herrenloser Hund."

Er lachte auf. „Das ist alles?"

„Ja", sagte sie mit Überzeugung, und sie glaubte in diesem Augenblick selber daran.

Jetzt, nachdem die Geschichte heraus war, schien sie ihr wahr, weil sie wahrscheinlich war. Es hätte ja wirklich alles so sein können. Sie sah Gustav, so hatte der Schmuckfabrikant geheißen, förmlich vor sich, wie er sie verwöhnte, mit Geschenken überschüttete – ja, sie hätte in diesem Augenblick den dramatischen Abschied, der nie stattgefunden hatte, in allen Einzelheiten erzählen können. Helga lebte seit langem mit der Lüge, immer neuen, schillernden Lügen, und diese Lügen hatten eine Macht über sie gewonnen, hinter der die Wahrheit, die häßliche, nackte, armselige Wahrheit, verblaßte.

Es stimmte, daß Gustav ihr die Wohnung besorgt hatte. Er hatte ihr auch den Namen Kitty gegeben. Das war aber auch alles gewesen. „Mehr ist nicht drin", pflegte er zu sagen, wenn sie ihn um Geld bat, „ein junges Ding wie du muß sich schon selber tummeln!"

Er hatte ihre Ansprüche ans Leben heraufgeschraubt, ohne sie zu erfüllen. Dafür, daß sie ihm die Wohnung verdankte, mußte sie ihm jede Sekunde, die er in Frankfurt verbrachte, zur Verfügung stehen. Dann gingen sie essen, er brachte ihr Champagner und Whisky mit. Aber wenn er wieder nach Hause fuhr, stand sie mit leeren Händen da.

Aber Gustav ließ sie nicht verhungern, er gab ihre Adresse an Geschäftsleute weiter, die sich, genau wie er, mal einen guten Tag mit ihr machten, sich auch hin und wieder zu einem kleinen Geschenk aufschwangen. Das alles reichte gerade für die Miete. Damals hatte Helga geglaubt, es müßte so sein. Immerhin – sie brauchte nicht mehr zu arbeiten, und es ging ihr, wenn auch nicht gut, so doch besser als früher. Sie war dem großen Leben einen Schritt nähergekommen.

Das hätte noch endlos so weitergehen können, wenn Irma nicht in ihr Leben getreten wäre und ihr die Augen geöffnet hätte.

„Du bist schön dumm", hatte sie gesagt, „für nichts und wieder nichts hinhalten, das käme für mich gar nicht in Frage. Mach nur weiter so, du wirst schon sehen, wohin du damit kommst. Stimmt, du hast ein gemütlicheres Leben. Aber du wirst älter, und was wird sein, wenn nichts mehr geht? Dann sitzt du da, ohne einen Pfennig. Du mußt Reserven anlegen, jetzt. Später ist es zu spät."

Irma hatte sie pausenlos bearbeitet, und ihre Ratschläge waren auf fruchtbaren Boden gefallen. Die neue Kitty hatte begonnen, sich selber zu tummeln, und als das Geschäft zu laufen begann, hatte ihre erste Handlung darin bestanden, Gustav an die Luft zu setzen.

„Such dir eine andere, die dumm genug ist, dein Spielchen mitzumachen", hatte sie eiskalt gesagt, „entweder du zahlst oder du ziehst Leine!"

Und als er auf seine Rechte pochte, drohte sie ihm, sich mit seiner Frau in Verbindung zu setzen. Das hatte gewirkt. Seitdem hatte sie nie mehr etwas von ihm gehört – und das lag jetzt schon mehr als ein halbes Jahr zurück. So sah die Wahrheit aus, die Helga vergessen wollte. Jetzt, da sie Heinz Schlüter-van Dorn kennengelernt hatte, wünschte sie es heftiger denn je.

Er schien jedes Wort ihrer manipulierten Wahrheit zu glauben.

„Armes Kind", sagte er zärtlich, „das hat dich so bedrückt?"

„Ja, und ich bin froh, daß es heraus ist."

Sie waren jetzt am Hauptbahnhof angekommen. Er fuhr den Jaguar an den Straßenrand und trat auf die Bremse.

„Was ist?" fragte sie verständnislos. „Sie wollen doch nicht etwa hier . . . ?"

„Dich küssen", sagte er lächelnd, „damit du endlich mit diesem verdammten Sie aufhörst! Wir sind doch jetzt Freunde oder . . . ?"

Er nahm sie in die Arme, und bei seinen Küssen fühlte sie einen süßen Schauer, den sie seit langem nicht mehr, vielleicht nie zuvor gespürt hatte. Als er sie freigab, fiel es ihr schwer, sich von ihm zu lösen. Sie war in seinen Armen so weich und schwach geworden.

Er zog sein Taschentuch und wischte sich damit über die Lippen. „Das ist das Gute an Bahnhöfen", erklärte er lächelnd. „Man kann sich in ihrem Schutz küssen, ohne Aufsehen zu erregen."

„Das würde mir nichts ausmachen", erwiderte sie.

„Aber mir!" Er faltete sein Taschentuch sorgfältig zusammen, die Stelle mit dem Lippenrot nach innen, steckte er es ein „Und nun, Offenheit gegen Offenheit . . . jetzt kommt mein Geständnis!"

„Du bist verheiratet", sagte sie prompt.

Er lachte belustigt. „Etwas Schlimmeres kannst du dir wohl nicht vorstellen?"

„Doch, natürlich, nur . . . ich dachte . . ."

„Nein, beruhige dich, ich bin ledig und durchaus noch zu haben. Wenn ich verheiratet wäre . . ." Er stockte, sagte sehr vorsichtig: „ . . . würde ich von meiner Frau das verlangen, um was ich dich jetzt bitten möchte."

Sofort stiegen alle nur erdenkbaren erotischen Ausgefallenheiten, die je ein Mann von ihr gefordert hatte, in ihrer Phantasie auf. „Ich tue, was du willst", sagte sie eifrig, „ich werde dich nicht enttäuschen, du wirst sehen . . ."

Sein Gesicht verriet nicht, ob er begriff, woran sie dachte. „Dann paß auf", sagte er gelassen, „du weißt, ich bin Industrieberater, das heißt, ich muß eiskalten Geschäftsleuten einreden, daß sie mich brauchen, um die Firma zu vergrößern, ihren Absatz zu steigern, über irgendeine Krise hinwegzukommen . . . du verstehst?"

„Ja", sagte sie, aber in Wahrheit war sie völlig verwirrt.

„Nun, das ist manchmal verdammt schwer, wie du dir sicher vorstellen kannst. Manche Geschäfte lassen sich leichter abwickeln, wenn eine schöne Frau . . . eine Frau wie du . . . für ein bißchen, na sagen wir . . . Atmosphäre sorgt. Traust du dir das zu?"

„Du meinst, ich soll für dich repräsentieren?" fragte sie unsicher.

„So kann man es auch nennen. Du sollst einfach dabeisein ... schön, charmant, lockend ...“

„Das ist doch nicht weiter schwer!“

„Na, prächtig. Ich wußte ja, ich kann mich auf dich verlassen.“

„Heinz“, sagte sie und legte ihre Hand auf seine Knie, „du hast mir erzählt, daß du viel im Ausland zu tun hast ... Willst du mich denn auch auf deine Reisen mitnehmen?“

„Von Fall zu Fall.“

Sie lehnte sich zurück, sagte träumerisch: „Ich möchte so gern einmal nach Paris ... nach London ... nach New York ...“

„Es ist gut möglich, daß ich das für dich verwirklichen kann“, versprach er ein wenig unbestimmt. „Aber erst mußt du mal zeigen, was du kannst. Heute abend habe ich eine Besprechung mit einem Textilfabrikanten, Hans-Georg Möller aus Wuppertal. Dieser Mann ist für mich besonders wichtig ...“

„Warum?“

„Er will eine Zweigniederlassung in Irland aufbauen Er hat mir hunderttausend Mark gegeben, um das Projekt voranzutreiben. Aber leider bin ich bisher noch nicht zu entsprechenden Ergebnissen gekommen “

„Hunderttausend Mark?“ wiederholte sie beeindruckt.

„Das scheint dir wohl eine ziemlich große Summe“, sagte er. „Aber für mich ist es tatsächlich nur ein Tropfen auf den heißen Stein. Du mußt bedenken, daß ich laufend riesige Unkosten habe.“

„Ja, natürlich, ich dachte auch nur ...“

Er fiel ihr ins Wort. „Willst du es also versuchen? Ja? Na schön, dann fahren wir. Ich bin mit ihm in Bad Homburg verabredet. Im Spielcasino.“

Als sie die Peripherie von Frankfurt hinter sich gelassen hatten, legte Heinz Schlüter-van Dorn ein rasantes Tempo vor. Als er einmal mit quietschenden Reifen eine Kurve nahm, schrie Helga leise auf.

„Nur keine Bange“, beruhigte er sie, „verlaß dich auf mich. Es passiert schon nichts.“ Die Tachometernadel tanzte um 180.

„Könntest du nicht ein bißchen langsamer fahren?“

„Nein Du wirst dich an mein Tempo gewöhnen müssen. Wir haben viel Zeit verloren. Ich darf Möller nicht warten lassen.“

Nach einer Weile fand sie Freude an dieser rasenden Fahrt. Es war ihr, als habe sie jetzt erst, an der Seite dieses Mannes, ihr wirkliches Leben begonnen. Jetzt würde sie ganz nach oben kommen, alle großen Städte dieser Welt kennenlernen – was für ein Triumph, wenn sie von dort Ansichtspostkarten heim nach Bingen schreiben würde!

Helga hätte sich längst eine Auslandsreise erlauben können, aber allein war das wenig reizvoll. Sie hatte keine Lust, durch unbekannte

Straßen zu marschieren, sich von einem Fremdenführer Sehenswürdigkeiten erklären zu lassen. Sie wollte nicht die Touristin spielen, sondern Eingang in jene Kreise finden, in denen ein Mann wie Heinz Schlüter-van Dorn zu Hause zu sein schien. Sie träumte davon, mit der Begum zu plaudern, mit Filmstars und Millionären zu dinieren, ihren Namen in den Gesellschaftsspalten der großen Zeitschriften zu lesen. Diesem Ziel glaubte sie sich jetzt so nahe wie nie zuvor.

Als sie vor dem Portal des Spielcasinos hielten, wurde Helga jäh aus ihren Träumen gerissen. Sie warf einen Blick auf die Uhr am Armaturenbrett – sie hatten die Fahrt in einer knappen Viertelstunde geschafft.

Heinz Schlüter-van Dorn stieg aus, öffnete ihr die Wagentür, war ihr behilflich. „Warte bitte am Eingang auf mich, ich muß erst noch ..." Er unterbrach sich, als ein livrierter Boy herbeieilte. „Sehen Sie zu, daß Sie die Karre irgendwo unterbringen", sagte er lässig und drückte dem jungen Mann ein Geldstück in die Hand. „Bringen Sie mir die Schlüssel dann in den Spielsaal . . ."

Der Boy verbeugte sich. „Danke, mein Herr ... sehr wohl, mein Herr ... wird sofort erledigt."

Heinz Schlüter-van Dorn reichte Helga den Arm und führte sie die breiten, flachen Stufen hinauf. Sie fühlte sich ganz als große Dame. Während er die Einlaßformalitäten erledigte und die Spielchips kaufte, stand sie mit bewußt gelangweiltem Gesicht beiseite, aber ihren kühlen Augen entging keine Einzelheit. Als er er seine Hand unter ihren Arm schob und sie in den großen Spielsaal dirigierte, war es von einer Sekunde zur anderen um ihre vorgetäuschte Blasiertheit geschehen. Die mit rotem Damast bespannten Wände, die riesigen, funkelnden Kristallüster, die weißen Marmorsäulen, die Mahagonimöbel, die mit grünem Tuch bezogenen Spieltische, das alles überwältigte sie geradezu. Es entsprach vollkommen ihrer Vorstellung von höchster Eleganz.

„O Heinz", stieß sie hervor, „das ist ja phantastisch!"

Er lächelte über ihre Begeisterung. „Hübsch, nicht wahr? Nach Monte das exquisiteste Casino Europas."

Die Damen, die an den langen Tischen saßen, waren fast ausschließlich in Cocktailkleidern erschienen, manche auch in Abendroben. Die Herren, die zwischen ihnen saßen oder hinter ihnen standen, waren im Smoking oder mindestens im dunklen Anzug. Die vereinzelten einfach gekleideten Touristen fühlten sich offensichtlich nicht wohl in dieser exklusiven Gesellschaft. Sie standen herum; nur einige hatten sich einen Platz am Spieltisch erobert.

Englische und französische Worte drangen an Helgas Ohr, dazwischen fremde Sprachen, die sie nicht einmal identifizieren konnte. Die Croupiers sprachen französisch.

„Mesdames, Messieurs, faites votre jeux ... rien ne va plus!“

Heinz Schlüter-van Dorn schob seine Hand auf ihre nackte Schulter unter dem weichen Pelz. „Du wirst dich gleich daran gewöhnen“, flüsterte er ihr zu. „Keine ist hier, die sich mit dir vergleichen könnte!“

Sie schlenderten tiefer in den Saal hinein. Als ein Platz an einem der Spieltische frei wurde, beschlagnahmte er ihn blitzschnell. „Setz dich!“ sagte er und schob ihr den Stuhl zurecht.

„Versuch nur dein Glück!“ Er legte eine Handvoll Chips vor sie hin.

Helga zögerte. Sie begriff nicht so schnell, wie das Spiel ging, wollte sich aber keine Blöße geben. Sie schob eines der roten Plättchen auf das Kästchen mit der Nummer sieben.

„Rien ne va plus!“

Die Elfenbeinkugel surrte. Dann stand das Roulette. Der Croupier rief etwas aus, das sie nicht verstand Die kleine Harke seines Kollegen fuhr über das Spielfeld, zog die meisten der gesetzten Chips ein, verteilte einige andere. Das Kästchen mit der Sieben blieb leer zurück.

„Versuch's noch einmal“, sagte Helgas Begleiter gleichgültig.

Sie setzte wieder auf die Sieben, und noch einmal, aber sie hatte kein Glück. Jedesmal wurde ihr Einsatz kassiert. Beim vierten Spiel schob sie ihren Einsatz auf die Vierzehn.

Heinz Schlüter-van Dorn verstärkte den Druck seiner Hand auf ihrer Schulter. „Da hinten ist er ... der kleine Dicke mit der Brille ... er grüßt hierher ... lächle zurück!“

Sie tat, was er von ihr verlangte, aber ihre Gedanken waren beim Spiel. Wieder surrte die Elfenbeinkugel, das Roulette blieb stehen – die Sieben hatte gewonnen.

Mit zusammengepreßten Lippen sah sie zu, wie ihr Einsatz weggeharkt und kleine Stapel von Chips auf die Sieben gerückt wurden, die ein junges Mädchen ihr gegenüber strahlend kassierte

„Pech gehabt“, sagte Heinz Schlüter-van Dorn. „Willst du es noch einmal probieren?“

Helga schüttelte energisch ihre roten Locken. „Ein blödes Spiel“, sagte sie zornig. „Das nenne ich, den Leuten das Geld aus der Tasche ziehen ... das ist doch direkt eine Gemeinheit!“ Sie stieß ihren Stuhl zurück und stand auf.

„Man muß auch verlieren können“, erwiderte er ruhig.

Hans-Georg Möller erwartete sie im Mittelgang, ein Mann von schwer bestimmbarem Alter. Sein erstklassig geschnittener Smoking konnte nicht darüber hinwegtäuschen, daß seine Beine zu kurz geraten waren und seine Taille die Fasson verloren hatte. Seine Stirn ging in eine spiegelnde Glatze über, die Augen hinter den Brillengläsern standen leicht vor.

Wie ein Frosch sieht er aus, dachte Helga, während sie ihn strahlend anlächelte.

Die beiden Männer schüttelten sich die Hände und tauschten einige belanglose Begrüßungsworte aus. „Darf ich Ihnen meine Begleiterin vorstellen, Herr Möller", sagte Heinz Schlüter-van Dorn, „eine Bekannte aus Frankfurt . . ."

„Kitty", ergänzte Helga Reimers rasch, „meine Freunde nennen mich Kitty!" Sie wußte selber nicht, warum sie das gesagt hatte, sah Heinz Schlüter-van Dorns befremdeten Blick. Tatsächlich aber war es so, daß der Name Helga sie einfach hemmte, weil er zu einer Vergangenheit gehörte, die sie längst abgestreift zu haben glaubte.

„Ich freue mich sehr", sagte Hans-Georg Möller. Seine Hand war feucht wie ein Schwamm, aber Helga verzog keine Miene.

„Wie wäre es, wenn wir erst mal an der Bar einen Schluck zu uns nehmen würden?" schlug Heinz Schlüter-van Dorn vor. „Oder haben Sie andere Pläne, Herr Möller?"

„Nein, nein, ich bin ganz einverstanden . . ."

Schlüter-van Dorn richtete es so ein, daß Kitty vorausging, Hans-Georg Möller hinter ihr – es lag ihm viel daran, daß Möller ausreichend Gelegenheit hatte, Kittys schlanke Figur in dem goldfarbenen Seidenkleid in sich aufzunehmen, das sich bei jedem Schritt sanft um ihre Hüften spannte, die langen Beine in den hohen Stöckelschuhen, die glänzende, kupferrote Mähne. Als sie an der Bar angekommen waren, mußte Hans-Georg Möller sich den Schweiß von der Stirn wischen, obwohl die Klimaanlage bestens funktionierte. Sie schwangen sich auf die Hocker an der Bar, die ganz aus dunkelrotem glänzend poliertem Mahagoni und blitzendem Glas zu bestehen schien. Schlüter-van Dorn bestellte eine Flasche Champagner. Der Boy kam und brachte ihm die Autoschlüssel zurück.

„Sie haben noch gar nicht gespielt, Herr Schlüter-van Dorn", sagte Hans-Georg Möller, „ich will Sie nicht abhalten . . ."

Schlüter-van Dorn winkte ab. „Nicht so wichtig!"

„Ich wollte Sie nicht um Ihr Vergnügen bringen!" Der Textilkaufmann zog einen Schein aus seiner wohlgefüllten Brieftasche. „Da, nehmen Sie, setzen Sie das für mich . . . wenn Sie gewinnen, teilen wir! Ich werde mich inzwischen bemühen, Fräulein Kitty zu unterhalten . . ."

Heinz Schlüter-van Dorn verbeugte sich. „Ich weiß, sie ist bei Ihnen in bester Obhut", sagte er, ohne mit der Wimper zu zucken.

Kitty sah ihm nach, wie er davonschritt, schlank, breitschultrig, mit schmalen, biegsamen Hüften.

„Ein gutaussehender Mann!" sagte Hans-Georg Möller.

Kitty wandte sich ihm zu. „Das stimmt", bekannte sie freimütig, „aber bei einem Mann kommt es ja nicht aufs Aussehen an . . ."

Hans-Georg Möller lächelte hintergründig. „Nett, das zu sagen."

So ein Idiot, dachte Kitty, er bildet sich doch wohl nicht etwa ein, er wäre anziehend? Sie sah ihm lächelnd in die Augen.

„Haben Sie am Spieltisch Glück gehabt?" fragte er.

„Nicht die Spur. Ich habe es heute zum ersten- und zum letztenmal versucht. Das ist nichts für mich."

„Sie spielen wohl mit höherem Einsatz?"

„Vielleicht." Ihre grünen Augen wurden schmal.

„Jedenfalls bin ich Schlüter-van Dorn sehr dankbar, daß er Sie mitgebracht hat", sagte er, und sein Atem ging schwer.

Sie drehte das Champagnerglas in ihren schlanken Fingern mit den langen, rotlackierten Nägeln. „Sie fürchten wohl, sonst wäre es ein langweiliger Abend geworden?" Sie führte das Glas an die Lippen, trank ihm zu.

Auch er trank, seine plumpe Hand tastete sich zu ihrem Knie, blieb schwer darauf liegen. „Sie sind die schönste Frau, die mir je begegnet ist! Sie sind . . . die Verlockung in Person!"

Die Feuchtigkeit seiner Hand drang durch den Stoff ihres Kleides bis auf die Haut. Aber sie machte keinen Versuch, sie wegzustoßen.

Sie lächelte ihm zu, mit kühlen abschätzenden Augen.

5

Anna Reimers hatte ihren Whisky nicht ausgetrunken. Sie hatte einen Unterteller auf das Glas gesetzt und es in den Eisschrank gestellt, als die Wohnungstür hinter Helga und ihrem Freund zugefallen war. Dann hatte sie sich eine Schürze vorgebunden und die Arbeit erledigt, in der ihre Tochter durch ihren Besuch unterbrochen worden war – sie hatte aufgeräumt, gefegt, staubgesaugt, gewischt. Sie tat es nicht, weil sie die kleine Wohnung unordentlich oder schmutzig fand, sie tat es auch nicht aus dem Drang heraus, sich aufzuopfern, sondern es bereitete ihr einfach Freude, sich in dieser hübschen, perfekt ausgestatteten Wohnung zu betätigen.

Als sie alles auf Hochglanz gebracht hatte, war sie fast enttäuscht, daß nichts mehr zu tun blieb. In Helgas Schubladen herumzukramen, verbot sie sich, weil sie aus Erfahrung wußte, daß ihre erwachsene Tochter das haßte Es war erst zehn Uhr, sie war überhaupt nicht müde. Sie entschloß sich, ein warmes Bad zu nehmen – das heiße Wasser kam nicht wie bei ihr zu Hause aus einem Boiler, sondern direkt aus der Leitung.

Sie drehte beide Hähne auf, tat, ein wenig zaghaft, etwas von Helgas Badezusatz in die Wanne und freute sich, als das helle Wasser sich blau wie Tinte färbte.

Gerade als sie sich ausziehen wollte, klingelte es an der Wohnungstür. Frau Reimers lief hin und öffnete. Draußen stand ein Herr im offenen Mantel, den Hut schief und unternehmungslustig auf den Hinterkopf gedrückt, einige Flaschen unter dem Arm. „Juten Abend, Frau Jedönskes", sagte er gut gelaunt, „isch komm dat Kitty besuchen!"

Frau Reimers mußte lachen. „Tut mir leid, hier wohnt keine Kitty", sagte sie. „Sie müssen sich in der Adresse geirrt haben!"

„Aber nu erzählen Sie misch bloß keinen Schmäh! Isch han 'nen Kleinen sitzen, dat stimmt ... aber so blau bin isch noch lange nit, dat isch nit mehr wüßt, wo dat Kitty wohnt."

„Hier jedenfalls nicht", erklärte Frau Reimers energisch und wollte ihm die Tür vor der Nase zuschlagen.

Aber blitzschnell hatte er seinen Fuß in den Spalt geschoben. „Wat fällt Ihnen denn ein, Frau? Sie wissen wohl nit, wer isch bin? Jetzt will ich Ihnen mal wat sagen ... isch bin der Schmitz aus Nüss! Bestellen Sie dat jefälligst der Kitty ... aber dali, sonst hat's jebumst!"

Er taumelte mit seiner ganzen Schwere gegen die Tür.

Frau Reimers stemmte sich von innen dagegen. Aber der schwere, angetrunkene Mann war stärker. Die Kräfte verließen sie, die Tür gab so plötzlich nach, daß Herr Schmitz aus Neuss beinahe das Gleichgewicht verloren hätte und der Länge nach hingeschlagen wäre. Der Hut fiel ihm vom Kopf und rollte durch die kleine Diele. Er fing sich noch im letzten Moment, drehte sich einmal um seine Achse und taumelte auf die Tür zum Schlafzimmer zu.

„Kitty, wo bist du? Kitty!" brüllte er mit schwerer Zunge.

Frau Reimers packte seinen Arm, um ihn zurückzuhalten, aber er streifte ihre Hand mit einer einzigen Bewegung ab. Sie bückte sich und hob den Hut auf, der unter den Garderobenständer gerollt war. Als sie Herrn Schmitz nacheilte, stand er schon mitten im Schlafzimmer, die Flaschen fest gegen die Brust gepreßt, ein pfiffiges Lächeln auf den Lippen.

„Na, han isch et nit jesaat?" triumphierte er. „Den Schmitz us Nüss kann man nit für dumm verkaufen! Dat is der Kitty ihr Jemach, so wahr isch Theobald heiße!"

„Aber hören Sie mal", setzte Frau Reimers an.

Er ließ sich nicht unterbrechen. „Dat kenn isch alles! Dat is der Kitty ihr Bettchen und der Kitty ihr Konsölchen. Nu sagen Sie misch bloß, Frau, wo is dat lecker Ding? Is et auf Tour? Dann werd isch eben warten ..." Er ließ sich auf den Rand des Bettes fallen.

Frau Reimers baute sich, die Hände in die Hüften gestützt, vor ihm auf. „Sie irren sich, Herr Schmitz", sagte sie energisch, „hier wohnt keine Kitty, wie oft soll ich Ihnen das noch sagen! Glauben Sie mir doch endlich!"

Herr Schmitz schüttelte den Kopf. „Isch laß misch von Ihnen nit veräppeln! Wer sind denn Sie überhaupt? Wat haben Sie hier zu suchen? Wenn Ihnen wat nicht paßt, können Sie ja jehen!"

„Nein, ich werde bleiben und Sie werden gehn, Herr Schmitz! Hier wohnt meine Tochter Helga Reimers, und ihr gehört die Wohnung. Verstehen Sie?"

„Ach, nennt dat Kitty sich jetzt Helja?"

„Nein, sie heißt Helga, nicht Kitty."

Herr Schmitz war nicht zu überzeugen. „Dat is mir ejal, wie die sich nennt. Für misch bleibt sie dat Kitty!" Er sah mit unsicherem Blick zwischen seine Füße. „Da sind ja auch ihre Pantöffelkes! Jetzt sagen Se nur, dat wären nit der Kitty ihre!"

Frau Reimers blickte auf die beiden hochhackigen lila Pantoffeln, die sie selber ordentlich nebeneinander vor das breite Bett gestellt hatte – und es war ihr, als drücke eine eiskalte Hand ihr das Herz in der Brust zusammen. Dieser Schmitz schien ganz sicher zu sein. Wenn er sich nun doch nicht irrte? Wenn Helga ein Doppelleben führte? Wenn sie sich ihm gegenüber als Kitty ausgegeben hatte? Es war ihr, als schwanke der Boden unter ihr. Sie ließ sich auf den kleinen, mit großblumigem Kretonne bezogenen Sessel sinken.

„Is Ihnen nich jut?" fragte Herr Schmitz besorgt. „Da!" Er reichte ihr eine Flasche. „Trinken Sie 'nen Schluck!"

Sie wies die Flasche mit einer Handbewegung zurück. „Herr Schmitz", sagte sie mühsam, „wie sieht diese Kitty aus?"

Er sah sie verdutzt an. „Na, dat müßten Sie als Mutter doch am besten wissen!"

„Meine Tochter Helga", sagte sie langsam, „ist groß und schlank. Sie hat kurzgeschnittenes aschblondes Haar . . ."

Herr Schmitz sah sie mit offenem Mund an „Dann", sagte er mit der Logik eines Betrunkenen, „is dat nit die Wohnung von Ihrer Tochter. Kitty, dat is 'ne üppige Rothaarige . . . mit so langen Haaren, bis auf die Schultern."

„Mein Gott . . . und was haben Sie mich erschreckt!" Für eine Sekunde verbarg Frau Reimers ihr Gesicht zwischen den Händen. Sie schämte sich ihres Mißtrauens, der Zweifel, die sie überfallen hatten, und die sich, wie sie jetzt glaubte, als völlig unbegründet erwiesen hatten.

„Wieso dat denn?" fragte er verständnislos.

Frau Reimers ließ die Hände sinken, ihre Augen waren jetzt wieder klar, ihr Lächeln unendlich erleichtert. Sie stand auf. „Herr Schmitz", sagte sie, „Sie müssen jetzt gehen. Wahrscheinlich kennen Sie sich doch nicht so gut in Frankfurt aus, wie Sie glauben. Sie müssen sich in der Wohnung geirrt haben! Meine Tochter Helga ist nicht Ihre Kitty . . . Helga ist ein anständiges Mädchen, sie ist verlobt!"

Herr Schmitz öffnete den Mund, als ob er noch etwas sagen wollte, holte dann aber nur tief Luft und preßte die Lippen aufeinander.

Frau Reimers stülpte ihm den Hut auf den Kopf. „So, verschwinden Sie, es ist schon spät, ich wollte gerade ins Bett gehen. Und für Sie wäre es auch besser, wenn Sie Ihr Hotel aufsuchten!" Sie half ihm, als er nicht sogleich auf die Beine kam. „Soll ich Ihnen ein Taxi rufen?"

Er schüttelte den Kopf und ließ sich widerstandslos zur Diele hinausschieben. Erst als sie die Tür schon halb geöffnet hatte, fand er die Sprache wieder. Er schien seltsam ernüchtert. „Nix für unjut auch, Frau Reimers", sagte er, „man hat schon so sein Jedöns mit den Kindern!"

„Ich bin Ihnen nicht böse, Herr Schmitz. Gute Nacht und kommen Sie gut heim!"

Sie ließ die Wohnungstür einen Spalt breit offen und sah ihm nach, bereit, ihm zu Hilfe zu eilen, falls er mit dem Lift nicht zurechtkommen sollte. Aber Herr Schmitz ging nicht zum Aufzug, sondern wandte sich der gegenüberliegenden Wohnungstür zu, klingelte.

Er gibt's immer noch nicht auf, dachte Frau Reimers, er muß total betrunken oder verrückt sein!

Die gegenüberliegende Tür öffnete sich, Frau Reimers überlegte schon, ob sie der unbekannten Nachbarin zu Hilfe kommen sollte. Aber zu ihrer Verblüffung blieb der erwartete Wortwechsel aus.

Eine Frauenstimme sagte lachend: „Sieh an, der Schmitz aus Nüss!" Herr Schmitz verschwand, die Wohnungstür fiel zu.

Ach, so ist das! dachte Frau Reimers. Er hat nur die Türen verwechselt. Da drüben wohnt seine Kitty. Helga wird sich totlachen, wenn ich ihr das erzähle! Lächelnd ging sie in das rosa gekachelte Bad hinüber und drehte die Hähne wieder auf. Sie blickte in das tintenblaue, weiß schäumende Wasser, und allmählich beruhigte sie sich.

Noch saß ihr der Schreck in den Gliedern, aber er war wie ein düsterer Hintergrund, vor dem sich das Glück und der Erfolg ihrer Tochter doppelt strahlend abzeichneten.

Es war fünf Uhr vorbei, als Helga nach Hause kam. Wie immer streckte sie erst die Hand durch den Türspalt und knipste das Licht in der Diele an, bevor sie eintrat. Dann erst fiel ihr ein, daß die Wohnung ja nicht leer war, daß ihre Mutter sie erwartete.

Leise schloß sie die Tür und trat auf Zehenspitzen in das Schlafzimmer. Es war wie ein Schock, als sie die Mutter in ihrem Bett liegen sah, dem breiten Bett unter dem riesigen Deckenspiegel, das sie schon mit so vielen Männern geteilt hatte. Die Lichtbahn, die durch die Dielentür fiel, erhellte das Gesicht der Mutter, das im Schlaf gelöster und jünger wirkte als am Tag, sehr klar und sehr unschuldig.

Helga spürte, wie ein ganz ungewohntes Gefühl sie überwältigte -

war es Scham, war es Rührung? Sie wußte nur, daß sie sich in diesem Augenblick nichts sehnlicher wünschte, als wieder Mutters kleines Mädchen zu sein, sich loben, trösten, ermutigen zu lassen.

Wie lange war das her, seit sie der Mutter das letztemal die Wahrheit gesagt, ihr mit gutem Gewissen in die Augen hatte sehen können! Helga unterdrückte einen Seufzer. Sie war dreizehn gewesen, als die Jungen aus der Klasse sie in den Weinberg gelockt und festgehalten hatten. Damals war es ihr noch schrecklich gewesen. Verstört war sie nach Hause gelaufen, hatte der Mutter alles erzählen wollen. Aber dann hatte sie kein Wort über die Lippen gebracht. Sie hatte begriffen, daß die Mutter unfähig gewesen war, irgend etwas zu verstehen.

Sie hatte sie wegen des zerrissenen Kleides gezankt. „Du Wildfang, kannst du nicht besser auf deine Sachen aufpassen? Hast wohl wieder Räuber und Gendarm gespielt?“

Wildfang! Räuber und Gendarm! In den Augen der Mutter war sie ein Baby geblieben. Die Mutter verstand nichts, gar nichts. Es war unmöglich, ihr die Wahrheit ins Gesicht zu sagen.

Damals war alles zu Ende gewesen. Sie war aus dem Paradies der Kindheit vertrieben worden, ohne in der Welt der Erwachsenen aufgenommen zu werden. Lügen waren die einzigen Waffen gewesen, die sie zur Selbsterhaltung besaß – sie hatte ihre Eltern belogen, ihre Lehrer, die anderen Mädchen und die Jungen, und sie hatte damit Erfolg gehabt.

In den Augen der Mutter war sie das unschuldige kleine Mädchen geblieben, die Kameradinnen hatten sie beneidet, bewundert und gehaßt, die Jungen waren ihr nachgelaufen. Nie mehr hatte sie sich überwältigen lassen, immer war sie es gewesen, die sich einen, der ihr gefiel, herausgepickt, die anderen verrückt gemacht hatte. Schon wenige Monate später war das häßliche Erlebnis vergessen gewesen, sie wurde sich ihrer Macht bewußt.

Helga streifte die Pumps ab, legte die Nerzstola und die Abendtasche auf den Sessel, ging auf Strümpfen ins Bad und machte Licht. Ihre Pupillen zogen sich im kalten, erbarmungslosen Neonlicht zusammen, die Augen wirkten sehr grün. Das Erlebnis dieser Nacht hatte einen neuen Zug in ihr Gesicht gegraben, die Falten um die Winkel ihres stark geschminkten Mundes waren tiefer geworden. Sie riß die Perücke und die falschen Augenwimpern herunter und begann sich auszuziehen. Dann nahm sie das Kleid über den Arm, verbarg die Perrücke darunter und ging leise ins Schlafzimmer zurück.

Sie hantierte fast lautlos. Dennoch erwachte Frau Reimers in dem Augenblick, da sie den Schrank abschloß.

„Helga?“ fragte sie verschlafen. „Wie spät ist es?“

Helga ließ den Schlüssel in ihrer Abendtasche verschwinden, bevor sie sich zu ihrer Mutter ans Bett setzte. „Tut mir leid, daß ich dich geweckt habe, Mutti . . ."

Frau Reimers lächelte sie an. „Ich bin so froh, daß du zurück bist, Kind!"

Helga knipste die Nachttischlampe an. „Du hast dir doch nicht etwa Sorgen gemacht? Oder dich allein in der Wohnung gefürchtet?"

„Stell dir vor, ich war nicht mal die ganze Zeit allein!" Das durch den roten Seidenschirm gedämpfte Licht der Nachttischlampe warf einen rosigen Hauch auf ihre Wangen. „Ein Herr war hier . . ."

„Ein Herr?" Helga hatte Mühe, ihren Schrecken zu verbergen. „Wollte er zu mir?" fragte sie mit heiserer Stimme.

„Ach nein, er kannte dich gar nicht. Er suchte eine gewisse Kitty."

Helga stand auf. Ihre Mutter sollte in diesem Augenblick ihr Gesicht nicht sehen. „Erzähl nur weiter, Mutti, ich knipse nur eben das Licht in der Diele aus." Als sie zurückkam, klang ihre Stimme frei und unbefangen. „Ja und? Wie bist du ihn losgeworden?"

„Das war gar nicht so einfach, betrunken war er nämlich auch noch. Eine Zeitlang dachte ich, ich hätte es mit einem Verrückten zu tun, bis ich draufgekommen bin: Er wollte in die Wohnung gegenüber. Er hatte sich einfach in der Tür geirrt!"

„Ach so", sagte Helga, setzte sich wieder zu ihrer Mutter auf die Bettkante und zündete sich eine Zigarette an.

„Wer wohnt denn da drüben?" fragte Frau Reimers.

Helga hob die Schultern. „Keine Ahnung. Ich verkehre mit niemandem hier im Haus."

„Na, dieser Schmitz aus Neuss, so nannte er sich nämlich, scheint der Freund deiner Nachbarin zu sein."

„Schon möglich", log Helga scheinbar gleichgültig und inhalierte tief.

„Mußt du denn jetzt noch rauchen? Und im Schlafzimmer?"

„Nein, ich muß nicht", sagte Helga lächelnd und drückte die Zigarette aus.

„Ich möchte nicht wissen, wieviel du heute nacht gequalmt hast."

„Halb so wild", antwortete Helga und stand auf.

Frau Reimers sah sie an, wie sie in schwarzem Spitzenbüstenhalter und schwarzem Höschen vor ihr stand. „Du bist ein schönes Mädchen geworden, Helga!"

Helga lachte. „Na, dann stell dir nur mal vor, wie schön ich erst wäre, wenn ich nicht rauchen würde! Rauchen macht häßlich, hast du uns ja immer erzählt!"

„Mach dich nur lustig über mich! Eines Tages . . ."

„ . . . werde ich alt und häßlich sein", ergänzte Helga, „mit und ohne Zigaretten!" Sie nahm den Aschenbecher und ihr Nachthemd.

„Wie war es denn heute abend?“ fragte Frau Reimers. „Wo wart ihr? Habt ihr Spaß gehabt?“

„Augenblick, Mutti, ich bin gleich zurück! Dann erzähle ich dir alles!“

Sie zog ihre Wäsche aus und streifte sich mit einer hastigen Bewegung das hellgrüne Nachthemd über den Kopf. Ich muß vorsichtiger sein, dachte sie, viel vorsichtiger. Das ist gerade noch einmal gutgegangen.

Aber als sie später neben ihrer Mutter in dem breiten Bett lag, vergaß sie ihre Angst rasch wieder. Sie gab sich der Illusion hin, geborgen zu sein, erzählte munter drauflos, von Bad Homburg, dem Glanz des Spielcasinos, dem Champagner, den sie an der Bar getrunken hatten, dem fabelhaften Abendessen und daß sie noch nachher alle zusammen in das Hotel gegangen waren, in dem Hans-Georg Möller, der Geschäftsfreund von Heinz Schlüter-van Dorn, wohnte.

„Es war wundervoll, Mutti“, schwärmte sie. „Wenn ich mit Heinz allein gewesen wäre, wäre es noch schöner gewesen. Aber du weißt ja, wie die Männer sind – der Beruf geht immer vor.“

„Ja, das kenne ich“, sagte Frau Reimers und strich ihr sanft über das kurze aschblonde Haar, „genau wie Vati. Ich bin froh, daß du glücklich bist.“

„Hat dir Heinz gefallen?“

„Sehr. Die Manieren, die er hat, und das Aussehen ... Und dabei ist er so nett und bescheiden. Er muß wohl viel Geld verdienen?“

„Das auch. Aber das ist nicht die Hauptsache.“

„Nein, das Wichtigste ist, daß ihr euch liebt.“

Helga gähnte und schloß die Augen.

„Ich will natürlich nicht indiskret sein“, sagte Frau Reimers, „aber ... wann werdet ihr wohl heiraten?“

„Das hängt von seinen Geschäften ab“, murmelte Helga, „aber bestimmt dauert es nicht mehr lange.“

„Er meint's ehrlich mit dir“, sagte Frau Reimers, „das habe ich gleich gemerkt. Er hat dir die Wohnung eingerichtet, nicht wahr?“

„Hm ...“

„Karin würde platzen vor Neid, wenn sie die sehen könnte! So ein schönes Bad, und diese fabelhafte Küche! Ganz ehrlich, so etwas Schönes habe ich noch nie gesehen!“ Die Mutter lächelte in die Dunkelheit hinein. „Und die Idee mit dem Spiegel über dem Bett –“

Helga war plötzlich wieder hellwach. „Der war schon drin, als ich einzog“, sagte sie rasch, „ich habe mir schon seit langem vorgenommen, ihn abmontieren zu lassen.“

„Aber warum denn? Das ist doch lustig! Man kann sich selber an der Decke sehen und sich guten Morgen wünschen, wenn man aufwacht ...“ Frau Reimers lachte leise.

„Ja, das kann man“, erwiderte Helga, „aber sei mir nicht böse, Mutti, ich möchte jetzt lieber gute Nacht sagen. Ich bin nämlich todmüde!“

„Schlaf nur, mein Liebling! Ach, ich bin ja so glücklich! Vater und Karin werden Augen machen, wenn ich ihnen alles erzähle. Sie werden es einfach nicht für möglich halten! Ich bin so froh, daß ich mich entschlossen habe, nach Frankfurt zu fahren ...“

Helgas tiefe, regelmäßige Atemzüge verrieten, daß sie eingeschlafen war, und Frau Reimers verstummte. Sie lag auf dem Rücken, wagte sich nicht zu rühren, um Helga nicht zu stören. Fast war es wieder so wie vor vielen, vielen Jahren, als ihre Älteste noch morgens früh zu ihr ins Bett gekrochen kam, ein pummeliges, quicklebendiges Ding mit hellblonden Löckchen und zwei lustigen Grübchen in den Wangen, das sich zärtlich an sie geschmiegt hatte.

„Meine Helga“, flüsterte die Mutter zärtlich, „mein Liebling. Mein gutes, schönes kleines Mädchen!“

Und dann fielen auch ihr die Augen zu.

Um sieben Uhr früh erwachte Frau Reimers mit dem Gefühl, verschlafen zu haben. Sie wollte erschrocken und pflichtbewußt hochspringen, aber gerade noch rechtzeitig wurde ihr bewußt, daß sie nicht im ehelichen Schlafzimmer in Bingen lag, sondern das breite Bett ihrer Tochter in Frankfurt teilte.

Sie verhielt sich ganz still und ließ noch einmal die Ereignisse der letzten Wochen in ihrem Geist Revue passieren, von dem Moment an, da ihr Mann ihr verboten hatte, Helgas Namen noch einmal zu erwähnen, bis zum gestrigen Tag, wo sie ihr Kind unter so glücklichen Umständen wiedergetroffen hatte. Noch einmal durchlebte sie all ihre Sorgen und Ängste, die jetzt gegenstandslos geworden waren, und sie lächelte dabei – über sich selber, über ihren Mann und über das Schicksal, das es so gut mit Helga gemeint hatte.

Ihr Herz pochte vor freudiger Erregung. Vorsichtig, um Helga nicht zu wecken, stand sie auf, zog sich in der Küche an und bereitete das Frühstück. Als sie mit dem Tablett ins Schlafzimmer kam und die Vorhänge aufzog, schlief Helga immer noch. Sanft rüttelte sie sie wach.

Für Helga, die es gewohnt war, bis in den Tag hinein zu schlafen, war es viel zu früh, eine geradezu mörderische Zeit. Mühsam verbiß sie sich ihren Ärger, um die Mutter nicht zu kränken. Erst nach zwei Tassen Kaffee und einer Zigarette fühlte sie sich besser. Es war lästig, aber andererseits auch nett, mal wieder bedient und verwöhnt zu werden.

Sie schlug der Mutter einen Einkaufsbummel durch Frankfurt vor, war aber sehr erleichtert, als Frau Reimers das ablehnte – die Mutter hatte jetzt nur noch den Wunsch, so schnell wie möglich nach Bingen zurückzukehren und ihrer Familie von Helgas großartigen Lebensumständen zu erzählen.

Helga zog sich an, während Frau Reimers die Wohnung aufräumte. Dann brachte sie die Mutter zum Bahnhof. Nicht in ihrem weißen Mercedes, den traute sie sich nicht zu benutzen, das hätte die Mutter doch wohl mißtrauisch gemacht. Außerdem würde sie es bestimmt in Bingen erzählen, und der Vater könnte dann gleich zwei und zwei zusammenzählen. So fuhren sie im Taxi, und auch das war für Frau Reimers ein Erlebnis.

Bis zur Abfahrt des Zuges blieb eine Viertelstunde Zeit, die nicht vergehen wollte Immer wieder sagte Helga: „Grüß Vater schön . . . und Karin und Rolf.“ Und die Mutter wiederholte: „Vergiß nicht, Heinz von mir zu grüßen. Schade, daß ich ihn nicht noch einmal sehen konnte!“

Dann endlich fuhr der Zug an. Noch einmal wechselten die Frauen durch das geöffnete Abteilfenster die üblichen Redensarten, beide außerstande, ihre wahren Gefühle in Worte zu fassen. Helga winkte. Alles war vorüber.

Aber die Erleichterung, auf die sie gewartet hatte, blieb aus. Sie fühlte sich zerschlagen und deprimiert. Grau hing der Himmel über der großen Stadt, die ohne den bunten Glanz der Lichtreklamen nüchtern und kalt wirkte. Ach was, dachte Helga, ich bin es einfach nicht gewohnt, so früh aufzustehen. Ich bin müde, das ist alles. Wenn ich mich erst ausgeschlafen habe, sieht die Welt gleich anders aus.

In ihrer Wohnung angekommen, legte sie die Kette vor, zog die Vorhänge zu und ging wieder zu Bett. Sie schlief tief und traumlos.

Ein Klingeln an der Wohnungstür weckte sie. Sie fuhr hoch, warf einen Blick auf ihre Armbanduhr. Es ging auf sechs Uhr zu. Wieder klingelte es – einmal kurz, dann lang, dann wieder kurz, Irmas Zeichen.

Aber Helga war jetzt nicht zu einem Gespräch mit der Freundin aufgelegt. Sie konnte sich schon vorstellen, was die Kollegin zu erzählen hatte – von Herrn Schmitz aus Neuss, von dem seltsamen Abenteuer, das er gestern nacht in ihrer Wohnung gehabt hatte. Sie sah Irma förmlich vor sich, wie sie beim Sprechen ihr Affengesichtchen zu Grimassen verzog, bildete sich fast ein, ihr Lachen zu hören – nein, das war zuviel. Sie ertrug es nicht, daß man ihre Mutter verspottete.

Helga stopfte sich die Zipfel des Kopfkissens in die Ohren und stellte sich tot. Nach einiger Zeit verstummte das Klingeln. Aber mit dem Schlaf war es vorbei. Trotzdem blieb sie noch eine gute Stunde im Bett, rauchte, döste vor sich hin – einfach deshalb, weil sie keinen Schwung hatte, irgend etwas zu unternehmen.

Sie hörte ein leises Rauschen vor den Fenstern, aber sie achtete nicht darauf. Erst als sie aufstand und die Vorhänge zur Seite zog, sah sie, daß es in Strömen regnete. Sie schauderte leicht, zog die Schultern hoch. Schlecht fürs Geschäft, dachte sie.

Sie badete, zog sich an und fühlte sich danach besser. Jetzt mußte Heinz Schlüter-van Dorn bald erscheinen. Er hatte ihr zwar beim Abschied nur gesagt, daß er wieder von sich hören lassen würde, aber sie war ganz sicher, daß er heute, noch diesen Abend, kommen würde.

Sie setzte sich ins Wohnzimmer und wartete. Aber die Zeit verging und nichts geschah. Das Telefon blieb stumm. Die Türklingel rührte sich nicht. Die Einsamkeit in der stillen Wohnung, das eintönige Rauschen des Regens wurden ihr unerträglich.

Helga ging über den Flur und klingelte bei Irma. Sie brauchte einfach einen Menschen, mit dem sie sprechen konnte, egal über was, der ihr half, ihren Gedanken zu entfliehen. Aber Irma war nicht zu Hause.

Um irgend etwas zu tun, nahm sie einen Kriminalroman zur Hand. Aber Lesen war nie ihre Stärke gewesen. Sie konnte sich nicht konzentrieren, überschlug ganze Seiten, verlor den Faden. Sie schaltete das Radio ein, knipste alle Lampen an, begann ihre Nägel zu maniküren. Aber selbst die lauteste Musik war nicht imstande, die innere Leere auszufüllen. Die Befriedigung, die ihr der Anblick ihrer langen, gleichmäßigen und hellrot lackierten Nägel gab, verflog rasch. Sie goß sich einen Whisky ein, begann, das Glas in der Hand, in ihrer Wohnung auf und ab zu gehen, aber all die bekannten und vertrauten Dinge – der Chippendale-Sekretär, das breite Bett unter dem Deckenspiegel, selbst das hübsche, rosa gekachelte Bad starrten ihr fremd und feindselig entgegen.

Na schön, dachte sie, dann werde ich eben heute nacht losfahren.

Auf die Idee, Heinz Schlüter-van Dorn anzurufen, kam sie gar nicht. Schon als junges Mädchen hatte sie die Erfahrung gemacht, daß man die Männer zwar anlocken, ihnen aber niemals nachlaufen durfte.

Die Aussicht, etwas zu unternehmen, belebte sie. Sie erneuerte ihr Make-up, klebte die falschen Wimpern an, setzte sich die Perücke mit den kupferroten glänzenden Locken auf – und wurde wieder Kitty.

Dann zog sie einen knallroten Lackledermantel und rote Couręges-Stiefel an, nahm ihren Schirm und verließ die Wohnung. Als sie aus der Haustür trat, schlug ihr der Regen entgegen, und als sie den weißen Mercedes aus der Garage fuhr, regnete es noch heftiger. Sie stellte die Scheibenwischer ein. Der nasse, schwarz glänzende Asphalt spiegelte die Lichter der Großstadt wider.

Sie fuhr langsam zur Kaiserstraße, an der Hauptwache vorbei in Richtung Bahnhof und wieder zurück. Sie drehte das Fenster einen Spalt breit auf, damit die Scheiben sich nicht beschlugen, und stellte die Heizung an. Die Sicht war schlecht, die Lichter blendeten. Kitty fuhr ganz langsam. Aber auf der breiten Straße waren nur wenig Menschen, und die in dieser Nacht unterwegs waren, hatten es eilig, hielten die Schirme vors Gesicht und hasteten voran, ohne nach links und rechts zu sehen.

Das Jagdfieber, das Kitty wie immer gepackt hatte, wenn sie sich ans Steuer ihres Wagens setzte, verebbte. Aber sie gab nicht auf, fuhr weiter, in stumpfer Beharrlichkeit. Endlich sah sie einen Kunden. Ein Herr stand im Schein der Straßenlampe, gut gekleidet in dunklem Mantel und Homburg, einen schwarzen Schirm über dem Kopf.

Im selben Augenblick bremste das Auto vor ihr, ein schwarzer Mercedes. Fast wäre Kitty aufgefahren. Die Tür wurde geöffnet, der Herr stieg ein. Der Wagen rollte davon und bog in eine Seitenstraße ein.

Kitty biß sich auf die Unterlippe. Verdammtes Pech, dachte sie. Wer war das bloß? Die Konkurrenz wird immer größer. Man müßte etwas dagegen unternehmen.

Sie fuhr weiter, aber eine lähmende Mutlosigkeit überfiel sie. Plötzlich hatte sie genug Sie parkte den weißen Mercedes, schloß ab, spannte den Schirm auf und ging auf das ‚Café Espresso' zu, dessen Lichter durch den strömenden Regen schimmerten.

Als sie eintrat, erkannte sie sofort, daß sie auch hier keine Chance hatte. Sämtliche leichten Damen Frankfurts schienen in dieser Nacht den gleichen Gedanken gehabt zu haben wie sie. Das Angebot war geradezu erdrückend. Sie saßen in Gruppen an den weiß gedeckten Tischen, dinierten, tranken Champagner, lachten lauter, als es nötig gewesen wäre. Nackte Schultern schimmerten, weiße Zähne blitzten. Aber zuwenig Männer waren da, um dieses Schauspiel zu würdigen, viel zuwenig. Wäre Kitty in besserer Stimmung gewesen, hätte sie keinen Augenblick gezögert, den Kampf mit der Konkurrenz aufzunehmen. Aber heute nacht war ihr nicht danach zumute. Sie drehte sich um und ging wieder. Niemand folgte ihr, niemand dachte daran, sie zu begleiten.

Jetzt fahre ich nach Hause, entschloß sie sich, aber der Gedanke an die Einsamkeit ihrer Wohnung ließ sie zögern. Nur noch eine Runde, nahm sie sich vor. Aber es blieb nicht dabei, sie fuhr weiter, immer weiter, immer weiter, rundum, im Grunde ohne Hoffnung, und doch nicht bereit, aufzugeben.

Es ging auf drei Uhr zu, als sie den Mann am Bordstein stehen sah, einige Schritte von der Straßenlampe entfernt, eine graue Gestalt, mit einem Hut, dessen Krempe vom Regen herabgedrückt wurde, den Mantelkragen hochgeschlagen, unbeweglich.

Kitty fuhr langsam näher – da, der Mann hob die Hand. Sie bremste scharf, Regen spritzte hoch. Der Mann stand, ohne sich zu rühren.

Sie kurbelte das Fenster tiefer, lehnte sich hinüber zur rechten Seite.

„Hallo?" sagte sie mit tiefer, kehliger Stimme.

Wortlos legte der Mann die Hand auf den Türgriff. Sie zögerte kurz, dann öffnete sie von innen. Er stieg ein. Sofort bildeten sich nasse dunkle Flecken auf dem hellen Lederpolster.

„Fahr weiter, Puppe", sagte der Mann tonlos, fast flüsternd, „worauf wartest du noch?"

Kitty warf ihm einen Seitenblick zu, konnte aber nur ein Stück seines Profils zwischen Hutkrempe und Mantelkragen sehen. Sie war sonst wählerisch, nahm nicht den ersten besten auf. Aber in dieser Nacht wäre ihr jeder recht gewesen. Trotzdem fühlte sie sich unbehaglich.

„Wohin?" fragte sie.

„Zu dir", sagte er – wieder in diesem eigenartigen tonlosen Flüstern.

Sie zögerte immer noch. Sie hatte gute Lust, ihn hinauszuwerfen. Aber sie wußte nicht, wie sie es anfangen sollte.

Der Mann knöpfte den Mantel auf, steckte die Hand in die Brusttasche seines Jacketts, zog einen Geldschein heraus, legte ihn ihr auf den Schoß. „Als Vorschuß", sagte er.

Kitty griff so hastig nach dem Geld, als fürchte sie, es könnte im nächsten Augenblick wieder verschwinden. „Na dann", sagte sie und gab Gas.

Der Mann neben ihr saß unbeweglich. Er hatte seine Handschuhe nicht ausgezogen, auch nicht, als er ihr das Geld gab.

„Zu Besuch in Frankfurt?" fragte Kitty.

Der Fremde schwieg.

„Ich meine nur", sagte Kitty.

„Ich bezahle dich nicht dafür, daß du mich ausfragst", sagte der Mann flüsternd.

Kitty zuckte die Schultern. „Manche reden gern."

„Ich verlange was anderes."

Kittys Unbehagen wuchs. Aber sie lachte. Ihr einstudiertes Lachen, das die Männer immer aufreizend fanden.

Der Fremde schwieg, starrte geradeaus. Aber Kitty war es, als ob unter seinem Schweigen und seiner Unbeweglichkeit eine kalte Flamme loderte, von der ein Funke auf sie übersprang. Sie nahm die rechte Hand vom Steuer, legte sie auf seinen Oberschenkel – er war hart wie Eisen. Sie bohrte ihre langen Fingernägel durch den rauhen Stoff und grub sie in sein Fleisch.

Er stöhnte auf.

Sie lachte, jetzt selber erregt.

Er packte ihr Handgelenk mit schmerzhaftem Griff, es war ihr, als zerdrückte er ihre Knochen. „Laß das!" sagte er kalt.

Sie schrie auf. Ihre Augen füllten sich mit Tränen. Ihr Handgelenk schmerzte, als er es losließ. Für Sekunden hatte sie jedes Gefühl in den Fingern verloren.

Jetzt, zum erstenmal, wandte er sich ihr zu. Einen flüchtigen Augenblick sah sie sein Gesicht, ein graues Gesicht, mit schmalen Lippen, um die ein grausames Lächeln spielte.

„Nein", sagte sie entsetzt, „nein!"

Seine Augen waren klein, dunkel und eng beieinander stehend.

„Du wirst nur das tun, was ich dir sage", erklärte er, immer in diesem heiseren Flüsterton. „Oder soll ich aussteigen? Dann gib mir mein Geld zurück."

Sie hatte jetzt Angst, wirklich Angst, aber ihre Habgier war dennoch stärker. Sie konnte sich von nichts trennen, was sie einmal besaß. „Du brauchst doch nicht gleich so grob zu werden", sagte sie schwach und beschleunigte das Tempo.

Sie fühlte sich in dem dunklen Auto wie in einer Falle. Wenn ich ihn erst mal in der Wohnung habe, dachte sie, wenn alle Lampen brennen, dann werde ich schon mit ihm fertig werden!

Vor dem Appartementhaus fand sie eine Parklücke und fuhr hinein.

„Was soll das?" fragte er.

„Hier wohne ich", sagte sie, beugte sich über ihn und stieß die Tür auf Sie wartete, bis er draußen war, verriegelte die Tür von innen, stieg aus und schloß den Wagen ab. Er stand im strömenden Regen, starrte zum Haus hinauf. Sie beachtete ihn nicht, sondern lief die wenigen Schritte mit aufgespanntem Schirm zur Haustür.

„Na, was ist?" rief sie, als er ihr nicht folgte. „Willst du nicht mehr?"

„Das könnte dir so passen."

Zusammen fuhren sie in dem hell erleuchteten Lift nach oben. Er machte keinen Versuch, sie zu berühren, sondern hatte die Hände tief in die Taschen seines nassen Mantels gesteckt und betrachte sie aus seinen kleinen, glitzernden Augen.

„Warum siehst du mich so an?" fragte sie unsicher.

Wieder erschien das grausame Lächeln um seine schmalen Lippen. „Ich grab dich in mein Gedächtnis ein."

Der Ton seiner Stimme ließ sie erschauern. Aber sie brachte ein Lachen zustande.

Der Lift hielt. Er ließ sie zuerst aussteigen, und sie ging sofort auf die Wohnungstür zu. Sie spürte seinen Blick in ihrem Nacken, diesen scharfen, durchbohrenden Blick, der sie verwirrte. Es gelang ihr nicht sogleich, den Schlüssel ins Loch zu bekommen.

Die Tür der gegenüberliegenden Wohnung wurde geöffnet. Kitty spürte eine Bewegung in ihrem Rücken, wandte sich um und sah Irma, die den Besucher aus weit aufgerissenen, entsetzten Augen anstarrte. Der Mann, der Irma für einen Bruchteil einer Sekunde sein Gesicht zugewandt hatte, drehte sich blitzschnell wieder zu Kitty um.

„Los, mach auf", sagte er, „rasch!"

Irma schrie auf. „Das ist er, Kitty ... nimm dich in acht! Das ist er ... der Kerl mit dem Messer!"

Fast im selben Augenblick fuhr die Hand des Mannes aus der Tasche, eine lange, blitzende Klinge sprang auf, fuhr Kitty an die Kehle. „Kein Laut", zischte der Mann, „rühr dich nicht!"

Aber diese Drohung war unnötig. Kitty war ohnehin wie gelähmt, außerstande, sich zu bewegen oder auch nur einen Ton hervorzubringen.

Irma jedoch lehnte sich über das Geländer des Treppenhauses und schrie gellend. Unten im Haus öffneten sich Türen, Stimmen wurden laut.

Der Mann blickte wild um sich, dann raste er die Treppen hinunter.

Kitty wurde es schwarz vor den Augen. Die Knie gaben unter ihr nach. Sie rutschte mit dem Rücken an der geschlossenen Wohnungstür hinunter zu Boden.

Zwanzig Minuten später war Heinz Schlüter-van Dorn bei ihr. Kitty hatte ihn im ‚Frankfurter Hof' angerufen, sobald sie aus ihrer Ohnmacht erwacht war. Irma hatte noch einmal fort gemußt, und sie ertrug es einfach nicht, allein zu bleiben.

Als sie die Tür öffnete und er vor ihr stand, groß, blond und gepflegt bis in die Fingerspitzen, sank sie in seine Arme und brach in hemmungsloses Schluchzen aus.

Er hob sie hoch, schlug die Tür mit dem Fuß hinter sich zu und trug sie zu ihrem Bett. „Helga", sagte er zärtlich, „mein armer Liebling, was ist geschehen? Komm, sag's mir ... sag mir alles!"

Sie schluchzte in wilder Verzweiflung. „Ich kann nicht ... kann nicht ..."

Er strich ihr die roten Locken aus der Stirn. „Ein Mann?" fragte er ruhig.

Ihre Tränen versiegten, sie richtete sich erschrocken auf. „Du weißt alles, was ich bin und was ich tue?"

„Ja."

„Und deshalb ... deshalb bist du heute abend nicht gekommen? Du ... willst nichts mehr von mir wissen, nicht wahr? Du verachtest mich?"

„Aber nein, beruhige dich doch! Wenn ich einen Menschen liebe, dann liebe ich ihn so, wie er ist."

Sie holte tief Atem. „Du willst mich nur trösten!" Sie ließ sich in die Kissen zurücksinken. Ihre grünen Augen, vom Weinen verschwollen, waren voller Angst und Mißtrauen.

„Wenn ich dich nicht liebte", fragte er, „warum wäre ich dann wohl gekommen?"

„Aber", stammelte sie, „du bist so anders. Und ich, ich bin nur –"

Er beugte sich über sie, seine Lippen suchten ihren Mund, seine Hand tastete an ihrem Rücken nach dem Reißverschluß.

„Du bleibst bei mir?" flüsterte sie zwischen zwei Küssen. „Die ganze Nacht?"

„Immer", sagte er, „solange du mich willst."

In der Kraft seiner Arme vergaß sie alles. Die Angst und das Elend, die Einsamkeit und sich selber. Sie fühlte sich geborgen.

6

Als Helga am nächsten Morgen aufwachte, drehte sie sich mit geschlossenen Augen zur Seite, um sich an die Brust ihres Freundes zu kuscheln.

„Liebster", murmelte sie zärtlich. Aber ihre Hand fühlte nur Kissen. Der Platz an ihrer Seite war leer.

Sofort war sie hellwach, fuhr hoch. Er hat mich verlassen, dachte sie, ich habe es gewußt, es war zu schön, um wahr zu sein. Aber dann hörte sie das Geräusch fließenden Wassers aus dem Bad. Ihre Augen leuchteten auf. Sie griff nach ihrem Morgenrock, schlüpfte hinein, fuhr in ihre Pantöffelchen und lief ins Bad. Heinz Schlüter-van Dorn stand vor dem Spiegel und putzte sich die Zähne. Er lächelte ihr im Spiegel zu.

Sie schmiegte sich an seine breiten Schultern und schlang die Arme um seine Brust. „O Heinz, ich bin so froh!"

„Guten Morgen, mein Liebling!" Er küßte sie flüchtig auf die Stirn. „Hast du so etwas wie einen Rasierapparat?"

„Ja, habe ich!" Es fiel ihr schwer, sich loszureißen, sie tat es mit einem tiefen Seufzer, öffnete das Apothekerschränkchen und holte einen elektrischen Apparat heraus. Aber sie gab ihn ihm nicht. „Heinz", sagte sie, „ich muß mit dir sprechen. Ich habe mir heute nacht etwas überlegt."

Er hob belustigt die hellen Augenbrauen. „Sieh mal an, und ich dachte, du hättest geschlafen."

„Im Ernst, Heinz, ich habe eingesehen, daß ich falsch gelebt habe. Ich will nicht mehr, wirklich nicht, jetzt, wo ich dich gefunden habe."

Sie wartete auf seine Zustimmung, aber er sah sie nur schweigend an.

„Ich habe es auch nicht mehr nötig", fuhr sie fort, „ich habe Ersparnisse, weißt du, die reichen eine Zeitlang für uns beide! Wir sollten erst mal ausspannen, eine schöne Reise machen . . ."

„Du scheinst zu vergessen, daß ich einen Beruf habe!"

„Nein, eben weil du Geschäftsmann bist, kann ich ein anderes Leben anfangen. Ich möchte das alles aufgeben, verstehst du? Die Männer und –"

Er fiel ihr ins Wort, seine Stimme klang so gelassen wie immer. „Das wäre schön dumm von dir, mein Kind!"

„Wie meinst du das?" fragte Helga Reimers.

Sie wirkte, mit den halb geöffneten Lippen, den erstaunten grünen Augen in dem ungeschminkten Gesicht, dem kurzgeschnittenen, vom Schlaf zerzausten Haar, überraschend kindlich.

„Komm zu dir!" Heinz Schlüter-van Dorn legte die Hand in ihren Nacken, schüttelte sie leicht. „Spiel nicht die Unschuld vom Lande, das zieht bei mir nicht!"

Sie erschauerte unter seinem Griff, schloß unwillkürlich die Augen. „Ich hab' dich so lieb", sagte sie leise.

„Das will ich hoffen! Aber ist das ein Grund, jetzt sein Leben völlig auf den Kopf zu stellen?"

Er setzte sich auf den Rand der Badewanne und zog sie auf seinen Schoß. „Ist doch wunderbar, daß wir beide uns gefunden haben, nicht wahr?"

Sie schmiegte sich eng an ihn, berührte seinen Hals, seine nackte Brust mit ihren Lippen.

„Wir beide, du und ich, wir passen doch zusammen, in jeder Beziehung. Wir könnten das Geschäft ganz groß aufziehen ..."

Sie sah ihn erstaunt an. „Was für ein Geschäft?"

„Deins natürlich, Liebling! Stell dir vor, dein Mercedes hat ausgedient, du benutzt ihn nur noch zu deinem Privatvergnügen ..."

„Ja", sagte sie. „Das habe ich mir immer schon gewünscht!"

„Na, siehst du! Sei froh, daß du mich hast. Ich kenne die richtigen Männer. Wenn ich dich lanciere, hast du ausgesorgt, Liebling, verlaß dich drauf. Du brauchst nur noch zu arbeiten, wenn es dir Spaß macht, wenn es sich wirklich lohnt und ich –"

Sie fiel ihm ins Wort, sagte mit schneidender Kälte: „Du willst kassieren, nehme ich an!"

Sein Gesicht verschloß sich, seine blauen Augen wurden zu schmalen Schlitzen. Er stand auf, schob sie von sich. „Wenn du jetzt so freundlich sein möchtest, mir den Rasierapparat zu geben", sagte er beherrscht.

In Helga kämpften Liebe und Mißtrauen. „Heinz, versteh mich doch nicht falsch, ich wollte ja nur sagen ... ich habe bisher immer selbständig gearbeitet, mit niemandem geteilt ..."

„Gib her!" Er nahm ihr den Apparat aus der Hand.

„Sei mir nicht böse, ich ..." Sie mußte die Stimme erheben, um das Surren des Apparates zu übertönen.

„Geh!" sagte er, ohne sie anzusehen.

Sie legte zaghaft ihre Hand auf seinen Arm. „Ich wollte wirklich nicht ..."

Mit einem Ruck zog er den Stecker aus der Wand. Die plötzliche

Stille hatte etwas Drohendes. „Geh endlich!“ sagte er hart. Als er ihr verzweifeltes Gesicht sah, fügte er in milderem Ton hinzu: „Mir scheint, wir haben den Zeitpunkt für eine Aussprache falsch gewählt. Geh jetzt und mach Frühstück ... nachher reden wir weiter!“

Ihre Augen leuchteten auf, sie legte ihm die Arme um den Hals, schmiegte sich an ihn. Aber er nahm ihre Handgelenke und schob sie zurück. „Laß mich jetzt bitte allein!“ Er drängte sie aus dem Bad und zog die Tür hinter sich ins Schloß.

Später, als sie in der Küche den Kaffee aufgoß, hörte sie ihn singen. Aber das stimmte sie nicht froher, sie war völlig verwirrt. Zum erstenmal in ihrem Leben war ihr etwas begegnet, das sie für Liebe hielt, ein Gefühl, das sie glücklich und unglücklich zugleich machte.

Sie fühlte sich Heinz Schlüter-van Dorn auf eine andere und gefährlichere Weise ausgeliefert als den Männern, denen sie sich bisher verkauft hatte. Sie war ihm verfallen.

Helga hatte den niedrigen Tisch im Wohnzimmer gedeckt, den Toaster aufgestellt – denn die zwei Brötchen, die Irma ihr morgens vom Bäcker mitzubringen pflegte, reichten nicht –, sie hatte zwei Gläser Orangensaft gefüllt, Eier gekocht und in die Becher getan. Jetzt überlegte sie gerade, ob sie erst den Kaffee eingießen oder Heinz rufen sollte, als er eintrat. Er wirkte in dem gutgeschnittenen grauen Anzug, dem hellblauen Hemd, der maisgelben Krawatte, sorgfältig frisiert und rasiert, so korrekt und untadelig, daß ihr jetzt der Verdacht, den sie ihm gegenüber ausgesprochen hatte, geradezu absurd erschien.

„Heinz“, sagte sie, „ich hoffe, ich habe alles recht gemacht. Du magst doch ein Ei, ja? Und Kaffee ... natürlich könnte ich auch Tee machen, wenn du –“

„Es sieht alles sehr verlockend aus“, sagte er so formell, als handelte es sich um eine offizielle Einladung und nicht um ein Frühstück nach einer miteinander verbrachten Liebesnacht.

Er schob sich einen Sessel zurecht und setzte sich. Sie goß ihm Kaffee ein, reichte ihm Zucker und Sahne. Ihre Hände zitterten leicht, und er beobachtete nachdenklich jede ihrer Bewegungen.

„Möchtest du ein Brötchen? Oder lieber eine Scheibe Toast?“

„Danke. Wenn du erlaubst, werde ich mich selbst bedienen.“

Sie ertrug es nicht länger. „Heinz“, sagte sie, „vergib mir! Ich ... ich weiß selber nicht, was vorhin in mich gefahren war ...“

„Es ist alles in Ordnung!“

„Aber ... ich habe dich gekränkt!“

„Nicht im geringsten!“ Er lächelte. „Dummchen, hast du denn immer noch nicht begriffen? Ich wollte dich doch nur auf die Probe stellen.“

„O Gott, und ich ...“

„Du hast dich ganz fabelhaft benommen." Er klopfte mit dem Löffel gegen die Eierschale. „Glaubst du denn im Ernst, ein Mann wie ich würde den Zuhälter spielen? Hast du dir wirklich eingebildet, meine Geschäfte ließen mir Zeit für eine solche zweifelhafte Tätigkeit? Ganz davon abgesehen, daß ich –"

„Stell dir vor", unterbrach sie ihn, beinahe atemlos vor Erleichterung, „und ich bin fast darauf hereingefallen!"

Sie streckte ihm die Hand entgegen, er zog sie an die Lippen und küßte sie. „Was nur beweist, daß es dir entschieden an Menschen- und Lebenskenntnis fehlt."

Er begann mit Appetit zu essen. Auch sie machte sich etwas zurecht, konnte aber kaum einen Bissen hinunterbringen. Sie mußte ihn immerzu ansehen, wie er da vor ihr saß, gutaussehend, überlegen, selbstsicher – der Mann ihrer Träume.

„Wir werden also zusammen verreisen?" fragte sie. „Wir werden wirklich ..."

„Wenn dir soviel daran liegt."

„Ja, Heinz! Ich möchte so gern fort von hier ... andere Menschen sehen, die große Welt ..."

Er nahm einen Schluck Kaffee. „Ich schlage die Côte d'Azur vor. Nizza, Cannes, Monte Carlo, Cap d'Antibes. Da ist es sehr angenehm um diese Jahreszeit. Noch nicht so überlaufen."

„O Heinz, das wäre herrlich! Wann fahren wir?"

„Nicht sofort. Erst muß ich meine Geschäfte erledigen."

Sie ließ sich ihre Enttäuschung nicht anmerken. „Das macht nichts, gar nichts, ich kann warten. Vielleicht besuche ich inzwischen mal meine Eltern in Bingen. Ich bin so froh, daß ich ihnen jetzt nichts mehr vorzumachen brauche, Heinz, daß wir jetzt wirklich ein Paar sind!"

Er wischte sich den Mund mit einer Serviette ab. „Du gestattest doch?" Dann zündete er sich eine Zigarette an. „Ich fürchte, Liebling, daraus wird nichts. Ich werde dich hier in Frankfurt brauchen."

Sie mißverstand ihn. „Ich laufe dir schon nicht davon", sagte sie lächelnd. „Du bist der einzige Mann, der –"

„Schon gut!" Er brachte sie mit einer Handbewegung zum Schweigen. „Wenn das wirklich so ist, solltest du eigentlich zwischendurch auch mal einen Augenblick an mich denken."

„Aber das tue ich doch die ganze Zeit!"

„Nein. Du weißt genau, daß der Fall Möller noch nicht erledigt ist."

Ihr Lächeln erstarb. „Möller? Aber ich habe doch getan, was ich konnte ..."

„Du warst nicht schlecht, das habe ich dir bereits gesagt. Aber die Sache ist noch nicht zu Ende."

Sie beugte sich vor und sah ihn an. „Du verlangst doch nicht etwa von mir, daß ich mit diesem widerlichen, fetten Frosch ... ? Nein, das kannst du nicht ernsthaft wollen, wenn du auch nur einen Funken Liebe für mich hast!"

„Du scheinst zu vergessen", sagte er kalt, „daß ich diesem fetten Frosch, wie du ihn zu nennen beliebst, hunderttausend Mark schulde. Und ich möchte wetten, daß du dich schon für wesentlich weniger mindestens ebenso widerlichen Männern hingegeben hast."

Es verschlug ihr den Atem. „Aber das", sagte sie mühsam, „war doch etwas anderes."

„Stimmt. Die zahlten bar und es ging in die eigene Tasche. Ich habe verstanden." Er drückte seine Zigarette aus und stand auf.

„Aber Heinz!"

„Schon gut. Wir haben uns ausgesprochen. Leb wohl, Helga." Er lächelte böse. „Schade, aber da kann man nichts machen." Damit wandte er sich zur Tür.

Sie sprang auf, lief zu ihm hin. „Heinz, bitte, versuch doch zu begreifen ... früher, ja, ich bin kein Unschuldsengel, das gebe ich zu, aber, seit ich dich kenne ... ich meine, seit ich dich liebe ... Ich kann das einfach nicht mehr! Es geht über meine Kraft!"

„Mach dir keine Gedanken", erklärte er, „ich schaff's auch ohne dich. Es gibt andere Damen, die nicht soviel von Liebe sprechen, dafür aber bereit sind, ein kleines Opfer zu bringen, wenn es um Kopf und Kragen geht!"

Die Enttäuschung war zu groß. Helga verlor die Beherrschung.

„Dann geh!" schrie sie außer sich. „Geh! Ich bin mir zu schade für einen wie dich. Ich laß mich nicht ausnehmen, hörst du? Von niemandem, und von dir schon gar nicht. Geh zu den anderen, vielleicht findest du eine, die dumm genug ist, für dich die Kastanien aus dem Feuer zu holen ..."

Die Tür fiel hinter ihm ins Schloß. Sie war allein. Das Wort erstarb ihr im Mund, sie stand wie erstarrt. Sie begriff: Das war das Ende. Nie zuvor hatte sie sich so einsam, so ausgestoßen gefühlt. Sie hatte ihre Freiheit wieder – aber wie sah diese Freiheit aus? Ein Leben ohne Hoffnung und ohne Liebe, nächtliche Großstadtstraßen, Männer, für die sie nichts empfand, die ihr nichts geben konnten, außer Geld, und die Angst, die ständig wachsende Angst, an die sie sich nie würde gewöhnen können.

„Nein!" schrie sie.

Sie rannte zur Tür, stürzte durch die Diele, ins Treppenhaus hinaus. Heinz Schlüter-van Dorn stand vor dem Lift.

Sie stürzte zu ihm hin, riß ihn herum. „Bitte, verzeih mir", stammelte sie, „bitte, ich will ja alles tun, was du von mir verlangst ... alles! Nur bleib, bleib ... laß mich nicht allein!"

Er legte den Arm um ihre Schulter, führte sie in die Wohnung zurück. „Ist ja schon gut", sagte er. „Weine nicht, Helga ... Tränen machen häßlich!"

„Ich wollte so gern ... anders werden", schluchzte sie, „Schluß machen mit allem, ein anständiges Leben führen ..."

„Das sollst du ja auch, Liebling, wir werden sehr glücklich miteinander sein, das verspreche ich dir."

Sie sah aus tränennassen Augen zu ihm auf. „Und ... Möller?"

„Den rufst du am besten jetzt gleich an, damit du es hinter dir hast."

„Ich ... soll ihn?"

„Ja." Er fuhr mit der Hand in die Innentasche seines Jacketts. „Ich gebe dir die Nummer ..." Er löste sich von ihr und ging mit großen Schritten ins Wohnzimmer. „Warte, ich werde selber wählen, aber dann mußt du ..." Er hatte sein Notizbuch aufgeschlagen, fuhr mit dem Finger über eine Seite mit Adressen. „Da habe ich sie schon."

„Nein", sagte sie entschlossen, „bitte Heinz, laß mich das allein machen und geh solange hinaus! Ich ... könnte es nicht ertragen, wenn du ..."

Er nahm sie in die Arme und küßte sie zärtlich. „Du bist mein tapferes Mädchen, Helga. Ich werde dir das nie vergessen ... nie!"

Gleich nach ihrer Rückkehr nach Bingen hatte Anna Reimers ihrem Mann gebeichtet, daß sie nicht bei ihrer Schwester gewesen war. Und seitdem erzählte sie fast ununterbrochen von Helga und ihrem großen Glück – ihren Nachbarinnen und Freundinnen, im Fleischer-, Bäcker- und Kolonialwarenladen, und vor allem natürlich ihrer Familie. Obwohl sie nicht mehr als vierundzwanzig Stunden in Frankfurt gewesen war, schien ihr das Thema nahezu unerschöpflich.

Sie war enttäuscht, daß ihre Familie nicht so begeistert war, wie sie gedacht hatte. Von Karin verstand sie das ja noch – sie war ja immer schon eifersüchtig gewesen auf die Erfolge ihrer älteren Schwester. Aber von Paul, ihrem Mann, hätte sie doch ein bißchen mehr Enthusiasmus erwartet.

„Ich verstehe dich gar nicht, Paul", sagte sie, als sie nach dem Abendessen – Karin war ausgegangen und Rolf schon im Bett – mit ihm im Wohnzimmer saß. „Erst hast du dir solche Sorgen gemacht, und jetzt, wo du weißt, daß alles in Ordnung ist ..."

„Ich bin eben nicht so sicher", sagte er und ließ die Zeitung sinken.

„Aber ich habe dir doch alles lang und breit erzählt."

„Ja, daß Helga eine schöne Wohnung hat. Aber gerade das macht mich stutzig. Als Verkäuferin kann sie sich das Geld dazu bestimmt nicht verdient haben."

„Aber natürlich nicht, Paul", sagte Anna Reimers in einem Ton, als ob sie einem begriffsstutzigen Kind gegenüber säße. „Die Wohnung hat ihr Heinz Schlüter-van Dorn besorgt, das habe ich dir auch schon erzählt."

„Und", fragte er, „findest du das wirklich ganz in Ordnung?"

Sie legte beschwichtigend die Hand auf seinen Arm. „Die Zeiten haben sich geändert. Junge Menschen von heute denken anders über diese Dinge, als wir es in unserer Jugend getan haben."

„Karin nicht", erwiderte Paul Reimers mit Nachdruck. „Karin würde niemals –"

„Das ist doch kein Vergleich! Karin lebt hier in Bingen, wo alle Leute aufeinander achtgeben. Glaub mir, in einer Großstadt ist das ganz anders."

„Aber nicht besser", beharrte Paul Reimers. „Ich war immer dagegen, daß Helga nach Frankfurt ging."

„Ich ja auch, Paul. Aber ich gebe wenigstens zu, daß ich damit unrecht hatte. Helga hat in Frankfurt ihr Glück gemacht, ich hab's mit eigenen Augen gesehen, und du kannst mich nicht irremachen." Sie stand auf, holte ihr Strickzeug und ließ die Nadeln klappern. „Alles so nett und geschmackvoll und sauber. Eine Küche, sage ich dir, klein, viel kleiner als meine, aber ganz modern und praktisch eingerichtet! Das Bad hättest du sehen sollen ..."

Paul Reimers hatte sich wieder hinter seine Zeitung zurückgezogen und seine Frau war nicht sicher, ob er überhaupt zuhörte, aber das war ihr auch gar nicht so wichtig. Es machte ihr Freude, in Erinnerungen zu schwelgen.

Ganz unvermittelt legte Paul Reimers seine Zeitung beiseite.

„Sag mal, Anna, was für Haare hat Helga eigentlich jetzt?"

Sie ließ das Strickzeug sinken. „Haare? Aber Paul, du wirst doch deine eigene Tochter kennen!" Sie lachte. „Was für eine Frage!"

„Nun, ich habe mir sagen lassen, daß die Mädchen ihre Frisur öfter mal ändern."

„Ach so. Nein, Helga trägt ihr Haar immer noch kurz. Es steht ihr auch gut, wenn man sich erst daran gewöhnt hat."

„Ich meine ... hat sie ihr Haar gefärbt?"

„Aber nein, Paul! Warum sollte sie denn? Bei ihrem hübschen Blond." Sie ließ wieder die Nadeln klappern.

Er rückte unruhig im Sessel hin und her. „Du hältst mich wahrscheinlich für ziemlich engstirnig, nicht wahr, Anna?" Er faltete die Zeitung zusammen.

„Sag doch so etwas nicht." Anna Reimers lächelte ihm zu. „Nur, Helga gegenüber warst du immer ein bißchen ungerecht."

„Mag schon sein. Sie ist einfach anders, als ich mir meine Tochter gewünscht habe."

„Ja, ich weiß. Und sie sollte ja auch ein Junge werden. Du warst damals sehr enttäuscht. Wenn ich noch an dein Gesicht denke! Du hattest so fest mit einem Stammhalter gerechnet."

„Daran kann ich mich gar nicht mehr erinnern."

„Doch, so war es. Aber das darfst du ihr nicht ein ganzes Leben nachtragen, Paul!"

„Anna", sagte er und steckte sich eine Zigarette an, „ich bin ein reichlich schwieriger Mensch, das weiß ich selber. Ich ... ich kann meine Gefühle nicht so zeigen. Aber das wollte ich dir schon lange sagen. Ich bin ehrlich froh, daß du in Frankfurt warst und daß sich alles aufgeklärt hat."

Wie immer, wenn er diesen weichen Ton anschlug, was selten genug vorkam, war sie fast zu Tränen gerührt. „Schon gut, Paul." Sie schob ihm einen Aschenbecher hin. „Aber sag mir doch, was hattest du denn eigentlich erwartet ... was mit ihr los wäre, meine ich?"

Er zuckte zusammen. „Erwartet? Gar nichts", behauptete er. „Es hat mir einfach einen Schock gegeben, daß sie nicht mehr bei Maak arbeitete. Und daß sie uns die ganze Zeit belogen hat."

„Das war auch nicht recht von ihr", gab Anna Reimers zu, „diese Lügen, meine ich. Aber sie hat Angst gehabt, uns die Wahrheit zu sagen, sie hat uns eben für furchtbar rückständig gehalten, weißt du. Dabei ist dieser Heinz Schlüter-van Dorn ein so feiner Mensch. Ich will ja nichts gegen André Colbert sagen, wirklich nicht ... aber an Helgas Freund kann er nicht einmal tippen. Du mußt ihn kennenlernen, so bald wie möglich, du wirst begeistert von ihm sein. So anständig und so gute Manieren ..."

„Warum heiratet er Helga nicht?"

„Das hat er doch vor, Paul ... so bald wie möglich! Das hängt nur mit seinen Geschäften zusammen, daß er jetzt noch nicht ..." Sie unterbrach sich, weil sie hörte, wie die Wohnungstür aufgeschlossen wurde.

Gleich darauf traten Karin und André Colbert ins Zimmer.

„Schon zurück, Kinder?" rief Frau Reimers. „Habt ihr euch gut amüsiert? Karin, biete André etwas an ... Sie trinken doch ein Glas Wein mit uns, André? Karin, ich habe Vater gerade erzählt, daß Helga bestimmt bald heiraten wird ... ihr Verlobter, Heinz Schlüter-van Dorn ...", sie wandte sich an André, „er ist Industrieberater, müssen Sie wissen, ein ganz fabelhafter Mann. Er hat mir selber gesagt, daß er –"

„Schon gut, Mutti", sagte Karin und stellte vier Gläser auf den Tisch. „Das habe ich André alles schon erzählt!"

„Wirklich? Und ich dachte, du hättest mir überhaupt nicht zugehört."

„Du warst nicht zu überhören, Mutti!" Karin reichte André die Weinflasche und einen Korkenzieher. „Machst du bitte auf!"

André setzte sich und klemmte die Flasche zwischen die Knie. „Helga war immer schon ein besonderes Mädchen, Frau Reimers", sagte er. „Ich wußte, sie würde es zu was bringen!"

„Na, dann hättest du aber besser daran getan, sie festzuhalten!" warf Karin giftig ein.

André zwinkerte vergnügt mit den Augen. „Sie war eben doch nicht ganz mein Typ, Karin!"

„Sie hätte auch gar nicht zu Ihnen gepaßt, André", sagte Frau Reimers, „sie ist nämlich –"

„Entschuldige, Mutti, könntest du wohl für fünf Minuten dein Lieblingsthema fallenlassen? Ich weiß, du interessierst dich nicht so sehr für mich, wie für Helga."

„Aber Liebling, wie kannst du so etwas sagen! Es ist doch nur, weil ich gerade in Frankfurt war ..."

„Ja, und ich bin immer hier, und mein Schicksal ist ganz alltäglich. Aber manchmal tut sich bei mir auch etwas." Karin holte tief Atem. „André und ich ... wir haben uns heute verlobt!"

Frau Reimers stand so hastig auf, daß das Strickzeug zu Boden fiel. „Karin, wie schön ... wie wunderschön! Ich gratuliere!" Sie nahm ihre Tochter in die Arme und küßte sie herzlich. Dann umarmte sie André.

Für eine ganze Weile war Helga vergessen. Alles drehte sich nur noch um Karin und um die Verlobung. Paul Reimers stand sogar auf und hielt eine kleine Rede. Er konnte seinen Stolz darüber kaum verbergen, daß Karin endlich das gelungen war, was er selbst bisher vergebens angestrebt hatte: Sie hatte Eingang in eine alteingesessene Bingener Familie gefunden. Rolf wurde aus seinem Zimmer geholt. Er hatte noch nicht geschlafen und kam jetzt im Schlafanzug herein, um seiner Schwester zu gratulieren.

„Ihr werdet doch sicher eine offizielle Verlobungsfeier machen, Kinder", sagte Frau Reimers sehr glücklich und mit roten Wangen. „Wißt ihr was? Dazu müßt ihr unbedingt Helga und Heinz Schlüter-van Dorn einladen ... damit die Familie endlich einmal wieder zusammenkommt!"

Die Einladung zur Verlobungsfeier ihrer Schwester erreichte Helga Reimers nicht mehr in Frankfurt. Sie war inzwischen dem Traum ihres Lebens ein entscheidendes Stück näher gekommen.

Heinz Schlüter-van Dorn hatte sein Versprechen wahrgemacht und war mit ihr an die französische Riviera gefahren.

Für Helga war alles wie ein Märchen. Mehr als die Pracht der Natur – das tiefblaue Meer, die rosa blühenden Mandelbäume, die Palmen und die milde, würzige Luft – beeindruckten sie die Luxushotels, in denen Heinz Schlüter-van Dorn mit ihr abstieg und in denen er überall bekannt war und mit äußerster Zuvorkommenheit bedient wurde. Er führte sie an alle Treffpunkte der großen Welt, ins Spielcasino von Monte Carlo, auf die Rennbahn von Nizza, in die Bar des berühmten Hotels ‚Negresco'. Sie sahen alles und wurden, was für die beiden noch wichtiger war, von allen gesehen.

Helga war kein sportlicher Typ. Sie ging niemals ins Wasser, aber sie ließ sich gern in ihren extravaganten Badeanzügen am Strand sehen, aalte sich unter einem der bunten Sonnenschirme und genoß die bewundernden Blicke der vorbeiflanierenden Männer. Doch sie interessierte sich nur für einen, für Heinz Schlüter-van Dorn, der sich immer in ihrer Nähe aufhielt.

Am siebenten Tag ihrer Fahrt stiegen sie in dem Luxushotel ‚Eden Rock' auf Cap d'Antibes ab. Helga wäre gern noch länger in Nizza geblieben, aber Heinz Schlüter-van Dorn drängte weiter.

„Wer nicht im ‚Eden Rock' gewesen ist", sagte er, „kann nicht mitreden. Du wirst schon sehen!"

Und Helga war wirklich wider Erwarten begeistert. Das prächtige weiße Hotelgebäude inmitten des riesigen, exotischen Parks, der großzügig angelegte Swimming-pool hoch über dem Meer, der schneeweiße Sandstrand am Fuß der Klippen – alles wirkte auf sie überwältigend und fast unwirklich wie eine Filmkulisse.

„Aber hier bleiben wir, nicht wahr?" rief sie begeistert, als sie sich zu einem Drink auf der Sonnenterrasse des Strandpavillons niederließen.

„Kommt ganz darauf an", antwortete er unbestimmt – aber worauf es ihm ankam, erklärte er nicht. Helga kam auch nicht dazu, danach zu fragen, denn gleich darauf sagte er: „Jedenfalls freue ich mich, daß es dir hier gefällt!"

Sie ließ ihren Blick über das wundervolle Panorama schweifen, das schimmernde Meer, auf dem Motorjachten und Segelboote dahinglitten, den weißen Küstenstreifen in der Ferne. „Gefallen ist gar kein Ausdruck", erklärte sie, tief Atem holend, „es ist einfach himmlisch!"

Am Abend tanzten sie in der eleganten kleinen Bar. Heinz Schlüter-van Dorn war im Smoking, Helga trug ein schulterfreies Cocktailkleid, dessen sattes Gelb ihre jetzt leicht gebräunte glatte Haut und die kupferroten Locken prächtig zur Geltung brachte. Sie waren ein schönes Paar, und sie waren sich dessen bewußt. Die Kapelle spielte einen sehnsüchtigen, melancholischen Blues, und sie drängte sich unwillkürlich ganz eng an ihn.

„Achtung", mahnte er lächelnd, „wenn du eine Dame sein willst, dann tanze auch wie eine Dame!"

„Ich bin ja so verliebt", flüsterte sie.

Er schob sie unmerklich von sich. „Ich auch. Aber das geht doch niemanden was an, außer uns zwei . . . oder?"

„Von mir aus kann es die ganze Welt wissen!"

Du hast ja auch nichts zu verlieren, hätte er beinahe gesagt, aber er unterdrückte diese Bemerkung gerade noch rechtzeitig und erklärte statt dessen: „Die Welt weiß es ja auch, Liebling. Oder glaubst du, die Leute hier halten uns für Bruder und Schwester?"

„Warum nicht? Schließlich haben wir ja Einzelzimmer genommen."

„Mit einer Verbindungstür dazwischen!" Er blieb mitten im Tanz stehen. „Mir wird heiß. Komm, laß uns einen Schluck trinken!"

Er führte sie an die Bar und half ihr auf den Hocker. Ihr enger Rock gab ein beträchtliches Stück ihrer schlanken, goldbraunen Beine frei. Sie trug keine Strümpfe, goldene Sandalen an den schmalen Füßen mit den rotlackierten Zehennägeln. Aber er machte keine Bemerkung darüber, schwang sich neben sie und nahm einen kräftigen Schluck aus seinem Whiskyglas. Sie nippte an ihrem Champagnercocktail, suchte in dem großen Spiegel hinter der Bar seine Augen. Er lächelte ihr zu, wollte etwas sagen, aber da wurde seine Aufmerksamkeit abgelenkt.

Eine Horde junger Leute schlenderte in die Bar. In ihrer Mitte ein blonder, schlaksiger Junge in engen blauen Fischerhosen und offenem weißen Hemd.

Schlüter-van Dorn legte seine Hand auf Helgas Arm. „Dreh dich nicht um!" zischte er.

„Aber ... was hast du denn?" fragte sie verständnislos.

Er gab ihr keine Antwort, sondern grüßte zu der Clique hinüber. Der blonde junge Mann winkte lässig, ohne die Spur eines Lächelns.

Kellner stürzten herbei und begleiteten die jungen Leute zu einem reservierten Tisch im Hintergrund der Bar, mit einer Hochachtung, als hätten sie Fürstin Gracia und Prinz Rainier persönlich vor sich.

„Weißt du, wer das ist?" flüsterte Helgas Begleiter.

Sie zuckte die Schultern. „Keinen Schimmer. Jedenfalls sehen sie nicht so aus, als gehörten sie hierher. Außer der schwarzhaarigen Kleinen mit den herrlichen Brillanten."

„Die ist ganz uninteressant. Sieh dir doch mal den jungen Mann genauer an ... den in den Fischerhosen!"

„Ich dachte, ich sollte mich nicht umdrehen", gab sie zurück, „im Spiegel sehe ich sie nicht mehr."

„Dann komm, tanzen wir noch mal!"

Während sie einen gemäßigten Shake tanzten, tat Helga, wie ihr geheißen war; sie bemühte sich, den blonden Jungen so unauffällig wie möglich zu beobachten. Er hatte ein schmales Vogelgesicht mit leicht verhangenen Augen, die ihm, zusammen mit den unlustig herabgezogenen Mundwinkeln, einen ungemein blasierten Ausdruck gaben.

„Tut mir leid", sagte sie abschätzend, „ich kann nichts Besonderes an ihm finden. Mit dir läßt er sich jedenfalls absolut nicht vergleichen."

„Herrgott noch mal", erwiderte er ungeduldig, „kannst du nicht einen

Augenblick deine Gefühle aus dem Spiel lassen? Das ist einer der reichsten Männer der Welt!"

Sie lachte. „Der? Du willst mich wohl auf den Arm nehmen? Der sieht aus, als hätte er gerade erst die Schule verlassen. Ich möchte wetten, daß er noch nie in seinem Leben ernsthaft gearbeitet hat."

„Eben Das hat er auch gar nicht nötig. Er ist Erbe eines Milliardenvermögens. Firma Horck, Dortmund, Stahl und Kanonen. Ist dir das wenigstens ein Begriff?"

Unwillkürlich kam sie aus dem Takt und stieß mit einer jungen Dame zusammen. „Entschuldigen Sie bitte", murmelte sie, nahm Heinz bei der Hand und führte ihn zur Bar zurück.

„Im Ernst?" fragte sie mit großen Augen.

„Wenn es um solche Beträge geht, mache ich keine Witze! Das ist der junge Viktor von Horck persönlich ..."

„Und die Leute um ihn herum?"

„Der Braunhaarige ist ein englischer Lord, die Blonde eine Prinzessin aus verarmtem Geschlecht, und die Schwarzhaarige, die dir soviel Eindruck macht, eine französische Sängerin. Lily Bernand oder so ähnlich heißt sie. Die anderen kenne ich nicht. Jedenfalls gehören sie alle irgendwie dazu."

„Zu Viktor von Horck?"

„Zur internationalen High-Society."

„Eigentlich", sagte Helga nachdenklich, „habe ich mir die ganz anders vorgestellt!"

Sie gab sich unbeeindruckt, aber Heinz Schlüter-van Dorn ließ sich dadurch nicht täuschen. Er sah das leise Flackern ihrer grünen Augen, das ihre Erregung verriet, das Beben ihrer Nasenflügel.

„Na, jedenfalls hast du jetzt zu Hause in Bingen was zu erzählen", sagte er ironisch.

Er zündete sich eine Zigarette an und wechselte das Thema. Er war sicher, daß sie angebissen hatte, und wartete mit der Geduld eines Anglers darauf, daß sie an seinem Haken zu zappeln begann.

Sie plauderte mit ihm, war aber mit ihren Gedanken sichtlich nicht bei der Sache „Sag mal", platzte sie endlich heraus, „könntest du mir diesen Viktor von Horck nicht vorstellen?"

Er tat überrascht. „Möchtest du das denn?"

„Warum nicht? Schließlich kennst du ihn ja und ... es wäre vielleicht ganz lustig."

„Mein liebes Kind", sagte er herablassend, „mir scheint, du lebst in einer falschen Vorstellung von dir und der Welt. Glaubst du im Ernst, jemand wie Viktor von Horck würde sich für dich interessieren?"

„Du bist nur eifersüchtig", erklärte sie triumphierend.

„Nein. Ich versuche nur, dir eine bittere Enttäuschung zu ersparen."

„Du willst uns also nicht bekannt machen?"

„Das würde dir nichts nützen. Er würde dich nur fischäugig ansehen, dir die Hand drücken ... vielleicht auch das nicht einmal ... und Sekunden später hätte er dich vergessen. Um auf einen solchen Mann Eindruck zu machen, müßtest du dir schon etwas Besonderes einfallen lassen ..."

„Und was?" fragte sie begierig.

„Jetzt bist du dran, Liebling. Zerbrich dir selbst mal dein Köpfchen. Ich passe."

„Sei doch ehrlich, du traust es mir einfach nicht zu", erklärte sie heftig, „aber du unterschätzt mich. Ich habe noch jeden Mann verrückt gemacht, wenn ich es drauf anlegte – jeden!"

Er lächelte. „Na, versuch's mal. Viel Glück. Ich werde dich nicht daran hindern."

„Ich kann doch nicht einfach auf ihn zugehen! Wenn er wenigstens allein wäre! Alles, was ich brauche, ist die Chance, irgendwo allein mit ihm zusammenzutreffen."

„Die Chance hast du", sagte er ruhig. „Viktor von Horck ist dafür bekannt, daß er sich jede Nacht um eine bestimmte Zeit – so gegen zwölf – von seinen Freunden zurückzieht und allein durch die Gegend schlendert. Ich wette, daß er es hier im ‚Eden Rock' genauso hält."

„Aber warum tut er das?"

„Er leidet an Weltschmerz oder Schlaflosigkeit, was weiß ich. Wenn du ihm erst nähergekommen bist, kannst du ihn ja selber fragen."

„Das werde ich!" Helga stellte ihr leeres Glas hart auf die Bar zurück. „Wie spät ist es jetzt?"

Er sah auf seine Armbanduhr. „Halb zwölf."

„Dann bring mich bitte nach oben!"

Er zahlte, schob die Hand unter ihren Arm und führte sie quer über die Tanzfläche zum Ausgang. Im Vorbeigehen grüßte er zu Viktor von Horck und seiner Clique hinüber, aber diesmal fand er keine Beachtung.

„Da siehst du", erklärte er, „wenn du Eindruck gemacht hättest, hätte er uns an seinen Tisch gebeten. Aber er grüßt nicht einmal."

Sie würdigte ihn keiner Antwort. Sie fuhren in dem altmodischen Lift nach oben.

„Darf ich noch auf einen Sprung zu dir?" fragte er vor ihrer Zimmertür.

Sie schüttelte die kupferroten Locken. „Heute nicht."

Er verzog keine Miene, küßte ihr die Hand. „Dann gute Nacht, Liebling. Wir sehen uns morgen beim Frühstück!"

Als Viktor von Horck nach Mitternacht die Bar und seine Freunde verließ, fühlte er sich tief deprimiert. Hinter seinen Schläfen hämmerte ein bohrender Schmerz, dieser vertraute, verhaßte Schmerz, unter dem er schon als Kind gelitten hatte und den er wohl trotz aller ärztlichen Konsultationen und aller Medikamente, die man ihm verschrieben hatte, bis an sein Lebensende nicht loswerden würde. Immer um diese Zeit wurde es am schlimmsten, und nur draußen, an der frischen Luft, war es einigermaßen erträglich. Außerdem ging ihm die Clique auf die Nerven. Die Späße und Redensarten jedes einzelnen waren ihm bis zum Überdruß bekannt, die unentwegten Annäherungsversuche Lily Bernands, der schwarzhaarigen Französin, und der blonden Prinzessin Marie langweilten ihn und stießen ihn ab.

Es war ein Fehler gewesen, hierherzukommen, dachte er, während er die Klippen entlangschritt und auf das weite Meer hinausblickte, das im Schein des Vollmondes silbern glänzte. Es war ein großer Blödsinn. Immer dieselben Gesichter, das verstaubte Monte, die überlaufenen Lokale, Lärm und Auspuffgasse auf den Uferstraßen – nein, ich bleibe nicht länger. Ich fliege morgen nach Acapulco. Aber auch dieser Einfall hob seine Laune nicht. Er wußte jetzt schon, daß Acapulco genauso langweilig für ihn sein würde, genauso enttäuschend und ernüchternd. Selbst wenn es ihm gelang, die Clique abzuschütteln – er würde wieder nur Mädchen treffen, die es darauf anlegten, ihn einzufangen, junge Männer, die sich im Grunde genauso überflüssig fühlten wie er selbst.

Wieder einmal überkam ihn die Lust, etwas ganz Verrücktes zu tun. Aber was? Es gab einfach nichts, was sich lohnte.

Die Klippen fielen zu seiner Linken jäh in die Tiefe ab. Viktor von Horck schlenderte so nah wie möglich am Abgrund entlang. Das Gefühl der Gefahr, die Möglichkeit, daß ein Stein unter seinen Füßen abbröckeln könnte, bereitete ihm einen gewissen Kitzel.

Er hielt die Augen auf den Boden geheftet und blickte erst auf, als er einen unterdrückten Laut hörte – einen Laut, der eher einem Vogelruf als einer menschlichen Stimme glich. Er sah eine regungslose Gestalt, ein Mädchen in einem wehenden Kleid ... oder war es ein Umhang? Ihre Konturen zeichneten sich scharf gegen den hellen Himmel ab, die Locken flatterten um ihren Kopf. Unwillkürlich verhielt Viktor von Horck den Schritt. Im ersten Augenblick glaubte er eine Mondsüchtige vor sich zu haben, eine Nachtwandlerin. Er wagte sich nicht zu rühren, um sie nicht zu erschrecken. Aber dann tat sie noch einen Schritt nach vorn – er fürchtete, sie im nächsten Moment hinabstürzen zu sehen.

„Halt!" rief er entsetzt.

Das Mädchen zuckte zusammen und taumelte – ihm blieb vor Schreck fast das Herz stehen. Aber da hatte sich die Unbekannte schon wieder gefangen.

Er legte die Hände wie einen Trichter an den Mund und rief hinauf: „Was machen Sie da? Kommen Sie runter! Oder sind Sie lebensmüde?"

„Nein, aber ich kann nicht“, antwortete das Mädchen kläglich.
„Was können Sie nicht?“
„Ich kann nicht mehr hinunter. Mir ist schwindlig!“
„Dann setzen Sie sich um Gottes willen!“
„Ich ... das kann ich auch nicht!“
„Dann bleiben Sie, wo Sie sind. Rühren Sie sich nicht! Warten Sie, ich hole Sie herunter!“
Viktor von Horck lief näher heran. Am Fuße des Felsens sah er zwei zierliche Sandalen stehen. Offensichtlich war das Mädchen barfuß hinaufgeklettert. Er selber trug Strandschuhe mit weichen Sohlen, mit denen es sich gut klettern ließ. Aber er mußte feststellen, daß der Aufstieg gar nicht so einfach war; die Felsvorsprünge, an denen er Halt suchte, waren scharf und kantig. Steine rollten unter seinen Füßen davon. Vor Anstrengung geriet er ins Schwitzen.
„Keine Angst, ich bin gleich oben!“ rief er immer wieder, obwohl ihm klar wurde, daß er besser daran getan hätte, diese Klettertour nicht auf eigene Faust zu wagen, sondern Hilfe zu holen. Dann hatte er sie endlich erreicht. Sein Kopf war jetzt in Höhe ihrer Beine. „Geben Sie mir Ihre Hand!“ befahl er. „Hier! Greifen Sie zu ... Ja, sehen Sie mich denn nicht?“
„Ich habe die Augen zu, sonst würde ich stürzen!“
Bei der Vorstellung, daß dieses Mädchen mit geschlossenen Augen auf dem winzigen Felsvorsprung hoch über dem Meer stand, lief ihm ein Schauder den Rücken hinab. Mit beiden Händen umfaßte er ihre Beine, zog sie zu sich herab und ließ sie erst los, als sie saß. Jetzt erst kam er dazu, sie zu betrachten. Er sah ein schönes, schmales Gesicht, das im Mondschein sehr blaß wirkte. Dichte, dunkle Wimpern warfen Schatten über die Wangen, der volle Mund bebte, kupferrote Locken kräuselten sich im Wind.
„Sehen Sie mich doch an“, sagte er. „Jetzt können Sie ruhig die Augen aufmachen. Sie sind in Sicherheit!“
Langsam schlug sie die Augen auf, und selbst in diesem ungewissen Licht erkannte er, daß sie grün waren, von einem leuchtenden, faszinierenden Grün. „Danke“, flüsterte sie.
„Danken Sie mir nicht zu früh, erst müssen wir hier wieder hinunter!“
„O Gott!“ Sofort schloß sie wieder die Augen.
„Was ist Ihnen bloß eingefallen, hier heraufzusteigen, wenn Sie schwindlig sind?“
„Das wußte ich ja vorher nicht. Ich dachte ... es ging ja auch ganz leicht! Erst als ich oben war ... schrecklich! Wenn Sie nicht gekommen wären, wäre ich bestimmt abgestürzt.“
„Mit geschlossenen Augen ... das kann schon möglich sein.“
„Sind Sie mir sehr böse?“ fragte sie zaghaft.

„Im Gegenteil, mir hat der kleine Ausflug gutgetan. Habe ich Sie nicht schon irgendwo gesehen?"

„Ich wohne hier im Hotel."

„Ach so. Darf ich mich übrigens vorstellen ... Viktor von Horck!"

Sein berühmter Name schien auf sie nicht den geringsten Eindruck zu machen. „Ich heiße Helga Reimers", sagte sie. „Bitte, bringen Sie mich jetzt hinunter, ja?"

Der Abstieg war für ihn noch mühsamer als der Aufstieg, denn er mußte nun auch noch auf das Mädchen aufpassen. Sie klammerte sich schutzsuchend an ihn, und der Duft ihres Körpers, vermischt mit einem herben Parfüm, verwirrte ihn. Dazu kam die Gefahr, das unerwartete Abenteuer, das ihn erregte. Als sie endlich den sicheren Boden erreicht hatten und sie aufatmend vor ihm stand, konnte er nicht länger an sich halten. Er nahm sie in die Arme und küßte sie leidenschaftlich.

Aber sie riß sich von ihm los wie eine wütende Katze, fuhr ihm mit ihren langen Fingernägeln schmerzhaft über die Wange. „Was fällt Ihnen denn ein?" fauchte sie. „Wofür halten Sie mich?"

Er preßte die Hand auf die schmerzende Wange. „Entschuldigen Sie bitte, es war nur ..."

„Nein", sagte sie unbeherrscht, „das war unverzeihlich!" Sie wandte sich ab und rannte davon. Die roten Locken flogen um ihren Kopf.

„Helga!" rief er und wollte ihr nach.

Aber dann besann er sich anders, nahm ihre goldenen Sandaletten auf und folgte ihr in einiger Entfernung, ohne den Versuch zu machen, sie einzuholen.

Sie jagte barfuß die lange Allee hinunter, und er glaubte, noch nie einem so reizvollen Mädchen begegnet zu sein. Als sie endlich im Hotel verschwand, blieb er vor dem Portal stehen und wartete. Nach einer Weile sah er, wie ein Licht in einem der Zimmer des zweiten Stocks anging, erkannte ihre Silhouette hinter der dünnen Gardine. Er wußte, jetzt sah sie zu ihm herab. Ohne noch länger zu überlegen, sprang er in eines der Beete, pflückte einen ganzen Arm voll Rosen, ohne sich um die Dornen zu kümmern, knüpfte die Sandaletten um den Rosenstrauß zusammen, nahm sie zwischen die Zähne und begann, von einem Vorsprung zum anderen, hinaufzuklettern.

Helga sah ihm von oben zu, und ihr Herz setzte aus vor Triumph und Entsetzen. Sie rannte zur Verbindungstür, trommelte mit den Fäusten dagegen.

„Heinz!" schrie sie. „Heinz, komm, bitte, komm! Hilf mir! Viktor von Horck klettert die Fassade herauf! Heinz! Du mußt das verhindern!"

Aber keine Antwort kam ihr zu Hilfe, nichts rührte sich im Nebenzimmer.

Helga war ratlos. Er ist noch einmal ausgegangen, dachte sie, oder er schläft wie ein Bär! Was soll ich jetzt bloß tun?

Sie ahnte nicht, daß Heinz Schlüter-van Dorn vollkommen angezogen auf dem Bett lag und im Dunkeln eine Zigarette rauchte. Er lächelte in sich hinein, als Helga ein zweites Mal, mit verdoppelter Kraft, gegen die verschlossene Tür donnerte. Er lächelte zufrieden, rührte sich aber nicht.

7

„Heinz!" rief sie flehend. „Heinz!"

Sie drückte ihr Ohr gegen die Verbindungstür und lauschte mit angehaltenem Atem. Aber nichts rührte sich. Sie gab es auf, rannte zur Fenstertür, riß sie auf und stürzte auf den Balkon hinaus. Weit über die steinerne Brüstung gebeugt, blickte sie an der Fassade des Hotels hinab, die im Mondlicht sehr weiß wirkte, fast wie ein Gebilde aus Zuckerguß. Sie zuckte zurück, als sie Viktor von Horck entdeckte – schon viel näher, als sie ihn vermutet hatte.

Auch er sah sie und, die Augen auf sie gerichtet, hangelte er sich mühsam weiter, schob den rechten Fuß vor – aber der Sims, auf den er ihn hatte setzen wollen, war zu schmal. Sein tastender Fuß rutschte ab, auch der andere verlor den Halt.

Helga schrie auf und preßte dann gleichzeitig beide Hände vor den Mund. Eine Sekunde lang schwebte Viktor von Horck über dem Erdboden, der jetzt schon viele Meter unter ihm lag.

Dann gelang es ihm, die Beine hochzuschwingen und auf einem Mauervorsprung Halt zu finden. Seine Hände tasteten sich seitwärts nach oben, Zentimeter um Zentimeter näherte er sich Helgas Balkon.

Sie dachte jetzt nicht mehr daran, Hilfe zu holen Wie hätte man dem jungen Mann auch helfen können? Eine Leiter anlegen, ihn in eines der Fenster hineinziehen? Lächerlich. Jeder Versuch, ihn am Weiterklettern zu hindern, würde die Gefahr, in die er sich begeben hatte – freiwillig und um ihretwillen, wie Helga schaudernd und geschmeichelt begriff –, noch vergrößern.

Die Fäuste vor den Mund gepreßt, stand sie regungslos und starrte in die Tiefe. Obwohl ihre Sorge um Viktor von Horck echt war, genoß sie gleichzeitig die Situation, die sie zur Heldin eines gefährlichen Abenteuers machte und ihren Wert auf eine ungeahnte Art erhöhte. Sie war es gewohnt, daß Männer auf ihre Reize reagierten, indem sie die Brieftasche zückten, aber daß einer sein Leben aufs Spiel setzte, nur um ihr zu imponieren – das hatte sie noch nie erlebt.

In ihrer Bewunderung für Viktor von Horcks Mut und den Grad seiner artistischen Leistungen mischte sich eine leise Verachtung. Er muß verrückt sein, dachte sie ängstlich. So jung, so reich und so verschroben ... Aber sie beugte sich, so tief sie konnte, zu ihm hinunter und streckte beide Arme aus, um ihm zu helfen. Er hielt ihr, mit emporgehobenem Gesicht, die goldenen Sandaletten und den Rosenstrauß entgegen, und sie begriff, daß er nichts weiter wünschte, als von dieser Last befreit zu werden. Sie nahm ihm beides ab. Mit wenigen geschickten Klimmzügen hatte er die Höhe des Balkons erreicht, schwang sich über die Brüstung und verbeugte sich vor ihr – mit vor Anstrengung geröteten Wangen und Augen, die vor Aufregung blitzten.

„Das hätten Sie nicht tun sollen", sagte Helga impulsiv, „ich bin vor Angst fast gestorben!"

„Sie hatten Ihre Schuhe vergessen", erklärte er lächelnd.

„Na, wenn schon!" Sie zuckte wegwerfend die Achseln. „Schließlich habe ich nicht nur das eine Paar!"

Er hatte eine ganz andere Reaktion von ihr erwartet – Staunen, Bewunderung, Entzücken, Entsetzen –, aber gerade ihre Kühle und Sachlichkeit beeindruckten ihn tief. Zugleich bestärkten sie ihn in der Überzeugung, daß diese Frau anders war, ganz anders als alle, die er je gekannt hatte. Sie sah hinreißend aus, mit dem unwirklichen Glanz des Mondlichtes auf ihrem schimmernden kupferroten Haar, den Schatten der dichten dunklen Wimpern auf den Wangen, den starken Zähnen, die zwischen ihren halbgeöffneten Lippen leuchteten Er starrte sie wortlos an, berauscht von der Vorstellung, endlich das Ungewöhnliche zu erleben, nach dem er sich schon immer gesehnt hatte.

„Was für eine Idee, an der Fassade hochzuklettern", sagte sie ärgerlich. „Sie hätten mir doch ohne weiteres durch die Hotelhalle folgen können, das wäre viel praktischer und bequemer gewesen!"

„Hätten Sie mich dann auch in Ihr Zimmer gelassen?" Er trat einen Schritt näher auf sie zu und stand jetzt so dicht vor ihr, daß sie seinen Atem spürte.

Unwillkürlich bog sie den Kopf zurück. „Nein, in mein Zimmer kommen Sie so und so nicht!"

„Soll das heißen ...", stammelte er atemlos, fasziniert von ihrer grausamen Härte.

„Genau. Sehen Sie zu, wie Sie wieder hinunterkommen. Ich habe Sie nicht heraufgebeten."

Er griff nach ihrer Hand. „Erst muß ich sicher sein, daß Sie mir verzeihen!"

„Alles, was Sie wollen!" Mit einem Ruck entzog sie ihm ihre Hand. „Aber verschwinden Sie jetzt oder ich rufe um Hilfe!"

„Bin ich Ihnen denn so unsympathisch?"

„Darüber habe ich noch gar nicht nachgedacht. Ich interessiere mich nicht für Sie, verstehen Sie!“

Viktor von Horck hatte in seinen jungen Jahren schon viel erlebt, aber noch niemals, daß eine Frau vorgab, sich nicht für ihn zu interessieren. „O Helga“, sagte er hingerissen, „ich bewundere Sie.“

„Und ich bin müde!“ Sie unterdrückte ein Gähnen. „Verschwinden Sie endlich, damit ich schlafen gehen kann.“

„Ist das ein Befehl?“ fragte er, die Hand auf der Brüstung.

„Ja“, erklärte sie kühl, obwohl sie nicht eine Sekunde die Absicht hatte, ihm die halsbrecherische Klettertour noch einmal zuzumuten. Schon bei dem Gedanken daran wurde ihr übel. Sie wollte nichts anderes, als ihre Macht über ihn zu erproben, die Macht über die Männer, die ihr einziges Kapital war.

„Und wenn ich abstürze?“

„Das wäre Ihre eigene Schuld!“

„Wie hart Sie sind“, flüsterte er, „wie unerbittlich!“

Sie hob den Rosenstrauß, den sie in der Hand hielt, wie zum Schlag, streifte ihm damit leicht die Wange. „Verschwinden Sie endlich ... hinunter mit Ihnen!“

Er wandte sich um, als wollte er über die Brüstung springen.

„Viktor!“ rief sie unterdrückt.

„Was noch?“

„Lassen Sie die Dummheiten! Kommen Sie zurück! Sofort!“

„Aber ich dachte ... ich sollte ...“

Sie packte ihn an der Schulter, ihre langen, spitzen Nägel gruben sich durch das dünne Hemd. „Glauben Sie, ich könnte es verantworten, wenn Sie sich meinetwegen das Genick brechen?“

„Bin ich Ihnen denn nicht gleichgültig?“

„Doch, das sind Sie. Aber ich will keinen Skandal.“

Er hätte sich ihrem Griff ohne weiteres entziehen und hinunterklettern können, das wäre aber durchaus kein Abenteuer nach seinem Geschmack gewesen, Kopf und Kragen zu riskieren, ohne die Aussicht, dafür belohnt oder wenigstens bewundert zu werden. Also gab er nach und ließ sich von Helga durch ihr Zimmer führen.

„Warten Sie.“ Sie öffnete die Tür zum Flur einen Spalt breit. „Ich muß erst sehen, ob die Luft rein ist ...“

„Helga, bekomme ich denn keine Belohnung?“

Sie schloß die Tür und sah ihn mit einem belustigten Lächeln an. Mit dem blonden Haar, das ihm wie Flaum vom Kopf stand, und den staunenden Augen wirkte er wie ein verwirrter Junge.

„Wofür?“ fragte sie mit hochgezogenen Brauen.

„Für meinen Gehorsam!“

Sie berührte flüchtig seine Stirn mit den Lippen, aber als er sie in die Arme ziehen wollte, entwand sie sich geschickt seinem Zugriff.

„Helga, bitte, seien Sie nicht so grausam!“ stammelte er. „Ich liebe Sie ... ich begehre Sie, wie ich noch nie begehrt habe ...“

Sie schüttelte den Kopf, daß die roten Locken flogen. „Davon will ich nichts hören. Nicht mitten in der Nacht und nicht in meinem Zimmer.“

„Helga, ich ...“

Sie stieß die Tür auf. „Überschlafen Sie alles, Viktor“, sagte sie freundlich. „Morgen können wir weiter darüber reden ... wenn Ihnen dann noch danach zumute ist!“

Er begriff, daß sie es ernst meinte und trat auf den Gang hinaus.

„Wir sehen uns wieder, Helga!“

„Gute Nacht, Viktor!“ Rasch zog sie die Tür hinter ihm zu, drehte den Schlüssel um und lehnte sich tief aufatmend gegen die Wand. Ich hab's geschafft, dachte sie, er ist verrückt nach mir, dieser millionenschwere Junge. Sie lachte auf, triumphierend und belustigt zugleich.

Aber was soll ich mit ihm? Er ist ja noch ein Kindskopf, der glaubt, mir mit Rosen und Kletterpartien imponieren zu können. Es wird gar nicht so leicht sein, ihm begreiflich zu machen, worauf es einer Frau wie mir ankommt. Und außerdem, ich habe doch Heinz! Mit Heinz Schlüter-van Dorn kann sich dieser Junge bestimmt nicht vergleichen, trotz all seinem Geld.

Heinz!

Am liebsten hätte sie sich jetzt in die Arme des Geliebten gestürzt. Sie lief zur Verbindungstür und rüttelte an der Klinke, aber es nutzte nichts. Die Tür war und blieb verschlossen.

Als sie am nächsten Morgen zum Frühstück in den Strandpavillon hinuntergingen, war Helga nahe daran, Heinz von ihrem nächtlichen Abenteuer zu erzählen. Aber dann brachte sie doch nicht den Mut dazu auf. Jetzt, im hellen Sonnenschein, erschien das alles so unwahrscheinlich, daß sie es selber kaum noch glauben konnte. Wie sollte sie es dann dem Geliebten begreiflich machen, daß ein junger Milliardär ihretwegen sein Leben riskiert hatte? Nein, sie würde sich nur lächerlich machen, und außerdem – Schlüter-van Dorn fragte nichts und sagte nichts. Er ging mit elastischen, weit ausholenden Schritten neben ihr her, eine Hand in der Tasche seines blauen Blazers, die andere unter ihren Ellbogen geschoben, und pfiff gutgelaunt vor sich hin.

„Ich hoffe, du hast gut geschlafen“, sagte sie in sein Pfeifen hinein.

Er antwortete lächelnd: „Aber ja, warum denn nicht?“

„Ich meine nur, wir sind doch ziemlich früh zu Bett gegangen.“

Auf diese Bemerkung ging er nicht näher ein, sondern nahm seine Melodie wieder auf, nur daß er sie jetzt vor sich hin summte.

Im Frühstücksraum des Strandpavillons war es ziemlich leer. Die meisten Gäste waren schon am Strand oder im Schwimmbad. Die gleißende Sonne reflektierte so stark auf der spiegelglatten Meeresoberfläche, daß Helga ihre Augen mit der Hand beschirmte, bevor sie sich, mit dem Rücken zum Fenster, setzte.

So kam es, daß Heinz Schlüter-van Dorn den Strauß, der in einer hohen Kristallvase auf dem Tisch stand, noch vor ihr bemerkte – herrliche, eben erblühte Rosen in jeder nur möglichen Schattierung zwischen alabasterweiß und tiefrot.

„Oh", sagte er mit undurchdringlichem Gesicht. „Du scheinst einen Verehrer gefunden zu haben."

Helga begegnete seinem Blick, ohne mit der Wimper zu zucken.

„Stört es dich?"

„Nicht im geringsten!" Er dankte dem Kellner, der das Frühstück brachte, goß sich ein und machte sich eine Scheibe Brot zurecht, ohne Helga weiter zu beachten.

Helga holte mit vorsichtigen Fingern einen verschlossenen Umschlag aus dem Rosenstrauß, riß ihn auf und zog eine Visitenkarte heraus. „Viktor von Horck", stand auf der Vorderseite, und als sie die Karte umdrehte, las sie einen einzigen, flüchtig hingekritzelten Satz: „Wann darf ich Sie wiedersehen?"

„Da, lies!" Sie reichte Schlüter-van Dorn die Karte des Milliardenerben über den Tisch.

Er schüttelte den Kopf. „Nein, danke. Kein Interesse. Es liegt mir fern, mich in deine Privatangelegenheiten einzumischen."

„Wie gemein du bist!" sagte sie heftig.

Er lächelte auf seine überlegene Art, die sie haßte und zugleich faszinierte. „Du bist sehr undankbar, mein Liebling. Jeder andere Mann an meiner Stelle hätte dir jetzt eine Szene gemacht..."

„Warum tust du es dann nicht?"

„Weil ich der Pubertätszeit entwachsen bin. Wenn du glaubst, mit einem anderen glücklicher werden zu können – bitte sehr, ich lege dir nichts in den Weg. Reisende soll man nicht aufhalten, das war von jeher mein Prinzip."

„Aber darum geht es doch gar nicht", rief sie verzweifelt, „du –"

Er legte den Finger auf die Lippen. „Eine Nuance leiser, wenn ich bitten darf, wir sind hier nicht allein!"

Gehorsam senkte sie die Stimme. „Mir liegt nichts an einem anderen Mann, Heinz. Ich liebe nur dich. Glaub mir doch."

„Warum regst du dich dann so auf?" fragte er. Sein Gesicht wirkte so gleichgültig, seine blauen Augen blickten so klar und unbekümmert, daß es sie gänzlich aus der Fassung brachte.

„Weil..." Sie unterbrach sich, setzte mit gedämpfter Stimme von neuem an: „Heinz, mach es mir doch nicht so schwer! Ich hab's doch nur getan, um dir zu beweisen ... weil du sagtest, ich käme nicht an ihn heran! Es ist Viktor von Horck. Er hat mir die Rosen geschickt."

Wieder hielt sie ihm die Visitenkarte hin, und jetzt endlich nahm er sie und las. „Na, und wann willst du ihn treffen?" fragte er dann.

„Überhaupt nicht!" rief sie. „Begreifst du denn nicht? Mir liegt nichts an Viktor von Horck, nicht das geringste! Ich habe ihn nur auf mich aufmerksam gemacht, um dir zu imponieren. Deinetwegen, Heinz, aus keinem anderen Grund!"

Er schob seinen Teller von sich und zündete sich eine Zigarette an. „Und jetzt willst du ihn einfach abblitzen lassen? Ehrlich gestanden, das finde ich nicht sehr höflich."

Sie nahm ihm die Zigarette aus der Hand, nahm einen tiefen Zug. „Dir wäre es also lieber, ich würde ihn verführen?" sagte sie hart.

Er musterte sie, die hellen Augenbrauen hochgezogen, mit eiskalter Ironie. „Es ist doch merkwürdig, daß Mädchen wie du tatsächlich keiner normalen zwischenmenschlichen Beziehung fähig zu sein scheinen. Du kennst immer nur ein Entweder-Oder. Entweder du schläfst mit einem Mann oder du stößt ihn vor den Kopf. Daß man mit jemandem einfach freundschaftlich und nett verkehren kann, scheinst du völlig zu übersehen."

„Freundschaftlich und nett!" Sie blies den Rauch durch die Nase. „Ausgerechnet mit einem Playboy wie Viktor von Horck! Daß ich nicht lache!"

Er nahm sich eine zweite Zigarette. „Du hältst ihn für so gefährlich?"

„Gefährlich? Nein, das gerade nicht. Aber sehr unreif und ganz unberechenbar."

Seine Augen verengten sich. „Traust du dir zu, mit ihm fertig zu werden. Ja oder nein?"

Sie streifte ihre Jacke ab, und er konstatierte, daß sie blendend aussah in dem weißen, nur von schmalen Trägern gehaltenen Kleid, das die glatte, leicht gebräunte Haut ihrer Arme und Schultern freigab.

Sie spürte die Bewunderung in seinem Blick und genoß sie. „Was soll das? Ich bin schon mit ganz anderen Männern fertig geworden."

„Allerdings", bestätigte er trocken, „und deshalb verstehe ich, ehrlich gestanden, nicht recht, warum du ausgerechnet jetzt so ein Theater machst! Viktor von Horck ist nicht irgendwer, er steht an der Spitze. Es würde sich schon lohnen, sich ein bißchen um ihn zu kümmern."

„Das verlangst du von mir?"

„O nein", sagte er mit Nachdruck, „verstehen wir uns nicht falsch. Ich habe nichts davon, wenn du mit ihm flirtest. Aber ich möchte auch nicht, daß du meinetwegen auf irgend etwas verzichtest. Und – mach mir nichts vor, es wäre doch ein Verzicht für dich, wenn du ihn fallenließest. Du bist nicht dumm, Helga, du weißt genau, daß einem eine solche Chance nur einmal im Leben begegnet!"

„Das stimmt", gab sie unschlüssig zu.

„Na, siehst du. Also hab dich nicht so! Du bist nur einmal jung, warum sollst du dein Leben nicht genießen?"

Sie zog mit dem rotlackierten Nagel ihres Zeigefingers Linien auf der Tischdecke. „Und wenn er nun von mir verlangt, daß ich mich von dir trenne?"

„Das wird er nicht."

„Ich bin nicht sicher, Heinz. Er muß doch merken, daß ein anderer dahintersteckt, wenn ich ihm nicht nachgebe. Ich könnte mir vorstellen, daß er alle Hebel in Bewegung setzt ..."

Er legte seine Hand auf ihren Arm. „Wenn es soweit ist, werden wir uns schon was ausdenken, Helga. Mach dir darüber jetzt keine Sorgen. Wir können jederzeit unsere Koffer packen und abfahren, wenn es brenzlig wird "

Sie beugte ihr Gesicht zu ihm hinüber. „Ich will dich nicht verlieren, Heinz", sagte sie leise, „um keinen Preis der Welt!"

„Ich dich auch nicht, Liebling. Aber deshalb brauchen wir uns doch nicht zu bewachen wie ein eifersüchtiges Ehepaar. Also laß uns überlegen ... Wo und wann willst du dich mit ihm verabreden? Du mußt versuchen, seine Clique abzuschütteln, von denen könnte dir leicht einer ein Bein stellen. Ein einsamer Ort wäre auch nicht das rechte, warum, brauche ich dir wohl nicht zu erklären ..."

„Schwimmen, Wasserski und solche Späße kommen auch nicht in Frage ..."

„Am besten, du läßt dich von ihm zu einem Ausflug nach Cannes einladen. Das kennst du noch nicht, und ihm wird es Spaß machen, den Bärenführer zu spielen." Er drückte seine Zigarette aus. „Also los, worauf wartest du? Versuch dein Glück!"

„Jetzt?" Sie sah ihn erstaunt an.

„Warum nicht? Du mußt dich doch höflicherweise für die Blumen bedanken. Los, bring's hinter dich!"

Sie stand zögernd auf.

„Na, mach schon", sagte er ermutigend. Er sah ihr nach, wie sie durch den sonnendurchfluteten Pavillon ging mit geradem Rücken und schwingenden Hüften. Seine Augen funkelten, er spitzte die Lippen zu einem unhörbaren Pfiff.

„Mutti!" rief Karin im gleichen Augenblick, als sie die Wohnungstür aufstieß. „Mutti! Vati! Rolf!"

Dieser Temperamentsausbruch des sonst so ruhigen Mädchens wirkte alarmierend. Anna Reimers kam aus dem Wohnzimmer gestürzt,

Rolf vom Küchenbalkon, wo er Schulaufgaben gemacht hatte. Beide riefen wie aus einem Mund: „Was ist los?“

Karins Wangen waren leicht gerötet, ihre blauen Augen blitzten, und Frau Reimers stellte wieder einmal fest, daß sie seit ihrer Verlobung mit André wirklich von Tag zu Tag hübscher zu werden schien. „Hat André . . . ?“ fragte sie, aber sie kam nicht dazu, ihren Satz zu beenden.

Karin fiel ihr ins Wort. „Ach wo, nichts mit André!“ Sie schwenkte eine Zeitung. „Wo ist Vati?“

„Noch nicht zu Hause“, sagte Frau Reimers.

„Hat er es etwa endlich geschafft?“ fragte Rolf. „Ist er befördert worden? Steht das in der Zeitung?“

Karin gab ihrem jüngeren Bruder einen vergnügten Schubs. „Falsch geraten“, rief sie, „kalt, ganz kalt! Ihr seid beide auf dem Holzweg!“ Sie faltete die Zeitung auseinander und rief: „Ratet noch mal! Aber ihr kommt nicht drauf! Jemand aus der Familie Reimers macht Schlagzeilen in der Presse!“

Rolf rieb sich die Nase. „Ach was“, sagte er, scheinbar uninteressiert, „du willst uns bloß veräppeln!“ Und blitzschnell riß er ihr die Zeitung aus den Händen.

„Bitte“, rief Frau Reimers, „bitte Kinder, zankt euch nicht! Gib Karin sofort die Zeitung zurück, Rolf!“

Aber Karin war gar nicht böse, sie legte lächelnd ihren Arm um die Schulter der Mutter. „Laß ihn nur“, sagte sie, „soll er's doch selber suchen! Ich bin gespannt, ob er es findet.“

„Willst du mir nicht endlich erklären, was eigentlich los ist?“

„Noch eine Sekunde, Mammutschka!“ rief Karin. „Rolf, beeil dich . . Wozu hast du denn Augen im Kopf? Ich hab's vorhin gleich gefunden!“

Rolf hielt die aufgeschlagene Zeitung dicht vor die Nase, schob sie dann mit ausgestreckten Armen weit von sich weg. „Das darf doch nicht wahr sein“, sagte er voll ungläubigen Staunens.

„Hast du's endlich?“ fragte Karin. „Dann zeig's Mutti, komm!“ Sie riß ihm die Zeitung wieder fort und breitete sie auf dem Küchentisch aus. „Da, sieh mal! Erkennst du sie? Wer ist das, Mutti?“

Frau Reimers sah das kleine, schlecht reproduzierte Foto – ein schlankes Mädchen, das in leicht herausfordernder Haltung an einem Gitter oder einer Reling zu lehnen schien, ein lachendes Gesicht unter dunkel wirkenden Locken. „Nein“, sagte sie, „das kann nicht Helga sein. Helga hat kurzes blondes Haar . . .“

„Du lieber Himmel, Mutti“, rief Karin ungeduldig, „nun sag bloß noch, du hast nie davon gehört, daß man 'ne Perücke tragen kann! Das tun doch jetzt alle: Mannequins, Schauspielerinnen, sogar Frauen von Politikern.“

„Ich kann es nicht glauben“, sagte Frau Reimers, „Helgas Foto in der

Zeitung. Wer ist denn der junge Mann neben ihr? Nein, das ist nicht Heinz Schlüter-van Dorn, der sieht viel besser aus, breiter in den Schultern, männlicher ..."

„Soll ich dir sagen, wer das ist? Viktor von Horck, der Erbe der Horck-Werke."

„Ich kann's nicht glauben", wiederholte Frau Reimers kopfschüttelnd. „Helga und ein Millionär! Woher soll sie ihn denn kennen?"

„Keine Ahnung! Aber feststeht, daß sie es ist! Lies doch mal den Text, Mutti!"

Rolf riß die Zeitung an sich. „Das mache ich! Ich werd's euch vorlesen! Aufgepaßt!" Er hob die Stimme und begann in übertrieben theatralischem Ton: „Die Romanze zwischen dem deutschen Playboy Viktor von Horck und der französischen Sängerin Lily Bernand scheint ein jähes Ende genommen zu haben. Jedenfalls hat Lily Cap d'Antibes, wo sie sich bisher mit dem milliardenschweren Erben tummelte, Hals über Kopf verlassen und ist von Nizza aus nach Paris geflogen, angeblich, um Filmverhandlungen mit Roger Vadim zu führen. Eingeweihte sprechen allerdings von einem endgültigen Bruch zwischen der charmanten Lily und dem ebenso anspruchsvollen wie launischen Viktor von Horck. Die neue ständige Begleiterin des Großindustriellen und Tagesgespräch an der französischen Riviera: Helga, ein deutsches Mädchen aus Frankfurt, das ihre beiden hübschen Füße fest auf den Sprossen der Erfolgsleiter verankert hat!" Rolf ließ die Zeitung sinken und sah seine Mutter an. „Na, was sagst du jetzt?"

„Es ist Tatsache, Mutti", erklärte Karin eifrig. „Ich kenne doch Helgas Gesicht, die Art, wie sie sich da räkelt. Ich würde sie unter Tausenden herausfinden und unter jeder Perücke."

„Und dann der Name", stimmte Rolf zu, „Helga aus Frankfurt. Das kann kein Zufall sein!"

„Deshalb hat sie auch nicht auf unsere Einladung zur Verlobung reagiert", sagte Karin. „Weil sie nämlich gar nicht mehr in Frankfurt ist!" Sie reckte die Arme, sagte sehnsüchtig: „An der französischen Riviera! Muß das herrlich sein!"

„Na, du hast doch André", mahnte Rolf, „du brauchst dich doch nicht zu beklagen!"

„Tu ich auch gar nicht, im Gegenteil. Bloß, ich finde es so wundervoll, daß Helga es wirklich geschafft hat. Ganz ehrlich, ich hätte ihr das nie zugetraut! Die im Büro werden Augen machen, wenn ich ihnen morgen den Artikel unter die Nase reibe, die werden grün werden vor ..." Sie unterbrach sich mitten im Satz. „Mutti, warum sagst du denn gar nichts? Bist du denn nicht stolz auf Helga?"

„Doch, ja, natürlich, nur ..." Frau Reimers' Stimme klang sehr unsicher.

„Das klingt aber kein bißchen begeistert!“ Karin packte ihre Mutter an den Schultern. „Mutti, sieh mich mal an! Was ist denn los? Was machst du für ein Gesicht?“

Anna Reimers lächelte verlegen. „Du verstehst das nicht, Karin. Ich weiß nicht, wie ich euch das klarmachen soll, Kinder, aber ihr werdet mich jetzt für altmodisch halten, ich weiß . . .“

„Was ist los? Raus mit der Sprache!“ drängte Karin.

„Sie ist doch verlobt“, sagte Frau Reimers. „Sie wollte heiraten. Wie kann sie da auf einmal mit irgendeinem fremden Menschen –“

„Also, Mutti!“ protestierte Karin. „Du kannst doch Viktor von Horck nicht so bezeichnen. Jeder kennt ihn. Er ist die beste Partie, die es zur Zeit überhaupt gibt.“

„Deutschlands begehrtester Junggeselle“, zitierte Rolf grinsend.

„Ich weiß nicht“, erklärte Frau Reimers, „Heinz Schlüter-van Dorn hat mir viel besser gefallen. Ob sie sich zerstritten haben? Wenn ich nur wüßte . . .“

„Da kommt Vati!“ rief Karin. „Still, wir wollen ihn überraschen! Ich bin gespannt, was er für ein Gesicht machen wird!“

Sie hielten alle drei den Atem an, hörten, wie der Vater sich an der Garderobe zu schaffen machte, wie er die Tür zum Wohnzimmer öffnete.

Karin stürzte aus der Küche. „Vati, stell dir vor, Helga ist berühmt geworden! Ihr Foto ist sogar in der Zeitung.“ Sie gab ihrem verdutzten Vater einen Kuß auf die Wange, hielt ihm das Zeitungsblatt vor die Nase und lehnte sich über seine Schulter, um mitzulesen. „Da unten steht's, ganz am Schluß . . . Helga, ein deutsches Mädchen aus Frankfurt . . . ist das nicht toll, Vati? Warum sagst du denn nichts?“

Paul Reimers war unfähig, ein Wort hervorzubringen. Er hatte auf dem Foto das Mädchen aus dem weißen Mercedes erkannt, das Mädchen, das ihn damals auf der nächtlichen Frankfurter Kaiserstraße angesprochen hatte . . . Immer hatte er geahnt, daß es seine eigene Tochter gewesen war, aber die Wahrheit hatte er sich selber trotzdem nicht eingestehen wollen. Nun sah er die Wahrheit vor sich, schwarz auf weiß, und es gab keine Lüge, sie zu beschönigen – sein Kind, seine Älteste, die Tochter des gewissenhaften Beamten Paul Reimers, war auf die schiefe Bahn geraten.

„Erkennst du sie nicht?“ fragte Karin arglos. „Die Haare mußt du dir anders denken. Sie trägt natürlich eine Perücke!“

„Eine Perücke“, sagte Paul Reimers tonlos, und dann setzte er sich, weil er das Gefühl hatte, seine Beine müßten gleich versagen.

„Ist dir nicht gut, Vati?“ fragte Karin erschrocken. „Du bist ja ganz blaß geworden!“

„Es ist die Hitze!" sagte Paul Reimers schwach. „Ich brauche nur Ruhe! Bitte, laß mich ein paar Minuten allein."

Er deckte die Hand über die Augen, um nicht das Gesicht seiner Tochter Helga ansehen zu müssen, den üppigen Mund, der ihm aus der Zeitung entgegenlächelte, die kalten Augen, die herausfordernde Haltung. Er biß die Zähne aufeinander, um nicht zu stöhnen. Das ist das Ende, dachte er, sie wird uns alle ruinieren. Alle!

Ein nächtlicher Himmel, dunkel und tief wie Samt, spannte sich über die Küste und das Meer, ein Himmel ohne Mond und ohne Sterne, nur hin und wieder erhellt von den Lichtzeichen der Leuchttürme.

Heinz Schlüter-van Dorn saß am Steuer seines Jaguar, neben ihm, den Kopf an seine Schulter gelehnt, Helga. Sie lächelte glücklich, mit geschlossenen Augen.

„Das war ein herrlicher Abend", murmelte sie, verliebt und müde. „Wir beide ganz allein, ohne alle die Langweiler."

Das Auto schleuderte leicht. Sie fuhr hoch: „Was ist denn? Du fährst ja Slalom!"

„Entschuldige, aber hinter mir ist so ein Idiot, der mir dauernd in den Rückspiegel blendet. Das irritiert wahnsinnig."

„Dann laß ihn doch vor."

„Warum denn?"

„Weil ich keineswegs Lust habe, mein Leben schon heute zu beschließen. Bitte Heinz, fahr langsamer."

„Na schön", sagte er widerwillig. Er nahm Gas weg. Helga drehte sich um – das andere Auto hatte sein Tempo ebenfalls verringert und blieb im gleichen Abstand hinter ihnen.

„Kommt er nun vor oder nicht?" fragte Schlüter-van Dorn. „Ich sag's ja immer ... die Verrückten werden nicht alle!"

Helga drehte sich zu ihm um und flüsterte, obwohl kein Grund dazu bestand: „Ich glaube, das ist Viktor von Horck!"

„Du siehst Gespenster!"

„Nein, bestimmt nicht, ich kenne doch seinen Wagen! Du kannst natürlich im Rückspiegel nichts sehen, aber ich erkenne deutlich den goldenen Löwen auf der Kühlerhaube, sein Maskottchen!"

„Ach so", sagte Heinz Schlüter-van Dorn langsam, „er weiß also, daß wir zusammen in Nizza waren?"

„Ich habe es ihm aber nicht gesagt", verteidigte sich Helga. „Er muß uns nachspioniert haben. Oder es ist purer Zufall."

„Auf alle Fälle scheint er nicht mehr nüchtern zu sein. Anders kann ich mir sein Benehmen nicht erklären."

Helga richtete sich auf. „Ich schon. Er ist jederzeit der verrücktesten

Dinge fähig, und er führt alles aus, was ihm in den Kopf kommt. Ohne Rücksicht auf Verluste."

Schlüter-van Dorn lächelte. „Diesmal werden wir ihm aber einen Strich durch die Rechnung machen!" Er gab Gas, und der Jaguar schoß mit einem Sprung voran. „Diesmal wird das verwöhnte Bübchen das Nachsehen haben!"

Sie umklammerte erschrocken seinen Arm. „Was hast du vor, Heinz?"

„Nichts Besonderes. Ich werde ihn abhängen, das ist alles."

„Aber er fährt einen Porsche, und er fährt gut!"

„Und ich fahre einen Jaguar und auch nicht schlecht. Nimm die Hand weg, Liebling, stör mich jetzt nicht. Und sei mal 'ne Weile still."

Helga kroch in sich zusammen, während der schnittige Wagen in die Nacht hineinbrauste, die kurvenreiche Küstenstraße entlang. Schlüter-van Dorn fuhr meisterhaft, hart an den Felswänden vorbei, ging mit quietschenden Reifen in die Kurven, schien mehr als einmal geradeaus ins Meer zu sausen, riß das Steuer immer erst im letzten Moment herum. Helga preßte die Handflächen gegeneinander und wagte kaum zu atmen.

„Verdammt!" brummte Schlüter-van Dorn verbissen. „Dieser Kindskopf gibt nicht auf, er ist immer noch hinter uns!"

„Sei du der Klügere", schrie Helga ihm zu, „hör auf mit dem Unsinn. Bitte, Heinz, bitte!"

In diesem Augenblick sauste der rote Porsche an ihnen vorbei, hätte sie fast gegen die Felswand gedrängt. Helga schrie auf; duckte sich tief und hielt sich die Ohren zu. Der Porsche vor ihnen wurde herumgerissen und stand jetzt quer über der Fahrbahn. Wenn Schlüter-van Dorn nicht schon beim Überholen so sicher reagiert, Gas weggenommen und auf die Bremse getreten hätte, wäre er unweigerlich in das andere Fahrzeug hineingerast. So brachte er seinen Wagen wenige Zentimeter vorher zum Stehen.

Im Licht der Scheinwerfer sahen sie Viktor von Horck aus seinem Porsche springen – wie gewöhnlich mit blauer Fischerhose und weißem, offenem Hemd, eine Strickjacke um die Schultern gebunden.

Er kam auf sie zu, verbeugte sich leicht, sagte so formell wie bei einem alltäglichen gesellschaftlichen Anlaß: „Guten Abend, Helga ... 'n Abend, Schlüter-van Dorn! Ich bedaure aufrichtig, Ihnen Ungelegenheiten bereiten zu müssen!"

Helga lächelte ihm zu. „Müssen Sie das wirklich, Viktor?"

„Ja. Ich muß Klarheit haben." Er wandte sich an Heinz Schlüter-van Dorn. „Ich kann nicht länger dulden, daß Sie die Dame kompromittieren, die ich liebe!"

Schlüter-van Dorn ließ sich Zeit mit der Antwort. Er zündete sich eine Zigarette an, nahm einen tiefen Zug. „Sie scheinen zu vergessen, daß ich ältere Rechte habe“, sagte er gelassen.

„Ich verlange von Ihnen, daß sie Helga freigeben!“

„Sie ist frei. Sie kann sich selbst entscheiden.“

Die beiden Männer sahen Helga an, Viktor von Horck flehend, Schlüter-van Dorn mit leiser Ironie.

„Heinz, bitte nicht“, sagte Helga. „Viktor, Sie müssen doch verstehen ...“

„Die Situation ist für mich unmöglich!“ sagte der junge Mann aufgebracht.

Ein Lastwagen, der um den Felsen gebogen war und die Straße versperrt fand, hupte durchdringend.

„Ich bin bereit, Ihnen Helga zu überlassen“, erklärte Schlüter-van Dorn, „aber unter einer Bedingung: Beweisen Sie mir, daß sie Sie mehr liebt als mich!“

8

Viktor von Horck kam nicht mehr dazu, dieser Forderung Schlüter-van Dorn etwas entgegenzusetzen. Der Fahrer des Lastwagens, dem er mit dem quer über die Straße gestellten Porsche die Weiterfahrt versperrte, näherte sich mit seinem Begleiter der kleinen Gruppe. Es waren zwei bullenhafte Kerle, die sich im Näherkommen drohend die Hemdsärmel aufkrempelten und in singendem provenzalischem Dialekt die wüstesten Beschimpfungen ausstießen.

„Mais Messieurs“, sagte Viktor von Horck, durch diesen überraschenden Auftritt aus der Fassung gebracht, „aber meine Herren, kein Grund zur Aufregung ...“

Heinz Schlüter-van Dorn drehte sich um, stellte fest, daß die Fahrbahn hinter ihm leer war, schaltete den Rückwärtsgang ein und verließ mit Helga den Schauplatz des Zusammenstoßes in derselben Richtung, aus der er gekommen war.

„Schade“, sagte er durch die Zähne, „ich hätte zu gern miterlebt, wie der Knabe sich aus dieser Situation herauswinden wird. Aber das können wir uns leider nicht erlauben.“

„Warum nicht?“ fragte Helga.

„Er gehört zu den Menschen, die den Zeugen einer Niederlage niemals verzeihen.“

Helga lachte. „Du glaubst, sie werden sich prügeln? Ach wo. Er drückt ihnen einfach Geld in die Hand, davon hat er ja genug, und damit ist der Fall erledigt.“

Schlüter-van Dorn benutzte die erste Abbiegung, um die Küstenstraße zu verlassen und in das Hinterland zu fahren.

„Kommen wir hier auch nach Cap d'Antibes?" fragte Helga.

„Keine Ahnung. Ist ja auch nicht so wichtig. Hauptsache, dein junger Freund hat Gelegenheit, sich ein wenig den Kopf zu zerbrechen."

„Aber ich bin müde, Heinz!"

„Um so besser. Dann wirst du in einem Dorfgasthof bestimmt herrlich schlafen. Ich verspreche dir, wir beschlagnahmen das nächste Quartier, das wir entdecken ..."

„Aber warum, Heinz? Warum können wir nicht ins ‚Eden Rock' fahren?"

„Begreifst du immer noch nicht?" Heinz Schlüter-van Dorn streifte sie mit einem kurzen Seitenblick. „Ich möchte deinem Verehrer heute nacht auf keinen Fall ein zweitesmal begegnen! Eine Prügelei mit diesem Goldjungen kann ich mir nämlich nicht erlauben ..."

Sie lachte belustigt auf. „Hast du etwa Angst vor ihm?"

„Höchstens davor, ihm vielleicht die zarten Knöchelchen zu brechen."

„So schwach ist er aber gar nicht", platzte Helga heraus.

Schlüter-van Dorn hob die Augenbrauen. „Er scheint dich also doch beeindruckt zu haben!"

Sie legte ihren Kopf an seine Schulter. „Ach wo. Mit dir kann er sich doch gar nicht vergleichen ..."

Schlüter-van Dorn nahm die eine Hand vom Lenkrad, legte sie um ihre Taille und zog sie enger an sich. Langsam fuhren sie eine schmale Landstraße hinauf. Die Luft war lau; es duftete nach Thymian und Ginster. Im Straßengraben sangen die Zikaden.

Als sie die Paßhöhe erreicht hatten, brachte er das Auto zum Stehen. Sie sahen tief unter sich die Küstenstraße liegen, das Meer mit den Positionslichtern der Fischerboote, die Leuchttürme, die ihre Lichtbahn in den Himmel schickten. Jetzt brach auch die Wolkendecke auf, und der Mond glitt wie eine silberne Scheibe hervor.

„Eine herrliche Nacht", sagte er begeistert.

„Ja, wahrhaftig", stimmte sie zu, „fast wie im Kino."

Er sah kopfschüttelnd auf sie herab. „Sag mal, für Romantik hast du wohl überhaupt keinen Sinn?"

„Doch. Bloß" ... es ist so dunkel hier und so einsam. Bitte, fahr weiter, damit wir wieder unter Menschen kommen ..."

„Ich bin doch bei dir!"

Sein Gesicht war nahe vor ihr, ein im ungewissen Schein des Mondlichtes seltsam fremdes Gesicht mit harten Zügen, glanzlosen Augen, die tief in den Höhlen lagen.

Unwillkürlich wich sie bis in die äußerste Ecke des Wagens zurück.

Er lachte leise. „Fürchtest du dich etwa vor mir?"

„Ja“, flüsterte sie, „ja ...“

„Unsinn!“ Er packte ihre Arme mit hartem Griff. Der Nerz rutschte von ihren Schultern. „Solange du ehrlich zu mir bist, brauchst du keine Angst zu haben ... niemals! Aber wehe, du versuchst, ein doppeltes Spiel mit mir zu treiben!“

Sie verteidigte sich schwach. „Was für ein Gedanke! Das würde ich doch niemals wagen ...“

„Dein Glück!“ Er drückte sie gegen die Lederpolster ihres Sitzes zurück. Seine Lippen vergruben sich in ihrem Mund.

Ihre berufsmäßige Routine zerbrach unter seiner kalten Leidenschaft. Sie seufzte, wurde weich in seinen Armen, schloß die Augen, während er sie ruhig und aufmerksam beobachtete wie ein Insekt unter dem Mikroskop und sie mit wohlberechneten Zärtlichkeiten in einen Zustand der Erregung hineinsteigerte, indem sie zu einer Marionette seines Willens wurde.

Erst am frühen Nachmittag des nächsten Tages kehrten sie ins ‚Eden Rock‘ zurück. Keiner der Hotelangestellten verzog eine Miene, als sie – Helga im tiefausgeschnittenen Abendkleid, die Nerzstola lässig in der Hand, Heinz Schlüter-van Dorn im weißen Dinerjackett – die Halle durchquerten und an der Rezeption ihre Schlüssel verlangten. Auf Helgas Zimmer fanden sie, wie Schlüter-van Dorn erwartet hatte, Blumen – diesmal bizarr geformte kostbare Orchideen – und eine Nachricht von Viktor von Horck vor. Er blieb neben ihr stehen und beobachtete sie scharf, während sie den Umschlag aufriß und eine Visitenkarte herausnahm. Aber er stellte keine Frage, sondern wartete ab.

„Er möchte mich wiedersehen ...“

„Wo und wann?“

„Um fünf Uhr am Jachthafen. Er lädt mich zu einer Bootsfahrt ein.“ Zögernd fügte sie hinzu: „Ob ich hingehen soll?“

Er nahm ihr die Karte aus der Hand, überzeugte sich mit einem Blick, daß sie die Wahrheit gesagt hatte. „Das mußt du selber wissen.“

„Bitte, sei doch nicht so ... gib mir einen Rat!“ Sie warf die Stola über einen Stuhl. „Ganz allein mit ihm auf einem Boot! Ich stelle mir das nicht sehr angenehm vor.“

Er steckte sich eine Zigarette zwischen die Lippen. „Das, was du als Boot bezeichnest, ist eine imposante Motorjacht, ein Riesenkahn, der ohne Mannschaft gar nicht zu navigieren ist. Ihr werdet also keinesfalls allein sein!“ Er ließ sein Feuerzeug aufspringen und hielt die kleine Flamme an die Spitze seiner Zigarette.

„Ah, das ist sehr gut“, sagte sie erleichtert

„Du tust gerade so, als ob du um deine Unschuld zittern müßtest“, bemerkte er mit unverhohlenem Spott. Er fuhr mit der Hand in die

Tasche seiner Smokinghose, zog einen Schlüsselbund heraus und warf ihn vor ihr auf den Tisch. „Da, die Autoschlüssel."

„Willst du mich denn nicht hinbringen?"

„Nein." Er strich sich mit der Hand über das unrasierte Kinn. „Es ist besser, wenn du vorgibst, daß ich von dieser Verabredung gar nichts weiß. Ich möchte nämlich nicht gern in die Rolle eines Kupplers gedrängt werden. Außerdem wirst du auf diese Weise viel leichter operieren können." Er steckte ihr die brennende Zigarette zwischen die Lippen.

Sie nahm einen tiefen Zug. „Also, ehrlich gestanden, am liebsten möchte ich überhaupt nicht hin ..."

„Ganz wie du willst. Nur mach mir dann später keine Vorwürfe!" Er gähnte hinter der vorgehaltenen Hand. „Ich lege mich erst mal hin, und ich rate dir, dasselbe zu tun."

Er war schon an der Tür, als das Telefon klingelte.

„Das wird Viktor sein", sagte sie ratlos. „Was soll ich ihm bloß sagen?"

„Irgend etwas. Auf alle Fälle – melde dich! Wenn er dich jetzt anruft, weiß er auch, daß du zurück bist. Du möchtest ihn doch nicht wieder über den Balkon hereinklettern sehen!"

Helga biß sich auf die Lippen. Sie nahm den Hörer ab. „Hallo", meldete sie sich mit ihrer tiefen, ein wenig rauhen Stimme.

Sie lauschte einen Augenblick, dann hielt sie die Sprechmuschel zu und sagte: „Für dich, Heinz! Sie haben versucht, dich in deinem Zimmer zu erreichen, und da du –"

Er nahm ihr den Hörer aus der Hand. „Gib her! Ja, hier spricht Schlüter-van Dorn ... bitte, verbinden Sie!"

Helga beobachtete ihn mit großen Augen, wollte sich an ihn drängen, um wenigstens Wortfetzen des Gespräches mitzubekommen, aber er hielt sie energisch mit ausgestrecktem Arm auf Abstand.

„Ja", sagte er, „ja, persönlich ... Guten Tag, Herr Korff ... Jederzeit, selbstverständlich ... Nein, ich habe keine Ahnung ... Aber sicher, dazu bin ich gern bereit, Herr Korff ... Ganz wie Sie wünschen ... Ich werde mich bemühen, pünktlich zu sein ... bis nachher, Herr Korff!"

„Wer war das?" fragte Helga, noch bevor er den Hörer aufgelegt hatte.

„Ein Herr Korff", sagte er gedankenabwesend, „das wirst du ja wohl mitbekommen haben ..."

„Korff?" fragte sie atemlos. „Der große Korff? Der Generalbevollmächtigte der Firma Horck?"

Er zog die Augenbrauen zusammen. „Ich habe es nicht gern, wenn du dich in meine Geschäfte mischst, Helga, wirklich nicht gern. Du wirst zugeben, daß ich mich auch nicht um dein Privatleben kümmere."

Sie gab nicht nach. „Bitte, sag mir die Wahrheit. Ist Korff wegen Viktor gekommen?"

„Dieser Goldjunge scheint dir doch weit mehr am Herzen zu liegen, als du zugibst!"

Sie warf ärgerlich den Kopf in den Nacken. „Gar nicht! Nur ... ich möchte doch wissen ... das ist schließlich kein Verbrechen ..."

„Nein", sagte er kalt. „Neugier ist niemals ein Verbrechen, jedoch häufig ein Zeichen von Dummheit. Aber um dich zu beruhigen ..." Er nahm die Autoschlüssel, die immer noch auf dem Tisch lagen, und ließ sie in seine Hosentasche gleiten. „Es handelt sich nicht um den Korff, an den du in berechtigter Sorge um deinen Liebling denkst, und sein Besuch hat nichts mit diesem Jungen zu tun. Korff, dieser Korff, ist ein alter Bekannter und Geschäftsfreund von mir. Ich habe mich mit ihm heute abend im ‚Negresco' verabredet Du hast also freie Bahn. Du kannst Viktor von Horck treffen und du kannst es auch bleiben lassen und dich anderweitig trösten. Ich werde leider keine Zeit für dich haben."

Sie lief ihm nach, als er zur Tür ging. „Heinz! Kannst du mich denn nicht mitnehmen?"

„Das wäre kein Vergnügen für dich, und ich möchte es dir auch nicht zumuten!" Als er ihr unentschlossenes Gesicht sah, fügte er hinzu: „Kompliziere die Dinge doch nicht unnötig, Liebling. Ich an deiner Stelle würde mir die Fahrt auf der feudalen Jacht nicht entgehen lassen! Lange können wir wahrscheinlich sowieso nicht mehr hier unten im sonnigen Süden bleiben, und später wird es dir um jede Stunde leid tun, die du versäumt hast!"

„Sicher, das stimmt schon, nur –"

„Was denn noch? Ich muß unbedingt noch ein bißchen Schlaf haben, wenn ich heute abend fit sein will."

Helga sah ihm gerade in die Augen. „Ich fürchte einfach", erklärte sie, „daß ich ihn nicht mehr viel länger hinhalten kann."

„Keine Frau braucht ja zu sagen, wenn sie nicht will!"

„Ich habe in diesem Punkt ... nicht sehr viel Charakter. Du darfst nicht glauben, daß mir etwas an ihm liegt, nur ..." Sie stockte.

„Du fürchtest, du könntest schwach werden, wenn er dir ein günstiges Angebot macht?"

„Ja", sagte sie ehrlich.

Zu ihrer Überraschung lachte er. „Man sollte es nicht für möglich halten – eine erfahrene Frau wie du, mit allen Wassern gewaschen, und soviel Skrupel!"

„Es ist nur deinetwegen", gestand sie leise.

Er legte seine Hand in ihren Nacken. „Du weißt doch, daß ich von dir keine Treue im üblichen Sinn erwarte, nicht wahr, das weißt du doch? Na also. Dann hör auf mit dem Theater. Wir sind beide erwachsene Menschen. Es wäre doch zu albern, wenn wir uns wie schwärmerische Teenager aufführen würden ... Habe ich recht?"

„Ja", sagte sie lächelnd, „wie immer!"

Sie bot ihm die Lippen, und während er sie küßte, nahm sie sich fest vor: Ich werde Viktor von Horck absagen. Ich werde Heinz beweisen, daß ich anders bin, als er mich sieht, daß ich auch treu sein und ein Opfer bringen kann. Ich werde hier im Hotel bleiben und auf ihn warten!

Natürlich fuhr Helga Reimers doch zum Jachthafen hinaus, der unterhalb der alten Festung auf der äußersten Spitze der Halbinsel Cap d'Antibes lag.

Als sie von ihrem Nachmittagsschlaf aufgewacht war, hatte sie feststellen müssen, daß Heinz Schlüter-van Dorn das Hotel schon verlassen hatte, und die Vorstellung, den ganzen Abend allein verbringen zu müssen, war wenig reizvoll. Außerdem war es schon zu spät, Viktor von Horck von ihrer Absage zu verständigen, und daß sie ihn vergebens warten ließ, das hatte der junge Mann nun doch nicht verdient.

Sie fuhr mit einem Taxi bis zum Tor des ehemaligen Festungshafens, der immer noch von unüberwindlich hohen Mauern umgeben war, und schlenderte, auf der Suche nach Viktor von Horcks Jacht, den Kai entlang, ohne sich um die bewundernden Pfiffe und Zurufe der zahlreichen Matrosen zu kümmern. Hier, zwischen Sportsleuten und Berufsseefahrern wirkte Helga extravaganter und auffallender denn je. Sie trug über einem knappen weißen Bikini eine Bluse mit langen Ärmeln und lange Hosen aus weißer Baumwollspitze, die ihre zart gebräunte Haut an vielen Stellen durchschimmern ließen. Ihre hohen Absätze klapperten auf dem Pflaster. Das üppige, kupferrote Haar glänzte in der Sonne, die großen grünen Augen funkelten vor Unternehmungslust.

Viktor von Horck entdeckte sie schon von weitem. Er war ins Takelwerk seiner Jacht geklettert, um nach ihr Ausschau zu halten. Jetzt klammerte er sich mit den Beinen fest, legte beide Hände wie ein Sprachrohr vor den Mund und rief: „Hei! Helga! Hei!"

Sie winkte ihm mit ihrem grünseidenen Kopftuch zu. „Viktor, ahoi!"

Geschmeidig ließ er sich an einem der Taue herabgleiten, sprang auf das Deck und eilte zur Gangway. Er reichte Helga die Hand und zog sie mit Schwung heran.

„Ich bin so froh, daß Sie gekommen sind, Helga!"

Sie lächelte ihn an. „Und dabei hatte ich es gar nicht vor!" Sie sah sich um und stellte fest, daß Heinz nicht übertrieben hatte: Die Jacht war ein Traum aus Mahagoni und Chrom, und es war fast unvorstellbar, daß der schmale blonde Junge, der sie noch immer an der Hand hielt, der Besitzer all dieser Pracht war.

„Aber jetzt bin ich froh, daß ich da bin", setzte sie ehrlich hinzu.

Er führte sie zu dem Platz unter dem Sonnensegel. Sie setzte sich in einen der bequemen Liegestühle, streckte die Beine aus und verschränkte die Arme hinter dem Kopf. Viktor von Horck gab einem Matrosen Befehl, den Anker zu lichten; dann hockte er sich neben sie aufs Deck. Er trug die unvermeidliche blaue Fischerhose und ein offenes weißes Hemd, das er nicht zugeknöpft, sondern nach Piratenart über der Brust verknotet hatte.

Die Jacht erzitterte, als die starken Motoren ansprangen. „Wenn wir erst die freie See gewonnen haben", erklärte er, „setzen wir Segel!" Er steckte den Zeigefinger in den Mund und hielt ihn dann in die Luft. „Falls wir Wind genug haben, heißt das . . ."

„Vor allen Dingen", sagte Helga, „fahren Sie nicht zu weit mit mir hinaus, Viktor! Sie wissen, wie schwindlig ich bin, und seekrank werde ich auch."

„Dagegen weiß ich ein fabelhaftes Mittel!" Er schnalzte mit den Fingern. „He, Charly!"

Ein kleiner gelbhäutiger Mann in weißer Kellnerjacke erschien und verbeugte sich lächelnd.

„Zwei Whisky on the Rocks, Charly", befahl Viktor von Horck.

Helga war tief beeindruckt. „Das ist ja fabelhaft! Einen Steward haben Sie auch?"

„Ja, Charly ist Schiffskoch und Steward. Wissen Sie, dies ist eine richtige Hochseejacht. Ich war damit schon wochenlang unterwegs . . ."

„Und sicher nicht allein", warf Helga ein.

„Mit ein paar Freunden", sagte er gleichmütig.

„Und Freundinnen!" ergänzte sie. „Nein, glauben Sie nicht, daß ich eifersüchtig bin, Viktor. Ich finde es nur herrlich, so zu leben, wie Sie es tun! So frei von Sorgen und Verpflichtungen . . ."

„Sie könnten genauso leben, wenn Sie nur wollten!"

„Nein", erwiderte sie, „das glaube ich nicht."

Sie hatten den Hafen hinter sich gelassen und tuckerten jetzt von der Küste der Halbinsel fort. Je weiter sie sich entfernten, desto märchenhafter wirkte die alte Festung, deren gelbe Mauern sich von dem strahlend blauen Himmel abhoben. Das Wasser glitzerte.

Helga setzte ihre Sonnenbrille auf.

Charly kam, servierte die vor Kälte beschlagenen Gläser, in denen Eiswürfel klirrten. Sie tranken sich zu.

Viktor von Horck streifte Hemd und Hose ab, warf beides Charly zu, der damit verschwand. Er trug jetzt nur noch eine winzige rote Badehose. Sein Körper war jungenhaft, sehr mager und braun gebrannt.

„Wollen Sie es sich nicht auch bequem machen?" fragte er.

Sie lächelte. „Danke, ich fühle mich sehr wohl so!"

Er konnte den Blick nicht von ihr wenden. „Bitte, mir zuliebe ..."

„Vielleicht später", erklärte sie ausweichend. Aber sie war fest entschlossen, ihm den Gefallen nicht zu tun. Sie wußte, daß es keinen mächtigeren Bundesgenossen für eine Frau gibt als die Phantasie des Mannes, den sie bezaubern will, daß verhüllte Reize meist weit stärker wirken als nackte Tatsachen.

Er verstand sie nicht. „Sie sind eine seltsame Frau, Helga, ich werde nicht klug aus Ihnen! Manchmal haben Sie einen so wissenden Blick und dann wieder sind Sie wie ein kleines Mädchen."

Er lehnte seinen Kopf an ihr Knie.

Sie fuhr ihm spielerisch mit der Hand durch das blonde struppige Haar, und er genoß diese Berührung mit geschlossenen Augen.

„Bleiben Sie bei mir, Helga", flüsterte er. „Lassen Sie sich von mir entführen. Wir brauchen nicht mehr zurückzukehren, wenn Sie nicht wollen ... wir können überall hinfahren ... nach Griechenland, nach Ägypten ... ich werde Ihnen die Welt zeigen, die ganze Welt ..."

Sie zog ihre Hand zurück und sagte mit betonter Sachlichkeit: „Ich habe keinen Paß bei mir und dann ... Sie vergessen, wie leicht ich seekrank werde."

Mit einem Satz war er auf den Füßen. „Sie sind grausam", sagte er mit verzerrtem Gesicht. „Sie wollen mich verletzen ..."

„Aber Viktor, Unsinn! Das reden Sie sich doch nur ein!"

Er war nicht so leicht zu beruhigen. „Was ist mit Ihnen und Heinz Schlüter-van Dorn?" fragte er mit flammenden Wangen. „Ich will es jetzt wissen! Sie sind ihm hörig, nicht wahr? Geben Sie es doch zu!"

„Nichts dergleichen", erklärte sie gelassen, „er ist ein guter Freund von mir. Nichts weiter."

„Dann trennen Sie sich von ihm!"

Sie dehnte sich träge. „Warum sollte ich denn?"

„Weil Sie jetzt mich haben! Weil ich Ihnen mehr bieten kann als dieser aalglatte, undurchsichtige Bursche ... weil ich es ehrlich mit Ihnen meine!"

Sie streckte die Hand aus, nahm ihr Whiskyglas und drehte es zwischen den Fingern, daß die Eiswürfel klirrten. „Ich bin sehr anspruchsvoll, Viktor."

„Ich habe genug Geld, jeden Ihrer Wünsche zu erfüllen!"

Sie nahm einen tiefen Schluck aus ihrem Glas und fuhr sich mit der Zungenspitze über die roten Lippen. „Man kann sich mit Geld vieles erkaufen, Viktor. Aber nicht alles. Nicht das Herz einer Frau."

„Aber ich liebe Sie doch!" sagte er, zornig vor Hilflosigkeit. „Was wollen Sie denn noch mehr?"

Sie nahm die Sonnenbrille ab und sah aus kühlen grünen Augen zu ihm auf. „Daß Sie in einem anderen Ton zu mir sprechen, beispielsweise", erklärte sie sanft. „Ich ertrage es nicht, wenn man mit mir schreit. Mein Vater war ein furchtbarer Tyrann, müssen Sie wissen, und deshalb ..."

Er ließ sich vor ihr auf die Knie sinken, umschlang ihren Körper mit beiden Armen, preßte sein Gesicht gegen ihren Leib. „Ich liebe dich, Helga!" Er schluchzte fast. „Bitte, quäl mich doch nicht so!"

Sie blickte auf seinen schmalen braunen Nacken, auf das weiche, von der Sonne gebleichte Haar und empfand nichts als ein kaltes Gefühl des Triumphes und eine leise Verachtung. Sanft fuhr sie ihm mit den Fingerspitzen das Rückgrat entlang.

Er stöhnte auf. „Helga! Ich kann nicht ohne dich leben!"

Sie nahm seinen Kopf in beide Hände, bog ihn in den Nacken zurück und blickte in sein erhitztes, verstörtes Gesicht. „Es tut mir leid, Viktor", sagte sie. „Ich war nicht ehrlich zu dir ... verzeih mir ..."

„Was ist?" stammelte er. „Was hast du mir verschwiegen?"

„Heinz Schlüter-van Dorn und ich, wir sind verlobt. Wir werden heiraten. Das ist die Wahrheit, Viktor, und deshalb –"

„Verlaß ihn, er wird dich nur unglücklich machen! Selbst wenn du schon verheiratest wärst, würde ich dich anflehen ... verlaß ihn!"

„Das kann ich nicht."

„Hat er etwas gegen dich in der Hand? Sag es mir. Ich werde das in Ordnung bringen."

„Nein, Viktor, so ist es nicht. Aber – ich bin ein sehr bürgerliches Mädchen. Ich weiß, du wirst das lächerlich finden, aber wer kann schon aus seiner Haut heraus?"

Er schluckte schwer, sein Kehlkopf zuckte. „Ich verstehe nicht."

„Aber, Viktor, das ist doch ganz einfach! Ich habe Heinz Schlüter-van Dorn meiner Familie vorgestellt, man ist mit ihm einverstanden, man erwartet jetzt meine Heirat. Ich kann meine Eltern nicht so enttäuschen, sie vertrauen mir, verstehst du? Sie hätten mich niemals mit ihm allein an die Riviera fahren lassen, wenn sie nicht sicher damit gerechnet hätten ... Ja, es klingt altmodisch, ich weiß, aber ich bin eben ein Mädchen aus einer Kleinstadt. Das ist mein ganzes Geheimnis ... Viktor, lach doch! Lach mich aus! Das klingt alles furchtbar banal, nicht wahr?"

Viktor von Horck stand auf, wandte ihr schweigend den Rücken zu und trat an die Reling.

Sie beobachtete ihn aufmerksam. Wahrscheinlich habe ich zu dick aufgetragen, dachte sie, na, macht nichts. Es wäre mir gerade recht, wenn er mich jetzt schleunigst nach Cap d'Antibes zurückbringen würde. Was wäre er schon ohne sein Geld? Ein dummer grüner Junge und ein Langweiler noch dazu, und geizig ist er außerdem.

Dennoch riß sie unwillkürlich, als er sich ihr wieder zuwandte, die grünen Augen auf, brachte ihren Körper in eine verführerische Pose.

Die Matrosen hatten inzwischen die Segel gesetzt. Gerade als er auf sie zutrat, setzten die Motoren aus und die Jacht glitt lautlos über die Wellen.

„Helga, muß es denn unbedingt Schlüter-van Dorn sein?"

„Ich habe dir doch erklärt..."

Er ließ sie nicht aussprechen. „Glaubst du nicht, daß deine Eltern auch mit einem anderen Schwiegersohn zufrieden wären?"

Es verschlug ihr den Atem, sie spürte, wie ihr das Blut aus dem Gesicht wich.

„Mit mir, meine ich", fuhr er lächelnd fort, „ich kann einen sehr guten Eindruck machen, wenn ich es darauf anlege. Auch mehr als bürgerlichen Leuten gegenüber."

„Viktor", brachte sie mühsam heraus, „soll das heißen... du willst...?"

„Ja. Ich habe mich entschlossen, dich zu heiraten."

Sie richtete sich kerzengerade auf. „Ich glaube dir kein Wort", erklärte sie. „Du machst dich über mich lustig!"

„Nein, Helga, es ist mein voller Ernst. Wahrscheinlich werde ich es eines Tages bereuen, aber..." Er hob die Hände und ließ sie wieder fallen. „Was kann man machen? Ich bin gewohnt, alles zu bekommen, was ich mir wünsche, und den Preis zu zahlen, den man von mir fordert." Er trat dicht auf sie zu, beugte sich zu ihr herab. „Ich nehme doch an, du bist mit meinem Vorschlag einverstanden?" Seine Stimme klang beherrscht, aber seine Augen flackerten.

„Ich bin völlig überrumpelt", sagte Helga, „total verwirrt... Ich weiß gar nicht mehr, was ich sagen soll!"

„Sag ja, das ist alles, was ich von dir erwarte. Oder möchtest du es schriftlich haben?"

„Das wäre eine gute Idee! Dann weiß ich wenigstens, ob ich träume oder wache!"

Viktor von Horck klatschte in die Hände. „Schreibzeug, Charly!"

Sekunden später tauchte der gelbhäutige kleine Mann auf, legte eine Schreibmappe auf den kleinen, an den Deckplanken befestigten Tisch, schraubte einen goldenen Füllhalter auf und reichte ihn seinem Herrn. Viktor zog sich einen kleinen Segeltuchhocker an den Tisch, nahm eine Visitenkarte aus der Mappe, kritzelte nach kurzem Überlegen einen Satz auf die Rückseite und reichte Helga die Karte.

Sie las: „Bei meiner Ehre! Ich verspreche, meine geliebte Helga zu meiner rechtmäßigen Ehefrau zu machen – so wahr mir Gott helfe! Viktor von Horck."

Er beobachtete sie aus verhangenen Augen. „Zufrieden?"

Sie lächelte strahlend zu ihm auf. „Was für eine Frage! Ich bin glücklich, Viktor, glücklich wie noch nie!“ Unauffällig ließ sie die Visitenkarte in ihrer Tasche verschwinden, schwang beide Füße vom Liegestuhl und stand auf.

„Und Schlüter-van Dorn?“ fragte er.

„Den soll der Teufel holen!“ Sie legte ihm die Arme um den Hals, schmiegte sich eng an ihn und – empfand sogar in dieser Sekunde mit Unbehagen, daß sie, auf ihren hohen Absätzen, einen halben Kopf größer war als er.

Was macht's, redete sie sich zu, ich habe schon ganz andere Männer ertragen und für wesentlich weniger! Ich werde reich sein, unendlich reich, ich werde mir jeden Wunsch erfüllen können!

„Hast du mich auch wirklich lieb?“ fragte sie.

„Ich bin verrückt nach dir“, flüsterte er dicht an ihrem Ohr, „ich begehre dich, wie ich noch nie eine Frau begehrt habe ... komm, sträub dich nicht länger, ich bitte dich!“ Er packte sie am Handgelenk, zog sie mit sich zu der Treppe, die unter Deck führte.

Sie folgte ihm ohne Widerstreben.

Heinz Schlüter-van Dorn betrat eine halbe Stunde vor der verabredeten Zeit die pompöse Halle des Hotels ‚Negresco‘ in Nizza – und das mit voller Absicht, denn er wußte, daß Herr Korff zu jenen Geschäftspartnern gehörte, die man nie und unter gar keinen Umständen warten lassen durfte. Er ging sofort zur Rezeption und sagte: „Ich habe eine Verabredung mit Herrn Korff aus Dortmund ...“

„Sehr wohl, Herr Schlüter-van Dorn“, erklärte der Empfangschef beflissen. „Herr Korff ist bereits eingetroffen ...“ Ehrfurchtsvoll fügte er hinzu: „Mit seinem Privatflugzeug! Darf ich Sie mit seiner Suite verbinden?“

„Danke, nicht nötig Sagen Sie ihm nur, daß ich in der Halle warte, sobald er nach mir fragt ...“

Heinz Schlüter-van Dorn nahm in einem der mächtigen Sessel Platz, ließ sich von einem Pagen die ‚Times‘ bringen und studierte den Wirtschaftsbericht. Er war nervöser, als er sich selber zugeben wollte. Männern vom Kaliber Hans-Georg Möllers fühlte er sich jederzeit gewachsen, aber Egon Korff, der Generalbevollmächtigte der Firma Horck in Dortmund, war einer der wenigen ganz Großen auf diesem Gebiet, und Schlüter-van Dorn war weit davon entfernt, ihn zu unterschätzen. Er hatte mit dem Eingreifen dieses Mächtigen gerechnet, er hatte mit allen Mitteln darauf hingearbeitet, und doch – jetzt, wo es soweit war, fühlte er sich unsicher wie ein Pennäler, der vor den Schuldirektor zitiert worden war. Korff braucht mich, sonst hätte er mich nicht zu sich bestellt, sagte er sich immer wieder. Dennoch konnte er das Gefühl nicht loswerden, daß nicht er, sondern der andere die größeren Trümpfe in der Hand hielt. Als er zum drittenmal auf seine Armbanduhr schaute, trat ein Page zu ihm.

„Herr Schlüter-van Dorn? Herr Korff möchte Sie sprechen. Würden Sie mir bitte folgen!"

Er erhob sich, schritt hinter dem Pagen über die dicken Teppiche, die das Geräusch seiner Schritte schluckten, zum Lift, ließ sich zum zweiten Stock hinauffahren, wurde über einen Gang geführt.

Dann blieb der Page stehen, öffnete eine Tür und klopfte an die innere Doppeltür. Heinz Schlüter-van Dorn konnte ihm gerade noch ein Trinkgeld zustecken, bevor geöffnet wurde – von einem dunkeläugigen jungen Mann, in dem er Marconi, Korffs Sekretär, erkannte.

Marconi begrüßte den Besucher höflich, aber betont distanziert. Seine Manieren waren so tadellos wie sein Seidenhemd, die handgenähten Schuhe, die dezente Krawatte, der maßgeschneiderte Anzug, dessen Herkunft aus der Savile Road nicht zu übersehen war.

Korff selber, der große Egon Korff, wirkte geradezu unscheinbar gegen seinen eleganten Sekretär, ein unauffälliger Mann im grauen Anzug, mit klugen grauen Augen hinter einer randlosen Brille, einer ausgeprägten Stirn, die durch den zurückweichenden Haaransatz noch mächtiger wirkte. Er saß in einem Sessel des überladenen kleinen Salons, machte keine Anstalten sich zu erheben, sondern wies Schlüter-van Dorn mit einer Handbewegung einen Platz an.

„Ich freue mich, daß Sie pünktlich sind", sagte er mit unbewegter Stimme. „Setzen Sie sich. Sie auch, Marconi, ich lege Wert auf Ihre Anwesenheit!"

Dann geschah eine Weile gar nichts. Marconi blickte auf seine manikürten Fingernägel Korff sah Schlüter-van Dorn an, und Schlüter-van Dorn konzentrierte sich darauf, seinem Blick standzuhalten. Er wußte, daß Korff ihn zwingen wollte, den Anfang zu machen, aber gerade das suchte er zu vermeiden.

„Sie wissen, warum ich mit Ihnen sprechen muß", begann Korff endlich in einem Ton, als ob es überhaupt keine Gesprächspause gegeben hätte.

„Nein", erwiderte Heinz Schlüter-van Dorn, „aber ich bin sicher, ich werde es jetzt erfahren."

„Dieses Mädchen aus Frankfurt, diese..." Egon Korff warf Marconi einen fragenden Blick zu.

„Helga Reimers", ergänzte der Sekretär.

„Sie ist in Ihrer Begleitung an die Côte d'Azur gekommen, und wir wünschen, daß sie Frankreich auch in Ihrer Begleitung wieder verläßt. Das ist alles. Ich hoffe, wir haben uns verstanden."

Schlüter-van Dorn unterdrückte den Wunsch, sich eine Zigarette anzuzünden. Da Korff und Marconi nicht rauchten, mußte auch er wohl oder übel verzichten, wenn er seine Position nicht unnötig schwächen wollte.

„Helga ist ein sehr eigenwilliges Mädchen", sagte er.

„Wir sind über den Charakter der . . .", Korff machte eine kleine Pause, „ . . . Dame durchaus informiert. Gerade deshalb wünschen wir, daß sie ihre Beziehungen zu Viktor von Horck, welcher Art sie auch immer sein mögen, sofort und völlig löst."

„Wäre es nicht einfacher", sagte Schlüter-van Dorn, „Sie sprechen mit Herrn von Horck selber?"

„Welche Schritte ich unternehme, müssen Sie schon mir überlassen. Sie dürfen sicher sein, daß ich das Zweckmäßigste tue."

„Herr Korff", sagte Schlüter-van Dorn, „ich fürchte, Sie mißverstehen die Situation. Helga Reimers bedeutet mir viel, sehr viel. Ihr Interesse für Viktor von Horck macht mich . . . sehr unglücklich. Selbstverständlich werde ich alles versuchen, sie zurückzugewinnen. Aber wie könnte ich mit einem Milliardenerben konkurrieren?"

„Wir sind ganz sicher, daß Sie das können."

Schlüter-van Dorn lächelte schwach. „Vielleicht überschätzen Sie mich. Die Situation ist für mich ohnehin einigermaßen peinlich. Viktor von Horck hat mir die Frau genommen, die ich liebe. Wissen Sie, daß es gestern nacht zwischen uns beinahe zu einer tätlichen Auseinandersetzung gekommen wäre?"

„Wir wissen, daß der junge Mann oft sehr unüberlegt handelt, und gerade darum ist es notwendig, ihn vor sich selber zu schützen." Egon Korff legte die Fingerspitzen gegeneinander und beugte sich vor. „Ich habe weder Zeit noch Lust, mich auf ein Geplänkel mit Ihnen einzulassen, Herr Schlüter-van Dorn. Ich weiß, daß Sie dieses Mädchen zurückpfeifen können, und Sie wissen es auch. Diese Tatsache einmal ganz sachlich vorausgesetzt . . . wie hoch ist Ihr Preis?"

„Ich bin nicht gerade ein Milliardär, aber immerhin . . . mittellos bin ich auch nicht!"

„Auch darüber sind wir informiert. Wir kennen Ihr Talent, immer wieder Gelder locker zu machen. Bitte, stellen Sie meine Geduld nicht auf die Probe. Nennen Sie mir Ihren Preis."

Heinz Schlüter-van Dorn mußte sich räuspern, um seine Stimme freizubekommen. „Die Firma Horck plant ein Projekt in Indien. Ich wäre unter Umständen daran interessiert, bei den Vorbereitungen mitzuhelfen . . ."

„Dazu haben wir unser werkseigenes Personal."

„Sicher", sagte Schlüter-van Dorn, „dazu ja. Dann möchte ich Ihnen aber doch raten, Ihr werkseigenes Personal auch im Fall Viktor von Horck einzusetzen. Ich liebe Helga Reimers ehrlich. Es wäre mir sehr

unangenehm, wenn sie in einen Skandal verwickelt werden sollte."
„Mein Sekretär wird Ihnen jeden Betrag auszahlen ..."
Schlüter-van Dorn erhob sich. „Nein", erwiderte er, „auf dieser Basis werden wir nicht zusammenkommen. Ich bedaure, Sie enttäuschen zu müssen."
Korff gab nicht auf. „Ich zahle Ihnen mehr, als Sie bei einer Mitarbeit bestenfalls verdienen könnten!"
Schlüter-van Dorn schüttelte den Kopf. „Geld nützt mir nichts. Was ich brauche, ist Prestige. Das wissen Sie sehr gut, Herr Korff. Geben Sie mir den Auftrag, und ich verbürge mich dafür, daß Helga Reimers aus dem Leben Viktor von Horcks verschwindet ... oder aber ..." Er zuckte mit den Schultern. „Sonst kann ich für nichts garantieren."
„Marconi", sagte Egon Korff, „setzen Sie einen entsprechenden Vertrag auf." Seine Stimme war so kühl und unbewegt wie immer. „Sie sind ein kluger Mann, Schlüter-van Dorn, deshalb werden Sie nicht versuchen, uns zu betrügen ... Sie sind sich bestimmt darüber im klaren, daß wir Mittel und Wege finden würden, Sie zu ruinieren."
„Ich werde Sie nicht enttäuschen", erklärte Heinz Schlüter-van Dorn, und es fiel ihm schwer, ein triumphierendes Lächeln zu unterdrücken.

9

Karin Reimers nahm sich kaum Zeit, ihrem Verlobten einen Begrüßungskuß zu geben, obwohl er eine gute halbe Stunde im Auto vor ihrem Büro auf sie gewartet hatte. Sie schwang sich neben ihn auf den Vordersitz und öffnete hastig ihre kleine Handtasche.
„Und ich habe mich doch nicht geirrt", erklärte sie mit Nachdruck. „Das Mädchen auf dem Zeitungsfoto war Helga! Jetzt habe ich den endgültigen Beweis!"
André Colbert lächelte über ihren Eifer. „Da bin ich aber mal gespannt!"
Sie hielt ihm eine Ansichtskarte unter die Nase. „Hier! Von Helga! Heute gekommen. Sieh dir das Bild an und den Stempel! Nizza! Was sagst du jetzt? Erzähl mir bloß nicht, das sei vielleicht ein Zufall!"
Er drehte die Karte hin und her. „Sieht ganz so aus, als ob du recht hättest!" mußte er zugeben.
„Unsere Helga ... ist das nicht fabelhaft?"
„Ehrlich gestanden ..." André Colbert ließ den Motor an. „So umwerfend kann ich das gar nicht finden. Erzähl bloß nichts meinen Eltern davon. Die legen bestimmt keinen Wert darauf, ein Party-Girl in die Familie zu bekommen."

„Partygirl! Das sagst du? Ausgerechnet du? Du bist nur eifersüchtig! Du bist wütend, daß du sie nicht bekommen hast, und legst es deshalb darauf an, sie schlechtzumachen!"

„Schlechtmachen?" André Colbert lachte. „Du hast Begriffe! Ich zweifle sehr daran, ob es überhaupt möglich ist, deine Schwester schlechterzumachen, als sie in Wahrheit ist!"

Karin setzte sich kerzengerade auf. „Das sagst du? Ausgerechnet du? Darf ich dich daran erinnern, daß du einmal sehr verliebt in Helga warst? Und daß du noch bei ihrem letzten Besuch hier in Bingen mit ihr geflirtet hast?"

„Sei friedlich, Liebes", bat André, „streiten wir uns doch nicht um nichts und wieder nichts. Was geht uns Helga an?"

Karin war so leicht nicht abzulenken. „Sie ist meine Schwester", sagte sie hartnäckig. „Meine einzige Schwester."

„Von der du bisher nicht sehr viel gehalten hast. Karin, Liebes, ich verstehe dich nicht. Woher kommt dieser Umschwung? Bloß weil sie in der Klatschspalte einer Zeitung erwähnt worden ist? Hältst du das für so ehrenvoll?"

Karin biß sich auf die Lippen, während sie nach einer Antwort suchte. „Es imponiert mir", bekannte sie. „Wenn du mich liebst, solltest du nicht darüber lachen, sondern versuchen, mich zu verstehen ..."

„Entschuldige", sagte er und wurde ernst.

„Es imponiert mir", wiederholte Karin, „und ... es gibt mir ein Gefühl, als wenn ich ihr ein ganzes Leben lang unrecht getan hätte. Ich habe in ihr immer eine dumme, oberflächliche, eitle, eingebildete Pute gesehen", platzte sie heraus, „und jetzt plötzlich kommt es mir vor, als ob ich mich getäuscht hätte. Man kommt doch nicht so ohne weiteres in die Zeitung, André, das wirst du zugeben. Wenn du das von mir verlangtest, ich wüßte nicht einmal, wie ich es anfangen sollte."

„Höchst einfach", sagte er, „du brauchtest mir nur mit einer Flasche über den Schädel zu hauen oder die Portokasse zu unterschlagen oder eure Wohnung anzuzünden. Ist es dir noch nie aufgefallen, daß es Schlechtigkeiten sind, durch die die meisten Leute in die Zeitung kommen?"

„Aber Helga nicht!"

„Bist du sicher? Findest du es tatsächlich so bewundernswert, als neueste Eroberung eines Playboys genannt zu werden?"

Sie hatten die Stadt verlassen. Der Wagen schlängelte sich eine schmale Straße hinauf zu dem Landhaus, das Andrés Eltern den Sommer über zu bewohnen pflegten. Karin band sich ein Kopftuch um die dunklen Locken, in denen der Fahrtwind zauste.

„Nicht gerade bewundernswert, aber immerhin", sagte sie. „Es ist doch allerhand, daß ein Mädchen wie Helga das geschafft hat, das wirst du doch zugeben! Sie hat bloß ihre acht Klassen Volksschule, und selbst da war sie eine von den Schlechtesten ... und jetzt ist sie ganz oben!"

„Fragt sich bloß, wie lange", erklärte André Colbert daraufhin trocken.

Karin reckte trotzig das Kinn vor, sah André nicht an. „Du möchtest wohl gern, daß sie wieder herunterpurzelt, daß sie nach Bingen zurückkehrt, gebrochen und trostbedürftig ... daß sie sich in deine starken Arme flüchtet ..."

„Und wenn sie mich auf den Knien darum bitten würde", sagte er hart, „ich würde sie nicht mehr anrühren ... nicht einmal mit der Feuerzange!"

„André!" rief sie zornig – aber in ihrer Empörung schwang ein unüberhörbarer Ton von Genugtuung mit.

Er legte seinen Arm um ihre Schultern, zog sie an sich. „Es ist falsch, wenn du dir einbildest, ich liebte dich, weil du Helgas Schwester bist. Umgekehrt ist es: Ich liebe dich trotz dieser ... etwas anrüchigen Verwandtschaft!"

Sie befreite sich aus seinem Griff. „Helga ist nicht anrüchig", erklärte sie mit Nachdruck.

André Colbert blieb gelassen. „Es ehrt dich, daß du das Gefühl hast, sie verteidigen zu müssen", sagte er achselzuckend, „aber wir sind beide keine Kinder mehr. Du weißt so gut wie ich, daß mit Helga nicht alles in Ordnung ist. Sie war doch schon hier in Bingen ein Luder und –"

„Du hast sie trotzdem geliebt!" rief Karin dazwischen.

„Ich war sehr angetan von ihr", gab André zu, „und ich wäre es wahrscheinlich sogar wieder, wenn sie mir irgendwo – zufällig oder absichtlich – über den Weg liefe. Eine gewisse Sorte Mädchen übt nun mal einen Reiz auf uns Männer aus ... einen Reiz, der aber mit Sympathie oder gar Liebe nicht das geringste zu tun hat Aber nun komm, sei friedlich! Warum streiten wir uns ausgerechnet über Helga? Hauptsache ist doch, daß wir beide uns lieben ... alles andere ist gleichgültig!"

„Für mich nicht", erklärte Karin mit Nachdruck. „Es fällt mir nicht ein, meine eigene Schwester zu verleugnen – und genau das hast du vorhin von mir verlangt!"

„Ich habe nur verlangt, daß du das Thema meinen Eltern gegenüber nicht anschneiden sollst, ja, und dabei bleibe ich auch! Karin, du kennst meine alten Herrschaften, sie sind herzensgut, aber durch und durch bürgerlich. Es ist wirklich nicht nötig, ihnen auf die Nase zu binden, daß deine Schwester sich in zweifelhafter Gesellschaft an der französischen Riviera befindet!“

„Wenn du Viktor von Horck als einen zweifelhaften Menschen bezeichnen willst . . . bitte! Von mir aus! In meinen Augen allerdings ist er der Sproß einer Großindustriellendynastie, der –“

„– so völlig degeneriert ist, daß er zu wirklicher Arbeit nicht mehr taugt“, fiel André ihr ins Wort. „Karin, Liebes, sei vernünftig! Warum willst du ausgerechnet mir und meiner Familie einreden, daß mit deiner Schwester alles in Ordnung sei? Du weißt doch selbst, daß das nicht wahr ist. Ich möchte fast wetten, daß sogar deiner Mutter endlich die Augen aufgegangen sind!“

„Da irrst du dich“, widersprach Karin verbissen.

„Na, sei ehrlich: Was sagt deine Mutter dazu, daß Helga plötzlich an der Riviera aufgetaucht ist?“

„Nun“, erklärte Karin langsam, „sie ist natürlich ein bißchen enttäuscht . . . wegen dieses Herrn, den sie bei Helga kennengelernt hat, diesen Schlüter-van Dorn, mit dem Helga verlobt war. Er hat Mutti nun mal großartig gefallen. Aber sie ist natürlich stolz auf Helga, was denn sonst!“

André Colbert seufzte. „Nun denn, ich möchte dich und deine Familie nicht kränken, aber ich muß es dir sagen. Meine Eltern würden nicht stolz sein auf eine solche Verwandtschaft, im Gegenteil. So gern sie dich haben – sie würden darauf dringen, daß ich unsere Verlobung löse, wenn sie das erführen.“

Karins frisches Gesicht verlor von einer Sekunde zur anderen die Farbe. „Und du“, fragte sie tonlos, „du würdest das tun?“

Sie waren vor dem Landhaus seiner Eltern angekommen. Mit Schwung fuhr André die Auffahrt hinauf und brachte das Auto vor dem Portal zum Stehen. Von hier oben hatte man einen prächtigen Blick über Bingen und die beiden Flüsse, Rhein und Nahe, die die alte Stadt wie schimmernde Bänder umschlossen – aber weder André noch Karin hatten Augen für das herrliche Panorama.

„Natürlich nicht, Dummes“, sagte er, „wir beide gehören zusammen. Um keinen Preis der Welt würde ich dich aufgeben! Aber was hat es für einen Sinn, daß ich mich Helgas wegen mit meinen Eltern zerstreite? Willst du das wirklich?“

„Nein“, sagte Karin leise.

„Na also! Laß Helga tun und treiben, was sie will. Ich wünsche ihr von Herzen alles Gute, aber wir leben unser eigenes Leben!“ Er beugte sich zu Karin hinüber. „Sie soll uns unser Glück nicht vermasseln“, sagte er eindringlich, „versprich mir das!“

Sie legte beide Arme um seinen Hals. „Ja“, antwortete sie lächelnd, „ja, André! Verzeih mir, ich weiß selber nicht, was in mich gefahren ist!“ Sie zog seinen Kopf zu sich und wollte ihn küssen, aber er löste ihre Hände von seinem Hals. „Nicht hier“, mahnte er, „ich möchte wetten, Mama steht hinter der Gardine und beobachtet uns. Versuchen wir also, einen guten Eindruck zu machen!“ Er lächelte ihr dabei zu, um den Stachel seiner Worte zu mildern.

Karin beherrschte sich nur mühsam, aber ihre Vernunft sagte ihr, daß sie André hier, vor dem Hause ihrer Schwiegereltern, unmöglich eine Szene machen konnte. Damit hätte sie alles aufs Spiel gesetzt – ihre Liebe, die Hoffnungen ihrer Eltern, ihr Lebensglück. Sie schluckte die Antwort, die ihr schon auf der Zunge brannte, hinunter, atmete tief und ließ sich von ihrem Verlobten aus dem Auto helfen. Mit einer Sicherheit, die nicht ganz echt war, ging sie neben ihm auf das Haus zu. Sie war fest entschlossen, sich keine Blöße zu geben und vor den kritischen Augen ihrer neuen Verwandtschaft zu bestehen.

Als Heinz Schlüter-van Dorn ins ‚Eden Rock‘ zurückkehrte, einen hochdotierten Vertrag mit der Firma Horck in der Tasche und sehr mit sich zufrieden, erfuhr er an der Rezeption, daß Helga noch nicht da war. Aber diese Mitteilung beunruhigte ihn durchaus nicht. Er war seiner Sache sicher. Helga würde wiederkommen, und sei es nur, um ihren Nerz und ihren Schmuck zu holen. Es widersprach ihrem Charakter, etwas aufzugeben, was ihr gehörte, selbst wenn sie es gar nicht mehr nötig hatte.

Schlüter-van Dorn fuhr zu seinem Zimmer hinauf. Er öffnete vorsichtshalber die Verbindungstür, um sicher zu sein, daß er Helga nicht verpaßte, und begann seine Koffer zu packen. Dann ging er in ihr Zimmer hinüber, warf sich auf ihr Bett und rauchte eine Zigarette. Ein Blick auf seine Armbanduhr zeigte ihm, daß es auf Mitternacht zuging.

Allmählich wurde er besorgt – nicht Helgas wegen. Aber es würde für ihn mehr als unangenehm sein, wenn Viktor von Horck Helga auf seiner Jacht entführt hätte. Damit wäre der Skandal, den zu verhindern er beauftragt worden war, unvermeidlich geworden. Selbst wenn es ihm gelänge, den jungen Mann und Helga irgendwo in der Welt wieder aufzutreiben und sie von ihm zu trennen – die Weltpresse würde bestimmt Wind von dieser für die Horcks kompromittierenden Angelegenheit bekommen, und das würde seinen ganzen gut durchdachten Plan zum Scheitern bringen. Er drückte seine Zigarette aus, stand auf, holte Helgas Koffer aus dem Vorraum, öffnete Schränke und Kommoden und packte ihre Sachen ein – nicht, weil das notwendig gewesen wäre, sondern einzig aus dem Wunsch heraus, irgend etwas zu tun. Dann trat er auf den Balkon. Die Frühlingsnacht war lau und voller Düfte. Der abnehmende Mond stand hoch über den Palmen des Parkes. An der Küste des Festlandes glitzerten die Lichterketten der Uferstraße. Er entdeckte die Positionslichter eines Schiffes – war es die Jacht Viktor von Horcks? Oder schwamm die schon längst weit draußen auf dem Meer? Hatte der junge Mann es darauf angelegt, Helga zu entführen?

In dieser Sekunde wurde es ihm klar, daß er seinen Gegner unterschätzt hatte, daß es nichts gab, was Viktor von Horck nicht zuzutrauen war, wenn es darum ging, seinen Willen durchzusetzen. Obwohl er seine Augen nicht von der Auffahrt wandte, arbeitete sein Verstand mit einer solchen Konzentration, daß er den Porsche erst in dem Moment entdeckte, als er zum Halten kam. Unwillkürlich lehnte Schlüter-van Dorn sich enger gegen die Mauer, so daß er von unten kaum noch als Schatten wahrzunehmen war. Aber weder Helga noch Viktor von Horck hielten es für nötig, einen Blick auf den Balkon zu werfen.

Schlüter-van Dorn konstatierte, daß der junge Mann sich nicht die Mühe machte, auszusteigen und Helga aus dem Wagen zu helfen. Er blieb sitzen, die brennende Zigarette im Mund. Helga, eine auffallende Erscheinung in ihrem weißen Spitzenanzug, ging um den Wagen herum, fuhr dem jungen Mann mit der Hand durch das kurze blonde Haar, beugte sich über ihn und küßte ihn flüchtig. Die Lampen über dem Hotelportal zauberten schimmernde Reflexe in das leuchtende kupferrote Haar. Heinz Schlüter-van Dorn zog die Luft hörbar durch die Zähne. Er durchschaute sofort, was geschehen war. Viktor von Horck fühlte sich Helgas so sicher, daß er keine Anstalten machte, ihr gegenüber weiter den Kavalier zu spielen, und Helgas Benehmen zeigte, daß er es sich erlauben konnte, sich diese Rücksichtslosigkeit herauszunehmen.

Schlüter-van Dorn fühlte weder Enttäuschung noch Empörung. Helga und Viktor von Horck hatten genauso reagiert, wie er es berechnet hatte; und er empfand die Genugtuung eines Regisseurs, der mit seiner eigenen Inszenierung zufrieden ist. Er beobachtete, wie Helga im Hotel verschwand und Viktor von Horck mit einem Aufheulen des starken Motors um die Ecke kurvte in Richtung der Garagen, die hinter dem Haus lagen. Er verhielt sich ganz still und rührte sich nicht einmal, als wenige Minuten später die Zimmertür von außen aufgeschlossen, die Deckenbeleuchtung angeknipst wurde.

Erst als er hörte, wie Helga einen kleinen Laut der Überraschung ausstieß, trat er durch die Balkontür ins Zimmer. Helga stand noch an der Tür. Sie hatte die Perücke mit den Locken vom Kopf gerissen und hielt sie noch in der Hand – ihr eigenes aschblondes Haar war zerzaust und ohne Glanz. Mit erschrockenen Augen blickte sie von den Koffern, die mitten im Zimmer standen, zu Heinz Schlüter-van Dorn.

„Guten Abend, Liebling", sagte er gelassen. „Ich hoffe, du hast einen angenehmen Abend verbracht..."

Sie holte tief Luft und räusperte sich – dennoch klang ihre Stimme noch heiserer als sonst, als sie unsicher fragte: „Heinz, ich ... was hat das zu bedeuten?"

„Daß wir abreisen, Liebling", erklärte er lächelnd.

„Wann?"

„Noch heute nacht."

„Es tut mir leid, Heinz, aber –"

Er fiel ihr ins Wort. „Mir auch, Liebling, das kannst du mir glauben. Ich wäre gern noch länger mit dir hier geblieben, aber die Pflicht ruft." Amüsiert beobachtete er ihre Verwirrung.

Sie senkte die Lider mit den langen dichten Wimpern. Es war ihr anzusehen, wie es hinter ihrer Stirn fieberhaft arbeitete. „Schade", sagte sie vorsichtig, „aber das ist doch schließlich für mich kein Grund ... ich versäume ja nichts, wenn ich noch ein paar Tage bleibe ..."

„Und wer soll deine Hotelrechnung bezahlen?"

„Ach, das!" Sie machte eine wegwerfende Handbewegung „Du weißt, ich habe mir einiges erspart."

„Du bist viel zu geizig, um deine Ersparnisse nur so zum Spaß anzugreifen!"

Sie schlug die Augen auf und schenkte ihm ihr hinreißendstes Lächeln. „Es gefällt mir so besonders gut hier, und deshalb ... Du kannst ja auch wieder hierherkommen, wenn du deinen Auftrag erledigt hast."

„Helga!" Er trat einen Schritt auf sie zu, blickte mit zusammengezogenen Augenbrauen auf sie hinab. „Ich habe dich gewarnt. Wehe, du versuchst, ein doppeltes Spiel mit mir zu treiben. Wir sitzen im gleichen Boot. Du kannst nicht einfach aussteigen, wenn es dir paßt."

„Aber Heinz", erwiderte sie sanft, „das will ich doch gar nicht." Unauffällig versuchte sie, sich dem Telefon zu nähern.

Er durchschaute ihre Absicht und vertrat ihr sofort den Weg. „Wen willst du um Hilfe rufen?" fragte er hart. „Das Hotelpersonal? Oder – deinen neuen Freund?"

Sie fuhr sich mit der Zunge über die Lippen. „Ich ahne nicht einmal, wovon du sprichst ..."

„Dann muß ich wohl deutlicher werden. Du willst mich verlassen, weil du mit deinem Goldjungen einig geworden bist! Was bietet er dir, Helga ... was, das ich dir nicht auch geben kann?"

Sie zögerte mit der Antwort, aber dann entschloß sie sich zur Wahrheit, weil sie darin ihre stärkste Waffe sah. „Er wird mich heiraten!" erklärte sie und beobachtete die Wirkung dieser Worte auf ihn.

Heinz Schlüter-van Dorn war tatsächlich überrascht, denn mit dieser Möglichkeit hatte er nicht gerechnet. Blitzschnell überschlug er, ob er sich nicht unter diesen Umständen ein erheblich höheres Honorar bei Egon Korff hätte aushandeln können. Aber gleichzeitig erkannte er, daß er in jedem Fall mit dem Ergebnis seines Feldzuges zufrieden sein konnte.

„Tüchtig, tüchtig", sagte er fast vergnügt, „alle Achtung!"

Sie hatte das Gefühl, sich verteidigen zu müssen. „Wenn du nur einmal von Heirat gesprochen hättest ... ein einziges Mal ..."

„Das habe ich nicht, und das werde ich auch nicht tun", erklärte er kühl, „und ein Mädchen wie du sollte doch eigentlich über solche bürgerlichen Konventionen erhaben sein!" Sein Mund verzog sich zu einem Lächeln. „Aber ich gebe gern zu ... du hast gesiegt! Du hast mir bewiesen, daß mehr in dir steckt, als ich vermutet hatte. Du hast die Wette gewonnen."

„Heinz", sagte sie überrumpelt, „bitte, versteh doch. Ich meine es ganz ernst! Das ist kein Spiel mehr ..."

„Soll das heißen, du bildest dir ein, dein Goldjunge würde tatsächlich so weit gehen, dich zu heiraten?" Schlüter-van Dorn lachte laut auf. Es war ein böses, häßliches Lachen, bei dem es Helga kalt über den Rücken lief. „Das ist die albernste Geschichte, die ich je gehört habe. Im Ernst, ich habe dich nie für sehr gescheit gehalten, aber so dumm kannst du doch nicht sein, daß du das Gerede eines Playboys für bare Münze nimmst!"

„Er hat es mir versprochen!"

„Um dich weich zu machen ... na, wenn schon! Aber er hat keinen Augenblick daran gedacht, sein Versprechen einzulösen!"

Er trat einen Schritt auf sie zu, packte sie bei den Oberarmen. „Helga, Liebling, du glaubst doch wohl nicht, daß ich deinem Glück im Wege stehen würde ... wenn es wirklich dein Glück wäre! Aber Viktor von Horck will sich doch bloß mit dir amüsieren, und zwar auf die billige Tour. Ein Heiratsversprechen, für das es keinen Zeugen gibt! Nie hätte ich es für möglich gehalten, daß du auf einen so plumpen Trick hereinfällst!"

„Aber er hat's mir doch schriftlich gegeben!" platzte Helga heraus – und hätte sich am liebsten die Zunge abgebissen, als ihr klar wurde, wie sehr sie sich ihm mit dieser Erklärung ausgeliefert hatte.

„Ah, wirklich?" fragte er, scheinbar wenig beeindruckt, aber seine Augen waren sehr wachsam geworden.

„Natürlich nicht", sagte sie rasch, „das ... das war nur ein Spaß ..." Unwillkürlich versuchte sie, ihre Handtasche hinter dem Rücken zu verbergen, aber mitten in der verräterischen Bewegung zuckte sie zurück.

Er durchschaute dieses Manöver sofort. Mit einer einzigen Bewegung entriß er ihr die Tasche. Sie schrie auf, stürzte sich auf ihn, entschlossen, um ihr Eigentum zu kämpfen, und lief geradewegs in seine ausgestreckte rechte Hand, die sich ihr in den Magen bohrte. Sie krümmte sich vor Schmerzen und wurde blaß. Er beobachtete sie aus den Augenwinkeln, während er rasch und umsichtig die Tasche durchstöberte, bis er in ihrem Portemonnaie die Visitenkarte Viktor von Horcks fand.

Er entblößte die Zähne wie ein Raubtier, während der die Worte auf der Rückseite las: „Bei meiner Ehre! Ich verspreche, meine geliebte Helga zu meiner Ehefrau zu machen – so wahr mir Gott helfe!"

„Gib her", keuchte sie. „Gib sofort her!"

Er lachte nur und hielt das kostbare Schriftstück hoch in die Luft. „Sieh mal an, das ist wirklich ganz reizend!"

Sie hatte sich etwas erholt, die Farbe kehrte wieder in ihre Wangen zurück. „Jedenfalls siehst du, daß ich mich nicht habe hereinlegen lassen", versuchte sie aufzutrumpfen. „Viktor meint es wirklich ernst, und deshalb müssen wir uns trennen!"

Er hielt sich die Visitenkarte mit dem ausgestreckten Arm, wie ein Weitsichtiger, vor die Augen. „So? Müssen wir das wirklich?" Sie glaubte, ihn schon halb überzeugt zu haben. „Aber ja, das mußt du doch verstehen", sagte sie eifrig „Schließlich muß ich doch auch an meine Zukunft denken! Und als Gattin Viktor von Horcks ..." Sie brach mitten im Satz ab, ihre Augen weiteten sich vor maßlosem Entsetzen.

Heinz Schlüter-van Dorn hatte die Karte mit einer knappen Bewegung entzweigerissen.

„Heinz!" schrie sie. „Wie kannst du!" Sie machte einen neuen Vorstoß und versuchte, wenigstens die Fetzen zu retten.

Er ließ sie seelenruhig in seiner Hosentasche verschwinden. „Damit du siehst, was ich von dieser unnötigen Geschichte halte", erklärte er beherrscht – und überlegte schon jetzt, daß Egon Korff ihm tiefen Dank wissen würde, wenn er das zerrissene Heiratsversprechen erst in Händen hatte.

„Du bist gemein!" schrie Helga außer sich. „So gemein! Du machst alles kaputt! Meine Zukunft ... mein Glück ..."

Ohne eine Miene zu verziehen, holte er aus und gab ihr eine schallende Ohrfeige, die sie gegen das Bett taumeln ließ. „Ich bin dein Glück", erklärte er. „Hast du mir das nicht hundertmal gesagt. Mich liebst du ... oder war alles Lüge?"

„Nein", stammelte sie, „nein ..." Sie wich vor ihm zurück, die großen grünen Augen ängstlich auf ihn gerichtet.

Aber er kam näher und näher. „Du liebst mich", sagte er drohend, „erkläre mir sofort, daß du mich liebst!"

„Ja ... ja ..."

Er holte aus und schlug sie auf die andere Wange. „Ich liebe dich! Wiederhole laut und deutlich ..."

„Ich liebe dich", sagte sie mit erstickter Stimme.

„Und es tut mir leid, daß du mich hast hintergehen wollen..."
„Es tut mir leid", wiederholte sie.
„Bitte mich um Verzeihung . . ."
„Verzeih mir", flüsterte sie.
„Ich hoffe, es ist dir ernst. Ich kann Viktor von Horck hierherzitieren, jetzt in diesem Augenblick . . ." Er stieß die rote Perücke, die ihrer Hand entglitten war, mit einem kräftigen Tritt unter das Bett. „Soll ich?"

Obwohl sie nicht in den Spiegel schauen konnte, war sie sich bewußt, wie wenig reizvoll sie wirken mußte – mit roten Flecken auf den Wangen, die Augen-Maquillage durch Tränen zerstört, ohne Perücke, mit stumpfem, glanzlosem Haar. „Nein", wimmerte sie, „nein..."

Sie versuchte ihm auszuweichen, aber er hatte sie schon gepackt und zog sie mit schmerzhafter Gewalt an sich. Sie wehrte sich verzweifelt, trat mit ihren hochhackigen Sandaletten nach seinen Schienbeinen, kratzte und biß. Aber dann, als sie die Kraft seines Willens, seines Begehrens spürte, wurde sie plötzlich weich in seinen Armen.

Sie schloß die Augen, sah nicht den Blick, mit dem er sie beobachtete, diesen Blick, in dem kein Funken Liebe war, sondern nur Verachtung und kalter Triumph.

Viktor von Horck erwachte am nächsten Morgen mit einem unangenehmen Gefühl. Noch ehe er sich ganz an die Ereignisse des vergangenen Tages erinnern konnte, fühlte er sich auf seltsame Weise bedrückt.

Er tastete zum Nachttisch, nahm sich eine Zigarette und zündete sie an. Aber sein Mund war zu trocken, die Zigarette schmeckte nach Stroh, und er beeilte sich, sie wieder auszudrücken.

Von außen wurde an die Tür geklopft, und im selben Augenblick fiel Viktor von Horck alles wieder ein – das gestrige Abenteuer, das er sich mit einem Heiratsantrag reichlich teuer, entschieden zu teuer, erkauft hatte, denn bei Licht besehen war dieses Mädchen aus Frankfurt, das ihn so fasziniert hatte, auch nicht anders als ihre Geschlechtsgenossinnen. So leicht Viktor von Horck entflammte, machte er sich im Grunde genommen nichts aus Mädchen. Er hielt sie für aufdringliche, geschwätzige und langweilige Geschöpfe, schillernd und attraktiv, wenn man sie aus der Entfernung sah. Sobald man sie aber erobert hatte, wurden sie grau und alltäglich, und immer blieb dieser fade Geschmack wie von Asche im Mund zurück.

Es klopfte wieder. Viktor von Horck rief: „Entrez!" Erst als die Türklinke sich bewegte, fiel ihm ein, daß er abgeschlossen hatte. Er schwang seine Beine in den blauseidenen Pyjamahosen über die Bettkante, lief barfuß zur Tür, das Gesicht zu einer düsteren Grimasse verzogen.

Natürlich kann ich mein Versprechen nicht brechen, dachte er, das würde ja gegen alle Regeln verstoßen. Aber, verflucht, wie kann ich es halten, selbst wenn ich wollte? Die Familie wird mir bestimmt eine Menge Schwierigkeiten machen, und Egon Korff wird mich herunterputzen wie einen kleinen Jungen. Hilft nichts, es muß durchgestanden werden. Und was kann mir schließlich passieren? Wenn sie mir diese Heirat verbieten, und das werden sie sicher tun, bin ich aus dem Schneider.

Er drehte den Schlüssel um und fragte unfreundlich: „Was gibt's?"

Ein Page schob ein Tablett herein, auf dem ein verschlossener Brief lag. „Für Sie, Herr von Horck. Entschuldigen Sie die Störung, aber die Dame ist abgereist, und da dachte der Herr Direktor . . ."

„Danke", sagte Viktor von Horck kurz, nahm den Umschlag, wandte sich ab.

Der Page blieb in der Nähe der Tür stehen, offensichtlich in Erwartung eines Trinkgeldes.

Viktor von Horck betrachtete den Umschlag, der in ziemlich kindlicher, fast primitiver Schrift seinen Namen zeigte. „Sie können gehen", sagte er zerstreut.

Erst als der Page die Tür hinter sich zugezogen hatte, riß er das Kuvert auf. Ein Bogen fiel heraus und er las: „Lieber Viktor, es war schön mit Dir, aber ich habe über alles nachgedacht. Wir sind wie die Königskinder, wir werden nie zusammenkommen. Zu groß ist die Kluft, die zwischen uns liegt. Deshalb verzichte ich freiwillig. Ich will Dir keine Schwierigkeiten machen, Viktor, Du sollst mich in guter Erinnerung behalten Ich danke Dir für alles. Deine Helga."

In derselben Sekunde, da Viktor von Horck begriff, daß dies eine Absage war, erwachte sein Interesse – nicht eigentlich sein Interesse für Helga, sondern für den Fall. Noch nie war es ihm passiert, daß eine Frau sich einfach aus seinem Leben zurückgezogen hatte, und er konnte sich nicht vorstellen, wie und weshalb das geschehen sein konnte. Die Überzeugung, liebenswert und unwiderstehlich zu sein, war so tief in ihm verwurzelt wie das Wissen um den enormen Reichtum seiner Familie – ihm den Abschied zu geben, bedeutete soviel wie die Tatsachen auf den Kopf stellen.

Entweder, so glaubte er, hatte er Helga unterschätzt und sie war doch und trotz seiner Ernüchterung die Frau mit dem geheimnisvollen Charakter, wie er sie anfangs gesehen hatte, oder aber – und dieser Gedanke kam ihm wie eine Erleuchtung – der Brief war nicht echt, man hatte sie gezwungen, ihn zu schreiben, man hatte ihn ihr diktiert.

Noch vor wenigen Minuten wäre Viktor von Horck erleichtert gewesen, wenn Helga Reimers sang- und klanglos aus seinem Leben verschwunden wäre, jetzt aber, da man sie ihm nehmen wollte, gewann sie einen neuen und unvergleichlichen Wert für ihn. Er war entschlossen, sie zurückzuholen, sofort etwas zu unternehmen. In kurzer Zeit war er angezogen und in seine gewohnte Tracht – blaue Fischerhose, weißes Hemd und Strandschuhe – geschlüpft. Aufs Rasieren und die morgendliche Wäsche verzichtete er für heute. Als er aus dem Zimmer und die Treppe hinunterraste, fühlte er sich ganz als Held.

Ohne zu beachten, daß der Empfangschef gerade mit einer älteren Dame verhandelte, schob er sich vor und stellte mitten in das Gespräch hinein seine Frage: „Wann ist Fräulein Reimers abgereist?"

Der Empfangschef zuckte zusammen, fand aber sofort sein berufsmäßiges Lächeln wieder: „Vor etwa einer halben Stunde, Herr von Horck."

„Und wohin?"

Der Empfangschef wandte sich der älteren Dame zu. „Entschuldigen Sie bitte, gnädige Frau . . ."

„Wohin?" wiederholte Viktor von Horck scharf.

„Die Herrschaften haben mir keine neue Adresse mitgeteilt."

Zögernd fügte er hinzu: „Aber ich nehme an . . ."

„Was?"

„Daß sie sich entschlossen haben, nach Deutschland zurückzukehren."

„Warum haben Sie das nicht gleich gesagt? Danke!" Viktor von Horck schob einen Geldschein über den Empfangstisch. „Lassen Sie sofort meinen Wagen vorfahren."

Aber er hatte nicht die Geduld, zu warten, bis sein Porsche kam, sondern er verließ die Halle, lief die Stufen des Portals hinab, um das Hotel herum und zu den Garagen.

Das Auto wurde gerade herausgefahren. Der junge Garagenwart bremste scharf und räumte eilig den Platz hinter dem Steuer. Viktor von Horck wendete und brauste am Hotel vorbei die breite Auffahrt zur Straße hinunter.

Er hatte keine Ahnung, was er tun sollte, wenn er Helga und Heinz Schlüter-van Dorn eingeholt hatte, und er verschwendete auch keinen Gedanken daran. Er wußte, daß er sie erreichen mußte und erreichen würde. Als er die schmale, kurvenreiche Küstenstraße entlangraste, ergriff ihn der Rausch der Geschwindigkeit, und er sang in den Wind hinein, der ihm die Melodie vom Mund riß.

10

Kurz vor Nizza entdeckte Heinz Schlüter-van Dorn den Porsche Viktor von Horcks hinter sich im Rückspiegel. Obwohl er kein Wort darüber verlor, weil er noch nicht wußte, wie er sich jetzt verhalten sollte, merkte Helga an seinem Gesichtsausdruck, daß etwas nicht in Ordnung war.

„Was hast du?“ fragte sie. „Ist etwas passiert?“

„Dein Goldjunge ist hinter uns . . .“

„Das bildest du dir sicher nur ein“, sagte sie mit gespielter Gleichgültigkeit. Sie senkte die Lider, um das triumphierende Glitzern ihrer Augen zu verbergen. Es schmeichelte ihr ungeheuer, daß der verwöhnte Playboy nicht ohne weiteres bereit zu sein schien, sie aufzugeben.

Wieder einmal war es, als könne er ihre Gedanken lesen. „Freu dich nicht zu früh“, mahnte er, „vielleicht ist es nur ein Zufall.“ Er legte seine Hand auf ihr Knie und fügte beschwörend hinzu: „Dreh dich nicht um!“

„Und warum nicht?“

„Weil ich ihm den Schock ersparen möchte.“

Helga zuckte zusammen. Erst jetzt wurde ihr wieder bewußt, daß sie – ohne Perücke und ungeschminkt – nicht gerade den Anblick bot, den Viktor von Horck erwartete. Sie bereute es, daß sie sich entschlossen hatte, auf der Heimfahrt ihrem ramponierten Haar und ihrer allzu häufig geschminkten Haut Erholung zu gönnen – es war ihr nicht aufgefallen, daß Heinz Schlüter-van Dorn es gewesen war, der sie sehr geschickt darin bestärkt hatte.

„Bitte, halte bei der nächsten Gelegenheit“, sagte sie, „bitte!“

Er verzog die Mundwinkel. „Damit du dich schön machen kannst?“

„Ja. Ich . . . ich fühle mich so nackt!“

„Das Schamgefühl der Schamlosen“, sagte er, die Augen fest auf den Rückspiegel gerichtet. Er trat heftig auf das Gaspedal und der Jaguar machte einen Satz nach vorn.

„Nicht so schnell“, bat sie erschrocken, „wir sind ja schon in der Stadt!“

„Ich muß ihn abhängen“, erklärte er verbissen.

„Angst?“ Ihre Stimme klang spöttisch.

„Niemand von uns . . . weder du noch er noch ich“, sagte er ernst, „kann sich einen Skandal leisten.“

Auf der breiten Straße, die von den Palmen der Küstenpromenade zur Rechten und weißen Hotelpalästen und luxuriösen Appartementhäusern zur Linken eingesäumt war, floß der Stadtverkehr fast gemächlich dahin. Heinz Schlüter-van Dorn kam nur vorwärts, indem er von einer Lücke zur anderen sprang; mehr als einmal wagte er gefährliche Überholmanöver. Es gelang ihm, gerade noch bei Gelb über eine Kreuzung zu schlüpfen. Viktor von Horck wurde durch das Rotlicht zum Halten gezwungen.

Schlüter-van Dorn bog in die Innenstadt ein und schlängelte sich durch schmale Gassen, nur mit dem einen Ziel, den Verfolger abzuhängen. Schon seit einer ganzen Weile tauchte kein roter Porsche mehr im Rückspiegel auf.

„Ich glaube, wir haben es geschafft", sagte er aufatmend.

Fast im gleichen Augenblick sah er den Porsche aus der entgegengesetzten Richtung auf sich zukommen.

Viktor von Horcks blonder Schopf schimmerte hinter der Windschutzscheibe. Sein Gesicht hatte einen seltsam entrückten, fast berauschten Ausdruck. Unbekümmert riß er das Steuer herum.

Der Porsche schoß auf die linke Straßenseite hinüber, geradewegs auf Schlüter-van Dorn und Helga zu.

Helga duckte sich unwillkürlich, hob den Arm schützend vor das Gesicht und stemmte die Füße ein, um nicht nach vorn geschleudert zu werden. Schlüter-van Dorn trat hart auf die Bremse. Es gab einen Ruck. Der Jaguar stand direkt vor dem Kühler des roten Porsche, den Viktor von Horck im letzten Moment zum Stehen gebracht hatte.

Die beiden Männer stiegen aus und besahen sich die Lage. Der Abstand zwischen den vorderen Stoßstangen betrug nur wenige Zentimeter.

„Donnerwetter", sagte Schlüter-van Dorn beeindruckt.

„Maßarbeit, wie?" erklärte von Horck selbstzufrieden.

„Kann man wohl sagen", bestätigte der andere.

Helga beobachtete sie verblüfft. Sie hatte eine heftige Auseinandersetzung erwartet, sie hätte sogar eine Prügelei durchaus für möglich gehalten – sie begriff nicht, wieso die beiden auf einmal miteinander sprachen wie alte Freunde. Jetzt lachten sie sogar, und der junge von Horck legte seine Hand auf Schlüter-van Dorns Schulter.

Beinahe hätte sie gerufen: He, ich bin auch noch da!

Aber gerade noch rechtzeitig fiel ihr ein, daß sie – ohne Make-up und ohne Perücke – wohl kaum der Wunschvorstellung eines Millionärssohnes entsprach, und sie hoffte inständig, Schlüter-van Dorn möge es gelingen, ihn abzuwimmeln, ohne daß er ihrer überhaupt ansichtig wurde.

Das Gegenteil trat ein. „Ich nehme an, Sie wollen sich von Helga verabschieden, Viktor", erklärte Schlüter-van Dorn gelassen. „Unsere Abreise kam ein bißchen unvermittelt. Helga hat es selber bedauert, Ihnen nicht persönlich Adieu sagen zu können." Er wich einen Schritt zurück, gab Helga mit einer großen Handbewegung frei.

Sie mußte einen Impuls unterdrücken, sich zu verstecken oder davonzulaufen. Aber sie bewahrte Haltung. Mit einem strahlenden Lächeln sah sie von Horck entgegen. Ich bin immer noch schön, suggerierte sie sich ein, auch ohne Schminke und Perücke! Der Junge ist verrückt nach mir, er wird um mich kämpfen! Ihre grünen Augen glitzerten.

Viktor von Horck verbeugte sich wie ein wohlerzogener Page. Wenn er von Helgas Anblick überrascht oder enttäuscht war, so verriet er es doch mit keinem Wimperzucken. „Hallo, Helga", sagte er ausdruckslos.

„Ich bin sehr froh, daß du uns eingeholt hast", erwiderte Helga rasch.

Viktor von Horck grinste. „War ganz lustig, wie?"

„Ja." Und mit Überwindung fügte sie hinzu: „Du bist ein fabelhafter Fahrer."

„Gelernt ist gelernt." Viktor von Horcks Grinsen war eine Maske, hinter der er seine wahren Gefühle verbarg. Da habe ich gerade noch mal Glück gehabt, dachte er, die hätte mich aufgefressen mit Haut und Haaren!

„Also dann ... mach's gut", sagte er laut.

Helga schluckte. „Wenn du mal nach Frankfurt kommst ..."

„Kaum." Er wandte sich Schlüter-van Dorn zu und reichte ihm die Hand. „So long, old fellow ... ich hoffe, wir sehen uns mal wieder!"

Schlüter-van Dorn lächelte. „Sicher. Die Welt ist klein."

Viktor von Horck stieg in seinen Wagen. „Schönen Dank auch für alles."

„Gern geschehen." Als der Motor aufheulte, beugte Schlüter-van Dorn sich zu dem jungen Mann herab und sagte gerade laut genug, daß er ihn verstehen konnte: „Wegen dem, was Sie schriftlich aus der Hand gegeben haben, Viktor, brauchen Sie sich keine Sorgen zu machen ... ich hab's vernichtet."

Viktor von Horck konnte seine Erleichterung nicht verbergen. „Das ist sehr gut! Ich werde mich bei Gelegenheit erkenntlich zeigen."

Aber Schlüter-van Dorn biß auf den Köder nicht an. Er wußte, daß Viktor von Horck zu den Menschen gehörte, die es nicht gewohnt sind und es auch nicht ertragen können, dankbar sein zu müssen. „Nicht nötig", erklärte er, „ich stehe in geschäftlicher Verbindung mit Korff."

„Na dann ... um so besser!" Viktor von Horck stieß mit seinem Wagen ein Stück zurück, scherte dann, ohne Rücksicht auf den fließenden Verkehr, auf die rechte Fahrbahn ein, fest überzeugt, daß sein roter Porsche nicht zu übersehen war und es nichts gab, was er sich nicht erlauben konnte.

Schlüter-van Dorn stand da, die Hände in den Hosentaschen, und sah ihm nach, bis er im Verkehrsgewühl verschwand. Dann kehrte er langsam zu Helga zurück. Er tat, als bemerkte er die Tränen in ihren Augen nicht.

„Auf den Schreck hin", sagte er, „sollten wir uns noch etwas Besonderes gönnen. Habe ich dich eigentlich schon mal zu Villeneuve am alten Hafen von Monte geführt? Da gibt es eine herrliche Bouillabaisse, die wäre für den heutigen Mittag genau das Richtige."

„Ich habe keinen Hunger", erwiderte sie verdrossen.

Er setzte sich ans Steuer. „Jetzt vielleicht noch nicht. Aber wir haben ja auch noch ein gutes Stück vor uns."

„Ich will heute überhaupt nichts essen."

„Wenn es dir Spaß macht, dann guck mir eben zu. Allerdings muß ich dir ehrlich sagen – du enttäuschst mich. Ich hätte nicht erwartet, daß du dich wie ein trotziger Teenager aufführen würdest!" Er ließ den Motor an und lenkte seinen Jaguar aus der Innenstadt von Nizza heraus und auf die breite Uferpromenade zurück, die am Ortsende wieder in die Küstenstraße überging.

Helga schwieg. Sie betrachtete kritisch ihr Gesicht im Taschenspiegel und tupfte sich die Tränen aus den Augenwinkeln.

„Wenn dir der Abschied zu schwer wurde", sagte er, „dann kann ich dich auch absetzen. Es fährt eine Eisenbahn bis Juan les Pins, und weiter nach Cap d'Antibes kommst du per Anhalter. Du kannst dir auch ein Taxi nehmen, es ist nicht weit."

„Jetzt auf einmal", stieß sie böse hervor, „jetzt kannst du großzügig werden!"

Er warf ihr einen Seitenblick zu. „War ich das nicht immer? Du tust mir unrecht, Liebling. Ich habe dir dein Ferienglück doch wirklich gegönnt, nur dachte ich nicht, daß es eine ernste Sache wäre." Nach einer wohlberechneten kleinen Pause fügte er hinzu: „Dein Goldjunge machte ja auch nicht gerade den Eindruck, als ob er vor Schmerz zusammenbrechen würde."

„Ich auch nicht", sagte sie heftig, „darum geht's auch gar nicht! Wenn mir etwas an ihm läge, wäre ich gar nicht mit dir losgefahren. Bilde dir nur nicht ein, du hättest mich dazu gezwungen. Ich hab's freiwillig getan ... weil ich dich liebe."

Sein Lächeln vertiefte sich. „Na, dann ist ja alles in Ordnung."

„Darum geht es doch nicht", behauptete sie, du willst mich nicht verstehen! Ich ... ich bin nur entsetzt, weil ihr beide euch aufgeführt habt, wie zwei ... zwei ..."

„Sprich es nicht aus", sagte er freundlich. „Ich müßte dir sonst wieder einmal eine Abreibung verpassen, und das tue ich äußerst ungern."

„Jedenfalls ... als ob ich Luft wäre!" Sie fuhr sich mit beiden Händen durch das aschblonde kurze Haar. „Wie du willst. Ich schweige. Aber du kannst mir nicht verbieten, mir meine Gedanken zu machen."

„Laß das lieber! Was du denkst, ist falsch. Es gibt ein Einverständnis unter Männern, das du nicht ... das keine von euch ... wirklich begreifen kann."

Sie sah ihn von der Seite an. Er hatte das Kinn vorgeschoben, seine Wangenmuskeln spannten sich. Sein Gesicht hatte einen sehr entschlossenen, fast feindlichen Ausdruck,

Ihr Herz zog sich zusammen vor Liebe und vor Reue. „Verzeih mir", bat sie weich, „bitte, verzeih mir!"

Sie schmiegte ihren Kopf an seine Schulter und schloß aufatmend die Augen, als er seinen Arm um sie legte.

„Schon gut, Liebling", sagte er, „alles in Ordnung!"

Aber in seiner Stimme lag keine Wärme, und er würdigte sie keines Blickes.

Am Abend des nächsten Tages trafen Helga und Heinz in Frankfurt ein, braungebrannt, müde und hungrig. Sie hatten unterwegs Brot, Butter und Aufschnitt gekauft, fuhren auf dem schnellsten Weg zu dem Appartementhaus, in dem Helga lebte, schafften die Koffer nach oben, und sie machte sich sofort daran, ein kaltes Abendbrot zuzubereiten.

Er sah ihr zu, als sie sich die Schürze umband, und fragte: „Kann ich dir irgendwie helfen?"

Sie schüttelte den Kopf. „Danke, nein, du störst mich nur, wenn du – oder doch! Ich habe vorhin vergessen, die Post mit raufzubringen! Würdest du wohl noch mal hinunterfahren und im Hausbriefkasten nachsehen? Der Schlüssel liegt auf der Flurgarderobe!"

„Wird gemacht!"

Sie bereute ihre Bitte schon, als die Wohnungstür kaum hinter ihm zugefallen war. Aber da war es zu spät. Ihm nachzulaufen und ihn zurückzuholen, hätte nur seinen Verdacht erweckt. Und überhaupt, versuchte sie sich zu beruhigen, es ist bestimmt nichts dabei, ich sehe Gespenster!

Aber das ungute Gefühl blieb, bis Schlüter-van Dorn zurückkam und wortlos einen Stapel Drucksachen vor sie auf den Küchentisch legte. Obenauf lagen zwei amtliche Mitteilungen, eine von der Polizei, die andere vom Gesundheitsamt. Wenn er sich bisher über die Bedeutung der Briefe nicht ganz im klaren gewesen war, so verlor er jetzt, als er sah, wie hastig sie sie ins offene Fach des Küchenschrankes steckte – an den gleichen Platz, an dem auch ihre Mutter alle wichtigen Nachrichten und Postquittungen aufzubewahren pflegte – die letzten Zweifel.

Helga wurde unter seinem Blick tödlich verlegen. Es war ihr völlig klar, daß Polizei und Gesundheitsamt sie mahnten, weil sie die wöchentlichen ärztlichen Untersuchungen versäumt hatte, jene Untersuchungen, zu denen sie als Prostituierte verpflichtet war. Ihr Herz krampfte sich zusammen vor Entsetzen bei der Vorstellung, daß er von ihr verlangen könnte, diese verräterischen Briefe in seiner Gegenwart zu öffnen.

„Nichts von Bedeutung", erklärte sie hastig. Und um ihn abzulenken, rief sie mit erkünstelter Begeisterung: „Sieh mal, ein Brief aus Bingen ... zwei Briefe sogar, einer von meiner Mutter und der andere von meiner Schwester! Das ist das erstemal, daß Karin mir schreibt!"

Der Wasserkessel pfiff.

„Na, lies schon", sagte er, „ich werde inzwischen den Tee aufgießen."

Ihre Erleichterung war überwältigend – sie war jetzt sicher, daß er nichts ahnte. Sie lief zu ihm hin und legte die Arme um seinen Hals. „Du bist so lieb zu mir, Heinz. Ich ... ich bin glücklich mit dir, sehr, sehr glücklich!"

Er mußte lächeln, weil ihre Reaktion so leicht zu durchschauen war. Er legte ihr die Hand unter das Kinn und küßte sie auf den Mund. „Ich auch mit dir", erklärte er, „aber ich dachte, du wolltest deine Briefe lesen ..."

„Ja, natürlich."

Erst als er sie beiseite schob, sich daran machte, das kochende Wasser in die vorbereitete Kanne zu gießen, nahm sie eines der Messer von dem gedeckten Küchentisch und öffnete zuerst den Brief ihrer Schwester.

„Na, was gibt's?" fragte er, mehr aus Höflichkeit als aus wirklichem Interesse.

„Stell dir vor!" rief sie. „Meine Schwester hat sich verlobt ... mit André Colbert!"

„Von dem hast du mir doch schon mal erzählt?"

Sie erinnerte sich undeutlich daran, diesen Namen damals bei ihrer ersten Begegnung genannt zu haben, als sie versucht hatte, sich ihm gegenüber als die Tochter aus reichem Hause auszugeben, die sich mit ihrem Vater überworfen hatte.

„Das war doch nur Spaß", erklärte sie, „ich weiß schon, was du meinst. Der Name fiel mir damals gerade ein. Karin und André sind schon lange befreundet ... aber daß er sie tatsächlich heiraten würde, daran habe ich nie geglaubt!"

Er stellte die Teekanne auf den Tisch und setzte sich. „Und warum nicht?"

„Weil er aus einer sehr guten, alteingesessenen und wohlhabenden Bingener Familie stammt. Bitte, sieh mich nicht so an, Heinz, ich mache dir wirklich nichts vor! Du wirst ihn ja kennenlernen, wenn wir zur Verlobung fahren. Du begleitest mich doch bestimmt, ja?"

Er nahm ihr den Brief aus der Hand, warf einen Blick darauf. „Die Feier ist längst vorbei. Sieh dir doch mal das Datum an ..."

„Wie schade!" Sie war ehrlich enttäuscht.

„Wenn du es gewußt hättest ... hättest du deshalb auf unsere Reise verzichtet?"

„Natürlich nicht!" Sie setzte sich zu ihm an den Tisch. „Wir können ja auch jetzt noch hinfahren. Uns zuliebe werden sie bestimmt eine kleine Nachverlobungsfeier veranstalten!"

„Das geht nicht", sagte er ruhig. Er nahm sich eine Scheibe Brot, begann sie zu bestreichen.

„Aber warum denn nicht?" rief sie und öffnete, ohne seine Antwort abzuwarten, den Brief ihrer Mutter. „Ich möchte dich doch so gern zu Hause vorstellen. Mutti ist auch ganz begeistert von dir ..." Sie ließ den Bogen sinken. „Alle laden dich ein, Heinz! Sie wären schwer beleidigt, wenn du nicht kämst. Du ahnst ja nicht, wie empfindlich sie sind."

„Vielleicht wird später mal was draus. Aber jetzt im Augenblick ... Warum fährst du nicht einfach allein hin?" Fast im gleichen Atemzug fügte er hinzu: „Gieß mir doch bitte Tee ein ..."

Sie tat, was er verlangte, stützte beide Ellbogen auf den Tisch, legte das Kinn in die Hände und sah ihn aufmerksam an. „Ich versteh dich nicht! Wenn du mich wirklich liebtest ..." Sie ließ den Satz ausklingen, erwartete Widerspruch.

Aber er schwieg nur und lächelte, belegte sein Brot, tat sich Zucker und Zitrone in die Teetasse.

„Du hast Angst, aus einem Besuch in Bingen könnten dir unerwünschte Verpflichtungen erwachsen!" sagte sie herausfordernd. „Angst hast du! Gib's doch zu!"

Er hob den Kopf und sah sie mit seinen klaren blauen Augen aufmerksam an. „Tut mir leid, Liebling, eigentlich wollte ich dieses Thema heute abend nicht anschneiden, aber ich glaube, ich tu es doch besser ... bevor du mir eine Szene machst!"

„Was für ein Thema?" fragte sie, verwirrt und mit schlechtem Gewissen.

Er zögerte mit der Antwort. „Ich muß fort."

Sie öffnete den Mund, schloß ihn wieder, schluckte schwer. „Und ich dachte, du würdest ... Warum erzählst du mir das erst jetzt?"

„Weil ich uns die schöne gemeinsame Zeit nicht verderben wollte, und dann ... ich hatte dich eigentlich für klug genug gehalten, zu begreifen, daß man nicht ewig Ferien machen kann." Er streichelte sanft über ihren Handrücken. „Der Mann muß hinaus ins feindliche Leben ... das solltest du eigentlich in der Schule gelernt haben. Oder, wenn du es so besser verstehst: Schnaps ist Schnaps und Dienst ist Dienst."

Es fiel ihr schwer, ihre Enttäuschung zu überwinden. „Wann mußt du fort?" fragte sie tonlos. „Und wohin?"

„Spätestens übermorgen. Nach Indien. Das heißt, zuerst muß ich ins Ruhrgebiet und mit meinem Auftraggeber sprechen ...“

„Und wann kommst du wieder?“

„Sobald es mir möglich ist. Es handelt sich um einen bedeutenden Auftrag, dessen Ausführung Monate in Anspruch nehmen wird. Das besagt aber nicht, daß ich nicht zwischendurch mal eine Stippvisite nach Frankfurt einlegen kann. Zum Glück gibt es ja Flugzeuge.“ Er umschloß ihr Handgelenk mit festem Griff. „Nun mach nicht so ein Gesicht, Liebling, take it easy! Diese Nacht gehört uns, die kann uns niemand nehmen!“

„Nur noch ... eine Nacht“, sagte sie mit zitternden Lippen.

„Ich komme wieder“, versprach er, „ganz bestimmt!“

Plötzlich war es mit ihrer Beherrschung vorbei. Mit einem Ruck schob sie ihren unbenutzten Teller, die volle Tasse, in der der Tee bei dieser wilden Bewegung überschwappte, von sich, legte den Kopf auf den Küchentisch und brach in Tränen aus. Sie hob ihr tränenüberströmtes Gesicht zu ihm auf und klammerte sich an ihn. „Verlaß mich nicht“, schluchzte sie, „bitte, bitte, du darfst mich nicht verlassen! Ich ... ich habe ja sonst niemanden auf der Welt! Heinz, bitte, geh nicht fort!“

Er begriff, daß dieser Ausbruch ganz echt und ungekünstelt war, und sah gerührt, verlegen und ein wenig abgestoßen zugleich auf ihr zerzaustes blondes Haar. „Na, na, na ... Das ist doch kein Grund, die Fassung zu verlieren. In Cap d'Antibes warst du drauf und dran, mich zu verlassen. Denk mal daran!“

„Das trägst du mir also nach!“ rief sie verzweifelt. „Begreifst du denn nicht? Ich muß verrückt gewesen sein! Das viele Geld, die Aussicht, steinreich zu werden, aller Sorgen enthoben zu sein ... Frau Viktor von Horck! Das hat mich einfach verwirrt, aber geliebt ... geliebt hab ich ihn bestimmt nicht, nicht eine Sekunde!“

„Du brauchst dich nicht zu entschuldigen“, sagte er sanft. „Ich verstehe dich sehr gut ... ich habe dich immer verstanden, glaube mir.“

„Und du willst trotzdem fort?“

„Ich muß. Das hat damit gar nichts zu tun. Ich muß, weil ich einen Beruf habe. Hast du das ganz vergessen? So, und jetzt hör auf, aus einer kurzen Trennung eine Tragödie zu machen ...“ Er zog sein blütenweißes Taschentuch. „Da, putz dir die Nase, wisch dir die Tränen ab. Denk daran, dies ist unser letzter Abend ... Nein, nicht wieder weinen! Im Gegenteil, er soll so werden, daß wir beide ihn in bester Erinnerung behalten ...“

„Ja“, sagte sie atemlos, „ja ...“ Ein Lächeln brach durch ihre Tränen. „Du kommst zurück, ich weiß es! Du wirst keine Frau finden, die dich so liebt wie ich ... keine, dir dir soviel geben kann.“

Sie schob den Küchentisch beiseite und setzte sich auf seinen Schoß.

Ihre Lippen suchten seinen Mund, sie schmeckten noch nach dem Salz ihrer Tränen, aber sie waren leidenschaftlicher denn je.

„Hast du denn gar keinen Hunger?" fragte er heiser, zwischen zwei Küssen.

„Nur auf deine Liebe", flüsterte sie inbrünstig.

Da hob er sie hoch und trug sie auf beiden Armen ins Schlafzimmer, auf das breite Bett unter dem Spiegel.

Am nächsten Morgen kam die Ernüchterung.

Heinz Schlüter-van Dorn hatte am Abend noch lange telefoniert. Er ging gleich nach dem Frühstück. Helga blieb allein zurück. Das Bett war zerwühlt, im Spülstein stapelte sich Geschirr, die Möbel – das merkte sie erst jetzt, als sie die Vorhänge aufzog und das graue Tageslicht durch die Scheiben fiel – waren verstaubt, sie hatte ja keine Gelegenheit gehabt, Frau Hommes, ihre Zugehfrau, rechtzeitig von ihrer Rückkehr zu verständigen.

Unlustig schlurfte Helga ins Bad und zog vor dem Spiegel eine Grimasse. Ihre Augen waren umschattet, ihre Haut wirkte gelblich. In die Mundwinkel hatten sich scharfe Falten gekerbt.

Sie fühlte sich müde, zerschlagen, tief deprimiert. Die Wohnung, auf die sie früher so stolz gewesen war, gefiel ihr nicht mehr. Sie konnte den Glanz der Luxushotels nicht vergessen.

Sie ging zum Fenster. Der Himmel war bedeckt, die Großstadtstraßen waren grau. Sonne, Meer, blauer Himmel – das alles war entsetzlich weit weg, ein Paradies, aus dem sie vertrieben worden war.

Ein Funkstreifenwagen fuhr vorüber. Plötzlich durchzuckte Helga ein siedendheißer Gedanke. Sie hatte die Mitteilungen von der Polizei und vom Gesundheitsamt noch gar nicht geöffnet! Alle Müdigkeit war mit einem Schlag verflogen. Sie rannte in die Küche, riß die Umschläge auf. Sie las: „Gewerbliche Unzucht ... Geldstrafe ... Einweisung ins Arbeitshaus ... Paragraph soundso ..." Sie war unfähig, mehr als Wortfetzen in sich aufzunehmen, die Buchstaben tanzten vor ihren Augen. Aber sie begriff, daß sie sofort etwas unternehmen mußte.

In fliegender Eile zog sie sich an, machte sich zurecht, war schon an der Wohnungstür und rannte wieder zurück, um ihre Perücke aufzusetzen. Sie brauchte jetzt Sicherheit, die ihr nur die äußere Aufmachung verleihen konnte. Dann fiel ihr ein, daß sie noch etwas vergessen hatte. Sie lief zum Telefon, rief Frau Hommes an und beschwor sie, sofort zu kommen und die Wohnung in Ordnung zu bringen.

„Bitte", sagte sie, „es wäre mir so wichtig ... ja, schon gestern abend ... natürlich, das versteht sich, aber ... mir zuliebe, ausnahmsweise! Ich habe Ihnen auch etwas mitgebracht ... nein, das verrate ich nicht, aber wenn Sie kommen ... Danke, Frau Hommes, vielen Dank! Das werde ich Ihnen nie vergessen!"

Als sie den Hörer auflegte, fühlte sie sich schon ein bißchen besser. Das war erledigt. Heinz würde eine aufgeräumte Wohnung vorfinden, wenn er kam, um sich zu verabschieden. Zu dumm, daß sie ihn nicht gefragt hatte, um welche Zeit es sein würde.

Helgas Privatarzt Dr. Hölty wohnte gleich um die Ecke, höchstens drei Minuten zu Fuß. Trotzdem holte sie ihren weißen Mercedes aus der Tiefgarage. Es gab ihr einen gewissen Auftrieb, nach so langer Zeit wieder einmal selbst am Steuer sitzen zu dürfen, und dazu noch am Steuer des eigenen Wagens.

Sie rauschte in Dr. Höltys Praxis, verlangte mit Nachdruck, sofort vorgelassen zu werden, und erreichte auch, daß die Sprechstundenhilfe sie in dem kleinen Labor unterbrachte und ihr versprach, sie als nächste in das Sprechzimmer des Arztes zu führen. Helga ahnte nicht, daß die Sprechstundenhilfe ohnehin strikte Anweisung hatte, Damen ihrer Art niemals in das allgemeine oder private Wartezimmer zu führen, wenn sie unangemeldet kamen. Es hätte also ihres Auftritts gar nicht bedurft, um eine Sonderbehandlung zu erreichen.

Sehr mit sich zufrieden, zündete sie sich eine Zigarette an, blickte sich in dem weißen Zimmerchen um und beobachtete die Laborantin, die zwischen gläsernen Kolben und Reagenzgläsern hantierte. Helga begriff nicht, was das junge Mädchen im weißen Kittel da tat, und ihre behutsamen Bewegungen, das ernste, konzentrierte Gesicht kamen ihr ein wenig lächerlich vor.

Sie konnte sich eine spöttische Bemerkung nicht verkneifen.

„Und das machen Sie nun den ganzen Tag?" fragte sie.

„Ja", antwortete die Laborantin, ohne sie anzusehen.

„Wird Ihnen das nicht langweilig?"

„Nein."

„Wieviel bekommen Sie denn dafür?"

Jetzt warf das junge Mädchen Helga einen abschätzenden Blick zu. „Sicher weniger, als Sie in einer Nacht verdienen!"

Helga war nicht im geringsten beleidigt, sie lachte auf. „Nur keinen Neid, Kleine!"

Das Mädchen errötete. „Ich arbeite nicht nur wegen des Geldes", sagte sie aufgebracht, „sondern weil es interessant ist ... und nützlich! Aber was verstehen Sie denn schon davon!"

Die Sprechstundenhilfe kam herein. „Der Doktor erwartet Sie, gnädige Frau .. " Sie hielt Helga die Tür auf und warf der Laborantin hinter ihrem Rücken einen mißbilligenden Blick zu.

Dr. Hölty behandelte sie weniger formell. Er war ein gutaussehender Mann mit dunklem Haar, weißen Schläfen, Lachfältchen um die kühlen grauen Augen. „Hallo, Kitty", sagte er, „was für eine angenehme Überraschung. Unser verlorenes Schäfchen ist wieder da!"

Helga kam es seltsam vor, sich nach so langer Zeit wieder mit ihrem Decknamen angeredet zu hören. „Sie haben mich ganz schön hereingelegt, Herr Doktor", sagte sie unfreundlich.

„Aber was sollte ich denn tun? Ich mußte Sie doch dem Gesundheitsamt melden. Die Vorschriften sind nun mal so! Bei aller Liebe, Kitty ... Ihretwegen will ich doch nicht meinen Ruf als Arzt aufs Spiel setzen."

„Davon kann gar keine Rede sein", erwiderte Helga, durchaus nicht versöhnt. „Nichts wäre passiert, wenn Sie den Mund gehalten hätten. Ich habe einfach Ferien gemacht."

Der Arzt ließ sich nicht aus der Ruhe bringen. „Tja, das hätten Sie mir eher sagen sollen! Wo waren Sie denn? An der Côte d'Azur? Donnerwetter! Hätten Sie mir wenigstens ein Ansichtskärtchen geschickt!"

„Das habe ich total vergessen!" mußte Helga zugeben.

„Na, sehen Sie, so macht jeder seine Fehler. Also ... dann wollen wir mal sehen, wie's um unsere Kleine steht!"

Wieder einmal mußte Helga die peinliche Prozedur über sich ergehen lassen, aber sie empfand das Demütigende der Situation schon längst nicht mehr. Dr. Hölty plauderte mit ihr über alles mögliche, und Helga antwortete ihm völlig unbefangen.

„So. Danke. Das wär's", sagte er endlich, „sieht nicht schlecht aus. Allerdings müssen wir erst den Labortest abwarten."

Helga erhob sich. „Den können Sie sich sparen, Herr Doktor, ich bin ganz gesund!"

„Wollen wir's hoffen. Ich wünsche es Ihnen, Kitty, ganz bestimmt!"

„Aber jetzt seien Sie so gut und rufen Sie das Gesundheitsamt an, ja? Damit die Anzeige zurückgezogen wird ... und auch Kriminalrat Hellwege von der Sitte ..." Sie öffnete ihre große Handtasche und holte die beiden Briefe heraus, die sie zum Arzt getrieben hatten.

„Nur keine Aufregung, werden wir gleich haben", sagte Dr. Hölty. Während sich Helga hinter dem Wandschirm anzog, hörte sie ihn telefonieren: „Ja, Helga Reimers, genannt Kitty ... sie ist jetzt bei mir! Doch, scheint sauber zu sein ... Sie sagt, daß sie im Ausland war ... Nein, angeblich nicht ihrem Gewerbe nachgegangen ..."

Helga zückte ihren Taschenspiegel und zupfte sich die roten Locken zurecht. „Also, was ist?" fragte sie, als Dr. Hölty den Hörer aufgelegt hatte. „Ich hoffe, Sie haben das für mich in Ordnung gebracht."

„So gut es ging. Aber Sie müssen doch noch einmal zur Polizei."

Sie ließ ihren Spiegel sinken. „Heute?"

„Ja. Möglichst sofort. Aber nur keine Angst. Es wird sicher nicht mehr dabei herauskommen als eine Standpauke, Kitty. Sie haben noch mal Glück gehabt ..." Er reichte ihr die Hand. „Na, was sagt man dem lieben Onkel Doktor?"

„Danke."

„Und nicht mehr böse?" Er lächelte sie an. „Glauben Sie mir, Kindchen, wenn ich mich darauf einließe, das Gesundheitsamt zu bemogeln, könnte ich Ihnen und Ihren Kolleginnen bald nichts mehr nützen!"

Dr. Hölty behielt recht. Bei der Polizei wurde Helga einigermaßen glimpflich behandelt; sie kam mit einer kräftigen Standpauke davon. Nachdem sie versprochen hatte, nie wieder sang- und klanglos zu verschwinden, sondern sich abzumelden, falls sie ihren Termin beim Arzt einmal nicht einhalten konnte, durfte sie gehen. Aber sie hatte warten müssen, bis sie zu Kriminalrat Hellwege vorgelassen wurde, und als sie aus dem Polizeipräsidium kam, stellte sie fest, daß mehr als drei Stunden seit dem Verlassen ihrer Wohnung vergangen waren. Eigentlich hatte sie noch einige Besorgungen machen wollen, aber jetzt fuhr sie auf dem schnellsten Weg nach Hause.

Als sie die Wohnungstür aufschloß, hörte sie von drinnen ein seltsames Geräusch. Sie hielt mitten in der Bewegung inne und lauschte. Es klang fast wie ein helles Kläffen – aber nein, das war unmöglich, sicher machte Frau Hommes Lärm beim Putzen.

Entschlossen öffnete sie die Tür und – ein kleines weißes Knäuel mit schwarzen, sehr lebendigen Knopfaugen raste ihr entgegen, bellte, sprang an ihr hoch, und als Helga sich zu ihm auf den Boden niederließ, fuhr eine rosa Zunge aus der weißen, krausen Wolle und begann ihr Gesicht und Hände zu lecken.

„O Gott, wie süß!" rief sie, außer sich vor Entzücken. „Ein Pudel! Ein kleiner weißer goldiger Pudel!" Überzeugt, daß nur die Zugehfrau ihn mitgebracht haben konnte, rief sie: „Frau Hommes ..."

„Ist schon fort", erklärte eine vertraute männliche Stimme, und Heinz Schlüter-van Dorn erschien in der Tür.

„Heinz!"

„Um deine nächste Frage gleich vorwegzunehmen: Sie hat mich hereingelassen. Ich soll dir ausrichten, daß sie alles in Ordnung gebracht hat und, wie immer, nächsten Freitag kommt. Dann wird sie auch die Fenster putzen, und wenn du sie zwischendurch brauchen solltest –"

„Hör auf, hör auf!" Sie sprang auf und flog ihm in die Arme. „Das ist doch alles ganz unwichtig! Ich bin so froh, daß ich dich nicht verpaßt habe ..."

Er küßte sie. „Und über den da", sagte er mit einer Kopfbewegung zu dem weißen Pudel hin, der die beiden begeistert umsprang, „freust du dich hoffentlich auch!"

„Er soll für mich sein?" Helga schlug die Hände zusammen. „Ich darf ihn behalten?"

Er hob die Augenbrauen. „Dachtest du, daß ich ihn mir für Indien angeschafft hätte?"

Sie überhörte seinen Spott. „Heinz", sagte sie, „weißt du, daß du mir damit meinen Lieblingswunsch erfüllt hast? So ein kleiner weißer Pudel ... genau so einer ... war schon immer mein Traum! Wie heißt er? Und wie alt ist er?" Sie bückte sich, nahm den zappelnden kleinen Kerl hoch, der ihr sofort wieder mit der Zunge ins Gesicht fuhr.

„Er ist sechs Monate alt und stubenrein. Eigentlich nimmt man sie ja mit drei Monaten, aber ein Hundebaby wollte ich dir nicht zumuten. Und einen Namen kannst du dir selbst ausdenken, er wird sich schon daran gewöhnen!"

Helga strahlte. Sie sah auf einmal sehr jung, fast kindlich aus. „Aber wie soll ich ihn nennen? Ich habe keine Ahnung. Du mußt mir helfen, Heinz!"

„Laß dir nur Zeit. Irgend etwas wird dir schon einfallen."

„Ich weiß nicht ..."

Er packte den kleinen Pudel im Genick und setzte ihn wieder auf den Teppich. „Ich habe ihn dir mitgebracht, damit du nicht allein bist, wenn ich fort bin, damit du jemanden hast, der dir Gesellschaft leistet, dir die Zeit vertreibt ... und auch ein bißchen auf dich aufpaßt."

„Du bist so lieb", sagte sie ehrlich gerührt und tief beeindruckt. „Das ist das schönste Geschenk, das ich je bekommen habe ..."

„Nur nicht übertreiben." Er lächelte sie an.

„O Heinz", sagte sie zärtlich

Sie wollte sich an ihn schmiegen, aber er hielt sie mit ausgestrecktem Arm von sich ab.

„Du könntest mir übrigens einen Gefallen tun."

„Ja?"

„Ich bin in einer vorübergehenden Klemme. Ich brauche Geld."

Geld – dieses Wort ernüchterte sie sofort. „Ja, ich weiß nicht", sagte sie und öffnete ihre Tasche.

Er nahm sie ihr aus der Hand. „Du hast mich nicht verstanden, Helga. Ich brauche kein Trinkgeld, sondern eine größere Summe."

Ihr Mund war trocken, sie fuhr sich mit der Zunge über die Lippen. „Wieviel?"

Er lächelte. „Das überlasse ich deiner Großzügigkeit."

Sie wandte sich ab und ging ins Wohnzimmer. Der kleine Pudel lief hinter ihr her, sprang auf einen Sessel, ließ sich mit größter Selbstverständlichkeit nieder. Helga zündete sich eine Zigarette an, versuchte Zeit zu gewinnen und ihre Gedanken zu ordnen.

„Also . . . wie steht's?" fragte er. Er war hinter sie getreten, sie spürte seinen Atem in ihrem Nacken.

Sie drehte sich rasch um und setzte ein strahlendes Lächeln auf, aber ihre Augen blieben wachsam. „Ich dachte, du hättest einen tollen Auftrag bekommen."

„Habe ich auch. Aber das ändert nichts daran, daß ich momentan blank bin. Und ich möchte meine Tätigkeit nicht damit beginnen, daß ich um einen Vorschuß bitte."

Sie sagte nichts, kniff die Augen zusammen und blickte nachdenklich dem Rauch ihrer Zigarette nach.

„Helga", bat er, „komm, gib deinem Herzen einen Stoß. Ich weiß, daß du Reserven hast, du hast mir selbst einmal gesagt, wir beide könnten davon leben. Erinnerst du dich?"

„Ja", sagte sie langsam, „wenn du bei mir bleibst."

Sein Gesicht verfinsterte sich. „Was heißt das?"

„Du verstehst mich sehr gut. Wenn du dich entschließen könntest, hier, bei mir und mit mir, zu leben, dann würde ich für dich bezahlen. Aber du bildest dir doch nicht ein, daß ich deinen Absprung finanziere?"

„Ich hatte mir allerdings eingebildet, du liebtest mich", sagte er hart.

„Das tue ich doch auch, und gerade deshalb . . . Bitte, Heinz, bleib bei mir, bitte! Du brauchst ja gar nicht zu arbeiten. Was willst du denn in Indien? Bleib hier, bei mir . . . ich bitte dich . . ."

Sie schlang ihre Arme um seinen Hals, aber er packte ihre Handgelenke und drückte sie nieder. „Nein, das ist keine Liebe, Helga, das ist nichts als krassester Egoismus! Jetzt verlangst du, daß ich bei dir bleibe. Aber wenn ich mich darauf einließe, würde bald kein Tag vergehen, an dem du es mir nicht zum Vorwurf machtest . . ."

„Bestimmt nicht, Heinz! Du tust mir weh . . ."

Er ließ sie los. Sie bückte sich rasch, um die brennende Zigarette, die ihr auf den bunt gemusterten Teppich gefallen war, aufzuheben. Als sie sich aufrichtete, hatte er das Zimmer verlassen.

„Heinz!" rief sie entsetzt. „Bitte! Geh nicht!"

11

Helga Reimers stürzte in die kleine Diele hinaus. Mit unendlicher Erleichterung stellte sie fest, daß Heinz Schlüter-van Dorn noch da war. Er war gerade dabei, mit dem zweiten Arm in den Ärmel seines Trenchcoats zu schlüpfen.

„Heinz", sagte sie tonlos, „wo willst du denn hin? Du kannst doch nicht einfach fortgehen . . . so, als ob nie etwas zwischen uns gewesen wäre!"

Er sah lächelnd auf sie herab, mit kühlen, ruhigen Augen. „Doch", sagte er gelassen, „du wirst lachen ... aber das kann ich." Er wandte sich zur Tür und wäre beinahe über den kleinen Hund gestolpert, der Helga nachgerannt war und nun kläffend um die beiden herumlief, als ob er sie einkreisen wollte.

Sie packte ihn am Arm. „Heinz, ich hab's mir überlegt, du kriegst das Geld ... ich werde es dir leihen! Wieviel?"

„Danke", sagte er kalt, „dein Angebot ist nicht sehr verlockend. Und überdies kommt es zu spät."

„Zu spät? Aber du hast doch eben erst gesagt –"

Er fiel ihr ins Wort. „Stimmt. Doch inzwischen habe ich Zeit gehabt, nachzudenken. Nicht viel, aber immerhin. Ich habe mich entschlossen, einen Bankkredit aufzunehmen."

„Aber warum denn, Heinz? Warum? Wenn ich dir doch sage ... du kannst das Geld von mir haben!"

Seine Finger umschlossen ihr Handgelenk und zwangen sie, den Griff um seinen Arm zu lösen. „Dein Geld käme mir zu teuer, Helga. Die Bank verlangt zwar auch Zinsen. Aber bei ihr bin ich immerhin vor mißtrauischen Szenen, privaten Forderungen und Angriffen sicher."

Sie spürte mit kaltem Entsetzen, wie er ihr unaufhaltsam entglitt. „Ich verspreche dir ..."

„Versprich mir nichts, du könntest es doch nicht halten." Er legte ihr die Hand in den Nacken, schüttelte sie leicht. „Nimm's nicht tragisch, Mädchen, vielleicht ist es besser so. Ich wollte dir eine Chance geben und dich an meinem Geschäft beteiligen. Aber es ist ja eine Binsenweisheit, daß Geldgeschäfte die Freundschaft zerstören."

„Liebe", sagte sie mit zitternden Lippen, „ich liebe dich, Heinz!"

Er küßte sie kurz und heftig. „Leb wohl, Helga, mach's gut. Ich lasse wieder von mir hören."

„Mußt du schon fort? Ich hatte gedacht, wir könnten noch ..."

Er schüttelte den Kopf. „Du vergißt, daß ich jetzt schleunigst zur Bank muß ... nein, bitte glaube nicht, daß ich dir einen Vorwurf daraus mache, ich erwähne das einfach als Tatsache ..."

„Ich begleite dich", erklärte sie entschlossen.

Er schüttelte den Kopf. „Nein, kommt nicht in Frage."

„Aber ich wollte sowieso zur Bank", behauptete sie, „du hast mir doch so oft erklärt, daß ich mich um mein Geld kümmern müßte, daß Bankzinsen zuwenig seien, daß ich es arbeiten lassen soll –"

Er unterbrach sie. „Und das willst du ausgerechnet heute in die Wege leiten?"

Sie warf herausfordernd den Kopf in den Nacken.

„Und warum nicht?"

„Mach mir doch nichts vor, du suchst nur einen Vorwand, um dich an mich zu hängen!“

„Nein, ganz und gar nicht, Heinz. Schon an der Riviera hatte ich mir fest vorgenommen, sobald ich zurück wäre, etwas mit meinem Geld zu unternehmen! Und ich werd's auch tun, verlaß dich drauf.“

„Dann tu's“, sagte er, „aber bitte ohne mich. Wenn man nichts von Geldgeschäften versteht, soll man die Finger davon lassen ...“ Nach einer kleinen Pause fügte er hinzu: „Es sei denn, man kennt einen Geschäftsmann, dem man voll und ganz vertrauen kann.“ Er beobachtete sie unter halb gesenkten Lidern hervor.

Helga war nicht dumm, sie begriff durchaus, was er meinte – er bot ihr eine letzte Chance, ihm ihre Ersparnisse anzuvertrauen. Aber war das wirklich eine Chance? Oder wollte er sie hereinlegen? „Ich wäre dir sehr dankbar, wenn du mich beraten würdest“, sagte sie zögernd, „vielleicht könnten wir beide zusammen mal mit Bankdirektor Müller sprechen.“

Er verzog keine Miene. „Eine glänzende Idee, aber nicht heute. Im Augenblick habe ich mit meinen eigenen Angelegenheiten genug zu tun. Aber bei nächster Gelegenheit, ich bin ja nicht aus der Welt ...“

Er küßte sie noch einmal. Helga ließ es verwirrt und mit sich selber uneins geschehen, dann wandte er sich zur Tür und war gegangen, noch ehe sie es ganz begriffen hatte.

Der kleine Pudel, der heftig an der Tür scharrte, zu ihr hinlief, an ihr hochsprang, um sich dann wieder der Tür zuzuwenden, riß sie aus ihrer Erstarrung. Sie öffnete die Wohnungstür. Der Pudel schoß hinaus – kam aber bald darauf enttäuscht wieder zurückgetrottet. Heinz Schlüter-van Dorn war nicht mehr zu sehen.

Helga nahm ihn auf den Arm, lief mit ihm ins Wohnzimmer, öffnete das Fenster – gerade konnte sie den Jaguar noch um die Ecke verschwinden sehen. Sie war allein, unendlich und hoffnungslos allein. Vorbei der Glanz der großen Welt, fort der Mann, den sie liebte – und dazu das quälende Gefühl, selber schuld zu sein, alles falsch gemacht zu haben. Ein paar Tränen tropften in das Fell des Pudels. Er zappelte auf ihrem Arm, leckte ihr mit der rauhen Zunge die salzige Feuchtigkeit aus dem Gesicht.

„Du bist der einzige“, schluchzte sie, „der einzige, der mir geblieben ist!“

Eine Weile überließ sie sich ihrem Selbstmitleid und genoß es fast, so unglücklich zu sein. Aber dann versiegten die Tränen, und der Kummer ebbte ab.

Heinz Schlüter-van Dorn war fort, aber er würde wiederkommen. Immerhin, ihre Ersparnisse waren unangetastet – wieviel schlimmer wäre es gewesen, wenn er mit ihrem Geld auf und davon wäre!

Helga setzte den Pudel auf den Boden, schloß den Schrank auf, holte den schmalen grünen Ordner mit den Bankauszügen heraus, und der Anblick der vier- und fünfstelligen Zahlen erwärmte ihr Herz besser, als es die Liebe vermocht hätte.

Als Helga Reimers am späten Abend des gleichen Tages das ‚Café Expreß' in der Frankfurter Innenstadt betrat, das der berüchtigte Treffpunkt der leichten Mädchen und reichen Männer war, hätte ihr niemand ansehen können, daß sie vor noch nicht allzulanger Zeit bittere Tränen geweint hatte. Sie war von Kopf bis Fuß auf ‚Kitty' eingestellt, hatte den Tiefschlag, den das Schicksal ihr verpaßt hatte, zäh wie eine Katze überwunden.

Alle Augen richteten sich auf sie, als sie in den hellerleuchteten Saal mit den weißgedeckten Tischen und den dunkel getäfelten Nischen schlenderte. Sie trug ein schwarz-weißes geometrisch gemustertes Kleid im Courrèges-Stil, der Rock endete eine Handbreit über dem Knie und gab ihre langen, schlanken Beine frei, deren sie sich wahrhaftig nicht zu schämen brauchte. Die weißen, hochhackigen Sandaletten wurden mit Riemchen um die Fesseln gehalten. Ihre Perücke, die im Lauf der Reise ein wenig zerzaust worden war, hatte sie noch am Nachmittag zum Friseur gebracht – jetzt flossen die kupferroten Locken wieder glänzend und in anmutigem Schwung auf die Schultern herab. Ihre Haut schimmerte glatt und sonnenbraun unter der Puderschicht, ihre grünen Augen – doppelt ausdrucksvoll durch die dichten, langen falschen Wimpern und ein geschicktes Make-up – funkelten vor Unternehmungslust. Über die linke Schulter hatte sie lässig ihre Nerzstola geworfen.

Sie übersah die neugierigen und neidvollen Blicke der anderen Mädchen und wandte sich der Bar zu. „'n Abend, Johnny."

„He, Kitty!" rief der Mixer beeindruckt. „Daß du dich auch mal wieder sehen läßt!"

„Hab' Ferien gemacht", erklärte sie und schwang sich auf einen Barhocker, ließ den Nerz von ihrer Schulter gleiten, legte ihn neben sich.

„Das hat sich rumgesprochen!" Der Mixer stellte das Glas, an dem er eben noch eifrig poliert hatte, aus der Hand. „An der französischen Riviera, nicht wahr? Dein Foto war schließlich ganz groß in der Zeitung."

Sie horchte auf. „Ein Bild von mir? Bist du sicher?"

„Aber ja! Stand zwar nur irgendwas von einer Helga aus Frankfurt drunter, aber ich täusche mich nicht." Er verzog den Mund zu einem schiefen Grinsen. „Schließlich kennen wir beide uns gut genug. Ich würde dich sogar im Dunkeln nicht verwechseln."

Sie steckte sich eine Zigarette in den Mund und wartete, bis er ihr Feuer gab. „Danke!" Sie nahm einen tiefen Zug, stieß den Rauch durch die geblähten Nasenflügel. „Einen Wodka, aber schnell!"

Der Mixer nahm die Wodkaflasche von dem spiegelglänzenden Regal hinter sich. „Du siehst großartig aus, Kitty.“ Er ließ die wasserklare Flüssigkeit in ein Glas laufen. „Scheinst dich gut erholt zu haben ...“

„Kann man wohl sagen.“

„Und dieser Viktor von Horck ... Was ist das für einer?“

Helga hob das Glas, legte den Kopf zurück und ließ den Wodka durch die Kehle rinnen. „Ah ... gut!“ sagte sie dann und stellte das Glas auf die Bar. „Noch einen, Johnny! Und was Viktor von Horck betrifft ...“ Sie machte eine kleine Pause und weidete sich an der Neugier des Mixers. „... so solltest du wissen, daß ich prinzipiell nicht über Kunden spreche.“

„Entschuldige schon“, sagte er leicht pikiert.

Helga stützte die Ellbogen auf die Bar und blickte unauffällig unter ihren dichten dunklen Wimpern in den Spiegel hinter der Bar – von ihrem Platz aus konnte sie genau die Eingangstür beobachten. Jetzt gerade kam ein schlanker älterer Herr herein. Helga riß die Augen auf und versuchte, ihn mit einem geradezu hypnotisierenden Blick zu sich zu ziehen, und es war tatsächlich so, als spürte der Fremde diesen Blick. Er stutzte leicht und wandte sich der Bar zu, Helga lächelte, sehr befriedigt über ihren raschen, mühelosen Erfolg.

Genau in diesem Augenblick legte sich eine Hand auf ihren Arm. „Kitty, daß du wieder da bist! Du ahnst ja nicht, wie ich mich freue.“

Helga zuckte zusammen, blickte zur Seite und sah Irma, die ganz entschieden elend aussah. Die Augen lagen tief in den Höhlen, das Gesicht unter der blonden Perücke wirkte trotz der dick aufgetragenen Schminke faltig und zusammengeschrumpft.

Helga mußte sich Mühe geben, ihren Schrecken zu verbergen.

„Na, wie geht's denn?“ fragte sie gezwungen.

„Denkbar schlecht! Würdest du mir wohl einen Drink spendieren? Nein, nicht hier an der Bar, hier kann man nicht sprechen. Setz dich zu mir, bitte!“

Ehe Helga antwortete, ließ sie unauffällig ihren Blick durch den Saal schweifen und entdeckte, daß der ältere Herr, den sie aufs Korn genommen hatte, sich an der Seite eines schwarzhaarigen jungen Mädchens mit einem Babygesicht niedergelassen hatte – er war also für sie verloren, wenigstens für diesen Abend.

Sie glitt von ihrem Hocker herab. „Na, komm schon“, sagte sie zu Irma und zu dem Mixer: „Zwei Wodka zum Tisch ...“ Sie ließ die Nerzstola mit einstudierter Gleichgültigkeit hinter sich herschleifen, während sie auf eine der Nischen zusteuerte.

Irma faßte sie am Arm und dirigierte sie in eine andere Richtung. „Hierher, bitte ... hier sitze ich!“ Auf dem Tisch stand ein Glas Tee.

Eiwei, dachte Helga, es scheint Irma aber schwer erwischt zu haben!

Gleichzeitig merkte sie, daß irgend etwas am Gang der Freundin sonderbar war. Sie blieb stehen, ließ Irma vorangehen und sah, daß sie den rechten Fuß nachschleifte.

Mit wenigen Schritten hatte sie sie eingeholt. „Was ist los?“ fragte sie. Du humpelst ja!“

Irma hob ihr kleines, schmerzverzerrtes Gesicht zu ihr hoch.

„Das ist es ja eben, mein altes Rheuma, du weißt doch Bescheid. Aber so wie diesmal hat's mich noch nie erwischt!“

„Tut mir leid“, murmelte Helga unbehaglich.

„Ich war arbeitsunfähig, die ganze Zeit, wo du weg warst. Kannst du dir vorstellen, was das bedeutet? Und wo ich die Raten fürs Auto zu bezahlen habe!“

Helga setzte sich, schlug die Beine übereinander. „Du hättest keinen Ratenkauf eingehen sollen“, sagte sie, „ich habe dich gleich gewarnt.“

„Aber mein alter Karren tat's doch wirklich nicht mehr, ganz davon abgesehen, daß er Benzin soff wie ein verdurstendes Kamel . . . und ohne Auto ist unsereins doch aufgeschmissen!“

Helga anwortete nicht und sah mit starrem Gesicht geradeaus.

„Jetzt sitze ich buchstäblich ohne einen Pfennig da“, fuhr Irma fort, „du ahnst gar nicht, was für Sorgen ich mir gemacht habe . . . ein einziges Glück, daß du endlich wieder zurück bist.“

Ein Kellner setzte die beiden Wodka auf den Tisch, dazu ein Schälchen mit Salzmandeln. „Danke“, sagte Helga und zündete sich eine zweite Zigarette an. Mit leichtem Abscheu beobachtete sie, daß Irma sich wie ausgehungert auf die Salzmandeln stürzte.

„Die letzte Rate“, sagte Irma mit vollem Mund, „habe ich gerade noch zusammenkratzen können, aber nun ist Sense . . .“ Sie nahm einen Schluck Wodka. Auf ihren Wangen erschienen kreisrunde hektische Flecken.

„Du mußt eben versuchen, wieder was zu verdienen.“

„Bin ich ja dabei. Beim Versuchen, meine ich. Aber glaubst du denn, daß ich ernsthaft eine Chance habe? Guck dich doch bloß mal um. Lauter junge Gänschen . . . dumm und unerfahren, aber taufrisch. Mit denen kann ich doch nicht konkurrieren . . . ich mit meinem Humpelbein und meiner alten Fratze.“

„Du übertreibst“, sagte Helga unsicher.

„Ach was, ich sehe die Dinge bloß, wie sie sind. Wenn mir nicht jemand unter die Arme greift, ist es aus mit mir . . . dann bin ich erledigt. Fertig, abgetan.“

Helga wich dem flehenden Blick ihrer Freundin aus. „Vielleicht solltest du dir mal überlegen, ob du nicht in einen anderen Beruf hinüberwechselst!“ schlug sie vor.

Irma lachte rauh. „Du machst mir Spaß, Kitty! Ein anderer Beruf! Was kann ich denn? Und wer würde eine wie mich einstellen?"

„Ja, dann weiß ich auch nicht . . ."

Irma fiel ihr ins Wort. „O doch, Kitty, du weißt genau, sogar ganz genau! Greif mir mit ein bißchen Geld unter die Arme. Gib mir die Gelegenheit, mich zu erholen und wieder fit zu werden! Ich schaff's schon, verlaß dich drauf, ich bin ja noch nicht alt! Ohne dieses verdammte Rheuma . . . verflucht noch mal, du ahnst ja nicht . . ."

Helga wurde hin- und hergerissen zwischen ehrlichem Mitleid und genauso ehrlicher Angst, etwas von ihrem schwer erworbenen, heißgeliebten Geld herausrücken zu müssen.

„Irma, glaub mir, ich verstehe deine Situation", sagte sie gequält, „und du tust mir leid. Ganz ehrlich. Aber ich finde, es wäre entschieden besser, wenn wir das Ganze zu Hause besprächen. Morgen . . . irgendwann im Laufe des Tages. Ich bin nämlich beruflich hier und nicht zu meinem Vergnügen."

„Du versprichst also, mir zu helfen?" fragte Irma verzweifelt und hoffnungsvoll zugleich.

„Wir werden alles in Ruhe besprechen", entgegnete Helga ausweichend.

Irma schüttete den Rest ihres Wodkas hinunter. „Falls du mich mit guten Ratschlägen abspeisen willst, die nutzen mir nichts, das sage ich dir gleich. Was ich brauche, ist Geld!"

„Ach so." Helga tat, als verstünde sie jetzt erst. „Also, da muß ich dir ehrlich sagen, da kommst du im allerungünstigsten Moment Ich bin ja selber blank. Schließlich habe ich eine verdammt kostspielige Reise hinter mir."

„Aber . . . hat denn das nicht dein Kavalier bezahlt?"

Helga schüttelte die kupferrote Mähne. „Natürlich nicht. Es war eine reine Urlaubsreise, verstehst du. Übrigens, stimmt es, daß mein Foto hier in irgendeiner Zeitung war?"

„Ja, die Mädels haben es erzählt. Aber gesehen habe ich es leider nicht." Irma holte Luft. „Ich brauche ja nicht viel, Kitty . . . nur ein paar hundert Mark . . ."

Helga drückte ihre Zigarette aus. „Hab ich nicht", sagte sie bestimmt

„Aber . . . du hattest doch Ersparnisse! Ich weiß genau . . ."

„Irma", sagte Kitty scharf, „du erwartest doch wohl nicht, daß ich dir Rechenschaft darüber ablege, was ich habe oder nicht habe? Schließlich . . . es war mein Geld, ich habe es selber verdient . . . ich kann damit tun und lassen, was ich will . . ."

„Du willst mir also nicht helfen!"

„Vor allem habe ich keine Lust, mich hier mit dir auseinanderzusetzen. Du hast mir schon einmal die Tour vermasselt . . . ja, gerade vorhin! Wenn du nicht so mit dir beschäftigt gewesen wärst, hättest du es sicher gemerkt! Du kannst nicht erwarten, daß ich dich unterstütze, wenn du mich daran hinderst, was zu verdienen ..." Helga erhob sich.

„Bitte, Kitty, bleib ... nur noch eine Sekunde! Du, ich glaube, ich habe eine Idee!"

Helga dachte nicht daran, sich wieder zu setzen, aber sie blieb am Tisch stehen. „Also sag schon", drängte sie gelangweilt.

„Nimm mich in deinem Auto mit", sagte Irma hastig. „Du bist die große Anreißerin ... aber was ich kann, ist auch nicht von schlechten Eltern! Wir haben doch früher schon zusammengearbeitet. Ich hab' dich doch überhaupt erst eingeführt, das weißt du doch. Nimm mich mit, gib mir die Chance ... Wir beide, wenn wir bloß zusammenhalten, wir können doch noch ganz Frankfurt auf den Kopf stellen!" Erwartungsvoll sah sie die Freundin an.

„Schlecht", erwiderte Helga ungerührt, „ganz schlecht. Wir zwei zusammen ... da lachen ja die Hühner."

„Helga, es ist bloß ... mir tut das rechte Bein so weh, ich kann kaum Gas geben und deshalb ..."

„... tätest du besser daran, dich ins Bett zu legen", sagte Helga eisig. „Ich an deiner Stelle würde in ein Krankenhaus gehen und mich hegen und pflegen lassen. Das wäre entschieden besser, als anderen Leuten das Geschäft zu vermasseln."

„Kitty!"

Helga beugte sich zu Irma herab. „Geh nach Hause und überschlaf alles", sagte sie fast freundlich. „Morgen, Irma, morgen werden wir über alles reden ..." Sie richtete sich auf und schritt davon, langbeinig, elastisch, mit wiegenden Hüften.

Irma sah ihr nach, das kleine Gesicht verzerrt – aber in diesem Augenblick nicht vor Schmerz, sondern vor Haß. „Du wirst es schon noch am eigenen Leibe erleben", murmelte sie zwischen den Zähnen, „warte nur ab, du ..."

Dann entdeckte sie, daß Helga ihr Wodkaglas nicht angerührt hatte. Sie zog es zu sich her und leerte es in einem Zug.

Danach fühlte sie sich besser.

Eine Viertelstunde später hatte Kitty ihren ersten Kunden. Es war ein zierlicher, unscheinbarer Herr mit schütterem Haar und randloser Brille, der – wahrscheinlich wegen dieser Brille – bei den Mädchen unter dem Spitznamen ‚Doktor' bekannt war. Ob er ein wirklicher Doktor war, hätte keiner zu sagen gewußt. Fest stand nur, daß er kein Mediziner sein konnte, denn er winkte stets sofort ab, wenn ihn jemand bei einer Krankengeschichte um Rat zu fragen versuchte.

Kitty hatte bisher noch nie mit dem ‚Doktor' zu tun gehabt; er pflegte im allgemeinen die schwarzhaarige, blauäugige Viola vorzuziehen.

Aber sie wußte aus Erzählungen, daß er leicht zu behandeln war. Offensichtlich stand er unter dem Pantoffel seiner Frau und hatte seine regelmäßigen Seitensprünge in das Frankfurter Nachtleben nötig, um sein Selbstgefühl zu stärken.

Er ließ sofort ein delikates Abendbrot mit Champagner und Hummer auffahren und begann, noch bevor serviert wurde, sich heftig über die Hartherzigkeit und Verständnislosigkeit seiner Gattin zu beklagen.

„Sie ist frigid", behauptete er, „anders kann ich mir ihr Verhalten nicht erklären. Soll ich dir erzählen, was vorgestern nacht passiert ist? Also, ich komm nach Hause, es war knapp zehn Uhr vorbei."

Er redete und redete, und Kitty mimte heißes Interesse, obwohl ihr im Grunde nichts gleichgültiger war als das Eheleben des Doktors und sie dergleichen Erzählungen von anderen Herren und bei anderer Gelegenheit schon zur Genüge genossen hatte. Immerhin verlor sie, während sie scheinbar lauschte, hin und wieder eine Zwischenfrage stellte, trank und aß und nicht an Bewunderung und Mitgefühl sparte, ihre Kollegin Irma völlig aus den Augen.

Erst als sie gegen ein Uhr nacht das ‚Café Expreß' verließen, stellte sie fest, daß Irma nicht mehr da war. Sieht so aus, als hätte sie sich doch noch einen an Land gezogen, dachte sie flüchtig, na, ich gönn's ihr. Das arme Ding kann wirklich ein bißchen Glück gebrauchen!

Sie hängte sich bei dem ‚Doktor' ein und sagte zärtlich: „Weißt du was, Doktorchen? Ich an deiner Stelle würde überhaupt nicht mehr nach Hause gehen! Nimm dir eine zweite Wohnung und such dir eine andere Frau. Du brauchst ja nur mit dem kleinen Finger zu winken. Auf dich fliegen doch bestimmt die kleinen Mädchen."

„Aber meine Frau liebt mich", erwiderte er ernsthaft. „Sie würde sich nie scheiden lassen . . . und sie würde auch nicht darüber wegkommen, wenn ich sie einfach verließe."

O je, dachte Helga, hast du eine Ahnung! Wahrscheinlich würde sie heilfroh sein, wenn sie dich alten Langweiler nicht mehr sehen müßte! Laut sagte sie: „Du bist zu gut, das ist dein Fehler. Sie nützt deine Güte aus, Doktorchen!"

Sie warf dem Mixer einen vergnügten Seitenblick zu, den er mit einem Augenzwinkern quittierte, schob ihren Kunden, der schon nicht mehr ganz sicher auf den Beinen war, ins Freie und dirigierte ihn zu ihrem weißen Mercedes.

„Augenblickchen!" Sie ging um den Wagen herum, schloß auf, setzte sich ans Steuer, öffnete die andere Tür von innen.

Der ‚Doktor' nahm neben ihr Platz, saß kerzengerade in den Polstern und versuchte, seinen verschwommenen Blick auf einen bestimmten Punkt zu fixieren. „Zu gut", brabbelte er, „ja, das ist es! Ich war immer zu gut . . . Weißt du, warum ich Gertrud geheiratet habe? Aus Mitleid, aus purem Mitleid ... und jetzt, wie dankt sie's mir! Mit Verachtung ... Ja, sie verachtet mich, mich, der sie aus der Gosse gezogen hat!"

Kitty startete. „Das bildest du dir sicher nur ein", sagte sie freundlich. „Wahrscheinlich ist sie nur eifersüchtig, weil du soviel Erfolg hast und sie selber eben merkt, daß sie langsam alt und schäbig wird."

Der Doktor, der ein wenig in sich zusammengesunken war, schnellte wieder hoch. „Nein, alt und schäbig ist sie nicht", erklärte er streng, „das darfst du nicht sagen! Sie ist immer noch ... schön, ja! Eine schöne, stattliche Frau ..."

Kitty ließ ihn reden und konzentrierte sich ganz auf den Straßenverkehr, der auch jetzt noch – eine Stunde nach Mitternacht – sehr lebhaft war. Wie immer erweckten die schillernden Lichter der nächtlichen Großstadt in ihr ein leichtes Rauschgefühl. Sie fühlte sich stark und voller Unternehmungslust, hatte nur einen Gedanken, diesen Kunden so schnell wie möglich abzufertigen, um wieder auf neue Abenteuer auszugehen. Sie überholte zügig die anderen Autos, bis sie einen Wagen vor sich hatte, der die Mitte der Fahrbahn für sich einnahm, dazu noch deutlich sichtbar hin und her schlingerte. Kitty trat auf die Bremse, bevor sie das schwankende Auto als Irmas Wagen ausgemacht hatte.

„Verdammt noch mal", murmelte sie erschrocken.

„Ja, du hast ganz recht, Kitty", sagte der Doktor, ganz in seine Geschichte vertieft. „Das war eine verdammte Situation, wenn ich so sagen darf ... Gertrud bis über die Ohren in mich verliebt, und ihr Vater ..."

Kitty hörte gar nicht mehr hin. Sie hatte die Zähne in die Unterlippe gegraben und sah starr geradeaus. Ob Irma betrunken ist? dachte sie. Aber das kann doch nicht sein, von einem einzigen Wodka! Aber wer weiß, ob es bei dem einen geblieben ist und dann ... vielleicht hatte sie den ganzen Tag noch nichts Vernünftiges gegessen. Ich hätte ihr doch etwas spendieren sollen. Oder setzt ihr ihr Rheuma so zu, daß sie den Wagen nicht mehr richtig beherrscht? Sie drückte auf die Hupe.

Irmas Auto geriet noch stärker ins Schlingern, so, als ob die Fahrerin erschrocken zusammengezuckt wäre, dann aber schwenkte es zur rechten Seite der Fahrbahn hinüber und hielt die Spur.

Kitty überlegte, ob sie jetzt überholen sollte, aber ganz instinktiv hielt sie sich zurück. Der ‚Doktor' merkte gar nichts, er redete ununterbrochen, und Kitty war dankbar, daß sie sich in diesem Augenblick nicht auch noch um ihn kümmern mußte. Der Fahrer hinter ihr gab ihr Blinkzeichen in den Rückspiegel, aber sie reagierte gar nicht darauf, sondern fuhr langsam weiter, Irmas Auto fest im Auge behaltend.

Sie war darauf gefaßt, daß irgend etwas passieren würde. Trotzdem begriff sie gar nichts, als sie Blech knirschen, Glas splittern hörte und Irmas Wagen mit einem Ruck zum Stehen kam, ohne daß die Bremslichter auch nur ein einziges Mal aufgeleuchtet hätten.

Sie selber konnte gerade noch rechtzeitig stoppen.

Der Doktor, jäh aus seinen Erinnerungen gerissen, wandte sich ihr zu. „Was ist los?" fragte er, und seine Stimme klang auf einmal wieder völlig nüchtern.

„Ich weiß nicht genau . . . ein Unfall . . ."

„Und da bleibst du stehen? Fahr weiter, schnell . . . sieh zu, daß wir hier fortkommen!"

„Aber es handelt sich um eine Freundin von mir, vielleicht sollte ich doch . . ."

„Tu, was ich sage", befahl der Doktor mit ganz unerwarteter Energie, „oder glaubst du, ich möchte es mit der Polizei zu tun bekommen?"

Eine Sekunde wurde Kitty hin- und hergerissen zwischen dem Druck ihres Gewissens, das sie zwingen wollte, Irma zu helfen, und dem Wunsch, sich so schnell wie möglich aus dem Staub zu machen und ihren Kunden nicht zu verärgern. Sie wählte – wie hätte es auch anders sein können? – den leichteren Weg, gab Gas und schoß an der Unfallstelle vorüber. Im Vorbeisausen sah sie Irma über dem Steuerrad liegen, mit schlaffen Armen, das blonde Haar ein fahler Fleck im ungewissen Straßenlicht, wie eine zerbrochene Puppe. Sie war dem Auto vor ihr, das sein Tempo verlangsamt hatte, um nach rechts abzubiegen, aufgefahren. Der Kofferraum des anderen und der Kühler ihres eigenen Wagens waren beschädigt.

Zwei Männer versuchten, die Stoßstangen voneinander zu lösen. Schon hatten sich die ersten Neugierigen eingefunden. Um die ohnmächtige Irma – war sie wirklich nur ohnmächtig, oder war ihr etwas Schlimmeres zugestoßen? – kümmerte sich niemand.

„Gut gemacht", sagte der ‚Doktor' und ließ sich in die Polster zurücksinken. „Also wo war ich stehengeblieben? Ach ja, ich wollte dir gerade erzählen, wie und warum ich mich entschlossen hatte, um Gertruds Hand anzuhalten . . ."

Kitty atmete tief durch. Sie fühlte, daß sie einem Schreikrampf nahe war. Sie hätte am liebsten die Wagentür aufgestoßen und ihn angeherrscht: Steig aus! Sofort! Ich kann dein langweiliges Gewäsch nicht mehr hören! Verschwinde, ich will dich nie mehr wiedersehen!

Aber dann dachte sie an die prall gefüllte Brieftasche, aus der der Kunde das gemeinsame Abendessen bezahlt hatte, und der Gedanke an Geld, viel Geld, gab ihr wieder einmal die Kraft, durchzuhalten.

„Sie hatte einen sehr strengen Vater", sagte sie mit beherrschter Stimme.

„Ich sehe, du verstehst es, zuzuhören", sagte der ‚Doktor' erfreut. „Überhaupt, du gefällst mir viel besser als Viola . . ." Er tätschelte ihr Knie. „Du bist ein famoses Mädchen, Kitty. Sag mal, wieviel verlangst du denn für eine . . . Stunde?"

Und Kitty nannte ihm ihren Preis.

Familie Reimers in Bingen wußte noch nichts davon, daß Helga nach Frankfurt zurückgekehrt war. Da ihr Name nicht mehr in der Presse erwähnt wurde, kein weiteres Lebenszeichen, nicht einmal eine Ansichtskarte, von ihr eintraf, verschwand sie ganz von selber aus dem Mittelpunkt der Interessen. Die Alltagssorgen wurden wichtiger.

Karin stritt und versöhnte sich mit ihrem Verlobten André Colbert, Frau Reimers mußte wahre Rechenkünste vollbringen, um mit ihrem Wirtschaftsgeld auszukommen, zumal sie sich vorgenommen hatte, für einen neuen Teppich zu sparen. Und Rolf, der Gymnasiast, verursachte einen Skandal, der die ganze Familie tagelang in Atem hielt. Er brachte eine Sechs in einer lateinischen Klassenarbeit nach Hause, die zweite Sechs in diesem Halbjahr.

Herr Reimers machte seinem Zorn und seiner Enttäuschung in sehr harten und bitteren Worten Luft. Er drohte, Rolf von der Schule zu nehmen und in eine Lehre zu stecken. Frau Reimers weinte und kämpfte um die Zukunft ihres Jüngsten Karin machte den Eltern Vorwürfe, daß sie mit Rolf immer zu große Rosinen im Kopf gehabt hätten.

Zum Schluß siegte die Mutter. Sie setzte durch, daß Rolf Nachhilfestunden in Latein bekam – ohne allerdings zu ahnen, wie sie diese Extraausgabe, die zu ihren Lasten fiel, bezahlen sollte. Rolf versprach reuevoll, sich zusammenzureißen, und der Familienfrieden war wiederhergestellt. Jedenfalls äußerlich. In den Eltern waren die ersten Zweifel an Rolfs Begabung aufgetaucht, nagende Zweifel, ob er es tatsächlich bis zum Abitur schaffen würde – und wie stolz waren sie bisher immer auf seinen hellen Kopf und seine guten Leistungen in der Schule gewesen!

Mit düsterer Miene saß Paul Reimers hinter seinem Schreibtisch, als er zu seinem obersten Vorgesetzten, Regierungsrat Dr. Kleemüller, gerufen wurde. Er mußte sich beherrschen, um nicht wie elektrisiert aufzuspringen und zur Tür zu rennen. Endlich war es soweit, wie lange hatte er auf diesen Moment gewartet! Langsam erhob er sich, strich sich das Jackett glatt, bemüht, ein gleichgültiges Gesicht zu machen, ging mit steifen Schritten durch das große Zimmer und spürte förmlich im Rücken die neugierigen und neidvollen Blicke der Kollegen.

Während er den langen, düsteren Gang entlangschritt, arbeiteten seine Gedanken fieberhaft. Dies war seine große Stunde! Daß Regierungsrat Dr. Kleemüller ihn zu sich rufen ließ, konnte nur bedeuten, daß er endlich am Ziel war, daß er die Überstellung in die höhere Beamtenlaufbahn erreicht hatte.

Von heute ab würde er zu den Honoratioren der Stadt gehören. Von heute ab würde er jemand sein – nicht mehr der Flüchtling Paul Reimers, sondern der höhere Beamte! Keine Null mehr, die man nach Belieben hin und her schieben konnte, sondern eine Persönlichkeit, mit der man rechnen mußte.

Ganz abgesehen davon: Er würde mehr verdienen, natürlich immer noch nicht üppig, aber immerhin mehr. Die ewige Knapserei würde vorbei sein, er würde sich manches leisten können – vielleicht sogar ein Auto? Bei dem Gedanken an ein eigenes Auto, das für Paul Reimers durchaus nicht unter der Rubrik Fortbewegungsmittel rangierte, sondern ein reines Prestiges-Symbol war, wurde ihm fast schwindelig wie einem Menschen, der die dünne Höhenluft zu atmen nicht gewöhnt war.

„Nimm dich zusammen!" redete er sich hinter fest zusammengebissenen Zähnen zu. „Haltung, Paul! Jetzt nicht verrückt spielen! Was würde das für einen Eindruck machen!"

Und mit würdevoller Miene betrat er nach kurzem Anklopfen das Zimmer seines obersten Vorgesetzten, mit würdevoller Miene nahm er vor dem mächtigen Schreibtisch Platz, lehnte er die angebotene Zigarette ab. Er saß in korrekter Haltung da, sehr gerade, die Füße dicht nebeneinander und fest auf den Boden gestellt, die Hände auf den Lehnen, und sah Dr. Kleemüller wie ein gelehriger Schüler offen in die Augen.

Der Regierungsrat zündete sich eine Zigarette an, blies den Rauch in die Luft und sagte: „Tja, Herr Reimers, Sie werden sich ja wohl denken können, weshalb ich Sie habe kommen lassen . . ." Er machte eine kleine Pause.

Aber Paul Reimers saß stocksteif da, außerstande, ein Wort hervorzubringen.

„Ich brauche Ihnen wohl nicht zu sagen", fuhr der Regierungsrat fort, „wie sehr wir Sie alle hier im Amt schätzen . . . Ihre Gewissenhaftigkeit, Ihren Fleiß und nicht zuletzt die persönliche Initiative, die Sie mehr als einmal bewiesen haben . . ."

„Danke, Herr Regierungsrat", sagte Paul Reimers, und seine Stimme klang wie ein Krächzen.

„Sie, Herr Reimers, bringen alle Voraussetzungen für den Dienst in der höheren Beamtenlaufbahn mit, und es wird Ihnen wohl nicht entgangen sein, daß gerade ich persönlich immer sehr große Stücke auf Sie gehalten habe." Regierungsrat Dr. Kleemüller beugte sich vor. „Trotzdem war es entschieden ein Fehler von Ihnen, sich darum zu bewerben . . ."

Paul Reimers glaubte seinen Ohren nicht zu trauen. „Was?" stammelte er. „Wie bitte?"

„Um Himmels willen, Reimers, erschweren Sie mir diese leidige Angelegenheit nicht noch mehr!" polterte der Regierungsrat nervös. „Wir sind schließlich beide erwachsene Männer, und es gibt Dinge, über die man kein Wort zu verlieren braucht ..."

Paul Reimers hatte das Gefühl, als müsse er sich jetzt erheben und gehen. Aber er brachte es einfach nicht fertig. Er saß wie angeleimt.

Regierungsrat Dr. Kleemüller drückte seine halb gerauchte Zigarette aus und zündete sich sofort eine zweite an. „Es tut mir leid, Reimers", sagte er, „ich hätte Ihnen den Aufstieg gegönnt, Sie sind ein fähiger Mann. Aber unter den gegebenen Umständen ..." Er zuckte die Schultern. „Nichts zu machen."

Paul Reimers ballte, ohne es selber zu merken, die Hände zu Fäusten. „Aber ... warum?" fragte er mühsam. „Warum? Was habe ich mir zuschulden kommen lassen?"

„Sie? Gar nichts. Es handelt sich um Ihre Familie ... genauer gesagt ... aber das wissen Sie doch selbst!"

„Ich weiß nichts. Gar nichts."

Regierungsrat Dr. Kleemüller zog die Schreibtischschublade auf und nahm einen polizeilichen Laufzettel heraus. „Aber Sie sind doch Vater einer Tochter Helga Ruth, geboren am 27. Mai 1943 in Klatow?"

Paul Reimers war es, als ob er dies alles schon einmal erlebt, als ob er es seit langem unausweichlich auf sich hätte zukommen sehen Aber er kämpfte weiter, während sich das Bewußtsein der Aussichtslosigkeit wie ein dunkler Schatten tiefer und tiefer auf ihn herabsenkte. „Ja, natürlich", sagte er mühsam.

Regierungsrat Dr. Kleemüller senkte den Blick, verlegen und mitleidig zugleich. „An sich hat Ihre Tochter nichts mit Ihrer Laufbahn zu tun", sagte er, „aber im gegebenen Fall ... Sie hätten besser auf sie aufpassen sollen, Reimers!"

12

Paul Reimers schluckte schwer. Sein Adamsapfel zuckte über dem blendend weißen, gestärkten Kragen. „Helga ist großjährig", sagte er, „sie ist ein erwachsener Mensch. Ich begreife nicht, was ihr Privatleben –"

Regierungsrat Dr. Kleemüller fiel ihm ins Wort. „Privatleben ist gut. Ja, Menschenskind, Reimers, haben Sie denn wirklich keine Ahnung?"

Paul Reimers war außerstande, ein Wort hervorzubringen. Er schüttelte stumm den Kopf.

„Na, dann tut's mir doppelt leid." Der Regierungsrat drückte nervös seine Zigarette aus. „Eine schlimme Geschichte, na ja, aber eine Gehaltsaufbesserung, meine ich, dürfte doch für Sie drin sein, ich werde mich jedenfalls darum bemühen. Tragen Sie es mit Fassung, Reimers, das ist alles, was ich Ihnen raten kann!" Er machte eine weit ausholende Geste, um Paul Reimers zu verstehen zu geben, daß das Gespräch hiermit für ihn beendet war.

Aber Helgas Vater reagierte nicht, wie er erwartet hatte. Er rührte sich nicht von seinem Platz. „Ich will wissen, was hier gespielt wird", erklärte er, und seine blassen Lippen waren schmal wie ein Strich, „ich muß es wissen!"

„Aber lieber Herr Reimers, wäre es da nicht am besten, Sie sprächen mal selber mit Ihrer Tochter?"

„Ich will es von Ihnen wissen. Ich habe ein Recht auf die Wahrheit. Ich bestehe darauf."

Regierungsrat Dr. Kleemüller zögerte. „Nein, es stimmt wohl nicht, daß Sie das Recht haben, eine Erklärung von mir zu fordern", erwiderte er langsam, „aber ... ich glaube, es wäre nur anständig, Ihnen den Sachverhalt mitzuteilen. Wir – das heißt die hiesige Polizei – erhielten eine Rückfrage der Frankfurter Polizeidirektion. Es handelte sich um eine Helga Reimers, ganz offensichtlich um Ihre Tochter, die anscheinend aus Frankfurt verschwunden war, ohne sich offiziell abzumelden. Durch diese Rückfrage sollte geklärt werden, ob sich die Person vielleicht zur Zeit an ihrem Heimatort, hier in Bingen, aufhielt ..." Regierungsrat Dr. Kleemüller machte eine kleine Pause, als wäre er überzeugt, genug gesagt zu haben.

Aber Paul Reimers verstand immer noch nicht, oder besser gesagt, alles in ihm wehrte sich dagegen, zu verstehen. „Helga ist zur Zeit in Frankreich", sagte er, „sie hat uns eine Ansichtskarte geschickt."

„Herr Reimers, darum geht es doch nicht!" Regierungsrat Dr. Kleemüller seufzte schwer. „Machen Sie sich denn gar keine Gedanken darüber, warum die Frankfurter Kollegen so daran interessiert sind, ihren Aufenthaltsort festzustellen?"

„Sie wollen doch nicht sagen, daß Helga ... daß sie straffällig geworden ist?" Paul Reimers fuhr mit der Zunge über die Lippen.

„Das nicht, aber ... sie ist registriert."

Paul Reimers öffnete den Mund, als wolle er etwas sagen, holte aber nur Luft und preßte die Lippen wieder aufeinander.

„Sie brauchen sich keine Gedanken zu machen, daß es unter die Leute kommt", sagte der Regierungsrat beruhigend, „nur zwei Kollegen von der Polizei wissen Bescheid ... Heuringer und Schmidt, zuverlässige Beamte alle beide. Die werden nichts ausplaudern, da können Sie ..." Er unterbrach sich, als ihm bewußt wurde, daß Paul Reimers überhaupt nicht mehr fähig war, etwas von dem aufzunehmen, was er ihm sagte.

Paul Reimers' Gesicht war kreideweiß, die Augen wirkten wie schwarze Löcher in einer tragisch verzerrten Maske. Schwankend erhob er sich.

Dr. Kleemüller sprang auf, lief um den Schreibtisch herum, drückte Paul Reimers wieder in den Sessel zurück. „Sitzen bleiben, Reimers! Sie werden mir hier doch nicht umfallen wollen? Das hätte gerade noch gefehlt! Er riß den Wandschrank auf, holte eine Kognakflasche und ein Glas heraus, goß ein, hielt Paul Reimers das gefüllte Glas an die Lippen. „Da, trinken Sie . . . doch, Sie müssen trinken! Los, hinunter damit . . . dann werden Sie sich gleich besser fühlen."

Paul Reimers gehorchte. Der Kognak floß mild über seine Zunge, wärmte ihm den Magen, ohne daß er sich jedoch auch nur eine Nuance wohler gefühlt hätte. „Das ist nicht möglich", sagte er tonlos, „das ist einfach unmöglich . . ."

„Aber mein Lieber, nun hören Sie mal! Glauben Sie etwa, ich erzähle Ihnen Geschichten?" Der Regierungsrat nahm den Laufzettel vom Schreibtisch und las: „Helga Reimers, genannt Kitty, geboren . . . das hatten wir ja schon . . . Beruf Prostituierte . . ."

„Nein!" schrie Paul Reimers. Es war, als ob die unabänderliche Wahrheit erst in dieser Sekunde den Panzer von Selbstgerechtigkeit und Wohlanständigkeit durchbohrt hätte, mit dem er sich gegen alle unangenehmen Dinge des Lebens gewappnet hatte.

Regierungsrat Dr. Kleemüller, der geglaubt hatte, das Schlimmste hinter sich zu haben, zuckte zusammen. „Nun regen Sie sich nicht so auf, Mann! Es ist unangenehm, ja, ich weiß . . . eine peinliche Geschichte. Aber so etwas soll ja in den besten Familien vorkommen. Ihr ganz persönliches Pech, daß Sie Beamter sind, in jedem anderen Beruf . . ."

Paul Reimers wehrte sich immer noch. „Das muß ein Irrtum sein, eine Verwechslung . . ."

Dr. Kleemüller schüttelte den Kopf. „Die Polizei irrt sich sehr selten . . ."

„Aber sie hat eine eigene Wohnung in Frankfurt, sie . . . sie ist verlobt!"

Der Regierungsrat wurde aufmerksam. „Woher wissen Sie das?"

„Meine Frau . . ."

„Nein, mein Lieber, lassen Sie Ihre Frau aus dem Spiel. Ich will nicht behaupten, daß sie mit Ihrer Tochter unter einer Decke stecken könnte . . . höchstwahrscheinlich ist sie einfach gutgläubig. Frauen sehen immer das Beste in ihren Kindern . . . niemand ist leichter zu beschwindeln als eine Mutter."

Paul Reimers straffte die Schultern. „Aber ich habe Helga ja selber in Frankfurt getroffen . . ." Plötzlich brach all das aus ihm heraus, was er seit Wochen so ängstlich gehütet, über das er mit keinem Menschen bisher gesprochen hatte. „Sie war hochelegant gekleidet und fuhr einen weißen Mercedes!"

Er kam nicht dazu, weiterzusprechen. „Und da haben Sie nicht sofort Verdacht geschöpft?" fragte der Regierungsrat. „Reimers, jetzt verstehe ich Sie wirklich nicht mehr! Wie konnten Sie annehmen, daß Ihre Tochter solch einen Luxuswagen auf rechtschaffene und anständige Art erworben haben könnte? Vielleicht ... wenn Sie damals gleich eingegriffen hätten. ..."

„Aber Sie ist keine Prostituierte!"

„Weil sie nicht an der Straßenecke steht? Die Zeiten haben sich geändert. Heute arbeiten die leichten Mädchen auf anderer Basis ... jedenfalls die erfolgreichen unter ihnen. Ich mache Ihnen einen Vorschlag, Reimers ... Nehmen Sie sich einen Tag Urlaub, fahren Sie nach Frankfurt, sprechen Sie mit den Herren vom Sittendezernat ... wollen Sie?"

Paul Reimers war nahe daran, die Herausforderung anzunehmen, das „Ja" lag ihm schon auf der Zunge – aber dann wurde ihm klar, welcher Kette von Demütigungen er sich damit ausgesetzt hätte, wenn er, als Vater einer Prostituierten, Nachforschungen angestellt hätte. Gleichzeitig begriff er, daß sein Vorgesetzter ihm nichts als die Wahrheit gesagt hatte – und daß er selber diese Wahrheit geahnt hatte, schon seit langem. Schon seit damals, als der weiße Mercedes neben ihm gehalten und eine junge Frau, die so sehr seiner Tochter geglichen hatte, obwohl ihr die kupferroten Locken bis auf die Schultern fielen, ihn angesprochen hatte: „Guten Abend, Herr Direktor!"

Damals hatte er es begriffen, und er hatte es keine Sekunde vergessen, so sehr er sich auch darum bemüht hatte. Er hatte Helga abgeschrieben. Aber es hatte ihm nichts genutzt. Man konnte die eigene Tochter nicht einfach streichen. Jetzt fiel der Schatten ihres verfehlten Lebens auch über ihn.

„Nein", sagte er heiser, und mit unendlicher Überwindung fügte er hinzu: „Entschuldigen Sie bitte, Herr Regierungsrat, daß ich ..."

„Schon gut, schon gut. War ein schwerer Schlag für Sie, habe ich durchaus verstanden." Er klopfte Paul Reimers auf die Schulter. „Kopf hoch, das Leben geht weiter. Wollen Sie noch einen Kognak?"

Paul Reimers wußte, daß dieses Angebot nicht ganz ehrlich gemeint war und daß sein Vorgesetzter fest damit rechnete, er würde ablehnen. Dennoch hörte er sich zu seiner eigenen Überraschung sagen: „Ich bitte darum ..."

Der zweite Kognak brannte in seinen Eingeweiden wie flüssiges, reinigendes Feuer. Er konnte sogar wieder lächeln – so kam es ihm jedenfalls selber vor; für den Regierungsrat war es nichts als ein krampfhaftes Zucken um die Mundwinkel.

„Sie brauchen heute nicht mehr zu arbeiten, Reimers", sagte er hastig, „gehen Sie nach Hause, erholen Sie sich ..."

Und Paul Reimers ging, mit kleinen steifen Schritten, sehr gerade, mit hocherhobenem Kopf – wie eine aufgezogene Gliederpuppe. Sein Herz war schwer wie Blei, ihm war dunkel vor den Augen, und doch, der Mechanismus der täglichen Gewohnheiten funktionierte noch.

Er fand die Türklinke, verbeugte sich noch einmal in Richtung seines Vorgesetzten, verließ das Zimmer, tastete sich über den Flur, erwiderte den Anruf eines Kollegen – und hatte doch nur den einen Wunsch, eine dunkle Höhle zu finden, in der er sich verkriechen konnte, nichts mehr sehen, nichts mehr hören, nichts mehr empfinden und nie mehr handeln zu müssen.

In dem großen Saal der Frauenabteilung standen zwanzig Betten, und der Geruch von Krankheit, Tod, Angst und Elend, der Geruch von Schweiß, Blut und Eiter war so stark, daß er den scharfen, durchdringenden Duft der Desinfektionsmittel noch überdeckte. Es kostete Kitty Überwindung, einzutreten.

Sie schlenderte an den Bettreihen entlang, sah in junge und ältere Gesichter, fühlte fiebernde und gleichmütige Augen auf sich gerichtet. Sie versuchte, die kranken Frauen anzulächeln, aber als dieses Lächeln keine Erwiderung fand, erstarb es. Sie war froh, als sie endlich Irma entdeckte – tatsächlich war sie schon einmal an ihr vorbeigegangen, ohne sie zu erkennen.

Irma wirkte, wie sie so dalag, ohne Schminke und ohne Perücke, mit geschlossenen Augen, völlig verändert. Ihr spitzes Gesicht wirkte frühzeitig gealtert, die schlaffe Haut des mageren Halses hatte tiefe Ringe gebildet, das Haar, schütter und glanzlos durch das allzu häufige Perückentragen, war unansehnlich wie das Fell einer grauen Maus.

Kitty blickte auf die Kollegin herab und stellte sich die Frage: Wie alt mochte Irma wirklich sein? Wenn das Alter stimmte, das sie anzugeben pflegte, mußte es der Beruf sein, der sie so frühzeitig hatte altern lassen – aber wahrscheinlich gab sie sich für jünger aus, um mehr Chancen zu haben. Kitty schauderte leicht und zog die Nerzstola enger um die Schultern – nie so enden, schwor sie sich, nie!

„Hallo, Irma“, sagte sie laut.

Langsam, als koste es sie Anstrengung, hob Irma die verschwollenen Lider. Ihre wasserblauen Augen leuchteten auf, als sie Kitty erkannte. „Kitty, du!“ sagte sie freudig überrascht.

Kitty sah sich nach einem Stuhl um und setzte sich, als sie keinen fand, auf die Bettkante. „Ich mußte doch mal nach dir sehen.“

„Schrecklich nett von dir . . .“

Kitty legte ihr eine mit großen pastellfarbenen Chrysanthemen verzierte Pralinenpackung auf die Bettdecke. „Ich habe dir auch was mitgebracht . . .“

Sie hatte diese Pralinen von einem spendablen Freier in der ‚Kakadu-Bar' geschenkt bekommen, und Irmas schmerzliches Lächeln zeigte, daß sie das wußte oder zumindest vermutete.

„Danke", sagte sie, „lieb von dir . . ."

Kittys Blick fiel auf den dicken Rosenstrauß, der in einer angeschlagenen Keramikvase auf dem Nachttisch stand. „Wie ich sehe, bin ich nicht die einzige, die sich um dich sorgt . . ."

„Ein paar Mädchen waren hier."

Kitty bereute jäh, daß sie überhaupt gekommen war. Sie hatte sich vorgestellt, daß Irma völlig allein und verlassen sein müßte. Da das nicht so war, erschien ihr der eigene Besuch auf einmal überflüssig.

„Und wie geht's dir?" fragte sie gezwungen. „Du siehst eigentlich gar nicht übel aus."

„Es geht mir auch nicht schlecht. Die Ärzte sagen, ich hätte riesiges Glück gehabt. Ein paar Rippen gebrochen und eine Gehirnerschütterung, das ist alles."

Kitty scheute sich, nach Irmas Auto zu fragen, das ganz gewiß nicht voll versichert gewesen war. Sie war sich darüber klar, daß sie Irma helfen mußte, und sie hatte sich auch dazu durchgekämpft, aber es widerstrebte ihr, von sich aus das Gespräch auf dieses heikle Thema zu bringen.

„Und wie lange mußt du bleiben?" fragte sie.

„Etwa vierzehn Tage."

„Eigentlich bist du zu beneiden."

„Ja, in gewisser Weise", gab Irma zu.

„Auf alle Fälle wird dir eine Erholungspause einmal ganz guttun."

„Ja, bestimmt." Irma legte rasch ihre Hand auf Kittys Arm, als die Anstalten machte, aufzustehen. „Mein Auto hat's ziemlich erwischt."

Kitty wußte, daß jetzt der Moment gekommen war, Irma ihre Hilfe anzubieten. Aber sie brachte es nicht über sich. Erst soll sie mich bitten, dachte sie, so leicht fällt einem das Geld nicht in den Schoß. „Hauptsache, daß du noch mal davongekommen bist", sagte sie.

„Die Reparatur bezahlt die Versicherung, aber die Rate und die Miete . . . und ich kann doch in den nächsten Tagen keinen Pfennig verdienen . . ."

„Das wird schon irgendwie in Ordnung kommen", erwiderte Kitty, ohne die Freundin anzusehen.

„Ja", sagte Irma, „stell dir vor, die Mädchen haben mir versprochen, eine Sammlung zu machen. Nur für mich. Sie behaupten, sie kriegen das Geld zusammen. Was meinst du?"

Kitty fühlte einen kleinen Stich in der Magengrube. Sie war gekränkt, weil ihre Hilfe überflüssig geworden schien, und gleichzeitig unendlich erleichtert, daß ihr das schon unvermeidlich erschienene Opfer erspart blieb.

„Du hast also mit den anderen über deine Situation gesprochen?" fragte sie scharf.

Irmas Augen wurden groß. „Hätte ich das nicht tun sollen?"

„Immerhin", sagte Kitty, „hatte ich versprochen, dir zu helfen. Ich dachte, wir wären Freundinnen. Aber es sieht ganz so aus, als wenn ich mich geirrt hätte ..." Sie schüttelte Irmas Hand ab und stand auf.

„Kitty, so habe ich das doch nicht gemeint."

„Egal. Du hast aber so gehandelt."

„Bitte, Kitty, sei nicht böse!"

Kitty beugte sich herab und küßte Irma flüchtig auf die Stirn, die sich kalt und feucht anfühlte. „Na schön, ich bin nicht böse", sagte sie versöhnlich, „reg dich jetzt nur nicht auf, das schadet dir bloß. Und im übrigen bin ich ganz sicher, daß die Mädchen das Geld zusammenbekommen ..." Sie richtete sich auf, noch ehe Irma den Arm um ihren Nacken schlingen konnte.

„Meinst du wirklich?"

„Aber ja. Und wenn alle Stricke reißen, bin ich auch noch da. Ruh dich jetzt aus, Irma, nutz es aus ... Wer weiß, wann du es wieder so gut haben wirst. Sobald ich Zeit habe, sehe ich mal wieder nach dir."

Kitty wandte sich eilig, fast fluchtartig zum Gehen; auf jeden Fall wollte sie verhindern, daß Irma sie noch einmal zurückrief. Sie hatte das erhebende Gefühl, ihre Pflicht getan zu haben und gleichzeitig einem Anschlag auf ihr sorgsam gehütetes Bankkonto entronnen zu sein.

Es war nichts Ungewöhnliches, daß Paul Reimers nicht pünktlich zum Abendessen nach Hause kam, und dennoch war seine Frau – heute wie stets – tief beunruhigt. Keine Sekunde lang nahm sie an, daß eine andere Frau hinter seiner Verspätung steckte oder daß ihm auf der Straße ein Unglück zugestoßen war. Nein, sie glaubte ganz genau zu wissen, daß er entweder Überstunden machte oder beim Abendschoppen im Wirtshaus hängengeblieben war. Sie sagte sich das immer wieder, während sie sich bemühte, Karin und Rolf gegenüber eine gleichmütig fröhliche Miene zu zeigen.

Aber die Angst in ihrem Herzen blieb, die instinktive Angst einer Glucke, die nur dann zufrieden ist, wenn sie alle ihre Küken um sich versammelt hat.

Es wäre alles einfacher für sie gewesen, wenn die Kinder ihr wenigstens Gesellschaft geleistet hätten. Aber Rolf mußte ins Bett, und Karin wollte früh zu Bett, und so blieb sie allein in der Küche – in dem sehr aufgeräumten Wohnzimmer hätte sie sich noch einsamer gefühlt. Sie schaltete das Radio ein, in dem es zum Glück ein Operettenkonzert gab, und rechnete zum x-ten Male nach, wie sie mit gleichbleibendem Wirtschaftsgeld die steigenden Kosten decken sollte.

Sie hörte den Schlüssel in der Wohnungstür sofort, trotz: „Jetzt geh ich ins Maxim . . ." und trotz ihrer Rechnerei, einfach deshalb, weil sie seit Stunden auf nichts anderes gewartet hatte. Sie stellte den Apparat leiser, fürchtete noch, sich getäuscht zu haben – aber das Zuschlagen der Wohnungstür war unüberhörbar, und jetzt die Schritte ihres Mannes, sein vertrautes Räuspern.

Anna Reimers sprang auf. Sie war nahe daran, ihm entgegenzueilen. Aber sie hielt sich zurück, weil sie aus Erfahrung wußte, wie sehr er solche Auftritte haßte. Er legte Wert darauf, frei zu sein, Herr seiner eigenen Entschlüsse, und seine Frau verstand ihn und gönnte ihm dieses Gefühl – wenn sie auch beide im tiefsten Herzen wußten, daß es nur eine Fiktion war. Sie stellte das Radio wieder lauter, lief zum Herd und öffnete das Backrohr, in dem sie sein Essen warmgestellt hatte. „'n Abend, Paul", sagte sie freundlich, ohne ihn anzusehen, dann wurde es schwierig, die richtige Form zu finden, denn je nachdem, in welcher Stimmung er war, konnte er die harmloseste Bemerkung in die falsche Kehle kriegen. „Gut, daß du endlich kommst!" wäre falsch gewesen, er hätte einen Vorwurf heraushören können. „Ich freue mich, daß du wieder da bist!" war nicht viel besser. „Hoffentlich hast du Hunger", hätte bedeuten können, sie wolle unterstellen, daß er schon im Wirtshaus gegessen hatte.

Es war wirklich sehr schwierig, und so entschloß sie sich zu der neutralsten aller möglichen Bemerkungen: „Das Essen ist gleich warm!"

Aber anscheinend hatte sie doch nicht das Richtige getroffen, denn seine Stimme klang seltsam fremd, als er erwiderte: „Danke, ich habe keinen Hunger!"

Sie atmete tief, um den Schwall von Worten, von Fragen und Beschwörungen, der aus ihr herauszubrechen drohte, zurückzuhalten, und erklärte mit einer Selbstbeherrschung, die ihr selbst imponierte: „Gut. Dann mache ich für uns beide noch eine Tasse Kaffee."

„Du glaubst wohl, ich bin betrunken?" gab er feindselig zurück.

Dieser Gedanke war ihr vorher gar nicht gekommen. Erst jetzt, da er es aussprach, wußte sie, was die Glocke geschlagen hatte. „Aber nein", erwiderte sie rasch, „ich wollte nur selber . . . aber wenn du lieber ein Bier trinken möchtest, es müßte noch eine Flasche im Eisschrank sein."

Sie schaltete das Backrohr aus und drehte sich zu ihm um. Er hatte sich an den Küchentisch gesetzt, sehr aufrecht, mit fest zusammengepreßten Lippen, und alles an ihm war ihr so vertraut, daß ihr Herz ganz weit vor Erleichterung wurde. Sie goß ihm ein Glas Bier ein und setzte sich neben ihn. Sie lächelte ihm zu, und ihr Lächeln vertiefte sich, als er das Glas mit einem einzigen durstigen Zug leerte.

„Schön kühl, nicht wahr?“ fragte sie und schenkte ihm den Rest ein.

Sie hatte das Bedürfnis, mit ihm zu sprechen, aber sie wagte nicht, ihm Fragen zu stellen, und vor lauter Unsicherheit begann sie über das zu reden, was ihr im Augenblick am meisten am Herzen lag, obwohl sie im Grunde sehr gut wußte, daß der Augenblick so falsch wie möglich gewählt war. Aber sie hatte sich so lange und so krampfhaft beherrscht, daß sie einfach ein Ventil brauchte.

„Ich habe den Abend benutzt, um alles noch einmal durchzurechnen, Paul“, sagte sie, „es ist zum Verzweifeln. Das Geld für Rolfs Nachhilfestunden springt einfach nicht dabei heraus. Ich weiß wirklich nicht, wie ich es anfangen soll ...“

„Geh arbeiten“, sagte er, ohne sie anzusehen.

Es verschlug ihr eine Sekunde lang den Atem. „Ich?“ stieß sie endlich hervor.

„Warum nicht? Wer kann sich schließlich heute noch erlauben, nur Hausfrau zu sein?“

„Aber“, stotterte sie, „du hast doch immer gesagt, das ist unmöglich ... wegen deiner Karriere und ...“

„Damit ist es aus.“

Das kam zu rasch und unerwartet, als daß sie es hätte begreifen können. Sie glaubte nichts anderes, als daß er nur schlecht gelaunt wäre. „Ach, Unsinn“, erwiderte sie, „rede dir doch so etwas nicht ein!“

„Unsinn?“ wiederholte er mit leiser, drohender Stimme. „Du wagst zu behaupten, daß ich Unsinn rede?“

Sie erschrak, zwang sich aber zu einem Lächeln. „Paul, das habe ich nur so gesagt ... du weißt doch, wie ich es meine ...“

„Nichts weiß ich! Gar nichts!“ brüllte er unvermutet los und lief rot an vor Wut. Er holte mit der Hand aus.

„Paul!“ rief sie entsetzt und schützte ihr Gesicht mit dem vorgehaltenen Arm.

Aber er schlug sie nicht, sondern fegte nur mit einer einzigen gewalttätigen Bewegung Bierflasche und Glas vom Tisch. Klirrend zerbarsten sie auf dem Fliesenboden.

Anna Reimers war aufgesprungen. Sie wollte davonlaufen, aber ihre Füße gehorchten ihr nicht. Nie, nicht ein einziges Mal in ihrer mehr als zwanzigjährigen Ehe, hatte sie ihn so erlebt. Er hatte manchmal, selten genug, einen über den Durst getrunken, aber nie zuvor hatte er sich so gehenlassen. Es fiel ihr schwer zu begreifen, wie betrunken er war.

„Woher soll ich wissen, daß du mit deiner sauberen Tochter nicht unter einer Decke steckst?“ tobte er. „Du warst ja bei ihr in Frankfurt ... du hättest es wissen müssen ...“

„Wovon sprichst du? Paul, Paul!“

„Daß sie eine Hure ist!“ Paul Reimers hob den Küchenstuhl hoch und ließ ihn krachend auf den Tisch sausen. „Eine Hure, eine gottverdammte Hure!"

Anna Reimers zog sich zum Spültisch zurück. Sie begriff, daß ihr Mann außer sich war, unberechenbar und äußerst gefährlich in diesem Zustand, mit dem Stuhl als Waffe in den erhobenen Händen. Sie zitterte am ganzen Körper vor Angst – doch sie zitterte nicht um ihr Leben, sondern davor, daß er, ihr Mann, zum Mörder an ihr werden könnte, daß er sein Schicksal und das ihrer Kinder zerstören könnte, und diese Angst schnürte ihr die Kehle zu.

„Es ist aus mit meiner Karriere ... aus, vorbei!" brüllte Paul Reimers und ließ den Stuhl ein zweites Mal niedersausen. Diesmal hielt er die Wucht des Aufpralls nicht aus, sondern brach auseinander, und alles, was Paul Reimers in der Hand behielt, war die Lehne mit den Hinterbeinen. „Weil meine Tochter eine Hure ist ... weil ich ein Hurenvater bin!"

„Paul!" flüsterte Anna Reimers tonlos. „Paul!"

Noch einmal schlug er mit aller Kraft mit der Stuhlruine auf den Küchentisch, der ächzend zusammenknickte. In jeder Hand ein Stuhlbein, wankte er auf seine Frau zu. „Eine Hure ... eine Prostituierte ... deine Tochter ... deine Lieblingstochter ... woher sie das nur hat? Woher?"

Sie starrte ihn an, als sähe sie ihn das erstemal in ihrem Leben wirklich – und so wie jetzt hatte sie ihn noch nie erlebt. Die Augen traten ihm aus den Höhlen, sein Gesicht war vor Wut, Haß und Betrunkenheit grauenvoll verzerrt, Speichel lief ihm aus dem Mundwinkel.

„Du Hure!" brüllte er und drang auf sie ein.

In dieser Sekunde zitterte Anna Reimers nicht mehr. Sie fühlte sich ganz ruhig, ihr Verstand arbeitete kühl und klar – in dieser entscheidenden Sekunde, in der es darum ging, den Mann, den sie liebte, vor sich selber zu retten, schossen ihr tausend Möglichkeiten durch den Kopf.

Aber dann war es doch ihr fraulicher Instinkt, der sie das richtige Wort finden ließ. „Paul ... du hast dir ja weh getan!"

Der Arm mit dem Stuhlbein, den er schon gegen sie erhoben hatte, zuckte zurück. Aber in seinen Augen stand immer noch dieses fremde, unheimliche Leuchten.

„Zeig deine Hände her", sagte sie, „alle beide!"

Und sie war gar nicht verwundert, als er willenlos gehorchte und die Reste des Stuhls zu Boden poltern ließ.

„Da, siehst du", sagte sie, „ganz zerschunden. Komm mit ins Bad, ich werde sie dir kühlen, und dann Salbe darauf und einen kleinen Verband. Morgen wird alles wieder in Ordnung sein."

Er ließ sich von ihr in das primitive kleine Bad führen, ließ sich ausziehen, in den Schlafanzug helfen, die Handflächen mit Arnika einreiben, die Wunden salben.

Sie brachte ihn zu Bett wie ein Kind, holte ihm ein Glas Wasser und zwei Schlaftabletten. Er schluckte gehorsam, ließ sich in die Kissen zurücksinken und schloß die Augen.

„Schlaf jetzt“, sagte sie, „schlaf wohl, Paul, du hast es verdient. Du hast einen schweren Tag hinter dir. Aber morgen ... morgen wird alles besser sein!“

Sie blieb an seinem Bett sitzen, wischte ihm die Tränen fort, die unter seinen geschlossenen Augenlidern hervordrangen, wartete, bis sie versiegten und seine Atemzüge gleichmäßig und tief waren. Erst als sie sicher war, daß er schlief, stand sie auf. Lautlos zog sie sich im ungewissen Schein der kleinen Nachttischlampe um und schlüpfte in ihr beiges Kostüm. Sie hatte nicht die Geduld, ihr Haar sorgfältig zu frisieren, und setzte statt dessen einen Hut auf. Sie räumte ihre braune Handtasche ein und ging in die Küche zurück. Hier sah es fürchterlich aus. Der Boden war voller brauner Glasscherben, Holzsplitter schwammen in einer Bierlache, die Trümmer des Stuhles lagen herum, zwei Beine des Küchentisches waren eingeknickt, er wirkte wie ein geprügelter Hund.

Anna Reimers achtete gar nicht darauf. Sie ging geradewegs zum Küchentisch, leerte den Inhalt der ausrangierten Zuckerdose in ihre Handtasche, ohne sich die Mühe zu nehmen, die Scheine und Pfennige zu zählen – sie hatte den Betrag genau im Kopf.

Gerade als sie den Schrank wieder schloß, kam Karin in die Küche gehuscht – sehr jung, fast kindlich, mit ihrem vom ersten Schlaf zerzausten Haar, den weitgeöffneten blauen Augen, auf nackten Füßen in einem ausgewachsenen Schlafanzug.

„Mutti ... was ist passiert?“

„Das siehst du ja wohl selber“, sagte Frau Reimers, „es ist einiges zu Bruch gegangen.“

„Es war ein furchtbarer Krach. Ich bin fast aus dem Bett gefallen vor Schreck. Eigentlich wollte ich sofort ... aber dann habe ich mich doch nicht getraut.“

„Zieh dir Pantoffeln an. Es liegt alles voller Scherben.“

Karin zog die Nase kraus. „Sieht aus wie ein Schlachtfeld!“

„Das du jetzt aufräumen wirst“, erklärte ihre Mutter ruhig.

„Ich? Und noch dazu jetzt ... mitten in der Nacht?“

„Übertreib nicht. Du bist schon oft viel später nach Hause gekommen. Bring alles so gut wie möglich in Ordnung ... es ist nicht nötig, daß Rolf das morgen früh sieht ... oder Vater daran erinnert wird.“ Frau Reimers zog sich die Handschuhe über.

„Wo ist er jetzt? Ich meine ... Vater?“

„Er schläft. Es ist möglich, daß er morgen früh nicht ins Amt gehen kann. Wenn er krank ist, wirst du anrufen und ihn entschuldigen ..."

Jetzt erst fiel es Karin auf, daß ihre Mutter zum Ausgehen angezogen war. „Und du, Mutti? Was hast du vor?"

„Ich muß fort, Karin. Du wirst dich inzwischen um den Haushalt kümmern. Kann sein, daß ich morgen wieder zurück bin. Es ist aber auch möglich, daß ich einige Tage ausbleibe."

„Wohin willst du denn überhaupt?"

„Das werde ich dir vielleicht erzählen, wenn ich wieder da bin." Frau Reimers zog ihre Tochter an sich. „Mach's gut, Liebes, ich weiß, daß ich mich auf dich verlassen kann ... und bitte, zieh dir zuallererst Pantoffeln an!" Sie gab ihr einen flüchtigen Kuß auf die Wange und war dann mit wenigen Schritten bei der Wohnungstür.

Karin blickte ihr mit großen Augen nach. Die Mutter schien ihr ganz verändert. So hatte sie sie noch nie erlebt, auch nicht, daß die Eltern sich jemals so gestritten oder gar geprügelt hatten – denn so etwas mußte sich doch allem Anschein nach hier abgespielt haben.

Sie hatte in ihrem Zimmer den Vater toben hören. Aber sie hatte kein Wort verstanden. Das lag teils daran, daß ihr Zimmer am anderen Ende des Flurs lag, aber auch daran, daß sie den Kopf unter die Decke gesteckt hatte. Erst jetzt, nachdem alles vorüber war, war ihre Neugier größer geworden als ihre Angst. Aber jetzt war es zu spät. Sie war gerade noch zurechtgekommen, die Trümmer zu beseitigen.

13

Kitty mußte ununterbrochen kichern. Sie wußte selber nicht warum, aber alles erschien ihr heute nacht unwahrscheinlich komisch. Vielleicht lag es daran, daß sie eine Flasche Champagner getrunken hatte, ziemlich hastig und auf fast leerem Magen – und daß der Kavalier, der neben ihr im Mercedes saß, die Hände nicht bei sich behalten konnte und an ihr herumtapste wie ein ungeschickter Bär. Er versuchte, sie in den Nacken zu küssen und ins Ohr zu beißen, und dabei kitzelte sie sein Schnurrbart. Kitty kicherte, daß ihr die Rippen weh taten.

„Laß das doch, Bubi", quietschte sie, „ich bitte dich, hör auf damit! Wir sind doch gleich da! Hör auf ... ich fahr sonst noch gegen die nächste Laterne ... ich halt's nicht aus, ich halt's einfach nicht aus!" Sie krümmte sich vor Lachen und verlor wirklich für Sekunden die Gewalt über das Steuer. Der Mercedes schoß auf den Bürgersteig zu. Sie konnte ihn gerade noch im letzten Moment wieder abfangen.

Sie mußte wieder lachen, diesmal über das erschrockene Gesicht ihres

Kavaliers, das ihr unsagbar komisch erschien. Als er begriff, daß noch einmal alles gutgegangen war, stimmte er in ihr Gelächter ein und versuchte wieder, den Arm um ihre Taille zu legen.

„Laß das!“ schrie sie. „Das kitzelt so wahnsinnig!“

Er schob ihr mit der anderen Hand das enge Kleid über den Oberschenkel zurück. „Das auch, Süße?“

Sie klopfte ihm auf die Finger. „Nicht so eilig, Bubi . . . laß dir Zeit!“ Sie mußte sich wieder ausschütten vor Lachen, als ob sie einen köstlichen Witz gemacht hätte.

Er schien sich ihre gute Laune zuzuschreiben. „Ja, ich bin ein spaßiger Bursche“, erklärte er selbstzufrieden, „deshalb bekomme ich auch überall rasch Kontakt mit den Leuten . . .“

„Das kann man wohl sagen“, kicherte sie. „Mit mir hast du jedenfalls schnell Kontakt bekommen . . . gnädiges Fräulein, gestatten Sie . . . oh, oh, oh!“

„Du lachst doch nicht etwa über mich, Puppe?“ fragte er leicht gekränkt.

„Ach, woher denn . . . ich bin einfach so vergnügt!“ Sie konnte nicht aufhören zu lachen. „Da wären wir . . .“ Sie trat so nachdrücklich auf die Bremse, daß sie beide erst vor- und dann zurückgeschleudert wurden, was eine neue Kaskade von Gelächter bei ihr hervorrief.

Erschöpft vor Lachen ließ sie sich in die Polster zurücksinken und merkte dann erst, daß ihr Kavalier ein beleidigtes Gesicht machte. Sie streckte ihre Hand aus, griff ihm in das kurze braune Haar, krallte sich ein und schüttelte ihn leicht.

„Mach ein anderes Gesicht, Bubi“, sagte sie, „oder kannst du keinen Spaß vertragen? Komm, nun lächle schon . . . wir sind da! Trautes Heim, Glück allein! Es wird dir bestimmt bei mir gefallen.“ Sie rutschte dicht an ihn heran.

Mit gierigen Händen griff er nach ihr. „Du verdammtes kleines Luder!“

Sie hielt gerade so lange still wie nötig war, um ihn wieder in gute Laune zu versetzen, dann machte sie sich von ihm frei. „Komm rauf“, flüsterte sie dicht an seinem Ohr, „da haben wir's bequemer!“ Sie langte über ihn hinweg und stieß die Tür auf. „Steig aus!“ Sie wartete, bis er auf dem Bürgersteig stand, dann verriegelte sie die Tür von innen, stieg auf der anderen Seite aus und schloß ab. „Weiß der Kuckuck“, sagte sie, „ich war selten so vergnügt!“ Sie hängte sich bei ihm ein und lachte, als er sie zu küssen versuchte und dabei wieder mit seinem Schnurrbart kitzelte.

In diesem Augenblick trat Anna Reimers aus dem Schatten der Haustür, eine würdevolle und rührende Gestalt, trotz des ein wenig provinziellen Kostüms und des schlichten Hutes, der beileibe nicht mehr der neuesten Mode entsprach. Die Augen fest auf Kittys Gesicht gerichtet, kam sie Schritt für Schritt näher – und das Lachen erstarb auf den Lippen ihrer Tochter.

„Guten Abend, Helga", sagte Frau Reimers ruhig, „ich habe seit einer halben Stunde auf dich gewartet."

„Tut mir leid, ich . . . ich wußte ja nicht . . ."

„Dafür weiß ich jetzt alles!"

„Also . . . was soll das nun", sagte der Kavalier ungeduldig, „komm schon, Puppe, ihr könnt später weiterpalavern!" Er versuchte, Kitty zum Haus hinzuziehen.

Anna Reimers trat noch einen Schritt näher. „Verschwinden Sie", sagte sie scharf, „ich habe mit meiner Tochter zu reden!"

Kitty schnappte nach Luft. „Aber, Mutti, wir können doch später noch –", begann sie. Aber sie kam nicht dazu, den Satz zu beenden.

Anna Reimers hob die Hand und schlug ihr mitten in das geschminkte Gesicht.

Kittys Gesicht verzerrte sich, sie fuhr sich mit der Hand an die schmerzende Wange. „O Mutti!" rief sie mit erstickter Stimme.

„Ich habe dich nie geschlagen, nie!" rief Anna Reimers in flammendem Zorn. „Aber heute weiß ich, daß das ein Fehler war. Ich hätte viel strenger zu dir sein sollen. Von Anfang an."

Jetzt hielt der Kavalier den Zeitpunkt für gekommen, sich einzuschalten. „Erlauben Sie mal, gute Frau!" protestierte er.

„Ich bin nicht Ihre gute Frau", sagte Anna Reimers hart, „ich bin Helgas Mutter! Und wer sind Sie! Wollen Sie mir das gefälligst erklären? Wer sind Sie und was wollen Sie von meiner Tochter?"

„Er ist ein Freund", sagte Kitty rasch, „ein . . . ein guter Freund, Mutti Wir waren zusammen aus . . . da ist doch nichts dabei oder?"

Aber Anna Reimers, der gutgläubigen Anna Reimers, waren auf einmal die Augen aufgegangen, sie ließ sich nichts mehr vormachen.

„Ist er vielleicht auch ein Verlobter?" fragte sie mit einem Sarkasmus, wie ihn Kitty noch nie an ihr erlebt hatte. „Wie Schlüter-van Dorn? Oder ein ständiger Begleiter wie Viktor von Horck? Oder was ist er?"

„Ein Freund", stammelte Kitty.

„Das ist für mich keine ausreichende Erklärung. Du wechselst deine Freunde ja schneller als die Hemden. Wie lange kennst du diesen Freund? Seit einer Woche? Seit ein paar Tagen? Oder erst seit heute nacht?" Sie hob die Hand und schlug Kitty noch einmal, diesmal auf die andere Wange. „Du Hure, du!"

Der Kavalier wich unwillkürlich einen Schritt zurück, als befürchte er, daß die aufgebrachte Mutter im nächsten Augenblick auch auf ihn losgehen könnte. „Also, meine Damen", sagte er unbehaglich, „tut mir furchtbar leid . . . aber ich glaube, es ist besser, ich verzieh' mich jetzt.

Wir sehen uns bestimmt mal bei Gelegenheit wieder, Kitty ... Wo ist der nächste Taxistand?"

„Gehen Sie zu Fuß!" schrie Anna Reimers. „Das wird Ihnen guttun!"

Sie hob den Regenschirm wie ein Flammenschwert, um ihn fortzuscheuchen, und diese einfache, aber sehr dramatische Geste hatte einen überraschenden Erfolg: Der Kavalier drehte sich auf dem Absatz um und rannte in die dunkle Straße hinein, als säße ihm ein Teufel im Nacken.

Frau Reimers war sekundenlang ganz verblüfft, sie hätte sich eine solche schreckeinflößende Wirkung gar nicht zugetraut, und Kitty mußte, dem Schock, den sie durchgemacht hatte, zum Trotz, plötzlich lachen – sie lachte und lachte und konnte nicht mehr aufhören. Erst als ihre Mutter sie schüttelte, kam sie wieder zu sich, und ihr Lachen ging in ein völlig unbeherrschtes, hysterisches Schluchzen über.

Anna Reimers schob sie zur Haustür, nahm ihr die Tasche ab und holte die Schlüssel heraus. „Komm, Kind", sagte sie, „hör auf zu weinen. Es wird alles wieder in Ordnung kommen. Ich bin ja jetzt bei dir."

Eine halbe Stunde später saßen sich Mutter und Tochter in der Küche bei einer Tasse Kaffee gegenüber. Es war sehr still in dem kleinen Raum. Nichts war zu hören als das unablässige Ticken der Küchenuhr. Es war eine Stunde nach Mitternacht, eine Zeit, zu der selbst die Geräusche der nimmermüden Großstadt verebbten. Schwarz stand die Nacht vor dem schmalen Fenster.

Helga hatte ihre kastanienrote Perücke und die falschen Wimpern abgenommen, sich Tränen und Schminke vom Gesicht gewaschen und sah jetzt, mit den verweinten Augen, dem kurzen zerdrückten Haar, sehr jung und sehr hilflos aus.

„Jetzt erzähle mir, Kind", sagte Frau Reimers.

Helga holte tief und zitternd Atem. „Es stimmt", sagte sie, „Heinz Schlüter-van Dorn und ich, wir sind nicht wirklich verlobt, aber –"

Anna Reimers fiel ihr ins Wort. „Ich will alles wissen", verlangte sie, „von Anfang an. Wie bist du auf die schiefe Bahn gekommen? Wie konnte das nur passieren?"

Helga nahm einen Schluck Kaffee und fragte, ohne die Mutter anzusehen: „Wie meinst du das, Mutti?"

„Das weißt du ganz genau."

Aber jetzt, nachdem der erste Schock überwunden war, versuchte Helga noch einmal, sich aufs Lügen zu verlegen. „Irgend jemand muß dir was über mich erzählt haben, was gar nicht stimmt. Bloß weil ich jetzt nicht mehr arbeite ... also, du mußt mir glauben ..."

„Ich habe dir viel zuviel geglaubt, Helga", erwiderte Frau Reimers, „das ist jetzt vorbei. Ich weiß Bescheid, begreif doch endlich!"

Helga zündete sich mit zitternden Händen eine Zigarette an.

„Du hast die Situation vorhin mißverstanden, Mutti, ganz bestimmt! Der Herr, der mich nach Hause gebracht hat, war ein guter Freund von Schlüter-van Dorn und –"

„Ja, das habe ich gemerkt, daß er ein gutes Gewissen hatte. Deshalb konnte er auch gar nicht schnell genug fortkommen!"

„Weil du dich aufgeführt hast wie ... wie eine Wilde! Erst hast du mich geschlagen, dann bist du mit dem Regenschirm auf ihn losgegangen. Er mußte dich ja für verrückt halten, Mutti, und nur deshalb ist er ..."

Frau Reimers schob ihren Stuhl zurück und stand auf. „Es tut mir sehr leid, Helga", sagte sie, „ich bin gekommen, um dir zu helfen. Aber das kann ich nicht, wenn du nicht aufhörst, zu lügen. Ich verlasse dich jetzt."

„Aber du kannst doch nicht einfach so gehen, Mutti!" rief Helga alarmiert. „Jetzt, mitten in der Nacht! Wo willst du denn überhaupt bleiben?"

„Im Wartesaal, Helga. Wenn du meine Hilfe brauchst, dann laß es mich wissen. Aber komm nie mehr nach Bingen zurück, hörst du? Nie mehr. Es genügt, daß du die Karriere deines Vaters ruiniert hast. Ich will nicht, daß auch noch Karin und Rolf unter deinem schlechten Lebenswandel zu leiden haben."

Helga sprang auf. „Was sagst du da? Langsam fange ich an zu glauben, daß du tatsächlich übergeschnappt bist! Was habe ich mit Vaters Karriere zu tun?"

„Nur soviel, als nicht einmal der tüchtigste Mann in die höhere Beamtenlaufbahn übernommen wird, wenn seine Tochter als Prostituierte eingetragen ist!"

Helgas Gesicht wurde starr. Auf den Wangen zeichneten sich hektische rote Flecken ab. Sie rang nach Atem.

„Du hast mich gezwungen, es auszusprechen", sagte Anna Reimers, „ich wollte bei Gott, es wäre nicht nötig gewesen."

„So eine Gemeinheit ... so eine Riesengemeinheit, das nach Bingen weiterzuleiten! Das dürfen sie ja gar nicht. Denen werde ich's zeigen ... diesen verdammten Kriminalrat Hellwege mit seinem scheinheiligen Getue, den werde ich mir mal vorknöpfen ... der kann sich auf was gefaßt machen "

Anna Reimers wartete, bis Helgas Drohungen und Verwünschungen sich erschöpft hatten und ihr der Atem ausging. „Ist das alles, was du dazu zu sagen hast?" fragte sie dann mit einer Ruhe, als sei sie, seit sie die schreckliche Wahrheit über ihre Tochter erfahren hatte, von einer Sekunde zur anderen ein anderer Mensch geworden, als seien Kräfte in ihr erwacht, von deren Vorhandensein sie früher nicht einmal etwas geahnt hatte.

„Ist das nicht genug?“ rief Helga.

„Nein. Du redest am Kern der Sache vorbei. Es ist ganz egal, wie es Vater erfahren hat und ob dieser Kriminalrat seine Kompetenzen überschritten hat oder nicht... Wichtig ist nur, daß es stimmt, daß du wirklich eine Prostituierte geworden bist – du, meine Tochter!“

Helga hob die Hände. „Aber, Mutti, das war ein Zufall... es war wirklich mein persönliches Pech, daß sie mich erwischt haben. Es gibt Hunderte von Mädchen hier in Frankfurt... ich könnte dir Namen nennen... die nicht ein bißchen besser sind als ich und die man nicht registriert hat!“

Anna Reimers fuhr sich mit der Hand über die Stirn. Sie fühlte sich plötzlich sehr müde, hoffnungslos müde. „Und warum erzählst du mir das?“

„Aber, Mutti, begreifst du denn nicht...?“

„Nein. Beim besten Willen nicht. Du kannst doch nicht so dumm sein, daß du dir einbildest, mit diesem Gerede irgend etwas besser zu machen. Was würdest du von einem Mörder halten, der sich vor Gericht damit verteidigt, daß es andere Mörder gibt, die noch ungestraft herumlaufen, weil man sie nicht erwischt hat?“

„Mord ist doch etwas ganz anderes!“

„Das brauchst du mir nicht zu sagen. Ich weiß, daß du keine Verbrecherin bist. Du bist nicht einmal wirklich schlecht... du bist nur dumm und leichtsinnig und haltlos. Und faul. Anders kann ich mir dein Betragen nicht erklären.“

Helga ließ den Kopf sinken, sie fühlte sich plötzlich ungeheuer beschämt „Es tut mir wirklich leid, Mutti“, sagte sie leise, „ehrlich, glaub mir.“

„Damit ist nicht geholfen.“ Anna Reimers legte die Hand auf die Schulter ihrer Tochter und drückte sie sanft auf den Stuhl zurück. „Jetzt setz dich erst mal wieder. Trink deinen Kaffee aus, bevor er kalt wird. Wir müssen jetzt gemeinsam überlegen, wie wir aus dieser Sache herauskommen. Vater ist nicht zu helfen, für ihn sehe ich keine Möglichkeit...“

„Er wird mir nie verzeihen.“ Helga drückte die Zigarette aus, die auf dem Rand des Aschenbechers verqualmt war, und zündete sich eine neue an.

„Doch, das wird er“, behauptete Anna Reimers mit Festigkeit. „Er ist ja dein Vater. Er wird dir verzeihen, wenn er sieht, daß du dich gebessert hast. Darauf kommt es an, Helga. Du kannst dich bei diesem Leben doch nicht glücklich fühlen!“

Helga sah ihre Mutter aus schmalen Augen durch den Rauch ihrer Zigarette an. Sie kam sich unendlich alt vor, unendlich erfahren, verloren und einsam. Unmöglich, der Mutter zu erklären, daß ihr Begriffe wie Scham, Keuschheit, ja auch Anstand längst nichts mehr bedeuteten, daß ihr Gewerbe für sie ein Beruf wie jeder andere war, dessen Schattenseiten durch die Tatsache aufgehoben wurden, daß sie gut dabei verdiente. „Natürlich nicht", sagte sie, „es ist . . . furchtbar."

„Das kann ich mir vorstellen", erwiderte Anna Reimers.

Nichts kannst du dir vorstellen, nichts, gar nichts! hätte Helga ihr beinah ins Gesicht geschrien. Aber sie tat es nicht. Die unüberwindliche Schranke zwischen ihnen war jetzt, da Anna Reimers sich ihrer Tochter so nahe fühlte, wie seit langem nicht mehr, unüberwindlicher denn je.

„Ich . . . es ist sehr lieb, daß du dir Sorgen um mich machst", sagte Helga gequält, „aber du kannst mir nicht helfen. Niemand kann das. Wenn man einmal drin ist, gibt es kein Zurück."

Frau Reimers griff nach einer Zigarette. Sie rauchte sonst nie und hatte auch jetzt kein Verlangen danach. Aber sie wollte nicht wie eine Richterin vor ihrer Tochter sitzen; sie gab sich der Täuschung hin, mit einer Zigarette in der Hand ein wenig verworfen zu wirken, auf die Ebene Helgas herabzusteigen. „Das ist Unsinn", sagte sie, „auf die Dauer kann keine Frau so leben. Du kannst dir doch nicht eingebildet haben, daß es immer so weitergehen würde."

„Nein. Natürlich nicht." Helga gab ihrer Mutter Feuer.

Frau Reimers nahm einen vorsichtigen Zug und wedelte mit der Hand den Rauch weg, der ihr die Tränen in die Augen trieb. „Sicher hast du doch irgendein Ziel, nicht wahr?"

„Ja", bekannte Helga zögernd, „schon . . ."

„Also sag schon."

„Ich will soviel wie möglich verdienen, um dann später einmal ein kleines Geschäft aufzumachen. Irgendeinen schicken Laden, weißt du . . . entweder eine Parfümerie oder eine Boutique . . ."

„Und dafür mußt du dir unbedingt auf diese Weise Geld verschaffen?" Anna Reimers hatte das Gefühl, als beize der Rauch ihr den Hals. Sie drückte die Zigarette aus und nahm rasch einen Schluck Kaffee hinterher, um den ungewohnten Geschmack loszuwerden.

„Ja, wie denn sonst? Erzähl mir mal, wie ein armes Mädchen wie ich sonst an ein Geschäftskapital kommen kann?"

„Durch Arbeit."

Helga lachte auf. „Mach bloß keine Witze! Vater hat sein ganzes Leben lang geschuftet . . . ist er etwa ein reicher Mann geworden? Und Karin, dieses Mustermädchen, hat bestimmt auch noch keine nennenswerten Ersparnisse beiseite gelegt."

„Dafür ist sie anständig geblieben und hat sich mit einem sehr netten jungen Mann verlobt. André Colberts Eltern sind wohlhabend, und eines Tages wird Karin auch wohlhabend sein. Dein Vater ist pensionsberechtigt, und wenn du nicht –"

Helga fiel der Mutter hastig ins Wort. „Entschuldige, ich gebe zu, das war ein schlechter Vergleich." Sie fuhr sich mit der Hand durch ihr kurzes Haar. „Aber wenn man, wie ich, ein Geschäft aufmachen will . ."

„... muß man zuallererst eine Geschäftsfrau werden", ergänzte ihre Mutter. „Das bißchen Verkaufen, daß du gelernt hast, wird dir da gar nichts nützen. Du brauchst Fachkenntnisse, mußt kalkulieren können .. sonst bist du dein Geld doppelt so schnell los, wie du es zusammengerafft hast."

„Ich habe ja auch vor, das später zu lernen."

„Nicht später", erklärte Frau Reimers mit Nachdruck, „jetzt."

Mutter und Tochter sahen sich starr in die Augen, als versuchten sie, sich gegenseitig ihren Willen aufzuzwingen.

„Du verlangst sehr viel von mir", sagte Helga endlich.

„Es ist nur zu deinem Besten."

„Und wenn ich mich weigere?"

„Das wirst du nicht. Du liebst mich doch, ich weiß es ... und du hängst an Rolf und an Vater und auch an Karin, trotz eurer ewigen Streitereien. Du willst doch nicht uns alle verlieren."

„Aber Mutti, darum geht's doch gar nicht ..."

„Doch. Genau darum. Du weißt, ich habe immer zu dir gehalten. Ich habe dich lieb, Helga, und ich werde dich immer lieb behalten, was auch geschieht ..." Anna Reimers stiegen die Tränen in die Augen, aber diesmal kam es nicht vom Zigarettenrauch. „Trotzdem muß ich dich aufgeben, wenn du dich nicht änderst ... ich muß dich aus meinem, aus unserem Leben streichen. Es bleibt mir gar keine andere Wahl. Karin und Rolf sind ja auch meine Kinder, und Vater ... für Vater ist auch so schon alles schlimm genug."

Helga schwieg.

„Ich bitte dich, Helga", sagte Anna Reimers flehend, „nur dieses eine Mal. Das ist doch kein Leben, das du führst. Ich ... ich hätte keine ruhige Minute mehr, wenn ich wüßte ... Denk doch nur an die Gefahren, in die du dich dauernd begibst ..."

Wie ein drohendes Gespenst tauchte die Erinnerung, jene unvergessene, mühsam zurückgedrängte Erinnerung an den Mann mit dem Messer wieder in Helga auf. Sie erschauerte. „Du hast recht, Mutti, ich werde mich ändern ... jedenfalls werde ich es versuchen."

Frau Reimers atmete auf. „Es klappt bestimmt, wenn du es nur wirklich willst, Helga!" Sie lächelte. „Ich bin ja so froh, Liebling, ich wußte doch, daß ein guter Kern in dir steckt!" In dieser Nacht sprachen Mutter und Tochter noch lange miteinander. Ihre Gedanken eilten weit in die Zukunft voraus, in eine schöne, glückliche, erfolgreiche Zukunft, in der alle Schatten der Vergangenheit gebannt sein würden.

Aber als sie dann endlich schlafen gingen, legte Anna Reimers sich nicht zu ihrer Tochter in das breite Bett unter dem Deckenspiegel, sondern sie bereitete sich ihr Nachtlager auf dem Sofa im Wohnzimmer – und diese Tatsache beeindruckte Helga mehr als alle Vorhaltungen, die die Mutter ihr hätte machen können. Sie spürte, daß es nur noch ein dünner Faden war, der sie mit ihrer Familie verband, und daß sie alle Kraft zusammennehmen mußte, wenn sie die Mutter nicht ganz verlieren wollte. Sie war entschlossen, ihr Bestes zu tun.

Anna Reimers verlor keine Zeit. Gleich am nächsten Morgen schickte sie Helga fort, um die Frankfurter Tageszeitung zu kaufen, und noch beim Frühstück begann sie den Inseratenteil „Stellenangebote weiblich" zu studieren. Sie murmelte vor sich hin, während sie mit dem Zeigefinger die Spalten hinauf und wieder hinunter fuhr, rief mehrmals impulsiv: „Das wäre was für dich, Helga!"

Aber sie konnte ihre Tochter weder für eine Stellung als Verkäuferin in einem Lebensmittelgeschäft oder in einer Eisenwarenhandlung noch für eine Rückkehr ins Kaufhaus Maak begeistern, und so suchte sie unverdrossen weiter. Helgas Passivität störte sie nicht im geringsten. Nun, da sie die Dinge in die Hand genommen hatte, erwartete sie von ihrer Tochter nicht viel mehr als Folgsamkeit. Die Augen unentwegt auf die Stellenangebote gerichtet, führte sie die Kaffeetasse zum Mund und stellte sie, ohne hinzusehen, wieder ab. Helga hatte sich schon eine Zigarette angezündet und beobachtete die Mutter mit einem seltsamen Gefühl, das zwischen Belustigung und Beschämung schwankte. „Jetzt hab ich's!" rief Anna Reimers. „Hier ... da ... lies selber! ‚Juwelier sucht gutaussehende erfahrene Verkäuferin. Vorstellung ab sofort bei Theobald Meister, Seilerstraße', Telefonnummer und so weiter ..." Anna Reimers hatte ihrer Tochter die Zeitung über den Küchentisch zugeschoben. „Da gehst du hin. Sofort. Du hast doch in der Schmuckabteilung gearbeitet."

Helga zuckte die Schultern. „Wenn du darauf bestehst. Aber ich werde den Job nicht bekommen."

„Und warum nicht?"

„Ach, Mutti ..."

„Wenn du dich nett und bescheiden anziehst, wirkst du wie ein durchaus anständiges und vertrauenerweckendes junges Mädchen, Helga. Jetzt rede dir bloß nicht ein, dein Lebenswandel stünde dir auf der Stirn geschrieben."

„Mein letztes Zeugnis ist über ein Jahr alt, Mutti! Wie soll ich denn erklären, was ich in der Zwischenzeit gemacht habe?"

Frau Reimers stemmte die Ellbogen auf den Tisch. „Laß das nur meine Sorge sein."

„Du willst mich begleiten?" fragte Helga verblüfft.

„Aber sicher. Was hast du denn gedacht? Glaubst du denn, ich würde dich in einer solchen Situation allein lassen?"

Helga stand auf und begann den Tisch abzudecken. „Da ist noch etwas, Mutti", sagte sie, während sie das gebrauchte Geschirr in den Spülstein stellte.

„Ja?"

„Selbst bei der besten Bezahlung kann ich nicht genug verdienen, um die Miete für die Wohnung aufzubringen. Du ahnst nicht, wie teuer hier alles ist."

Anna Reimers war von diesem Argument durchaus nicht beeindruckt. „Dann gibst du die Wohnung eben auf und suchst dir ein möbliertes Zimmer."

„Mutti!"

„Oder du verkaufst deinen Mercedes und butterst das Geld, das du dafür bekommst, vorläufig mal monatlich dazu." Anna Reimers stand auf und trat hinter ihre Tochter. „Ohne Opfer geht es nun mal nicht, Helga. So ist das Leben. Man muß für alles Opfer bringen, für alles, was einem wirklich am Herzen liegt, und das ist gar nicht so schwer, wenn man es nur einsieht."

Helga unterdrückte einen Seufzer, aber sie wagte nicht länger zu widersprechen. Sie wußte, daß ihr keine Wahl blieb, wenn sie nicht Mutter und Familie für alle Zeiten verlieren sollte.

Anna Reimers wählte persönlich für ihre Tochter aus, was ihr für die Vorstellung bei dem Juwelier geeignet schien – ein gutgeschnittenes Kostüm mit einer hochgeschlossenen weißen Bluse –, und ließ es sich nicht nehmen, auch Helgas Make-up zu überwachen. „Der Stift ist zu dunkel", sagte sie sachverständig, als habe sie sich ihr ganzes Leben mit Kosmetikfragen beschäftigt. „Wisch ihn wieder ab ... ja, der da ist besser! Tusch die Wimpern ruhig, aber keinen Lidstrich, bitte ... ja, ich weiß, von mir aus können Tausende von anständigen Mädchen mit großer Kriegsbemalung in Frankfurt herumlaufen, aber du bist nun mal kein anständiges Mädchen mehr und mußt deshalb doppelt zurückhaltend sein." Endlich gab sie sich zufrieden. „So ist's gut, Liebling ... sehr gut sogar. Ich bin ganz sicher, daß du gefallen wirst. Aber was machst du denn für ein Gesicht? Tut es dir etwa schon leid, daß du mir versprochen hast, ein neues Leben anzufangen?"

„Nein, das nicht, Mutter ... natürlich nicht. Nur ... es ist mir gerade eingefallen ... ich werde trotzdem jede Woche einmal zum Arzt müssen."

Diese Bemerkung brachte Anna Reimers nun doch aus dem Konzept. „Zum Arzt?“ fragte sie völlig verständnislos.

Helga blickte zu Boden. „Das müssen wir alle“, erklärte sie, „wegen der Gesundheitskontrolle.“

„Aber ... du bist doch nicht krank, Helga?“

„Nein, nur ... es ist ... wegen der Ansteckungsgefahr, weißt du ...“

Anna Reimers errötete jäh, sie schämte sich zutiefst für ihre Tochter.

„Ich verstehe“, sagte sie tapfer, „aber irgendwie wird sich das schon einrichten lassen. Und wenn du von nun an ein anständiges Leben führst ...“

„Was nützt mir denn das, Mutti?“ erwiderte Helga mit unerwarteter Heftigkeit. „Für die von der Sitte werde ich immer eine Prostituierte bleiben.“

„Bestimmt nicht“, behauptete Frau Reimers mit Festigkeit, „wenn du dich erst mal ... sagen wir, ein halbes Jahr anständig geführt hast und denen bewiesen hast, daß du wieder in deinem erlernten Beruf arbeitest ...“

„Das nützt doch auch nichts“, widersprach Helga, „registriert sein, das ist wie ... wie vorbestraft. Du kannst anstellen, was du willst, es bleibt an dir hängen. Bis ans Lebensende.“

Frau Reimers nahm Helga die Bürste aus der Hand und begann ihr schönes blondes, erst von wenigen weißen Fäden durchzogenes Haar zu bearbeiten. „Man kann ein Unrecht nicht ungeschehen machen“, sagte sie, „das ist nun mal so. Aber es ist doch ein Unterschied, ob man auf altes Unrecht neues fügt oder ob man einen anderen Weg einschlägt. Es ist nicht so wichtig, wie du in den Augen der Welt dastehst, Helga ... mit einem guten Gewissen wird man mit allem fertig.“

Der Juwelier Theobald Meister erkannte Helga sofort. Aber er war seiner Sache nicht sicher. Die Ähnlichkeit dieser grünäugigen selbstsicheren jungen Dame mit der Prostituierten Kitty war verblüffend – und dennoch, konnte sie es sein? Kitty war rothaarig, aber das besagte nichts. Theobald Meister war erfahren genug, um zu wissen, daß einige käufliche Mädchen der gehobenen Kategorie Perücken zu tragen pflegten. Aber würde Kitty, die er aus manchen Nächten kannte, es wagen, am hellen Tag sein Geschäft aufzusuchen? Und wenn ja – warum?

Dies alles schoß dem Juwelier blitzartig durch den Kopf, während die Ladenglocke noch anschlug und Helga über den dicken grünen Teppich auf den Verkaufstisch zuschritt. Er stand wie erstarrt, als ein Aufblitzen in ihren Augen ihm verriet, daß er sich nicht geirrt hatte – es war niemand anders als Kitty. Also gab es für ihr Auftauchen hier bei ihm nur eine einzige Erklärung: Erpressung! Theobald Meister starrte Kitty an wie hypnotisiert. Er sah Frau Reimers gar nicht, die ihrer Tochter dicht auf dem Fuß folgte. Er hatte nur den einen Gedanken,

Kitty loszuwerden, noch ehe seine Frau aus dem nur durch einen schweren Vorhang getrennten Nebenraum auftauchte.

„Verschwinde", zischte er, „oder ich alarmiere die Polizei!" Das Bewußtsein, daß sein Fuß schon den Alarmknopf unter dem Ladentisch berührte, gab seiner Stimme eine Sicherheit, die er in Wirklichkeit durchaus nicht empfand. Seine Augen, deren Pupillen klein wie Stecknadelköpfe geworden waren, verrieten, daß er völlig außer sich war, wie ein Amokläufer, durchaus imstande, das Unsinnigste zu tun.

Helga begriff das sofort. Obwohl ihm wesentlich mehr daran liegen mußte, einen Skandal zu vermeiden, als ihr selber, trat sie den Rückzug an und wandte sich fluchtartig dem Ausgang zu. Hinter dem Ladentisch teilte sich der schwere Vorhang und Frau Meister erschien, eine elegante junge Blondine mit blauen Augen und einem braven Madonnengesicht. Sie sah ihren Mann in verkrampfter Haltung dastehen, sah Helgas Rücken und begriff genausowenig, was geschehen war, wie Frau Reimers, die mit halboffenem Mund mitten im Laden stand.

Mit routinierter Liebenswürdigkeit beugte sie sich vor und fragte: „Womit kann ich dienen, gnädige Frau?"

Aber sie erhielt keine Antwort, denn ehe Anna Reimers noch ein Wort hervorbringen konnte, hatte Helga sie am Arm gepackt und zog sie mit sich zur Tür. „Bitte komm, Mutti", sagte sie atemlos.

Die Ladenglocke schlug an, die Tür fiel hinter den beiden Frauen ins Schloß. „Na, so etwas", sagte die junge Frau Meister verblüfft. „Es gibt schon seltsame Vögel."

Der Juwelier nahm den Fuß von der Alarmglocke und strich sich über die mit kaltem Schweiß bedeckte Stirn. „Kann man wohl sagen", bestätigte er erschöpft.

„Was wollten denn die beiden?" forschte seine Frau weiter.

Theobald Meister atmete tief. „Keine Ahnung."

„Aber du mußt doch mit ihnen gesprochen haben."

Die aufgestaute Erregung entlud sich mit einer Explosion. „Wenn ich dir sage, daß ich es nicht weiß", brüllte Theobald Meister, „mußt du mir schon glauben! Oder bildest du dir ein, ich belüge dich? Soll das etwa ein Verhör sein?"

Die junge Frau zuckte zusammen, aber sie bewahrte ihre Fassung. „Aber nein, Baldus, ich habe doch nur gefragt ..."

„Und ich habe dir geantwortet. Das sollte ja wohl genügen." Er stürmte an ihr vorbei ins Nebenzimmer.

Die Lippen der jungen Frau zitterten, ihre Augen füllten sich mit Tränen. Beinahe hätte sie geweint – wenn sie geahnt hätte, wieviel Grund sie tatsächlich dazu hatte, hätte sie es bestimmt getan. So aber tupfte sie sich die Augen mit einem weißen Spitzentaschentuch, öffnete eine Schublade und begann mit verbissenem Eifer silberne Serviettenringe zu polieren. Sie war noch nicht halb damit fertig, als ihr Mann wieder im Laden erschien. „Entschuldige, Liebling“, sagte er reuevoll, „ich war nervös . . .“

Sie lächelte ihm zu. „Schon gut, Baldus.“

Er nahm sie in die Arme und drückte sie mit leidenschaftlicher Zärtlichkeit an sich. „Du bist ein Engel“, sagte er, und er meinte es ehrlich.

Er verschwieg nur, daß er von Zeit zu Zeit Sehnsucht nach einer anderen, weniger engelhaften Sorte Frau hatte – und daß er diese Sehnsucht auch in die Tat umzusetzen pflegte. Aber davon ahnte sie natürlich nichts, und das war gut für ihren Seelenfrieden.

Helga hatte ihre Mutter wortlos mit sich fortgezogen, bis sie sich etwa fünfzig Meter vom Juwelierladen entfernt hatten. Erst dann gelang es Anna Reimers, sich dem Griff ihrer Tochter zu entziehen. Sie standen sich mitten auf dem sehr belebten Bürgersteig gegenüber.

„Jetzt ist es aber genug“, sagte sie energisch. „Was ist in dich gefahren? Bist du verrückt geworden?“ Sie setzte sich mit einem Ruck ihren Hut, der bei ihrem überstürzten Abgang verrutscht war, wieder gerade.

„Aber Mutti, begreifst du denn nicht . . . ?“

„Nein. Ich habe nicht einmal verstanden, was dieser Herr zu dir gesagt hat.“

Helga war nicht gerade feinfühlig. Trotzdem kostete es sie Überwindung, ihrer ahnungslosen Mutter die Wahrheit ins Gesicht zu sagen. „Er hat mich erkannt.“

„Nein!“

Zwei Hand in Hand daherstürmende Jugendliche rempelten Anna Reimers an, und sie wich bis zu den Schaufenstern zurück.

„Das ist . . . das ist doch unmöglich“, stieß sie hervor, und ihr eben noch rosiges und energiegeladenes Gesicht schien von einer Sekunde zur anderen zu verfallen. „Dann hättest du doch wissen müssen . . .“

„Aber wieso denn?“ Helga lachte auf, aber es klang keineswegs fröhlich. „Es gibt viele Männer hier in Frankfurt, die mich kennen und jederzeit wiedererkennen würden . . . ob nun mit oder ohne Perücke. Und ich habe keine Ahnung, wie sie heißen und wer sie wirklich sind.“

Frau Reimers krampfte die Hände um ihre Tasche. „Daß du dich nicht schämst, Helga“, stammelte sie, „daß du dich nicht schämst!“

„Was erwartest du denn von mir? Soll ich mich etwa in einen dunklen Winkel verkriechen?“

Anna Reimers streckte die Hand aus und zog Helga an ihre Seite. „Natürlich nicht“, sagte sie, „achte nicht auf mein Gerede. Ich habe es nicht so gemeint. Es war einfach . . . ein bißchen viel für mich.“

Helga sah ihre Mutter an. „So hast du dir das also nicht vorgestellt?“

„Nein.“ Frau Reimers’ etwas rundliche Gestalt schien sich zu strekken. „Aber wir dürfen uns nicht entmutigen lassen. Komm. Wir werden es schaffen.“ Sie suchte ihre Tochter mit sich zu ziehen.

Aber Helga rührte sich nicht vom Fleck. „Wohin, Mutti? Was hast du vor?“

„Wir werden jetzt zur nächsten Adresse gehen.“ Frau Reimers öffnete ihre Handtasche und zog ein sorgfältig zusammengefaltetes Zeitungsblatt hervor. „Zum Glück habe ich das mitgenommen. Für den Fall, daß es nicht gleich auf Anhieb klappen würde.“

„Du gibst nicht auf?“

Frau Reimers reckte ihr rundliches kleines Kinn vor. „Bestimmt nicht. Und wenn ich einen vollen Monat mit dir kreuz und quer durch Frankfurt laufen müßte. Ich fahre nicht eher nach Bingen zurück, bis ich dich wieder in Arbeit und Brot weiß.“ Sie studierte die Angebote, die sie angestrichen hatte. „Sieh mal“, sagte sie, „eine Adresse scheint hier ganz in der Nähe zu sein, auch auf der Seilerstraße. Exklusives Herrenartikelgeschäft . . .“

„Aber Mutti, in dieser Branche habe ich doch gar keine Vorkenntnisse“, protestierte Helga schwach.

„Macht nichts. Mehr als abweisen können sie uns nicht. Wir müssen alles versuchen.“ Sie trat einen Schritt zurück, um die Hausnummern zu studieren. Dann schritt sie so energisch aus, daß Helga ihr kaum folgen konnte.

Es stellte sich heraus, daß das Herrenmodegeschäft Schmidt & Schmidt ziemlich am anderen Ende der Straße lag, und es war wirklich so exklusiv, wie das Stellenangebot versprach. In der Auslage dominierte ein antikes Schaukelpferd und bildete einen sehr dekorativen Rahmen für einen maisgelben, einen sepiaweißen und einen korallenroten seidenglänzenden Pullover, einige ebenso farbenfrohe Taschentücher und Krawatten, die scheinbar unachtsam, tatsächlich aber mit dem größten Raffinement drapiert auf dunkelbraunem Samt lagen.

„Sehr schick“, sagte Frau Reimers anerkennend, „hier wird's dir gefallen.“ Und während sie schon die Stufen zur Ladentüre hinaufschritt, fügte sie hinzu: „So was gibt's in Bingen nicht. Aber es wäre was für André.“

Diesmal betrat sie als erste den Laden, und Helga folgte ihr, mit niedergeschlagenen Augen und verschlossenem Gesicht. Es waren mehrere Kunden im Geschäft. Eine etwa vierzigjährige Frau mit blauschwarz gefärbtem Haar und sorgfältig ausrasierten Brauen bediente. Frau Reimers war sofort überzeugt, die Chefin vor sich zu haben.

Sie hielt sich ein wenig zurück, bis das Geschäft sich geleert hatte, dann sagte sie: „Frau Schmidt . . .“

Die Chefin horchte bei dieser Anrede auf. „Ja . . . ?“

„Ich komme auf Ihr Stellenangebot in der heutigen Zeitung, Frau

Schmidt ... Nein, ich möchte mich natürlich nicht selber bewerben, aber es wäre mir sehr lieb, wenn Sie meine Tochter einstellen würden."

Frau Schmidt umfaßte die Erscheinung von Frau Reimers mit einem einzigen Blick. Leicht provinziell, konstatierte sie, aber sympathisch, tüchtig, zuverlässig, eine Frau, mit der man reden kann!

Sie lächelte und wandte sich dann Helga zu, die Frau Reimers jetzt nach vorn schob. „Haben Sie schon in der Herrenmode gearbeitet?" fragte sie.

Statt Helga antwortete Frau Reimers. „Nein, leider nicht, aber Helga ist gelernte Verkäuferin. Sie wollte immer schon in die Modebranche ... Zeig doch mal deine Zeugnisse, Helga."

Helga zog wortlos ihre Papiere aus der Tasche und reichte sie Frau Schmidt über den Ladentisch.

„Helga hat ein Jahr ausgesetzt", erklärte Frau Reimers, ehe die Chefin diese Entdeckung selber machen konnte. „Ich brauchte sie zu Hause, sie ist die Älteste, verstehen Sie, und deshalb ..."

Helga sah ihre Mutter erstaunt an – sie konnte sich nicht erinnern, je eine Lüge von ihr gehört zu haben, und jetzt log sie mit einer Zungenfertigkeit, die absolut überzeugend wirkte. Helga begann zu begreifen, daß ihre Mutter, um ihr zu helfen, vor nichts zurückschrecken würde.

„Na, die Zeugnisse sind ja nicht gerade überwältigend", sagte Frau Schmidt.

„Da haben Sie recht", gab Frau Reimers unumwunden zu, „Helga hat sich nie recht wohl bei Maak gefühlt. Der Betrieb war zu groß und zu unpersönlich. Das war auch mit einer der Gründe, warum ich sie nach Hause geholt habe."

„Ja, ich verstehe ..." Frau Schmidt musterte Helga aus kritischen Augen. Sie begriff, daß dieses gutgewachsene grünäugige junge Mädchen eine Attraktion fürs Geschäft sein konnte, auch wenn sie wahrscheinlich, jedenfalls am Anfang, keine große Hilfe sein würde.

Sie nahm den Telefonhörer ab und wählte eine Nummer.

„Henry! Würdest du bitte herüberkommen ..." Sie legte den Hörer auf. „Mein Mann ist hinten im Lager, aber er wird gleich hier sein ... Sie werden verstehen, daß ich das nicht allein entscheiden kann."

Anna Reimers spürte, daß sie jetzt etwas sagen, eine leichte Entgegnung hätte finden müssen. Aber sie brachte kein Wort über die Lippen. Wieder würde es also ein Mann sein, der über Helgas Schicksal entschied – ein Mann, der Helga vielleicht von einer nächtlichen Begegnung her kannte.

Es war ihr, als würde sie mit ihrer Tochter zusammen an den Pranger gestellt – das Gefühl der Schande überwältigte sie.

14

Anna Reimers war nahe daran, aufzugeben. Wenn es nur um sie selber gegangen wäre, hätte sie es wahrscheinlich auch getan. Aber das Bewußtsein, ihre Tochter retten zu müssen, hielt sie zurück. Sie stand unbeweglich, mit niedergeschlagenen Augen, während ihr abwechselnd heiß und kalt wurde, hielt die Hände zu Fäusten geballt und hatte nur den einen Gedanken: Lieber Gott, laß es gutgehen! Laß es diesmal gutgehen! Sie war dankbar, daß die Chefin sie nicht länger beachtete, sondern sich Helga zugewandt hatte, die mit leiser, beherrschter Stimme auf alle Fragen über ihre beruflichen Kenntnisse Rede und Antwort stand.

Helga war es auch, die Herrn Schmidt zuerst sah, als er hinter dem Rücken seiner Frau in den Laden trat – ein gutaussehender Mann, der eine deutliche Anlage zum Dickwerden bisher mit Erfolg hatte bekämpfen können. Er trug einen tadellos geschnittenen Anzug und eine bildschöne Krawatte. Er blickte Helga kurz an, dann glitten seine schweren Lider über die dunklen Augen. Er wandte sich seiner Frau zu. „Du wolltest mich sprechen, Ida?“ fragte er mit gleichmütiger, leicht gelangweilter Stimme.

Helga konnte sich nicht darüber klarwerden, ob sie ihm schon einmal begegnet war oder nicht – er war der Typ, den sie hätte kennen können, aber sie konnte sich nicht an ihn erinnern. Sie fühlte den gespannten Blick ihrer Mutter auf sich gerichtet und schüttelte unmerklich den Kopf.

Indessen erklärte Frau Schmidt ihrem Mann den beruflichen Werdegang Helgas und bat ihn um sein Urteil.

Er betrachtete angelegentlich die sorgfältig manikürten Nägel seiner linken Hand, fuhr mit dem Handballen der anderen polierend darüber. „Du weißt“, erklärte er zurückhaltend, „daß ich Entscheidungen dieser Art grundsätzlich dir überlasse, Ida.“

„Aber, Henry, ich möchte doch nur wissen ...“

„Einen Moment!“ Er zog seine Frau beiseite und redete leise auf sie ein.

Helga und Anna Reimers konnten kein Wort verstehen, aber sie begriffen beide, daß er Bedenken anmeldete, und es wurde gleichfalls deutlich, daß Frau Schmidt für Helga eintrat.

Sie drehte sich plötzlich um und sagte mit lauter Stimme: „Sie können bei uns anfangen, Fräulein Helga! Mein Mann und ich sind einverstanden! Nicht wahr, Henry?“

Er zuckte die Achseln, hob die Augenbrauen. „Ich sagte schon ... das ist deine Sache.“ Er grüßte gezwungen in Richtung von Anna Reimers und verließ das Geschäft durch die gleiche Tür, durch die er eingetreten war. Frau Schmidt reichte Helga die Hand. „Also abgemacht, wann können Sie eintreten?“

Aber ehe Helga noch antworten konnte, kamen Kunden – zwei junge Männer, dann ein Mädchen, das ein Geschenk für ihren Verlobten suchte, ein älterer Herr, der mit sehr viel Bedacht eine Krawatte wählte.

Es dauerte gute zehn Minuten, bis Frau Schmidt sich wieder Helga und Anna Reimers zuwenden konnte, dann wurden Gehalt und Arbeitsbedingungen sehr rasch ausgemacht. Helga erklärte sich bereit, zur Freude von Frau Schmidt, gleich am nächsten Tag anzufangen. Man schüttelte sich die Hände, und dann standen Mutter und Tochter wieder auf der Straße.

Anna Reimers strahlte. „Na, siehst du! Ich wußte es ja ... wir haben es geschafft!“

Helga war nicht ganz so glücklich. Die Aussicht, von nun an wieder Tag für Tag acht Stunden hinter dem Ladentisch stehen zu müssen – von der Zeit, die mit dem Aufräumen und Ordnungmachen draufging, ganz zu schweigen –, war durchaus nicht angetan, sie zu begeistern.

Anna Reimers hängte sich bei ihr ein. „Na, freu dich doch, Liebling! Denk doch bloß mal, du verdienst mehr als bei Maak ... du hast dich richtig verbessert!“

Helga verzog den Mund zu einem gezwungenen Lächeln, aber ihre Augen blickten kalt. Sie errechnete blitzschnell, daß sie in ihrem Gewerbe manchmal in einer Nacht ebensoviel verdient hatte, ohne Abzüge und ohne Steuer, wie sie bei Schmidt & Schmidt in einem ganzen Monat Gehalt bekommen würde.

Anna Reimers deutete ihr Schweigen falsch. „Oder“, fragte sie erschrocken, „glaubst du, daß es noch Schwierigkeiten geben wird?“

„Wieso?“ erwiderte Helga mürrisch.

„Nun, daß er ...“, Anna Reimers stockte. „... daß Herr Schmidt dich ... erkannt haben könnte?“

„Und wenn schon“, sagte Helga gleichgültig. „Er würde niemals wagen, das seiner Frau gegenüber zuzugeben.“

Unwillkürlich verhielt Anna Reimers den Schritt. „Und dir ... dir würde es nichts ausmachen?“

Auch Helga blieb stehen. Sie war einen halben Kopf größer als ihre Mutter und konnte auf sie herabsehen. „Du bist nicht gerade sehr taktvoll, Mutti“, sagte sie hart. „Ich dachte, wir hätten uns ausgesprochen. Zwischen uns wäre alles klar. Warum mußt du jetzt immer noch auf mir herumtrampeln?“

Anna Reimers errötete. „Entschuldige“, sagte sie zerknirscht, „ich ...

das wollte ich wirklich nicht ..." Ihre Augen füllten sich mit Tränen.

Helga sah peinlich berührt zur Seite. „Schon gut, ich glaub' dir ja. Aber hör jetzt auf damit. „Sie schob ihren Arm unter den der Mutter. „Komm, reden wir von anderen Dingen ... genießen wir den schönen Tag. Wer weiß, wie lange es dauern wird, bis ich wieder mal an einem Wochentag frei haben werde."

Rasch versöhnt schlenderten Mutter und Tochter Arm in Arm durch die belebten Großstadtstraßen, besichtigten Schaufenster, plauderten von diesem und jenem, beide bemüht, ihre eigentlichen Probleme nicht mehr zu berühren. Erst nach einer ganzen Weile wagte Helga eine Frage zu stellen, die ihr seit einiger Zeit auf dem Herzen lag. „Wie lange wirst du eigentlich noch in Frankfurt bleiben?"

Anna Reimers hatte schon darüber nachgedacht. Sie hatte Sehnsucht nach ihrem eigenen Haushalt, nach Rolf, nach Karin und nach ihrem Mann, nach dem Leben, das ihr vertraut war. Dennoch war sie entschlossen, nicht eher abzureisen, bis sie sicher sein konnte, daß Helga wieder Boden unter den Füßen gewonnen hatte. „Ach", sagte sie, „ein paar Tage werde ich wohl noch bleiben ... bis du dich bei Schmidt & Schmidt eingewöhnt hast Ich werde dir die Wohnung in Ordnung halten." – „Das ist doch nicht nötig, Mutti."

„Ich tu's gern, Helga. Warum soll ich immer für die anderen kochen und putzen? Jetzt bist zur Abwechslung mal du dran. Ich werde dich ein bißchen verwöhnen."

Wieder einmal spürte Helga mit Beschämung die große, unwandelbare Liebe ihrer Mutter. „Ich weiß gar nicht, wie ich dir danken soll", sagte sie leise, „für alles."

Frau Reimers drückte ihren Arm. „Das ist doch so einfach, mein Liebling ... indem du wieder ein braves Mädchen wirst, das auf sich hält und versucht, seinen Eltern Freude zu machen. Willst du das tun?"

„Ja, Mutti, das habe ich dir doch schon versprochen."

„Dann brauchen wir gar nicht mehr darüber zu reden."

Helga blieb vor der Auslage eines Damenmodengeschäftes stehen. „Mutti", sagte sie, „sieh mal ... wäre das nichts für dich?" Sie wies mit der Hand auf einen weißen Sommermantel, der inmitten des Schaufensters prangte. Die Augen der Mutter wurden groß. Seit vielen Jahren war ein weiter offener Mantel ihr Traum gewesen.

Sie holte tief Atem. „Viel zu unpraktisch."

„Dann such dir etwas anderes aus", sagte Helga, „irgend etwas, was dir gefällt! Wir müssen auch noch für Rolf und Karin und Vati etwas kaufen ..."

„Nein", entgegnete Anna Reimers.

Der Ton, in dem sie das sagte, hätte Helga aufmerksam machen müssen, aber sie war so sehr mit ihren eigenen Vorstellungen beschäftigt, daß sie gar nicht darauf achtete. „Oder möchtest du lieber das Geld haben?“ fragte sie. „Ich ... du brauchst dir keine Gedanken zu machen, du plünderst mich nicht aus ... ich habe Ersparnisse.“

Anna Reimers wußte nicht, wohin sie sehen sollte. „Nein“, wiederholte sie gequält.

Jetzt endlich verstand Helga, und sie verlor die Beherrschung. „Mein Geld ist dir wohl zu dreckig, was?“ fauchte sie. „Jetzt auf einmal! Bisher hast du's immer mit Handkuß genommen und nie danach gefragt, woher es stammt. Heilfroh warst du, daß ich dir hin und wieder einen Hunderter zugeschustert habe!“

Anna Reimers richtete sich kerzengerade auf. „Damals“, sagte sie mit fester Stimme, „ahnte ich auch nicht, wie du es dir verschafft hattest. Aber ich schwöre dir, nicht einmal in der größten Not hätte ich einen Pfennig, auch nur einen einzigen Pfennig von dir genommen, wenn ich gewußt hätte ...“ Ihre Stimme brach ab. „Daß du dich nicht schämst, Helga.“ Sie sahen einander in die Augen und wurden sich beide schmerzlich bewußt, daß es keine wirkliche Gemeinsamkeit mehr zwischen ihnen geben konnte.

Von Tag zu Tag wünschte Helga sich sehnlicher, daß ihre Mutter endlich abreisen und sie wieder allein lassen würde. Obwohl Anna Reimers jeden Tadel, jeden Vorwurf, ja auch jede weitere Ermahnung vermied, setzte ihre Gegenwart allein einen moralischen Maßstab, der auf Helga tief beschämend und demütigend wirkte.

Aber als es dann wirklich soweit war, als sie ihre Mutter zur Bahn gebracht hatte und sich endlich wieder frei fühlen konnte, da schienen die Schwierigkeiten erst zu beginnen. Helga stand die Arbeitszeit im Geschäft in guter Haltung durch. Dort war sie ständig unter Menschen, die meisten der Kunden waren Männer – aber wenn sie in ihre kleine Wohnung zurückkehrte, stürzte sich die Einsamkeit auf sie wie ein schwarzer Geier. Sie wußte nichts mit ihrer Freizeit anzufangen. Irma war ausgezogen – und selbst wenn sie noch in der Nachbarwohnung gelebt hätte, jetzt wäre sie nicht mehr der richtige Umgang gewesen. Alle Menschen, die sie in Frankfurt kannte, lebten in einer anderen Welt, es gab nichts mehr, was Helga mit ihnen verband.

Jederzeit hätte sie abends eine neue Bekanntschaft machen können, in einem Kino, einem Lokal, auf der Straße, darauf verstand sie sich. Aber sie war sich darüber klar, daß man auf diese Weise keinen anständigen Mann kennenlernen konnte.

Sie war allein, furchtbar allein. Dem leichtfertigen Leben hatte sie den Rücken gekehrt. Aber zu der Welt der anderen, der soliden, der wohlanständigen Mitbürger öffnete sich ihr keine Tür.

Ihre einzige Freude war ‚Money‘, wie sie den kleinen weißen Pudel getauft hatte, Schlüter-van Dorns Abschiedsgeschenk. Sie pflegte ihn von Frau Hommes, ihrer Zugehfrau abzuholen, wenn sie abends nach Hause ging, und seine freudige Zutraulichkeit wärmte ihr Herz. Dennoch war der Pudel auf die Dauer nicht die richtige Gesellschaft, denn er pflegte zwar mit gespitzten Ohren zuzuhören, wenn Helga ihm etwas erzählte, aber es war nur zu deutlich, daß er außer den wenigen Stichworten, die ihn selber betrafen, nichts verstand. Manchmal spielte Helga mit ihm, drückte ihn an sich, und ihre Tränen tropften in sein lockiges, weiches Fell. Aber ebensooft ging er ihr mit seiner erwartungsvollen Aufmerksamkeit auf die Nerven. Es reizte sie, daß er immer vergnügt war und nicht fähig zu sein schien, Anteil an ihrer niedergeschlagenen Stimmung zu nehmen.

Ida Schmidt war nett zu ihr, sicher, aber sie sah in ihr doch nur die Angestellte und unternahm auch nicht den geringsten Versuch, privaten Kontakt mit ihr aufzunehmen. Helga war daran auch nichts gelegen, denn was konnte ihr der Umgang mit einer verheirateten Frau, die zudem dem Alter nach ihre Mutter hätte sein können, geben?

Bei Schmidt & Schmidt arbeitete noch ein Lehrling, Gerti, ein hübsches fünfzehnjähriges Mädchen mit Pony und schulterlangem Haar, ständig errötend, immer verliebt in irgendwelche Jungen, die sie abends abholten – unreife Knaben, denen Helga so wenig Interesse abgewinnen konnte wie Gerti selber.

Der gutaussehende Herr Schmidt erschien nur selten im Geschäft. Er war vorwiegend mit dem Einkauf und der Buchhaltung beschäftigt und schenkte Helga nicht einen Blick, kaum einen Gruß.

Einmal hielt Frau Schmidt es sogar für nötig, ihn zu entschuldigen. „Machen Sie sich nichts draus, Helga“, sagte sie, „mein Mann ist nun mal allergisch gegen neue Gesichter. Auf die Dauer wird er sich schon an Sie gewöhnen.“

Aber dann ergab es sich einmal – Helga arbeitete seit etwa vierzehn Tagen im Geschäft –, daß sie mit Henry Schmidt allein im Laden blieb. Gerti war in die Berufsschule und Frau Schmidt zum Zahnarzt gegangen. Helga lag gar nichts an diesem gepflegten mittelalterlichen Herrn, der ihr Chef war, aber irgend etwas trieb sie dazu, sich vor ihm zu produzieren. Seine deutliche Zurückhaltung, wenn nicht gar Ablehnung, kränkte sie; sie setzte alles daran, ihn aus der Reserve zu locken – mit raschen Blicken unter den dunklen Wimpern hervor, verführerischem Lächeln, und zahllosen anderen Tricks.

Es gab viel zu tun, sie bedienten unabhängig voneinander, und Helga war sich durchaus nicht klar, ob er ihre Reize überhaupt bemerkte. Dann wurde der Laden für einen Augenblick leer. Helga faltete Pullover, legte sie sorgfältig aufeinander und trug sie zum Regal zurück – wobei sie Herrn Schmidt wie aus Versehen im Vorbeigehen streifte. Sie stellte sich auf die Zehen, reckte sich und streckte die Arme hoch, um die Pullover in das entsprechende Fach zu schieben. Obwohl sie Henry Schmidt dabei nicht einmal aus den Augenwinkeln heraus beobachtete, war sie sich durchaus bewußt, daß sie auf diese Weise ihre straffe, elastische Figur in das allerbeste Licht rückte.

Plötzlich stand er neben ihr und sah mit einem merkwürdigen Ausdruck auf sie herab. „Übernehmen Sie sich nicht, Helga!" sagte er doppeldeutig, nahm ihr den Stoß Pullover ab und verstaute ihn an seinem Platz. Helga strich sich mit beiden Händen über das Haar. „Danke", sagte sie, weiter nichts, aber sie hauchte dieses eine Wort mit so viel sinnlichem Timbre wie irgend möglich.

Zu ihrer Überraschung legte er mit größter Selbstverständlichkeit seine Hand auf ihre Hüfte. „Sie haben allen Grund, mir dankbar zu sein, Kleines!"

Sie tat, als bemerkte sie die Hand auf ihrer Hüfte gar nicht, und sah ihm keck in die Augen. „Ah . . . wirklich?"

„Und ob! Wenn ich Ihnen nicht geholfen hätte, würde meine Frau Sie niemals eingestellt haben."

Helga entzog sich ihm mit einer geschmeidigen Bewegung. „Den Eindruck", sagte sie, „hatte ich allerdings ganz und gar nicht. Im Gegenteil. Es sah ganz so aus, als ob Sie ihr dringend abgeraten hätten."

„Eben. Deshalb hat sie Sie ja genommen. Hätte sie auch nur das geringste Interesse bei mir bemerkt, hätte sie Sie laufenlassen. Sie engagiert nur Typen, die mir nicht zusagen."

„Ach so", sagte Helga und mußte lachen.

„Sie sehen also, Sie verschwenden Ihre Künste, wenn Sie sich bemühen, mich auf Sie aufmerksam zu machen . . ."

Sie sah sich durchschaut und versuchte zu protestieren. „Mir ist durchaus nicht bewußt –"

„O doch. Machen Sie mir doch nichts vor, Helga. Sie gehören zu den Frauen, die es nicht ertragen, unbeachtet zu bleiben."

Helga machte sich daran, einige Krawatten wieder in die flachen Schachteln zurückzulegen. „Sie halten sich wohl für einen großen Frauenkenner?" fragte sie.

Wieder legte sich seine schmale, gepflegte Hand um ihre Hüfte.

„Für einen großen Frauenliebhaber", sagte er dicht an ihrem Ohr.

Ihr war weder seine Berührung noch seine Werbung unangenehm, obwohl es sie nicht im geringsten erregte. „Darüber", sagte sie lächelnd, „muß ich mich bei Gelegenheit einmal ausführlich mit Ihrer Frau unterhalten."

„Biest!" zischte Henry Schmidt. Er stand halb hinter Helga, die rechte Hand auf ihrer Hüfte, seine linke umfaßte jetzt besitzergreifend ihre Brust. Sie machte keine Anstalten, sich seinem Zugriff zu entziehen, sondern lächelte keck zu ihm auf. „Nicht so stürmisch, Chef!" Ihre Zungenspitze spielte zwischen halbgeöffneten feuchten Lippen.

„Du machst mich wahnsinnig!" Er küßte ihren schlanken, leicht zurückgebogenen Hals.

Sie lächelte. Ihr Leib bog sich ihm entgegen. Dann, genau in dem Moment, in dem er nahe daran war, die Beherrschung über sich zu verlieren, rief sie halblaut: „Vorsicht! Kundschaft!" Er ließ sie so hastig los, als habe er sich an ihr verbrannt, fuhr sich mit beiden Händen glättend über das dunkle Haar, zog die Krawatte zurecht. Seine Augen hatten sich gerötet, er atmete keuchend.

Helga lachte. „Du siehst ungeheuer komisch aus ... wie ein Karpfen auf dem Trockenen!"

Er brauchte einige Sekunden, um zu begreifen, daß sie ihn genarrt hatte, daß sie immer noch allein im Laden waren. Da aber sah er aus, als ob er sich auf sie stürzen wollte. „Das wirst du mir büßen!"

Sie brachte geschickt die Theke des Ladentisches zwischen sich und den aufgebrachten Mann. „Sei lieber dankbar", sagte sie, „daß ich dich gewarnt habe. Es hätten ja Kunden kommen können ... oder deine Frau! Was dann? Du hättest eine ziemlich klägliche Figur abgegeben."

Er sah ein, daß sie recht hatte; das beruhigte ihn aber keineswegs. „Du bringst mich noch um den Verstand", murmelte er.

„Bestimmt nicht mit Absicht", behauptete sie, aber ihre grünen Augen glitzerten vor Vergnügen.

Ehe er noch antworten konnte, wurden sie unterbrochen. Diesmal betrat tatsächlich ein junger Herr den Laden, und Helga fragte ihn sofort nach seinen Wünschen. Sie bediente ihn mit einer Aufmerksamkeit, die nur darauf abzielte, Henry Schmidt noch mehr aufzureizen.

Das gelang ihr vollkommen. „Du wirfst dich wohl jedem an den Hals", sagte er wütend, als sie wieder allein waren.

Sie lächelte nur.

„Helga", sagte er, ich ... so geht's doch nicht weiter! Wann ... können wir zusammenkommen?"

„Aber wir sind doch zusammen", erklärte sie unschuldsvoll.

„Du weißt genau, was ich meine!"

Sie zuckte die Achseln. „Leider nicht."

Henry Schmidt trat auf sie zu, wagte aber nicht mehr, sie zu berühren, weil er fürchtete, daß die jäh erwachte Leidenschaft ihn übermannen könnte. „Heute abend", sagte er drängend.

Sie räumte die Hemden weg, die sie dem jungen Mann gezeigt hatte. „Daß ich nicht lache! Die Chefin wird dich niemals ohne einen plausiblen Grund fortgehen lassen."

„Mir wird schon was einfallen."

Er wechselte die Taktik. „Du brauchst ja nur zu mir ins Lager ...“

„Da bin ich aber gespannt.“

Sie hob die Augenbrauen. „Das ist doch wohl nicht dein Ernst? Nein, Henry, für ein billiges Abenteuer bin ich nun doch nicht zu haben “ betonte das Wort ‚billig‘ nicht besonders.“

Dennoch verstand er sofort. „Es soll dein Schaden nicht sein ...“

Sie beugte sich über den Ladentisch und betrachtete aufmerksam ihr Gesicht in dem eleganten Klappspiegel. „Du willst dich scheiden lassen?“

Sie spürte, wie er zusammenzuckte, und wollte sich ausschütten vor Lachen.

In den nächsten Tagen wußte Helga es so einzurichten, daß sie Henry Schmidt immer wie zufällig über den Weg lief – im Laden, im Hinterzimmer, im Lager Manchmal streifte sie ihn dabei, manchmal schenkte sie ihm auch nur einen kurzen Blick unter den dunklen Wimpern heraus, und manchmal tat sie, als ob er für sie Luft wäre – und jedesmal genoß sie seine verwirrte Reaktion von ganzem Herzen.

Es machte ihr Spaß, den alternden Mann aufzureizen, ihn zu beglücken und zu quälen, an ihm ihre weibliche Macht zu erproben. Es störte sie nicht, im Gegenteil, es verstärkte noch ihre böse Lust, daß alles unter den Augen der Chefin geschah. Dieses Spiel verkürzte ihr die Arbeitsstunden.

Aber die Abende blieben für sie gleich leer und inhaltslos. Der Pudel Money war und blieb ihr einziger Gesellschafter. Sie bekam einige Briefe von Anna Reimers, Briefe voll guter Ermahnungen und Ermunterungen, die Helga kalt ließen. Ihre Liebe zur Mutter und zur Familie war jetzt fast in Haß umgeschlagen. Das Opfer, das man von ihr forderte – denn so sah sie es an –, war zu groß. Sie fühlte sich überrumpelt, in eine Rolle gezwungen, die ihr nicht lag. Und dennoch fühlte sie nicht die Kraft, ihr Versprechen zu brechen. Denn die Mutter hatte keine leeren Drohungen ausgesprochen, und sie fühlte, daß sie durch den endgültigen Bruch mit ihrer Familie auch den letzten Halt verlieren würde.

Noch ein anderer Beweggrund half ihr durchzuhalten: der Gedanke an Heinz Schlüter-van Dorn, an den sie durch die Gegenwart des lebhaften kleinen Pudels ständig erinnert wurde. Ihm, Schlüter-van Dorn, vor allem hoffte sie durch ihre Lebensumstellung zu imponieren.

Immer wieder malte sie sich aus, was er für Augen machen würde, wenn er sie als berufstätige Frau wiederfinden würde. Jetzt endlich hoffte sie ihn überzeugen zu können, daß sie mehr war als ein attraktives, leichtlebiges Mädchen, ein Spielzeug, mit dem man nach Belieben umspringen konnte.

Daß sie ihn nicht vergessen konnte, machte ihr bewußt, daß er der

Mann ihres Lebens war. Ihre Sehnsucht nach ihm wurde nicht schwächer, sondern wuchs von Tag zu Tag. Sie war überzeugt, daß auch er sie nicht vergessen haben konnte, obwohl sie in den Wochen seit ihrer Trennung nur zweimal ein Lebenszeichen von ihm erhalten hatte und niemals eine Adresse, unter der sie ihn hätte erreichen können.

Ihr Herz schlug höher, als sie eines Tages beim Heimkommen in der kleinen Diele, unter der Wohnungstür durchgeschoben, ein Telegramm fand. Money, der es erst angebellt hatte, schnappte danach und verkroch sich mit seiner Beute unter das Sofa im Wohnzimmer, und sie mußte sich auf den Bauch legen, um ihn hervorzuziehen.

Zum Glück war das Telegramm zwar feucht und zerknittert, als sie es ihm aus dem Maul nahm, aber sonst unbeschädigt. Helga war ganz sicher, daß es nur von Schlüter-van Dorn sein konnte, und sie öffnete es mit zitternden Händen. Sie hatte sich nicht getäuscht und überflog die wenigen Zeilen fast atemlos vor Glück.

DENKE OFT AN DICH STOP TREFFE AM 17. DES MONATS IN FRANKFURT EIN STOP FREUE MICH AUFS WIEDERSEHEN STOP IN LIEBE STOP HEINZ.

Für eine Sekunde schloß Helga beglückt die Augen. Der siebzehnte, das war in drei Tagen! Wenn sie nur gewußt hätte, wann er eintreffen würde, abends oder tagsüber! Und wann er zu ihr kam! Auf alle Fälle mußte sie sich einen Vorwand ausdenken, um nicht ins Geschäft zu müssen. Oder würde es effektvoller sein, wenn sie eine Nachricht für ihn im ‚Frankfurter Hof' hinterließ? Denn dort würde er doch bestimmt absteigen, weil er ja eine offizielle Adresse brauchte.

Sie nahm das Telegramm noch einmal hoch, um es diesmal gründlicher zu studieren, und las jetzt auch den Namen des Aufgabeortes: Indraba!

Sogleich überwältigte sie die Vision eines schimmernden indischen Palastes, Marmor, weiße Kuppeln, Palmen, bunte Fenster, Truhen voll sagenhaft schönem Schmuck und taubeneigroßen Edelsteinen.

Indraba! – Sie kostete das Wort auf der Zunge.

Und gleichzeitig schoß ihr die Frage durch den Kopf: Was wird er mir mitbringen?

Der kleine Pudel hatte die Schnauze auf die Vorderpfoten gelegt, blickte zu ihr auf, schwanzwedelnd und ein wenig schuldbewußt, aber jeden Augenblick bereit, mit ihr zu spielen.

„Money!" rief sie.

Er sprang an ihr hoch. Sie packte ihn mit beiden Händen und hob ihn in die Luft.

„Money, stell dir vor! Unser Herrchen kommt zurück! Ist das nicht wunderbar?“

Und sie drückte ihm einen Kuß auf die schwarzglänzende Nase, während ihr die Tränen über die Wangen liefen.

Tatsächlich war Indraba nicht mehr als ein hitzedurchglühtes indisches Dorf, umgeben von Dschungel. Außer einem primitiven Postamt und einem im Kolonialstil erbauten Bungalow, in dem früher einmal ein englischer Beamter residiert hatte und das jetzt als Gästehaus diente, gab es nichts als die Hütten der Eingeborenen.

Schlüter-van Dorn hatte acht Tage in Indraba verbracht, nicht im Dorf selber, sondern in einer Baracke, in der ein Forschungsteam hauste, das ausgerechnet hier, in einem der entlegensten Winkel des asiatischen Kontinents, nach Bodenschätzen suchte. Es handelte sich um eine Gruppe von europäischen, amerikanischen und indischen Geologen und Ingenieuren, die ihre Arbeit im Regierungsauftrag begonnen hatte, jetzt aber vor dem Nichts stand, da die Ergebnisse ihrer Bemühungen nicht überzeugend gewesen waren und man ihnen die Unterstützung entzogen hatte. Aber alle, außer einem Amerikaner, John Miller aus Kansas, weigerten sich, aufzugeben, weil sie sich nahe dem Ziel sahen – und eben von John Miller hatte Schlüter-van Dorn in Kalkutta von der Existenz und den Sorgen dieser Forschungsgruppe erfahren.

„Es ist eine gute Sache, glauben Sie mir“, hatte der Amerikaner gesagt, „alles, was diesen Burschen fehlt, ist Geld. Aber ohne Geld ... nothing. Sie haben sich in ihre Arbeit verbissen wie die Maulwürfe, und wenn keine Hilfe von außen kommt ...“ Er unterbrach sich. „Ich will nicht an Ihr Mitleid appellieren, aber Sie sollten sich das ansehen. Möglicherweise steckt ein Geschäft drin.“

Schlüter-van Dorn war überzeugt, daß er auch ohne jede Arbeit ein interessantes und ausgefülltes Leben hätte führen können. Er neigte dazu, sich selber für faul zu halten – aber wenn er einmal gezwungen war, zu arbeiten, dann tat er es richtig. Er hatte sich mit allen Kräften in seine Tätigkeit für den Horck-Konzern gestürzt, hatte Verbindungen zu Regierungsbeamten aufgenommen, das Terrain in jeder Beziehung sondiert, seinen langen, gutfundierten Bericht geschrieben und nach Bochum geschickt. Als es dann nichts mehr für ihn zu tun gab, mußte er feststellen, daß er sein Arbeitstempo so angekurbelt hatte, daß er es jetzt nicht einfach stoppen konnte. Er entschloß sich, nach Indraba zu fliegen und die modernen Schatzgräber, wie ihm Miller geraten hatte, einmal unter die Lupe zu nehmen.

Was bei seinem Aufenthalt in Indraba herauskam, war nicht gerade viel. Er mußte sich zugeben, daß er nicht genügend von der Materie verstand, um beurteilen zu können, ob sich die Ausbeute der Fundstelle tatsächlich lohnte. Aber er verfaßte ein Memorandum für Korff, den Generalbevollmächtigten der Horck-Werke, in dem er – unter Vorbehalt – die Zahlen der Geologen und Ingenieure wiedergab und empfahl, eine Gruppe von Fachleuten nach Indraba zu schicken.

Alles in allem war Schlüter-van Dorn herzlich froh, als er sich endlich mit gutem Gewissen verabschieden konnte. Die Hitze war zermürbend gewesen und der Aufenthalt in den Baracken, die nur mit Ventilatoren, nicht mit Klimaanlage ausgestattet waren, schlimmer als in einer Strafkolonie. Die rüden und rauhen Gespräche der Männer, die allzulange weit weg von aller Zivilisation in diesem Dschungel gelebt hatten, waren auch nicht dazu angetan, Schlüter-van Dorns Wohlbefinden zu verstärken.

Dreimal in der Woche landete ein einmotoriges Flugzeug in Indraba. Die Hauptaufgabe dieser etwas altertümlichen Maschine bestand darin, die Post zu bringen. Hin und wieder transportierte sie auch Touristen, denn in der Nähe des Dorfes, fast vom Dschungel überwachsen, gab es uralte, halb verfallene Tempel, deren Besichtigung manchen Menschen die umständlichste Reise wert war.

Die neugewonnenen Freunde begleiteten Schlüter-van Dorn zum Flugplatz – einer weiten Fläche von festgestampftem Lehm, die in der Regenzeit nicht benutzbar war. Mit Hallo ließen sie eine Flasche Whisky kreisen, entließen Schlüter-van Dorn mit guten Wünschen, herzlich gemeinten Flüchen und einer starken, neu erwachten Hoffnung, die sie sich kaum selber einzugestehen wagten.

„Ich werde tun, was ich kann", versprach er immer wieder, „verlaßt euch auf mich. Ich lasse euch nicht hängen. Wenn nichts draus wird, kriegt ihr sofort Bescheid!"

Das Flugzeug stand schon mit laufendem Propeller bereit. Schlüter-van Dorn entschloß sich endlich, sich in die sengende Hitze zu stürzen. Er drehte sich noch mehrmals um, winkte zurück und marschierte dann auf das wartende Flugzeug zu. In Sekundenschnelle klebte ihm das Hemd am Körper fest. Die Hitze drückte wie mit Bleigewichten auf seine Schultern und seinen Kopf, den er durch einen Tropenhelm geschützt hatte. Er fuhr sich mit dem Taschentuch zwischen Hals und Kragen. Vor ihm ging eine schlanke Frau, in einen Sari gehüllt, dessen Farbe – ein kühles Blau, von Silberfäden durchzogen – durch den bloßen Anblick geradezu erfrischend wirkte. Die Frau – es mochte auch ein junges Mädchen sein – hielt sich sehr aufrecht; sie hatte einen Zipfel des Saris über den Kopf gezogen, so daß Schlüter-van Dorn nicht einmal ihre Haarfarbe erkennen konnte. Sie trug in der Hand eine Art Schmuckkoffer oder großes Necessaire aus weißem Leder. Dennoch hielt er sie für eine Inderin – soweit er sich überhaupt Gedanken über sie machte. Tatsächlich begann er sich schon darauf zu konzentrieren,

Formulierungen zu finden, durch die er Korff für die Arbeit der Männer in Indraba interessieren konnte. Als er schon in der Flugzeugtür stand, drehte er sich noch einmal um und winkte. Die Frau im blauen Sari entschwand seinem Gesichtsfeld und seiner Erinnerung.

Es war reiner Zufall, daß er sich dann doch neben sie setzte; es lag einfach daran, daß er überhaupt nicht darauf achtete, wo er Platz nahm.

Erst als er ihre Augen auf sich gerichtet fühlte, hob er den Kopf und sah sie an. Er hatte sich getäuscht: Sie war Europäerin, nicht mehr ganz jung, aber sehr gepflegt; und in der Sekunde, da sich ihre Augen begegneten, stellte er fest, daß sie ganz und gar nicht sein Typ war.

Sie sah gut aus, auf eine sehr kühle, distanzierte Weise, aber ihre Lippen waren schmal – zu schmal für seinen Geschmack – und ihre Stirn, aus der sie das dunkle Haar schlicht zurückgebürstet hatte, zu hoch. Vor allem irritierte ihn ihr Ausdruck, ein Ausdruck von skeptischer Intelligenz, den er nicht einmal bei Männern mochte, der ihn bei Frauen geradezu abstieß.

Rasch wandte er die Augen ab, verstaute seinen Tropenhelm unter dem Sitz, schnallte sich an und legte seine Aktentasche, die das Ergebnis seiner Recherchen in Indraba enthielt, auf die Knie. Dann begann er sich in seinen Bericht zu vertiefen, den er nur noch ins reine bringen mußte. Hin und wieder führte er Streichungen durch oder brachte Verbesserungen an. Seine Nachbarin beachtete er überhaupt nicht mehr.

Das Flugzeug rollte über die Startbahn, löste sich vom Boden und hob sich langsam in die Luft wie ein etwas altersschwacher Vogel. Schlüter-van Dorn schnallte sich los, zündete sich eine Zigarette an und warf einen raschen Blick durch das Innere des Flugzeugs. Außer ihm und seiner Nachbarin gab es nur noch drei Passagiere, Inder, wohl Kaufleute, die sich vorübergehend in Indraba aufgehalten hatten Die beiden jüngeren redeten eifrig und mit erhobenen Stimmen aufeinander ein – es war mühsam, den Lärm der alten Maschine zu übertönen. Ein älterer dicker Mann, mit einer Haut wie aus Radiergummi, saß mit geschlossenen Augen da. Er schlief oder meditierte.

Schlüter-van Dorn wandte sich wieder seinem Manuskript zu. Er wußte, daß er auf diesem Flug weder einen Service noch sonstige Abwechslungen zu erwarten hatte. Aber das war ihm ganz recht. Seit Tagen hatte er keine Gelegenheit mehr gehabt, mit sich und seinen Gedanken allein zu sein.

Sie waren ungefähr zwei Stunden unterwegs, als das Geräusch des Motors sich plötzlich veränderte. Der Motor tuckerte und schien sekundenlang auszusetzen. Schlüter-van Dorn fuhr hoch. Das Gespräch der beiden jungen Kaufleute verstummte. Der dicke Mann, der bisher dagesessen hatte wie eine Pagode, riß die Augen auf.

Jetzt lief der Motor wieder gleichmäßig. Schlüter-van Dorn glaubte, sich geirrt zu haben – da ging es wieder los. Der Motor setzte aus, das Flugzeug sackte ab, fing sich wieder.

Schlüter-van Dorn schob seinen Bericht in die Aktentasche zurück und ließ das Schloß zuschnappen. „Verdammt“, sagte er sehr deutlich.

„Was kann uns denn schon passieren?“ sagte seine Nachbarin. Sie sagte es auf deutsch, und es schien etwas wie ein Lächeln in ihrer Stimme zu liegen.

Er fuhr herum. „Sie haben Nerven!“

Sie zuckte mit keiner Wimper. „Sterben müssen wir doch. Dem Tod entgeht keiner. Früher oder später ...“

Der Motor setzte wieder aus, und wieder war es, als fielen sie in ein Luftloch. Diesmal dauerte es länger – fast unerträglich lang, bis der Motor wieder tuckernd zu arbeiten begann.

„Ich für meinen Teil würde ganz gern noch eine Weile leben“, sagte Schlüter-van Dorn bitter. Und er dachte: Dieses verrückte Frauenzimmer hat mir gerade noch gefehlt.

„Wo sind wir?“ fragte er laut. „Sehen Sie doch mal runter!“

Sie mühte sich, durch das kleine Fenster nach unten zu blicken, dann zuckte sie die schmalen Schultern unter dem seidenen Sari. „Ich sehe nur Dschungel.“

„Auch das noch!“

Die beiden jungen Inder waren aufgesprungen, wollten nach vorn zum Flugzeugführer, wahrscheinlich, um ihn über den Stand der Dinge zu befragen – aber gerade in diesem Augenblick setzte der Motor zum drittenmal aus. Sie verloren das Gleichgewicht, stießen gegeneinander und schlugen der Länge nach im Mittelgang hin. Das ist also das Ende, dachte Schlüter-van Dorn, und er spürte ein flüchtiges Bedauern mit den Männern in Indraba, die alle ihre Hoffnungen auf ihn gesetzt hatten.

Diesmal fing sich der Motor nicht wieder. Das Flugzeug sackte in eine bodenlose Tiefe. Schlüter-van Dorn wurde es schwarz vor den Augen, sein Bewußtsein erlosch wie die Flamme einer ausgebrannten Kerze.

15

Heinz Schlüter-van Dorn spürte nichts mehr von dem Aufprall des Flugzeuges.

Als er wieder zu sich kam, glaubte er den Bruchteil einer Sekunde, die Schwelle zum Jenseits bereits überschritten zu haben – im Moment des Erwachens kehrten die letzten Eindrücke, bevor er das Bewußtsein verlor, schlagartig zurück. Er erinnerte sich an das Aussetzen des Motors, das Absacken der Maschine, an die eiskalte Todesangst, die ihn gepackt hatte. Dann spürte er Schmerz, einen heftigen brennenden Schmerz an der Schläfe. Er tastete mit der Hand danach, fühlte klebrige Nässe und begriff, daß er sich verletzt hatte, und im gleichen Augenblick, daß er noch lebte.

Offensichtlich war es dem Piloten noch geglückt, eine Notlandung durchzuführen. Das Flugzeug hing seltsam schief, weil das Fahrgestell genau im Moment des Aufsetzens zu Bruch gegangen war.

Die Stille, die noch in Schlüter-van Dorns Ohren rauschte, wurde durch einen schrillen Schrei zerrissen. Er sah die beiden jungen Inder an sich vorbei zum Ausgang kriechen. Er hörte sie gegen die Tür hämmern, hörte sie fluchen und jammern. Die Tür hatte sich verklemmt, sie ließ sich nicht öffnen. Die beiden jungen Männer taumelten den Gang zurück zum Cockpit.

Auf dem Sitz neben Schlüter-van Dorn lag die Frau im blauen Sari. Er streifte mit einem Seitenblick ihr ebenmäßiges Gesicht. Sie war totenblaß und lag noch in tiefster Ohnmacht.

Von seinem Erwachen bis zu diesem Augenblick waren nur Sekunden vergangen. Plötzlich war er hellwach, überschaute die Situation und begriff, was zu tun war.

Neben dem Platz der Frau im blauen Sari war der Notausstieg. Schlüter-van Dorn öffnete ihn mit geschickten Griffen. Er warf seine Aktentasche hinaus, kletterte über die Frau hinweg und sprang ins Freie. Er kam gut auf, weil der Flugzeugrumpf sich nach dieser Seite neigte. Der Abstand vom Notausstieg zum Boden betrug nicht viel mehr als etwa anderthalb Meter. Schlüter-van Dorn richtete sich auf und bemühte sich, die Frau ins Freie zu ziehen. Das war nicht schwierig, denn sie war federleicht. Auf beiden Armen trug er sie in den Schatten einer mächtigen Korkeiche. Sie war noch immer ohnmächtig.

Er lief zurück, holte seine Aktentasche und legte sie neben die Frau im Sari.

Die beiden Inder und der Pilot, ein stämmiger blondbärtiger Holländer, rannten vom Flugzeug auf ihn zu. Alle drei hatten Verletzungen abbekommen, ihre Augen blickten verstört.

„Alle gerettet?“ schrie der Pilot auf englisch.

Schlüter-van Dorn wollte die Frage schon bejahen, als ihm der dicke Inder einfiel, der den ganzen Flug über in der Haltung eines meditierenden Buddhas dagesessen hatte. Wann hatte er ihn zuletzt gesehen? Er konnte sich nicht erinnern.

„Nein“, sagte er atemlos, „da war noch ein Passagier ...“

Er stürmte zum Flugzeug zurück, aber da war es schon zu spät – weiße, in der gleißenden Sonnenglut kaum sichtbare Flammen züngelten aus dem Motor empor. Nicht der Anblick des Feuers, sondern die infernalische Hitze war es, die Schlüter-van Dorn zurückwarf.

Sekunden später stand das ganze Flugzeug in Flammen, die gierig und rot zum Himmel emporschlugen. Die Männer starrten schweigend auf dieses entsetzliche und grandiose Schauspiel.

„Gott sei seiner Seele gnädig", sagte der Pilot und fuhr sich verlegen mit der breiten Hand über das blonde, schweißverklebte Haar.

„Wahrscheinlich war er schon tot", meinte Schlüter-van Dorn, „oder zumindest bewußtlos. Ich hatte den Eindruck, daß er herzkrank war."

„Vielleicht werden wir ihn noch mal beneiden", sagte einer der beiden Inder. „Er hat es wenigstens hinter sich. Wer weiß, wann man uns hier finden wird."

Schlüter-van Dorn dachte jetzt erst daran, sich umzusehen. Das Flugzeug war auf einer Art Felsplateau gelandet, das nicht größer war als zweihundert Meter im Quadrat. Ringsum brodelte der undurchdringliche Dschungel. Auf dem Felsen selber gab es keine Vegetation außer der Korkeiche, die ihre Wurzeln in einen tiefen, mit Moder und Erde gefüllten Spalt gesteckt hatte. Erst jetzt wurde ihm das Verzweiflungsvolle der Situation bewußt. Sie hatten weder Trinkwasser noch Eßwaren, nicht einmal Waffen, um sich zu verteidigen oder zu jagen, und ob man sie je hier finden würde, war ungewiß.

„Ich mußte von der Route abweichen, um einen Platz zum Landen zu finden", erklärte der Pilot und verstärkte damit noch die Hoffnungslosigkeit, die die vier Männer zu überwältigen drohte.

„Man wird das Feuer sehen", sagte der zweite Inder.

„Wer?" fragte sein Freund. „Bis man uns vermißt, bis man auf die Idee kommt, nach uns zu suchen, ist es längst ausgebrannt."

Schlüter-van Dorn wandte sich ab und schritt in den Schatten der Korkeiche zurück. Er spürte, daß jede Sekunde, die er länger in der glühenden Hitze verbrachte, an seinen Kräften zehrte.

Die Frau im blauen Sari war noch immer ohnmächtig. Er überlegte, ob er ihr die Schläfen mit Eau de Cologne einreiben sollte, um sie wieder ins Bewußtsein zurückzuholen. Aber dann entschloß er sich, gar nichts zu tun. Solange sie bewußtlos war, blieben ihr Angst, Verzweiflung und die Erkenntnis der schrecklichen Situation, in der sie sich alle befanden, erspart. Ihr Gesicht wirkte auch jetzt noch streng, es lag ein angespannter Zug darin, nur ihr schmaler Mund wirkte weicher und gelöster. Während er sie noch betrachtete, schlug sie die Augen auf, kühle, intelligente graue Augen.

„Was ist . . . geschehen?" Sie versuchte sich aufzurichten.

Aber er drückte sie sanft zurück. „Wir sind notgelandet", erwiderte er, „bitte, regen Sie sich nicht auf, es ist schon alles vorüber. Wir sind in Sicherheit."

Sie stellte keine weiteren Fragen, sagte nur: „Sie sind ja verwundet ... nein, fassen Sie nicht an, es darf kein Schmutz hineinkommen. Man müßte die Wunde säubern."

Schlüter-van Dorn ließ das Schloß seiner Aktentasche aufspringen. „Ich habe eine Flasche Eau de Cologne ..."

„Sehr gut." Sie setzte sich auf, nahm ihm das Fläschchen und ein Taschentuch aus der Hand, machte sich geschickt wie eine gelernte Krankenpflegerin an die Arbeit.

Er zuckte ein wenig zusammen, als die scharfe Flüssigkeit mit der offenen Wunde in Berührung kam.

„Sie sind sehr tapfer, Herr ..."

„Mein Name ist Schlüter-van Dorn", sagte er, „Heinz Schlüter-van Dorn."

Sie betupfte sich Hals und Stirn, bevor sie die Flasche wieder zuschraubte. „Und ich bin Liane Grundner", sagte sie lächelnd, „aus Stuttgart ..."

Er schaltete blitzschnell. Mit keiner Miene verriet er, daß ihm dieser Name etwas sagte. Aber er wußte Bescheid. Liane Grundner war die Witwe des vielfachen Millionärs Otto Grundner, der vor zwei Jahren einem Herzinfarkt erlegen war. Seitdem wurden die Grundner-Werke von einem Geschäftsführer betreut, und es hieß in der Branche, daß der Verkauf seither stagnierte. Dabei war die Firma, die sich mit Herstellung und Vertrieb moderner Küchengeräte befaßte, an sich ein durchaus gesundes Unternehmen. Aber der Verlust Otto Grundners war noch nicht überwunden. Seine Vitalität war der Motor der Grundner-Werke gewesen. Auf jeden Fall war Liane Grundner eine steinreiche Frau. Von einer Sekunde zur anderen sah er sie mit anderen Augen an.

„Liane heißt also das Mädchen", sagte er langsam, „das so gern sterben wollte."

Sie errötete leicht. „Habe ich das gesagt?"

„Dem Sinn nach jedenfalls. Kurz nachdem der Motor zu tuckern anfing."

„Ich kann mich nicht erinnern."

„Um so besser", sagte er lächelnd. „Ich hatte schon Angst, Sie würden mir Vorwürfe machen, weil ich Sie aus der Maschine herausgeholt habe."

Sie warf einen Blick über seine Schultern zu dem brennenden Flugzeugwrack hin, wandte aber sofort die Augen wieder ab.

„Sind alle herausgekommen?" Sie klammerte sich erschrocken an ihn.

„Das werden wir bald erfahren", erwiderte er ausweichend.

Er sah grüblerisch auf sie herab. Da lag sie also in seinen Armen, Liane Grundner, die steinreiche Witwe, und es würde ihm nicht schwerfallen, sie zu bezaubern, wenn er es darauf anlegte. Endlich bot ihm das

Leben die Chance, auf die er so lange gewartet hatte – aber wie zum Hohn im falschesten Augenblick. Sie konnte ihm gar nichts nützen, nicht in dieser Situation, denn jetzt ging es nicht um Geld, um Erfolg, um gesellschaftlichen Aufstieg, sondern um das nackte Leben.

Er ließ sie sanft zu Boden gleiten. „Versuchen Sie ein bißchen zu schlafen, Liane“, sagte er, „Sie versäumen nichts.“

„Und was haben Sie vor?“

„Ich möchte mit dem Piloten sprechen. Mal sehen, ob man nicht eine Expedition in den Dschungel organisieren kann, um Wasser oder wenigstens Früchte herbeizuschaffen.“

Er lächelte ihr noch einmal zu, richtete sich auf und trat wieder in die glühende Hitze des Felsplateaus. Er sah die Aasvögel, die in der Luft ihre Kreise zogen, tiefer und tiefer herabkommen, und er erschauerte.

Helga Reimers hatte keine Ahnung von dem, was Schlüter-van Dorn zugestoßen war. Sie wartete einen ganzen Tag mit steigender Ungeduld auf ihn. Sie war nicht ins Geschäft gegangen, um ihn nicht zu verpassen, und sie wagte es kaum, ihren Pudel auf die Straße zu führen, weil sie befürchtete, ihr Geliebter könnte gerade in diesem Augenblick anrufen.

Aber das Telefon blieb den ganzen Tag still. Weder Schlüter-van Dorn noch irgendein anderer meldete sich. Durch ihre Reise an die Riviera, die sie wochenlang von Frankfurt ferngehalten hatte, hatte Helga die meisten ihrer früheren Kontakte eingebüßt. Und seit sie bei Schmidt & Schmidt arbeitete, hatte sie ganz bewußt die alten Verbindungen einschlafen lassen.

Bisher hatte sie sich tapfer gehalten. Sie war selber schon überzeugt gewesen, das Schlimmste überwunden, ins bürgerliche Leben zurückgefunden zu haben – aber an diesem Abend, nach einem Tag des vergeblichen Wartens, wurde die Einsamkeit für sie geradezu unerträglich.

Sie rief gegen zehn Uhr im Frankfurter Hof an. Aber dort konnte man ihr nur sagen, daß Heinz Schlüter-van Dorn zwar erwartet wurde, aber noch nicht eingetroffen wäre. Nach zwölf versuchte sie es noch einmal und bekam den Nachtportier an den Apparat, der ihr jedoch keine andere Auskunft geben konnte als das, was sie schon wußte.

Helga hatte eine Flasche Sekt getrunken, ganz für sich allein, ohne daß sich ihre Stimmung dadurch gehoben hätte. Ihre Sehnsucht schlug in Zorn um, Zorn auf Schlüter-van Dorn, der sie genarrt hatte, Zorn auf die Mutter, die ihr ein Leben aufgezwungen hatte, das ihr sinnlos erschien, Zorn auf sich selber.

Sie entschloß sich, zu Bett zu gehen, und stand schon vor dem Badezimmerspiegel, im Begriff, sich abzuschminken, als das Telefon klingelte. Sie stürzte hin und meldete sich atemlos. Aber nicht Heinz Schlüter-van Dorn war am anderen Ende der Leitung, sondern ein früherer

Kunde, ein Amerikaner, über den Helga kaum mehr wußte, als daß er sich Harry nannte, aus Chikago stammte und bei seinen Stippvisiten in Europa gern bereit war, etwas springen zu lassen. Es dauerte eine ganze Weile, ehe sie überhaupt begriffen hatte, um wen es sich handelte.

„Ach, Harry, du . . . !" sagte sie dann gedehnt.

„Du hast mich schon vergessen, Darling?" fragte er mit seinem breiten amerikanischen Akzent. „Very sorry . . ."

„Aber nein", versicherte sie rasch, „natürlich nicht . . . ich freue mich sehr!"

„Dann ich kann kommen zu dir . . . jetzt gleich?"

Sie dachte an Heinz, der womöglich immer noch eintreffen konnte, und sie sehnte sich nach Lichtern, Menschen, Betrieb.

„Treffen wir uns lieber im Café Expreß", schlug sie vor.

„Wie du willst, Darling", erklärte er bereitwillig, „machen wir uns eine lustige Nacht . . ."

„Ja, das wollen wir, Harry!" rief sie wie erlöst. „Bis nachher dann – ich werde mich beeilen!"

Sie brauchte nicht viel Zeit, um sich zurechtzumachen, sie hatte für Heinz ein verwegenes Kleid angezogen, im Courrèges-Stil, dessen Stoff ein großzügiges geometrisches Muster in Grün, Weiß und Schwarz zeigte. Der Rock endete fünf Zentimeter über den Knien. Sie liebte dieses Kleid, weil es sie jung machte und so gutgelaunt wirkte.

Jetzt legte sie sich nur noch ihre Nerzstola um und warf einen letzten Blick in den Spiegel. Die Perücke mit den kastanienroten Locken, die sie seit Wochen nicht mehr getragen hatte, saß tadellos und war frisch frisiert. Der Pudel Money umtanzte sie, als sie ihre grüne Handtasche aus dem Schrank holte.

„Nein, du kommst nicht mit", sagte sie, „du bleibst hübsch hier und wartest auf mich . . . und daß du mir keinen Radau machst, mein Süßer, sonst kannst du was erleben!"

Sie schlüpfte aus der Wohnung, zog die Tür rasch hinter sich zu und ging mit wenigen Schritten zum Aufzug. Sie hörte Money empört bellen, aber das war ihr egal. Er würde sich schon wieder beruhigen.

Als Kitty eine Viertelstunde später am Bahnhof vorbei in Richtung Kaiserstraße kurvte – sie genoß es, wieder einmal nachts am Steuer ihres weißen Mercedes sitzen zu dürfen, den sie in letzter Zeit nur übers Wochenende benutzt hatte –, tauchte plötzlich eine schmale, leicht verkrümmte Gestalt im Lichtkegel ihres Scheinwerfers auf. Kitty konnte gerade noch auf die Bremse treten. Die Frau vor ihr machte keine Anstalten, beiseite zu springen. Kitty brachte den Wagen wenige Zentimeter vor ihr zum Stehen.

Danach war sie so erschrocken, daß sie sich sekundenlang einfach wie gelämt fühlte. Sie kurbelte das Fenster herunter und schrie: „Verdammt noch mal, sind Sie denn wahnsinnig? Haben Sie keine Augen im Kopf, oder sind Sie lebensmüde?"

Aber da tauchte das Gesicht ihrer Kollegin Irma aus dem Dunkeln auf, ein bejammernswertes, viel zu stark geschminktes Gesicht mit geröteten Augen. „Ich bin's ja ... ich, Irma ... laß mich einsteigen, Kitty!"

„Wozu?"

„Ich muß mit dir reden."

„Das geht jetzt wirklich nicht, ich hab's eilig!"

Aber Irma ließ sich nicht abschrecken. Sie streckte den Arm durch das Fenster, ließ den Riegel der Tür aufschnappen und stieg ein. „Mir geht's ganz dreckig, Kitty", sagte sie, „du mußt mir helfen."

Kitty fuhr den Wagen an den Rand des Bürgersteiges und zog die Handbremse. „Du wolltest dich wohl von mir anfahren lassen, wie? Oder warum bist du mir direkt vor den Kühler gesprungen?"

„Weil ich deinen Wagen erkannt habe."

„Na, das ist aber immer noch kein Grund ..."

Irma legte die Hand auf ihre Schulter, krallte sie in den Nerz.

„Tut mir leid, wenn ich dich erschreckt habe", sagte sie, „aber es gibt Situationen, da weiß man einfach nicht mehr, was man tut. Weißt du, wie ich mir mein Geld verdienen muß? Ich stehe auf der Straße ... Nacht für Nacht. Kannst du dir vorstellen, was das bedeutet?"

Kitty bekämpfte ihr Mitleid und ihren Schrecken. „Dafür kannst du mich doch wohl nicht verantwortlich machen ..."

„Ich habe versucht, dich zu erreichen, die ganzen letzten Wochen", sagte Irma, „ich habe so oft bei dir geklingelt, aber nie hast du mir aufgemacht ..."

„Ich war nicht zu Hause", sagte Kitty kurz angebunden.

„Das glaube ich dir ja, aber jetzt ..."

Kitty unterbrach sie. „Wenn du Geld von mir haben möchtest, Irma, ich habe selber keins. Ich habe nämlich umgeschaltet, ich arbeite wieder ... als Verkäuferin. Mit dem Geld, das ich da verdiene, kann ich nicht mal meine Miete zahlen ..."

„Ich will nichts geschenkt haben", flehte Irma, „ich bin ja bereit, für dich zu arbeiten ... die Wohnung in Ordnung zu halten ..."

„Das ist vielleicht gar keine schlechte Idee. Aber ich muß mir das erst durch den Kopf gehen lassen." Kitty öffnete die Tür an Irmas Seite. „Steig jetzt, bitte, aus ..."

„Nimm mich doch mit!" flehte Irma.

Kitty wurde schwankend. Sie hatte Harry seinerzeit durch Irma kennengelernt, und sie wußte, daß Harry ein gutmütiger Bursche war, der

Irma bestimmt, auch wenn sie nicht mehr attraktiv war, ein warmes Abendessen spendiert hätte.

„Ich werde dir dann auch erklären, wie es so weit mit mir gekommen ist", sagte Irma.

Diese Bemerkung gab den Ausschlag. Kitty wollte sich nicht von Irma den Abend verderben lassen, sie wollte sich nichts vorjammern lassen, ja sie wollte nicht einmal ihre herabgekommene Erscheinung vor Augen haben.

„Nein", sagte sie hart, „es geht nicht. Komm in den nächsten Tagen zu mir ... am besten Sonntag vormittag, dann können wir alles miteinander besprechen. Aber jetzt steig aus."

„Kitty!"

„Oder willst du es darauf ankommen lassen, daß ich Gewalt anwende?"

Irma kroch aus dem Wagen. „Sei mir nicht böse", sagte sie demütig, aber ihr Gesicht war haßverzerrt.

Wortlos schlug Kitty die Tür zu, löste die Handbremse und brauste davon. Im Rückspiegel sah sie Irmas verkrümmte kleine Gestalt, aber sie hatte die Kollegin aus früherer Zeit schon vergessen, noch ehe sie ihren Blicken entschwunden war. Sie fieberte dem Abenteuer, den Lichtern, dem langentbehrten Glanz entgegen.

Es wurde eine turbulente Nacht. Kitty traf nicht nur Harry, sondern noch einige andere ihrer früheren Freier, und man feierte sie im Café Expreß wie eine endlich aus dem Exil zurückgekehrte Königin.

Erst als der Morgen graute, kehrte sie in Begleitung des Amerikaners in ihre Wohnung zurück. Sie hatte sich während der kurzen Heimfahrt seiner leidenschaftlichen Zudringlichkeit kaum erwehren können. Es gelang ihr mit Mühe und Not, ihn noch einmal zu vertrösten, weil sie zuerst ihren Pudel, der sie mit begeistertem Gekläff begrüßt hatte, auf die Straße führen mußte. Als sie wieder heraufkam, war Harry eingeschlafen. Er saß in dem kleinen, mit buntem Chintz überzogenen Sessel im Schlafzimmer und schnarchte mit offenem Mund.

Kitty lockerte ihm die Krawatte, öffnete seinen Hemdkragen, zog ihm die Schuhe aus, aber sie dachte nicht daran, ihn zu wecken. Sie setzte sich in die Küche, zündete sich eine Zigarette an und widmete sich ihrem lange vernachlässigten Notizbuch. Endlich wieder konnte sie ein Datum, einen Namen und einen Betrag einsetzen – und was für leicht verdientes Geld war das gewesen!

Sie ging auch an diesem Tag nicht ins Geschäft.

Zwei Tage lang kämpften die vier Männer und die Frau, die den Flugzeugabsturz im indischen Dschungel überlebt hatten, um ihre Rettung. Es waren die härtesten Stunden, die Heinz Schlüter-van Dorn und Liane Grundner je durchgemacht hatten, aber sie dachten nicht eine Sekunde daran, aufzugeben.

Wasser ließ sich nicht finden, und so ernährten sie sich von Früchten, deren Namen und Verträglichkeit sie nicht kannten. Sie zündeten ein Feuer an, dicht neben dem ausgebrannten Wrack des Flugzeuges, das sie Tag und Nacht in Gang hielten. Das Holz mußten die Männer einzeln, Stück für Stück, aus dem Urwald herbeischleppen, wobei einer der jungen Inder als Arbeitskraft bald völlig ausfiel, weil er zu fiebern begann. Liane Grundner wachte Stunde um Stunde bei diesem Feuer, das ihnen die Raubtiere vom Hals halten und eventuelle Rettungsmannschaften auf sie aufmerksam machen sollte.

Dann endlich, am Mittag des zweiten Tages, während sich die beiden anderen arbeitsfähigen Männer im Dschungel befanden, um Brennholz herbeizuschaffen, sichtete Schlüter-van Dorn ein Flugzeug. Er winkte wie besessen mit der provisorischen Fahne, die sie sich aus einem Bambusrohr und dem Unterhemd des Piloten gemacht hatten. Liane Grundner schwenkte einen brennenden Ast durch die Luft. Sie starrten zum Himmel, wo das Flugzeug eine Schleife zog, und als es ihren Blicken entschwand, sanken sie sich in die Arme.

„Gerettet!“ schrie Schlüter-van Dorn. „Liane ... gerettet!“

Und Liane Grundner, die bisher nicht die geringste Schwäche gezeigt hatte, brach in Tränen aus.

Aber die beseligende Gewißheit, daß die Befreiung nahte, hielt nicht an. Sie waren ihrer Sache schon nicht mehr sicher, als die anderen zurückkehrten. Der Himmel war so gnadenlos blau wie eh und je, und ihnen schien es, als ob sie einer Täuschung zum Opfer gefallen wären. Sicher, das Flugzeug war dagewesen, aber ob man sie wirklich entdeckt hatte? Sie wußten es nicht mehr zu sagen, und die Tatsache, daß sie keine der sehr sachlichen Fragen des Piloten exakt beantworten konnten, bestärkte sie noch in ihrer Unsicherheit.

Am späten Nachmittag sahen sie einen Hubschrauber, der sehr niedrig über das grüne Blättermeer des Dschungels schwebte und sich dann wie ein riesiges seltsames Insekt auf dem Felsplateau niederließ. Jetzt gab es keine Zweifel mehr. Der Weg zurück in die Zivilisation stand ihnen offen.

Der Hubschrauber konnte vorerst nur zwei Personen mitnehmen, Liane Grundner und den erkrankten Inder. Aber der Pilot versprach, am gleichen Tag noch einmal zurückzukommen. Heinz Schlüter-van Dorn sah dem aufsteigenden Hubschrauber mit gemischten Gefühlen nach. Wenn nicht Liane Grundner wäre, so säße er jetzt selber da oben, er hätte sich bestimmt einen Trick ausgedacht, um als erster fortzukommen. Nur Lianes wegen hatte er darauf verzichtet. Er wollte nicht den guten Eindruck, den er mit soviel Selbstüberwindung bei ihr erweckt hatte, zum Schluß noch aus purer Ungeduld verwischen. Aber ob sich seine Anstrengungen tatsächlich lohnen würden? Liane Grundner war, bis auf die flüchtige Umarmung, die nicht ihm als Mann, sondern nur als Schicksalsgenossen gegolten hatte, so kühl wie ein Fisch geblieben.

Schlüter-van Dorn und seine Leidensgefährten warteten mit steigender Nervosität auf die Wiederkehr des Hubschraubers. Kurz vor Einbrechen der Dämmerung traf er ein, und sie wurden in die nächste größere Stadt, nach Varanasi, ausgeflogen.

Dort mußte Schlüter-van Dorn als erstes eine genaue Untersuchung durch einen einheimischen Arzt über sich ergehen lassen, bei der sich nichts Neues ergab. Er war bis auf die bereits verkrustete Kopfverletzung völlig gesund und hatte durch die unfreiwillige Hungerkur einige Kilo abgenommen, was er nur begrüßte.

Auch bei dem Piloten wurden keine ernsthaften gesundheitlichen Schäden festgestellt. Er entschloß sich, mit der nächsten regulären Maschine nach Kalkutta weiterzufliegen, und forderte Schlüter-van Dorn auf, ihn zu begleiten – aber der lehnte ab, unter dem Vorwand, sich erst einmal richtig ausschlafen, sich erholen und mit den nötigsten Kleidungsstücken versehen zu wollen.

Tatsächlich war er entschlossen, die Stadt nicht eher zu verlassen, bis er sich mit Liane Grundner in Verbindung gesetzt hatte, die man zur Beobachtung im Krankenhaus behalten hatte.

Gleich am nächsten Morgen versuchte er sie telefonisch zu erreichen und mußte sich mit dem Bescheid zufriedengeben, daß sie unter den Nachwirkungen eines Schocks litte und nicht gestört werden dürfte.

Erst drei Tage später – drei endlos langweilige Tage, die er in der indischen Provinzstadt verbrachte – wurde er zu ihr gelassen.

Liane Grundner lag in einem Einzelzimmer, dessen Fenster den Blick auf einen staubigen kleinen Park freigaben. Sie wirkte sehr kühl, sehr blaß und viel mädchenhafter, als Schlüter-van Dorn sie in Erinnerung gehabt hatte. Wahrscheinlich lag es daran, daß ihr das dunkle Haar, das sie sonst schlicht aus der Stirn zurückgebürstet trug, lose auf die Schultern herabfiel.

Sie reichte ihm lächelnd die Hand. „Wie nett, Sie wiederzusehen! Ich war überzeugt, Sie wären längst über alle Berge!“

„Hat man Ihnen denn nicht ausgerichtet, daß ich täglich angerufen habe?“ fragte er erstaunt.

„Mir ging es nicht ganz gut“, erwiderte sie ausweichend. „Bitte, setzen Sie sich doch!“

Er zog sich den Peddigrohrsessel an ihr Bett, nahm Platz und holte ein sorgsam eingewickeltes Päckchen aus seiner Jackentasche. „Ich habe Ihnen etwas mitgebracht, Liane“, sagte er, „eine kleine Erinnerung an unser glücklich gemeinsam durchgestandenes Abenteuer.“

Als sie protestierte, packte er selber das Schmuckstück aus, das er sehr sorgfältig ausgesucht hatte – es durfte weder protzig noch zu billig wirken. Es war eine Spange, die dazu bestimmt war, den Sari auf der Schulter zusammenzuhalten, eine sehr kunstvolle indische Goldschmiedearbeit.

„Bitte, nehmen Sie es von mir an, Liane“, sagte er, „es sei denn, daß es Ihnen mißfällt . . . dann haben Sie durchaus das Recht, es mir an den Kopf zu werfen.“

„Es ist entzückend“, erwiderte sie zögernd.

Er hatte die Spange vor sie auf die Bettdecke gelegt. Sie nahm sie auf und drehte sie in ihren blassen Fingern. Er beobachtete sie gespannt.

Sie lächelte ihm überraschend zu. „Da ich mir das Leben von Ihnen habe schenken lassen, Heinz, kann es wohl auch nicht unschicklich sein, ein Schmuckstück von Ihnen anzunehmen!“ Zum erstenmal erwähnte sie, daß er es gewesen war, der sie gerade noch rechtzeitig aus dem Flugzeug gezogen hatte, bevor es in Flammen aufging, und er war sehr froh darüber. Wenn sie es nicht ausgesprochen hätte, wäre er gezwungen gewesen, sie daran zu erinnern, und das wäre ihm doch etwas plump erschienen. „Ich werde mein ganzes Leben in Ihrer Schuld stehen“, fügte sie hinzu.

Er schüttelte den Kopf. „Nein, Liane, wir sind quitt! Ich verdanke Ihnen soviel wie Sie mir. Wenn Sie nicht gewesen wären, hätte ich diese schrecklichen Tage sicher nicht durchgestanden.“

„Aber . . . ich habe doch gar nichts für Sie getan!“

„Sie waren da. Wissen Sie nicht, wieviel die bloße Existenz einer schönen Frau für einen Mann bedeuten kann?“

Sie richtete ihre grauen Augen auf ihn, und es fiel ihm schwer, diesem Blick standzuhalten Er fühlte sich peinlich durchschaut. Aber sie sagte nur, auf die ruhige Weise, die ihr eigen war:

„Ich glaube, wir sollten über diese Dinge einmal ausführlich und in aller Ruhe sprechen . . . wenn ich wieder ganz auf dem Posten bin. Ich habe vor, noch acht oder zehn Tage in Kalkutta zu bleiben.“

Er verstand das versteckte Angebot, aber er war sich darüber klar, daß sie ihn, wenn er darauf einging, für einen Playboy halten mußte, und gerade diesen Eindruck wollte er vermeiden. „Es tut mir leid, Liane“, sagte er, „aber dann werde ich nicht mehr dort sein. Ich bin schon länger in Varanasi geblieben, als ich es verantworten konnte. Ich muß nach Europa zurück. Es geht um wichtige Geschäfte.“

Sie wandte die Augen nicht von ihm. „Wie wenig ich doch von Ihnen weiß.“

„Ich bin Industrieberater. Im Augenblick arbeite ich an einem größeren Auftrag der Firma Horck . . .“ Er schwieg, in der Überzeugung, jetzt auf sie Eindruck gemacht zu haben. Die Firma Horck war ein Begriff. Daß er sie in Verbindung mit seiner Existenz nennen konnte, mußte sein Ansehen heben.

„Und ich habe Sie immer ein wenig für einen ... einen Abenteurer gehalten“, gestand sie.

„Sie können sich bei Herrn Korff über mich erkundigen.“

„Warum sollte ich?“

„Weil ich Sie heiraten möchte!“ erklärte er fast leidenschaftlich. „Ich weiß nichts von Ihnen, Liane, nicht einmal, ob Sie ein Mädchen oder eine Frau sind ... ich weiß nur eines, Sie sind die Frau, nach der ich mein ganzes Leben gesucht habe. Sagen Sie jetzt nicht, daß wir uns noch nicht genug kennen. Wir sind uns in den schrecklichen Dschungeltagen nähergekommen, als es Menschen unter normalen Umständen in Monaten und Jahren gelingt ...“ Er mußte Atem holen und beobachtete, daß seine Worte nicht ohne Wirkung geblieben waren.

„Soll das ein regelrechter Antrag sein?“ fragte sie.

„Ja. Ich muß Ihnen ehrlich gestehen, Liane, daß ich zwar beträchtliche Einnahmen habe, aber noch nicht das, was man als eine gesicherte Existenz bezeichnen kann. Aber ich bin überzeugt, mit einer Frau wie dir an der Seite ... Ich wollte eigentlich noch gar nicht heiraten, ich bin selber ganz überrumpelt, Liane. Aber wir werden es zusammen schaffen! Sag ja ... nichts weiter!“

„Das ...“, sagte sie zurückhaltend, „so schnell ... ich muß erst darüber nachdenken, Heinz ...“

Er stand auf und beugte sich über sie. „Aber du bist frei? Das wenigstens kannst du mir doch sagen?“

Sie nickte.

Er nahm ihren Kopf in beide Hände. „Ich liebe dich, Liane ...“

Es kostete ihn Überwindung, sie zu küssen; er war sicher, daß sie zu den eiskalten Frauen gehörte, die den Männern die Liebe zur Strapaze machen – aber er dachte an die Grundner-Werke, den Reichtum und die Macht, zu der sie ihm den Weg ebnen konnte, und da fiel es ihm auf einmal gar nicht mehr schwer, sie in die Arme zu nehmen.

Sie erwiderte seine Küsse mit einer Glut, die ihn überraschte.

Kitty war nicht beunruhigt darüber, daß Heinz Schlüter-van Dorn nicht wie versprochen in Frankfurt eintraf und auch nichts mehr von sich hören ließ. Sie war nur wütend.

Sie konnte sich nicht vorstellen, daß ausgerechnet ihm, dem selbstsicheren, überlegenen, erfahrenen Mann, etwas zugestoßen war. Sie nahm einfach an, daß ein unvorhergesehener Zwischenfall seine Pläne durchkreuzt hatte – eine Frau, ein Geschäft, vielleicht aber auch nur die unverhoffte Begegnung mit alten oder neuen Freunden, eine Saufpartie, eine ausgedehnte Pokerrunde. Die Nachricht von der Notlandung der unbedeutenden Verkehrsmaschine im tiefsten indischen Dschungel drang nicht bis nach Europa, und selbst wenn es so gewesen wäre, hätte Kitty wohl doch nichts davon erfahren, denn sie las nur die Boulevardzeitungen, und hier vorwiegend die Klatschspalten, Mode- und Kosmetiktips, die Witzseite.

So steigerte sie sich immer tiefer in ihre Wut hinein, und in dieser Wut fand sie die Rechtfertigung dafür, daß sie alle ihre guten Vorsätze über Bord warf, als hätte Schlüter-van Dorn sie darum gebeten, ein neues Leben anzufangen. Dabei wußte sie sehr gut, daß ihm nicht das geringste an ihrer Anständigkeit lag und daß nur ihr eigenes Gefühl für ihn ihr die Kraft gegeben hatte, ihr Leben wenigstens vorübergehend zu ändern. Jetzt war es damit vorbei. Die eine Nacht im ‚Café Expreß' hatte alles verändert. Sie fühlte sich wie ein Fisch, den man endlich wieder ins Wasser zurückgeworfen hatte.

Kitty ging nicht mehr ins Geschäft. Sie nahm ihre nächtlichen Streifzüge durch Frankfurt wieder auf, und bald wurde sie für die Lebemänner der Großstadt wieder zu einer bekannten Erscheinung. Sie bemühte sich, Kontakt zu ihren alten Freiern aufzunehmen, gewann neue hinzu – sie verbannte alle Gewissensbisse, alle Ermahnungen ihrer Mutter, alle Bedenken entschlossen aus ihrem Herzen.

Nur die Angst konnte sie nicht ersticken, die Angst vor den Unbekannten, mit denen sie sich einließ, die Angst vor den Betrunkenen, der Dunkelheit, der Unsicherheit ihrer Existenz. Aber sie lebte von einer Stunde zur anderen, vergaß alles, wenn sie nur genügend Alkohol getrunken hatte und die Kasse stimmte.

Die Briefe ihrer Mutter steckte sie ungelesen in den Küchenschrank. Sie hatte keine Lust, sich jetzt mit ihren Fragen und ihren Ratschlägen auseinanderzusetzen. Sie schob alles Unangenehme von sich weg, dachte aber auch nicht daran, bei Schmidt & Schmidt zu kündigen. „Die werden schon von selbst merken, daß ich nicht mehr komme", redete sie sich ein. Und damit war der Fall für sie erledigt.

Natürlich vermißte man sie im Geschäft – der Chefin fehlte ihre Mitarbeit und Henry Schmidt ihre Anwesenheit, ihr verheißungsvolles Lachen, ihre Blicke, die verstohlenen Berührungen, die sie ihm manchmal zwischen Tür und Angel geschenkt hatte.

„Ich glaube, ich werde heute mal Helga aufsuchen und sehen, wie es ihr geht", sagte er eines Tages, so beiläufig wie möglich, beim Frühstück.

„Was versprichst du dir davon?" fragte seine Frau.

„Na, höchstwahrscheinlich ist sie doch krank!"

„Und du glaubst, sie wird wieder gesund werden, sobald sie dich sieht?" fragte sie spitz.

„Natürlich nicht", erwiderte er unbehaglich.

„Na also, Helga wird schon wiederkommen, sobald sie auf dem Damm ist."

Henry Schmidt wagte nicht zu widersprechen, aber er gab seinen Plan auch nicht auf. Kurz nach dem Mittagessen verließ er seine Frau unter einem Vorwand und fuhr zu dem Appartementhaus, das Helga als ihre Adresse angegeben hatte.

Auf den Schildern an der Haustür suchte er vergeblich nach ihrem Namen, und er wußte nicht mehr recht, was er tun sollte. Er kam zu dem Schluß, daß Helga gar nicht hier lebte – das Haus wirkte zu teuer für eine Verkäuferin –, und wandte sich zum Gehen. Er wollte gerade sein Auto aufschließen, als Helga in ihrem weißen Mercedes vorfuhr. Sie trug ein hochelegantes reinseidenes Kostüm. Neben ihr auf dem Vordersitz stand ein kleiner Pudel und streckte die Schnauze zum Fenster hinaus. Henry Schmidt traute seinen Augen nicht.

16

Helga Reimers stieg aus dem weißen Mercedes. Der Pudel Money war mit einem Satz neben ihr. Helga nahm eine große Tüte aus dem Wagen, schloß ab und richtete sich auf. In diesem Augenblick entdeckte sie Henry Schmidt, der sie immer noch fassungslos anstarrte.

Sie lächelte ihm zu, und ihre grünen Augen funkelten belustigt.

„Hallo", sagte sie, „der fesche Henry! Welche Überraschung..."

Henry Schmidt schluckte. „Fräulein Reimers", sagte er mühsam, „ich muß doch sehr bitten..."

Sie trat auf ihn zu und strich ihm über die Wange. „Aber, aber... warum auf einmal so förmlich?"

Er trat einen Schritt zurück. „Fräulein Reimers, Sie sind jetzt schon seit Tagen Ihrer Arbeit ferngeblieben... Sie haben es nicht einmal für nötig gehalten, sich zu entschuldigen..."

„Na und", erwiderte sie frech, „was hätte das denn geändert?"

Er war so zornig, daß er sie am liebsten geschlagen hätte, gleichzeitig aber begehrte er sie so heftig und mit solch verzehrender Leidenschaft wie nie zuvor. Schwindelig vor Erregung, war er kaum imstande, einen klaren Gedanken zu fassen. „Ist das alles, was Sie mir zu sagen haben?" Er spürte selber, daß seine Hilflosigkeit geradezu lächerlich wirkte.

Helga lachte laut und warf den Kopf in den Nacken. „Du lieber Himmel, Henry, was ist denn los mit Ihnen? Was versprechen Sie sich denn davon, mir hier so eine Szene zu machen?" Sie legte ihre Hand auf seinen Arm. „Wir beide ... wir haben uns doch immer gut verstanden ... oder?"

Er straffte die Schultern, nahm alle Kraft zusammen. „Sie werden jetzt sofort mit mir ins Geschäft fahren", sagte er leise, aber mit fester Stimme.

Sie zog ihre Hand zurück. „Nein", erklärte sie, und ihre Stimme klang sehr entschlossen, „das werde ich nicht. Nie wieder. Ich habe es satt, von früh bis spät hinter dem Ladentisch zu stehen ... mir die Schikanen Ihrer Frau gefallen zu lassen ... bei jeder Gelegenheit Ihre Pfoten auf mir zu spüren ..."

Er schnappte nach Luft. „Das ist ... das ist ungeheuerlich!"

„Die Wahrheit klingt selten angenehm", erwiderte sie gelassen, „aber Sie werden sich damit abfinden müssen. Adieu, Henry."

Sie wandte sich ab und ging auf die Haustür zu.

Henry Schmidt blickte ihr nach. Seine Augen saugten sich an ihrem schmalen Rücken fest, an dem flaumigen Ansatz ihres blonden, kurzgeschnittenen Haares, an den schlanken Beinen. Er spürte, daß sie im Begriff stand, in diesem Augenblick für immer aus seinem Leben zu verschwinden. Gleichzeitig wußte er, daß er sie zurückhalten mußte, gleichgültig wie. Sie hatte den Haustorschlüssel schon ins Schloß gesteckt, als er neben sie trat. „Schön", sagte er mit erzwungener Kälte, „ganz wie Sie wollen, Fräulein Reimers. Wir sehen uns dann also auf dem Arbeitsgericht wieder."

Er drehte sich brüsk um und ließ sie stehen. Es war ihm, als klebten seine Füße am Boden, dennoch zwang er sich, Schritt für Schritt auf seinen Wagen zuzugehen. Als sie ihm folgte und ihn am Ärmel packte, mußte er für Sekunden die Augen schließen. Jetzt, wußte er, war er nahe am Ziel.

„Hören Sie mal", sagte Helga unsicher, „was soll das alles?"

Er wagte nicht, sie anzusehen, denn er war sich bewußt, daß der Triumph nur zu deutlich aus seinen Augen sprach. „Sie sind als Arbeitnehmerin eine Verpflichtung eingegangen, die –"

Sie fiel ihm ins Wort. „Ich habe noch gar kein Gehalt bekommen. Also sind Sie mir was schuldig, nicht umgekehrt!"

Jetzt war er sicher, daß seine Drohung mit dem Arbeitsgericht sie erschreckt hatte. Er fühlte sich sehr stark. „Sie mißverstehen die Situation", erklärte er kühl, „es geht hier gar nicht so sehr um das Geld, als darum, daß Sie sich verpflichtet haben, eine bestimmte Arbeit auszuführen. Sie können jetzt nicht einfach erklären, Sie hätten keine Lust mehr. Wenn Sie die Stellung aufgeben wollen, müssen Sie die vorgeschriebene Kündigungsfrist einhalten. Wo kämen wir denn hin, wenn jeder Mensch einfach nach seinen Launen handeln könnte?"

Sie legte die Stirn in Falten. „Könnte ja auch sein“, sagte sie listig, „daß ich krank geworden wäre ...“

„Das geht in Ordnung, wenn Sie ein ärztliches Attest bringen.“

„Wenn es weiter nichts ist ...“

„Na schön“, sagte er, „wie Sie wollen. Nehmen Sie sich einen Arzt und einen Rechtsanwalt. Vielleicht kommen Sie beim Arbeitsgericht damit durch ... Versuchen Sie's nur! Aber ich schwöre Ihnen, ich werde Sie schon kleinkriegen.“

Helga wußte nur zu gut, daß sie sich keinen Prozeß leisten konnte. Henry Schmidt oder seinem Anwalt konnte es ja möglicherweise einfallen, ihre Mutter als Zeugin zu zitieren – wenn sie daran nur dachte, wurde ihr fast elend. „Nun seien Sie doch nicht so, Schmidtchen“, sagte sie schmeichelnd, „wir beide sind doch nicht von gestern ... wäre doch gelacht, wenn wir uns nicht irgendwie einigen könnten.“

„Ich sehe keine Möglichkeit“, erwiderte er steif.

„Kommen Sie doch erst mal mit mir rauf. Trinken wir 'ne Tasse Kaffee zusammen. Dabei läßt sich alles viel besser besprechen ... in Ruhe sozusagen.“ Sie schob ihre Hand unter seinen Arm und drängte ihn zur Haustür zurück. Erst tat er, als sträubte er sich. Aber es war ihm nicht möglich, die Rolle des Widerstrebenden lange aufrechtzuerhalten. Schon als sie im Lift miteinander hinauffuhren, riß er sie in seine Arme und küßte sie leidenschaftlich.

Sie bog den Kopf zur Seite. „Na, na, na, nicht so stürmisch“, mahnte sie, „nur die Ruhe kann es bringen, Henry!“

In ihren grünen Augen glitzerte der Triumph. Sie wußte, daß sie gesiegt hatte.

Später, als Henry Schmidt gegangen war, machte Kitty eine Eintragung in ihr Notizbuch. Sie hatte in ihrem ehemaligen Arbeitgeber einen neuen Kunden gewonnen.

Viel ist es ja nicht, was er gezahlt hat, dachte sie, aber immerhin! Jetzt weiß er wenigstens, daß ich nicht umsonst zu haben bin.

Sie malte sich mit teuflischem Vergnügen aus, wie er heimlich in die Ladenkasse greifen würde oder, wenn sich dazu keine Gelegenheit ergab, sich den Kopf zerbrechen mußte, um sich Manipulationen auszudenken, durch die er sich Geld beschaffen konnte. Sie wußte, daß es Frau Schmidt war, die die Kasse führte und die Buchhaltung machte, und daß sie jeden Pfennig genau kontrollierte.

Na, die würde staunen, wenn sie plötzlich merken mußte, daß die Einnahmen durch unterirdische Kanäle verschwanden.

Kitty überkam die seltsame Lust, sich an Frau Schmidt zu rächen – wofür, wußte sie selber nicht. Wenn die ehemalige Chefin sie auch nicht gerade mit Güte und Liebenswürdigkeit überschüttet hatte, so hatte sie ihr doch auch nie etwas Böses getan. Da Kitty es aber nicht gewohnt war, sich Rechenschaft über ihre meist ziemlich ungeordneten Gefühle und Gedanken abzulegen, genoß sie das Gefühl der Rache bedenkenlos und mit zügelloser Genugtuung.

Dann klappte sie ihr Notizbuch zu und ließ Money, der heftig an der Tür kratzte, aus der Küche, wo sie ihn eingesperrt hatte. Sie bereitete sich anstelle eines Mittagessens ein paar belegte Brote und fütterte den Hund, während sie aß. Sie fühlte sich ganz glücklich, wie von einem Alpdruck befreit. Endlich fand sie sogar die Kraft, die Briefe ihrer Mutter zu öffnen und zu lesen.

Sie nahm sie aus dem offenen Fach des Küchenschrankes, riß sie auf, überflog sie mit Ungeduld und ohne großes Interesse – es war ihr, als seien alle diese guten, besorgten, liebevollen, mahnenden Worte nicht an sie, sondern an eine Wildfremde gerichtet. Lange saß sie, die Briefe vor sich auf dem Tisch, nachdenklich da. Dann ging sie in ihr Wohnzimmer hinüber, holte Briefpapier und Kugelschreiber, schob das benutzte Geschirr beiseite und begann zu schreiben.

„Liebe Mutti", schrieb sie, „ich habe alle Deine lieben Briefe bekommen. Ich hätte Dir schon längst geantwortet, aber im Geschäft ist soviel zu tun. Wir haben jetzt Inventur gemacht. Da mußten wir alle bis abends zehn Uhr arbeiten. Wenn ich nach Hause kam, war ich dann natürlich todmüde. Morgens muß ich ja immer früh aufstehen. Aber die Arbeit macht mir Freude. Herr und Frau Schmidt sind auch sehr zufrieden mit mir . . ."

Kitty brauchte sich gar nicht anzustrengen, die Lügen flogen ihr nur so zu. Es war höchst einfach. Sie begriff gar nicht mehr, wieso sie es länger als zwei Tage im Geschäft ausgehalten hatte. Es genügte doch vollkommen, wenn die Mutter glaubte, daß sie arbeitete. Niemand konnte schließlich von ihr verlangen, daß sie sich tatsächlich von früh bis spät die Beine in den Leib stand.

Nachdem Kitty sich nach dem Ergehen von Rolf, Karin und dem Vater erkundigt hatte, schöne Grüße auch an André Colbert hinzugefügt hatte, faltete sie den Bogen zusammen, steckte ihn in den Umschlag und verschloß ihn.

Die Briefe der Mutter zerriß sie in unzählig winzige Schnitzel und ließ sie durch den Müllschlucker hinabflattern. Ihr eigenes Schreiben steckte sie in die Handtasche.

Sie wollte es abends einstecken, wenn sie auf Tour ging.

Heinz Schlüter-van Dorns Rechnung ging auf. Das Unausbleibliche geschah. Liane Grundner, die kühle, kluge Liane Grundner, verliebte sich in ihn so sehr, daß sie sich ein Leben ohne ihn gar nicht mehr vorstellen konnte.

Ihr Verstand sagte ihr, daß sie nicht mehr ganz jung war, daß sie nicht der Typ sein konnte, auf den ein so glänzend aussehender Mann wie Schlüter-van Dorn flog – ihr Verstand meldete tausend Bedenken an, aber ihr Gefühl war stärker. Immerhin brachte sie noch die Kraft auf, Erkundigungen über den jungen Mann einzuziehen, obgleich sie sich ihres Mißtrauens schämte. Aber immer, wenn sie allein war, in den wenigen nüchternen Minuten, die ihr blieben, gestand sie sich ein, daß Schlüter-van Dorns Auftreten etwas Hochstaplerisches an sich hatte, daß es nicht ganz überzeugend wirkte.

Aber all ihre hastig angestellten und kostspieligen Nachforschungen ergaben nichts anderes, als daß Heinz Schlüter-van Dorn tatsächlich der Mann war, als der er sich ausgab, ein erfolgreicher, mit gewissen finanziellen Problemen ringender Industriemanager, der zur Zeit einen bedeutenden Auftrag für die Firma Horck ausführte.

Liane Grundner war nicht sicher, ob sie sich von ihm hätte losreißen können, wenn er ein Taugenichts gewesen wäre – die Erkenntnis, daß er ein ernstzunehmender Heiratskandidat war, warf sie fast um.

Sie hatte nach dem Tod ihres Mannes nicht mehr gewagt, auf ein zweites Glück zu hoffen. Jetzt blühte sie auf und fühlte sich fast wieder wie ein junges Mädchen.

Sie drängte geradezu auf eine rasche Eheschließung. Es war Schlüter-van Dorn, der ihren Eifer stoppen mußte.

„Ich möchte in Europa heiraten, ganz feierlich, mit allem Drum und Dran", sagte er, „schließlich ist es für mich das erste Mal, daß ich vor den Traualtar trete, und ich bin auch entschlossen, daß es bei diesem einem Mal bleibt. Also muß doch auch alles seine Richtigkeit haben."

Er überredete sie, zuvor ihre Verwandten und die leitenden Angestellten der Firma Grundner zu verständigen, gab vor, erst seinen Auftrag für Horck erledigen zu müssen – vor allem wollte er deshalb Zeit gewinnen, um noch vor der Eheschließung mit Helga ins reine zu kommen. Er fühlte sich ihr in keiner Weise verpflichtet, aber er kannte sie gut genug, um zu wissen, daß sie durchaus imstande war, etwas sehr Unüberlegtes zu tun. Er wollte nicht riskieren, daß sie von seiner Heirat mit der reichen Witwe aus der Zeitung erfuhr, sondern war entschlossen, es ihr selber zu sagen.

Aber gerade weil sein Zögern so echt war, reizte es Liane zum Widerspruch. Sie hatte Angst, daß alles nur ein Traum sei, daß er seinen Antrag schon wieder bereuen könnte, Angst, ihr eben gewonnenes Glück zu verlieren.

Schließlich einigten sie sich darauf, gemeinsam nach Europa zurückzufliegen. Er sollte in Bochum über seine bisherige Tätigkeit in Indien Rechenschaft ablegen, sie wollte inzwischen alle Vorbereitungen für die Hochzeit treffen.

An einem sommerlichen Spätnachmittag landeten sie in Frankfurt. Liane Grundner wurde vom Chauffeur mit Wagen abgeholt. Der Abschied war kurz, aber für sie sehr schmerzlich. Es kostete sie Mühe, nicht in Tränen auszubrechen. Heinz Schlüter-van Dorn nahm sie in die Arme und küßte sie. Er empfand eine nahezu echte Zärtlichkeit für sie, mit deren Hilfe er sein Leben endlich auf eine solide Grundlage stellen konnte.

Er winkte ihr lange nach. Dann holte er seinen Jaguar aus der Flughafengarage, setzte sich ans Steuer und fuhr geradewegs zu dem Appartementhaus, in dem Helga Reimers lebte. Er nahm sich unterwegs noch die Zeit, einen großen Strauß leuchtend roter Nelken und eine riesige Schachtel Pralinen zu besorgen. Es lag ihm viel daran, im guten mit ihr auseinanderzukommen.

Nachdem er zweimal geklingelt hatte, ohne daß sich etwas rührte, gelangte er schließlich mit einer anderen Bewohnerin, die die Tür aufschloß, ins Haus. Er fuhr mit dem Lift nach oben, klingelte an der Wohnungstür und mußte wieder warten. Der Hund bellte drinnen, aber das war kein Beweis dafür, daß Helga da war. Sie konnte auch ausgegangen sein und ihren Pudel eingeschlossen haben.

Dennoch versuchte Schlüter-van Dorn es noch einmal, jetzt schon einigermaßen verärgert. Wenn er Helga heute nicht erreichte, würde das alle seine Pläne durcheinanderbringen. Er drückte den Zeigefinger mit Ausdauer auf den Klingelknopf, ohne sich an dem rasenden Gebell des Pudels zu stören – aber als die Tür plötzlich aufgerissen wurde, hatte er es fast nicht mehr erwartet.

Helga stand vor ihm, nackt bis auf ein weißes Frottiertuch, das sie sich um den Körper geschlungen hatte. Auf dem Kopf trug sie eine grasgrüne Duschhaube. Auf ihrem ungeschminkten Gesicht perlten Wassertropfen, eine kleine Lache bildete sich langsam um ihre nassen Füße.

Sie starrten einander an, beide überwältigt, wenn auch jeder auf eine andere Weise. Noch nie war sie ihm so schön und so reizvoll erschienen wie in diesem Augenblick, da er gekommen war, um für immer von ihr Abschied zu nehmen.

Der kleine Pudel meisterte als einziger die Situation. Er erkannte Schlüter-van Dorn sofort und sprang mit freudigem Gekläff an ihm hoch.

Helga hatte sich Tag und Nacht nach Heinz gesehnt und nicht einen Augenblick die Hoffnung aufgegeben, ihn wiederzusehen, aber gerade jetzt hatte sie ihn nicht erwartet.

„Heinz!"

Sie breitete die Arme aus, und das Frottiertuch glitt an ihr herab. Nackt und schlank, vor Feuchtigkeit glänzend, stand sie ihm in der geöffneten Tür gegenüber.

Mit einem Schritt war er drinnen, stieß die Tür mit dem Fuß hinter sich zu und nahm sie auf die Arme. Blumen und Pralinen fielen zu Boden. Er trug sie ins Schlafzimmer und bettete sie auf das breite Lager unter dem Deckenspiegel.

Später lag sie bäuchlings quer über dem breiten Bett, durchstöberte genußvoll die große Pralinenschachtel, biß ein Stück nach dem anderen an, um es dann Money, der sie aufgeregt schnuppernd umtanzte, in die Schnauze zu stecken. Dabei hielt sie die Hand hoch in die Luft und amüsierte sich über die possierlichen Sprünge des Pudels, dem sie die große rote Samtschleife, mit der die Pralinenschachtel geschmückt gewesen war, um den Bauch gebunden hatte.

Heinz Schlüter-van Dorn saß, schon wieder völlig korrekt gekleidet, in dem niedrigen, bunt bezogenen Sessel und betrachtete sie aus schmalen, zusammengekniffenen Augen durch den Rauch seiner Zigarette hindurch. Er war sehr unzufrieden mit sich selber. Der Auftakt zu der entscheidenden Aussprache war ganz anders ausgefallen, als er ihn geplant hatte. Es würde sehr schwer sein, ihr jetzt, da sie sich seiner Liebe oder doch zumindest seiner Leidenschaft wieder sicher fühlte, klarzumachen, daß sie sich trennen mußten.

„Du solltest dich nicht so vollstopfen", sagte er ungnädig.

Sie lachte nur. „Das meiste kriegt ja doch Money."

„Dem tut's auch nicht gerade gut."

„Ach was", erwiderte sie unbekümmert, „Money soll doch auch merken, daß heute ein Festtag ist." Sie warf sich auf den Rücken und streckte sehnsüchtig die Arme nach ihm aus. „Ich bin ja so froh, daß du wieder da bist!"

Er rührte sich nicht.

Mit einem Ruck setzte sie sich auf. „Was ist denn los? Willst du mir nicht mal einen Kuß geben?"

„Sieh doch nur in den Spiegel", sagte er kalt. „Du bist ganz mit Schokolade verschmiert."

„Mein Gott, hab dich nicht so!" sagte sie, fuhr sich aber doch rasch mit dem Handrücken über den Mund.

„Du mußt sehr auf dich achten! Du wirkst nur anziehend, solange du bis zu den Fingerspitzen gepflegt bist."

Sie schwang die Beine zu Boden und baute sich in verführerischer Pose vor ihm auf. „Soll das heißen, ich gefalle dir nicht mehr?" Sie stieß ein heiseres, gurrendes Lachen aus, von dem sie wußte, daß es auf jeden Mann aufreizend wirkte. „Sei nicht komisch, Heinz ... du hast mir ja gerade eben noch bewiesen, wie sehr du auf mich fliegst." Sie legte ihm die Hand in den Nacken und wollte sich auf seinen Schoß setzen.

Aber er löste ihren Griff, schob sie mit Entschiedenheit zurück. „Nicht so, Helga! Zieh dir erst etwas Vernünftiges an. Dann wollen wir in aller Ruhe miteinander sprechen."

„In Ruhe? Worüber denn? Hast du wieder einen Geschäftsfreund, um den ich mich kümmern soll?" Sie verlor unter seinem kritischen Blick die Selbstsicherheit. Nur der Trotz hinderte sie daran, sich anzukleiden und zurechtzumachen. Aber unwillkürlich zog sie ihren Morgenmantel enger zusammen.

Er wechselte den Ton. „Komm her, Helga, setz dich!" sagte er freundlich, reichte ihr die angerauchte Zigarette und zündete sich eine neue an. „Es hat doch keinen Zweck, wenn wir uns zanken. Schließlich sind wir beide erwachsene, vernünftige Menschen ..."

Sie hatte sich ihm gegenüber auf die Bettkante gesetzt und einen tiefen Zug aus seiner Zigarette genommen. Jetzt unterbrach sie ihn mißtrauisch: „Was willst du von mir?"

„Nichts. Gar nichts."

„Aber dann ..."

Er beugte sich vor. „Versuch doch endlich zu verstehen, Helga. Ich will nichts mehr von dir. Du kannst mir nichts mehr geben."

Sie fühlte mehr, was seine Worte bedeuteten, als daß sie den Sinn ganz begriff. „Heinz", sagte sie unsicher, „aber ich ... ich verstehe nicht ..."

„Ich habe dich sehr gern, Helga", behauptete er. „Immer noch. Du hast mir einiges bedeutet. Grund genug für mich, daß ich mich deinem Glück nie in den Weg stellen würde ... Sieh mal, und dasselbe erwarte ich jetzt auch von dir."

„Du willst mich loshaben", sagte sie ganz erschüttert.

„Ich muß unsere im Grund ja ohnehin sehr lockere Verbindung lösen, Helga. Ich muß es."

„Wer verlangt das von dir?"

„Die Situation. Ich habe eine sehr reiche und hochanständige Frau kennengelernt, die bereit ist, mir sich selber und ihr Vermögen anzuvertrauen. Es ist unmöglich, daß ich mich unter diesen Umständen hinter ihrem Rücken mit dir treffe ..."

„Ich bin dir also nicht mehr gut genug", sagte sie böse wie ein gekränktes Kind.

„Darum geht es doch gar nicht ..."

„O doch. Genau darum. Als du mich brauchen konntest, da war ich dir gerade recht, aber jetzt ... jetzt, wo eine andere aufgetaucht ist, da glaubst du, du kannst mich ohne weiteres auf den Müllhaufen werfen!"

„Bitte, nimm dich zusammen", sagte er hart. „Du weißt, ich mag diese hysterischen Töne nicht ..."

Sie rutschte vom Bett herunter, umklammerte seine Knie. „Ich liebe dich, Heinz, ich ... Wir haben uns doch immer so gut ergänzt. Alles habe ich getan, was du von mir verlangt hast. Du kannst mich doch jetzt nicht so einfach ..." Ihre Tränen versiegten plötzlich. „Oder ... willst du dich nur an mir rächen, weil ich dir mein Geld nicht gegeben habe? Ist es nur deshalb? Du brauchst keine reiche Frau, Heinz, ich werde für dich sorgen. Verlaß dich darauf, es wird dir an nichts fehlen ..."

Er stieß sie zurück. „Hör auf damit ... das ist ja ekelhaft!" Er sprang auf. „Ich hatte gehofft, du würdest Verständnis haben ... nimm dich doch gefälligst zusammen!"

Sie lag zusammengekrümmt auf dem dicken Teppich. Ihr Körper bebte vor Schluchzen, ihre Schultern zuckten. „Du darfst mich nicht verlassen ... du darfst es nicht!"

Er sah auf sie herab, spürte einen Geschmack wie Galle im Mund. „Kein Theater, bitte. Du weißt genau, ich habe dir nie etwas versprochen. Du hast kein Recht ..."

Sie richtete sich auf. Ihr Gesicht war naß von Tränen. „Ich bekomme ein Kind von dir!" schrie sie heraus.

Diese Eröffnung war so ungeheuerlich, daß er im ersten Augenblick nichts darauf zu erwidern wußte. Er spürte, wie ihm alles Blut aus dem Gesicht wich. Seine Hände wurden feucht. „Das ist nicht wahr!" war alles, was er endlich hervorbringen konnte.

Sie sprang blitzschnell auf die Füße und stürzte auf ihn zu. „Ich ... ich wollte es dir nicht sagen", rief sie, „ich hätte es für mich behalten, ganz bestimmt, wenn du nicht ... Ich wollte dir ja um keinen Preis lästig sein! Aber jetzt ... du kannst mich nicht allein lassen, nicht in diesem Zustand."

„Ich glaube dir kein Wort."

Sie spürte, daß er unsicher geworden war, und trumpfte auf. „Dann frag meinen Arzt! Soll ich dir die Adresse geben? Ich werde ihn anrufen und von seiner Schweigepflicht entbinden ..."

„Vielleicht", erwiderte er langsam, „ist es wirklich wahr, daß du ein Kind bekommst. Obwohl ich das nicht glaube. Ich nehme eher an, du hast dir das nur ausgedacht ... jetzt, in dieser Minute ..."

„Frag doch meinen Arzt!"

„Aber selbst wenn es so wäre, selbst wenn es unzweifelhaft feststünde, daß du Mutter wirst ... wie könnte ich glauben, daß ich der Vater wäre? Du könntest es nicht einmal selber mit Sicherheit angeben."

Sie warf den Kopf in den Nacken und lächelte böse. „Ich weiß es", sagte sie mit Nachdruck, „und ich werde es dir beweisen, wenn es sein muß, vor Gericht. Das wird deine hochanständige Freundin freuen, wenn du in einen Vaterschaftsprozeß verwickelt bist, wie?"

„Dazu wird es nicht kommen", sagte er mit erzwungener Ruhe.

„O doch. Es wird. Glaub nicht, daß du mich mit Geld mundtot machen kannst. Ich werde dir und aller Welt beweisen, daß –“

Er fiel ihr ins Wort. „Darf ich dich daran erinnern, daß eine Frau wie du keinen Alimenteprozeß führen kann? Du scheinst das vergessen zu haben, vielleicht bist du auch schlecht orientiert.“

Sie verstand ihn wirklich nicht, riß die vom Weinen geröteten Augen auf. „Aber wieso denn nicht?“

„Weil du eine registrierte Prostituierte bist.“

Sie erstarrte. Sie standen sich gegenüber, blickten sich in die Augen, aber nicht mehr wie Liebende, sondern mit dem Haß tödlicher Feindschaft. „Du ... weißt es?“ fragte sie fast unhörbar.

„Ich habe es von Anfang an gewußt“, bestätigte er, „so ziemlich von allem Anfang an. Aber ich habe es dich nie spüren lassen, das wirst du zugeben. Und ich hätte es auch jetzt nicht ausgesprochen, wenn du nicht ...“ Er zuckte die Schultern. „Mir blieb keine andere Wahl.“

„Wie gemein du bist! Du bist ja so gemein!“

„Ich gebe zu“, sagte er, jetzt schon wieder sehr sicher, „ich bin kein Edelmensch. Um so leichter wirst du auf mich verzichten können.“ Er verbeugte sich zeremoniell. „Leb wohl, Helga. Ich wünsche dir alles Gute.“

„Und das Kind ... ? Was soll ich mit dem Kind ... ?“

„Wenn du wirklich eins erwartest, was ich sehr bezweifle, so kann ich dir nur raten, genau dasselbe zu machen, was die anderen Huren tun: es nicht zur Welt zu bringen!“ Er nahm Hut und Mantel auf, die er achtlos über einen Hocker geworfen hatte, und trat in die kleine Diele hinaus.

Sie stürzte ihm nach. „Nein“, schrie sie, „so kommst du mir nicht davon! Bilde dir das nicht ein! Ich werde schon herausbringen, wer die andere Frau ist, die du jetzt hereinlegen willst ... ich werde zu ihr hingehen und ihr erzählen ... alles, werde ich ihr sagen, alles!“

Er legte, ohne sie auch nur anzusehen, die Hand auf die Türklinke. „Was kannst du denn schon erzählen“, sagte er verächtlich. „Schließlich ist es kein Verbrechen, wenn sich ein Junggeselle wie ich mit einer Prostituierten amüsiert. Dafür wird auch meine künftige Frau Verständnis haben!“

Sie trat dicht auf ihn zu, und ihre grünen Augen glitzerten. „Auch dafür, daß du mein Zuhälter warst?“

Sein Gesicht verzerrte sich, die Wangenmuskeln strafften sich unter seiner braunen Haut. In seine klaren blauen Augen trat ein so gefährlicher Glanz, daß sie unwillkürlich zurückwich. Er hob die Hände. Eine Sekunde lang sah es so aus, als ob er sich auf sie stürzen würde.

„Nicht“, wimmerte sie, tödlich erschrocken, „nicht!“

Seine Hände sanken herab, sein Gesicht entspannte sich. „Das wirst du bereuen", sagte er tonlos. Lautlos fiel die Tür ins Schloß.

Helga hatte begriffen, daß sie übers Ziel hinausgeschossen war. Heinz Schlüter-van Dorn hatte ihr einen Schrecken eingejagt. Aber dieser Schrecken war nicht von Dauer. Enttäuschung, Wut, Empörung waren stärker. Wenn sie den Namen jener Frau gewußt hätte, deretwegen Schlüter-van Dorn sie von sich gestoßen hatte, hätte Helga sofort etwas unternommen. Sie wäre zu Liane Grundner gefahren, hätte sie angerufen oder ihr zumindest einen Brief geschrieben. Aber dies alles war unmöglich.

Helga war entschlossen, ihren Geliebten nicht so leicht davonkommen zu lassen. Sie war ein Feind aller unnützen Geldausgaben, dennoch war sie nahe daran, eine Detektei mit der Überwachung Schlüter-van Dorns zu betreuen. Dann aber überlegte sie, daß es einen viel einfacheren Weg gab, den Namen seiner zukünftigen Frau zu erfahren.

Heinz Schlüter-van Dorn gehörte zu jenen Menschen, deren Namen von Zeit zu Zeit in den Klatschspalten der Boulevardpresse auftauchten. Bestimmt würde dort etwas über seine Verlobung erscheinen, denn daß seine neue Freundin vermögend war, machte sie in gewisser Hinsicht prominent. Vielleicht stand schon heute in der Abendzeitung etwas über das Pärchen! Eilig zog Helga sich an, nahm ihren kleinen Pudel an die Leine und machte sie auf den Weg zum nächsten Kiosk. Noch auf der Straße, im Weitergehen, schlug sie eine der Abendzeitungen auf und überflog die Klatschspalten. Tatsächlich stieß sie auf Liane Grundners Namen; da er aber nicht im Zusammenhang mit Schlüter-van Dorn erwähnt wurde, besagte er ihr nichts. Ihr Interesse konzentrierte sich auf eine andere Meldung.

„Viktor von Horck", las sie, „der charmante und vielseitige Erbe der Horck-Milliarden, ist gestern abend im ‚Nassauer Hof' in Wiesbaden abgestiegen. Sein Aufenthalt wird in Zusammenhang mit der Anwesenheit der jungen Gräfin Ines Ilsenburg gebracht, die mit ihren Eltern zu einer Kur in Wiesbaden weilt. Man munkelt wieder einmal von einer bevorstehenden Verlobung. Ob aber der begehrteste Junggeselle der Bundesrepublik tatsächlich bereit ist, seine goldene Freiheit aufzugeben, wird in eingeweihten Kreisen doch stark angezweifelt."

Helga riß das Blatt heraus und warf den Rest der Zeitung im Vorbeigehen in einen Papierkorb. Ihr Plan stand fest, noch ehe sie ihre Wohnung erreichte: Sie war entschlossen, nach Wiesbaden zu fahren und sich wieder mit Viktor von Horck in Verbindung zu setzen.

Was sie sich davon versprach, wußte sie selbst nicht genau. Aber das Auftauchen des Playboys erschien ihr wie ein Wink des Schicksals. Sie hatte ihn einmal aufgegeben, weil Schlüter-van Dorn es von ihr verlangt hatte – jetzt war sie endlich frei und konnte ihr Glück schmieden.

Welche Demütigung würde es für Schlüter-van Dorn bedeuten, ihr als der Gattin oder auch nur der Geliebten des jungen von Horck wiederzubegegnen! Und wenn es ihr wider Erwarten nicht gelingen sollte, das alte Feuer in dem früheren Verehrer erneut zu entfachen, so würde sie zumindest einen netten Abend mit ihm verbringen. Wahrscheinlich würde er auch den Namen der Frau wissen, die sie von der Seite Schlüter-van Dorns verdrängt hatte. Helga zog sich mit größter Sorgfalt an. Die bösen Worte Schlüter-van Dorns: „Du bist nur anziehend, wenn du gepflegt bist!" gellten ihr noch in den Ohren.

Sie wählte ein schneeweißes Kostüm mit kniefreiem, leicht ausgestelltem Rock, zog weiße Netzstrümpfe an, weiße Pumps, weiße Handschuhe. Sie hätte gern Schmuck angelegt, aber da sie in Ausübung ihres Berufes ihn nie zu benutzen wagte, hatte sie alles, was einigen Wert besaß, in einem Banksafe untergebracht, und es war schon zu spät, etwas daraus zu holen. So beschränkte sie sich denn darauf, einen künstlichen kleinen Veilchenstrauß an das Revers zu stecken und sich ein grasgrünes Chiffontuch um den Hals zu binden.

Als sie einen letzten Blick in den Spiegel warf, war sie recht mit sich zufrieden: Ihr Gesicht unter dem gekonnt aufgetragenen Make-up wirkte untadelig, die grünen Augen unter den falschen Wimpern, deren Ansatz sie mit einem geschickten Lidstrich kaschiert hatte, leuchteten in geheimnisvollem Glanz, die kastanienroten Locken fielen dicht und glänzend auf ihre Schultern herab.

Helga lockte den Pudel in sein Körbchen, stellte ihm eine Schüssel mit frischem Wasser zurecht, nahm die Nerzstola und verließ ihre Wohnung. Eine knappe Stunde später parkte sie den weißen Mercedes vor dem ‚Nassauer Hof' in Wiesbaden. Es war inzwischen Abend geworden, ein warmer, heller Sommerabend. Die Zeiger der großen Uhr in der Hotelhalle rückten bei Helgas Eintreten auf zwanzig Minuten nach neun vor. Sie ging geradewegs und hocherhobenen Hauptes auf den Empfangstisch zu, nicht zu langsam und nicht zu schnell, ohne die interessierten Blicke sämtlicher Herren zu beachten.

„Guten Abend", sagte sie mit ihrer tiefen, ein wenig heiseren Stimme und trommelte, da man sie nicht sofort betreute, ungeduldig mit den Fingern auf das dunkle, schön polierte Holz.

Ein älterer Herr, der Empfangschef, in dunklem Anzug, kam herbeigeeilt. „Gnädige Frau, was kann ich für Sie tun?"

„Bitte, melden Sie mich Herrn Viktor von Horck ..."

Der Empfangschef stutzte kaum merklich, aber Helga entging es nicht.

„Herr von Horck erwartet mich", erklärte sie mit fester Stimme. „Er ist ein guter Bekannter von mir. Melden Sie ihm Helga Reimers aus Frankfurt!“

Ihre Selbstsicherheit verfehlte nicht ihre Wirkung. Der Empfangschef ging ans Telefon, wählte eine Nummer, wartete, lauschte, schüttelte ein wenig den Hörer. Helga lehnte an dem Empfangstisch und blickte gelassen unter halb geschlossenen Lidern über das elegante Publikum hin. In diesem Augenblick hielt der Lift unten. Ein Boy öffnete von innen die Tür, sprang heraus, riß sie weit auf und – Viktor von Horck trat in die Halle. Er trug nicht die verwaschene blaue Fischerhose, in der er ihr an der Côte d'Azur vertraut geworden war, sondern einen tadellos sitzenden Smoking mit zweireihiger purpurroter Jacke. Sein blondes widerborstiges Haar war sorgfältig geglättet, aber sein Gesicht wirkte noch genauso jung und nichtssagend wie früher. Mit verdrossenen Augen und mürrisch vorgeschobener Unterlippe durchquerte er, ohne nach links und rechts zu sehen, die riesige Halle.

„Danke, da ist er ja schon!“ sagte Helga und schenkte dem Empfangschef ein charmantes Lächeln.

Gleichzeitig löste sie sich vom Empfangstisch und vertrat Viktor von Horck, der die gläserne Schwingtür schon fast erreicht hatte, den Weg. „Hei, Viktor!“ rief sie strahlend.

Er sah sie an, ohne ein Zeichen des Erkennens. „Hei“, sagte er.

„Jetzt sag bloß, du hast mich vergessen! Ich bin Helga, Helga Reimers aus Frankfurt ... Wir haben so nette Tage in Cap d'Antibes zusammen verbracht!“

Er betrachtete sie mit der unwilligen Miene eines kleinen Jungen, den eine ungeliebte Tante zwingen will, Händchen zu geben und einen schönen Diener zu machen. „Na, wie geht's denn“, sagte er – aber es klang durchaus nicht wie eine Frage, an die man hätte anknüpfen können. „Du siehst blendend aus. Nett, dich mal wiederzusehen “

Und schon war er an Helga vorbei. Der Portier riß die gläserne Schwingtür auf.

Sie war so vor den Kopf gestoßen, daß es ihr nicht einmal gelang, mit hinauszuschlüpfen. Sie fühlte sich unendlich blamiert und gedemütigt – es wäre ihr nicht peinlicher gewesen, splitternackt vor all diesen neugierigen und schadenfrohen Augen dazustehen. Vergeblich versuchte sie, sich wenigstens einen großen Abgang zu verschaffen, aber als sie die Halle verließ, wirkte es wie eine Flucht.

Draußen sah sie Viktor von Horck schon am Steuer seines offenen Porsche sitzen. Er hatte den Motor bereits angelassen, der Sportwagen schoß zurück, er riß ihn herum, brauste geradeaus und verschwand in einer Wolke von sommerlichem Staub.

Helga vergrub die Zähne in die Unterlippe, um nicht vor Enttäuschung und Wut laut aufzuschluchzen.

Auf der Rückfahrt nach Frankfurt entwarf sie im Kopf mehr als zehn verschiedene Briefe, die alle an Viktor von Horck gerichtet waren – die ersten voll von Beleidigungen, Verwünschungen und Drohungen. Was sie dann aber in ihrer Wohnung wirklich zu Papier brachte, das waren seidenglatte Worte, in denen sie von einem offensichtlichen Mißverständnis, ihrer Sehnsucht und ihrem Wunsch nach einem Wiedersehen sprach. Die Erinnerung an jenen Heiratsantrag, den er ihr seinerzeit gemacht und sogar schriftlich gegeben hatte, flocht sie sehr raffiniert mit ein, und die Drohung, auf die sie nicht verzichten wollte und konnte, brachte sie in leicht scherzhafter Form an: „Ich kenne einige interessante Leute, die viel darum geben würden, wenn sie wüßten, daß wir beide ... aber warum sollte ich das irgend jemandem auf die Nase binden? Vorläufig habe ich ja auch noch keinen Grund dazu."

Sie verbesserte den Brief noch einmal, schlug im Duden nach, um Fehler zu vermeiden, schrieb ihn ab. Als sie dieses Meisterstück später in den Briefkasten warf, fühlte sie sich schon entschieden besser.

In dieser Nacht gab sie sich hemmungsloser denn je. Es war, als wollte sie sich und aller Welt beweisen, daß nichts und niemand sie kleinkriegen konnte.

„Hauptsache, die Kasse stimmt", sagte sie laut, als sie abschließend Eintragungen in ihr Notizbuch vornahm.

17

In der Nacht von Samstag auf Sonntag kam Kitty gegen drei Uhr früh nach Hause. Allein. Ihr letzter Streifzug war vergeblich gewesen. Dennoch war sie mit ihrem Verdienst zufrieden und im Grunde genommen froh, daß sie zu Bett gehen konnte.

Sie gähnte laut, als sie die Wohnungstür aufschloß.

Wie immer streckte sie die Hand durch den Türspalt und knipste das Licht an, bevor sie die Tür ganz aufstieß. Dann trat sie ein, schloß ab und legte den Riegel vor.

Sie schüttelte die hochhackigen Pumps von den Füßen, ging auf Strümpfen ins Schlafzimmer, knipste sämtliche Lichter an und begann sich auszuziehen. Sie nahm sich die Perücke ab, stülpte sie über einen Holzkopf, gähnte wieder, riß sich die falschen Wimpern herunter, tränkte einen großen Wattebausch mit Reinigungsmilch und wollte gerade anfangen, ihr Gesicht zu säubern, als sie mitten in der Bewegung innehielt – wie merkwürdig, daß der Pudel sie nicht begrüßt hatte. „Money!" rief sie laut. „Frauchen ist da!"

In diesem Augenblick glaubte sie, den Schatten einer Bewegung im Spiegel zu sehen, den Schatten einer dunklen Gestalt. Ihr Herz krampfte sich zusammen vor eisigem Entsetzen. Sie fuhr herum. Ein Messer blitzte vor ihr auf. Sie wollte schreien, aber eine Hand preßte sich auf ihren Mund. Das war das letzte, was Helga Reimers, genannt Kitty, auf dieser Welt wahrnahm: die unbarmherzige Hand, die ihr den Mund zupreßte, die mörderischen Augen nahe vor ihrem Gesicht, das Aufblitzen der kräftigen Klinge.

Dann war alles vorbei Schon der erste Stich traf sie mitten ins Herz. Ihr Bewußtsein erlosch, ihre Augen brachen.

Erst eine halbe Stunde später, als der Mörder die Wohnung verließ, gab der Pudel Laut. Anfangs winselte er nur, kläglich und verstört, dann begann er zu heulen.

Dieses Heulen steigerte sich, als er die Leiche seiner Herrin entdeckte, zu einem wahren Crescendo, das die ganze Nacht anhielt und die Nachbarn beträchtlich störte.

Aber in diesem Haus war es nicht üblich, sich in die Angelegenheiten der Mitbewohner einzumischen. Niemand unternahm etwas. Als Irma am nächsten Morgen an der Wohnungstür klingelte – es war der Sonntag, an dem Kitty sie zu sich bestellt hatte –, heulte der kleine Hund immer noch.

Irma war beunruhigt, nicht Kittys, sondern des Pudels wegen. Sie glaubte nichts anderes, als daß Kitty in dieser Nacht nicht nach Hause gekommen sei, sich irgendwo herumtrieb und den Hund allein in der Wohnung gelassen hätte. Bei allen Fehlern, die sie hatte, besaß Irma eine stark ausgeprägte Gutmütigkeit. Der Gedanke, daß ein unschuldiges Tier leiden mußte, war für sie unerträglich. Sie suchte den Hausmeister auf und bat ihn, Kittys Wohnung zu öffnen, um ihr Gelegenheit zu geben, nach dem Hund zu sehen.

Aber der Hausmeister versicherte ihr, daß Kitty in der vorigen Nacht gegen drei Uhr früh nach Hause gekommen sei, und zwar allein. Er sei sicher, daß sie danach nicht noch einmal fortgegangen wäre, denn er hätte lange schlaflos im Bett gelegen, so daß er das Zuwerfen der Haustür unmöglich überhört haben konnte.

Immerhin begleitete er Irma nach oben, hörte das Heulen des Hundes, der jetzt, durch das Klingeln und die Stimmen alarmiert, verzweifelt von innen an der Wohnungstür kratzte.

„Da stimmt etwas nicht", konstatierte der Hausmeister beunruhigt.

„Aber das habe ich Ihnen doch die ganze Zeit gesagt!" rief Irma. „So öffnen Sie doch die Tür und lassen Sie mich hinein!"

Der Hausmeister schüttelte den Kopf. „Lieber nicht. Wer weiß ... ich werde die Funkstreife anrufen."

Irma wagte nicht zu widersprechen, aber während der Hausmeister in seiner Wohnung telefonierte, zog sie sich still und unauffällig zurück. Sie wollte es auf keinen Fall mit der Polizei zu tun bekommen. Doch sollte sie diesen Schritt bald bereuen, durch den sie sich in den Augen der Polizei ausgesprochen verdächtig machte. Natürlich wurde sie schon wenige Stunden später aufgegriffen und einem scharfen Verhör unterzogen. Es stellte sich heraus, daß sie guten Grund gehabt hatte, Kitty zu grollen, und daß sie überdies dringend Geld gebraucht hatte – in Kittys Wohnung hatte sich nicht ein Pfennig mehr vorgefunden.

Von diesem Verhängnis, das auf sie zukommen sollte, ahnte Irma jedoch in diesem Augenblick noch nichts. Sie war sehr erleichtert, daß sie zehn Häuser entfernt war, als die Funkstreife mit gellendem Martinshorn vorfuhr.

Der Zufall wollte es, daß dieselben Polizeibeamten zur Stelle waren, die vor wenigen Monaten schon einmal in das Appartementhaus gerufen worden waren. Damals war Irma von einem unheimlichen Mann bedroht worden, der, als sie in Kittys Wohnung hinübergeflüchtet war, ihre sämtlichen Kleider und Mäntel von oben bis unten aufgeschlitzt hatte. Der Fall war den beiden Beamten schon gewärtig, als der Hausmeister sich bemühte, mit einem Zweitschlüssel Kittys Wohnung aufzuschließen. Sie schoben ihn beiseite und traten ein.

Das Heulen des Pudels brach ab. Er winselte jetzt jämmerlich, kroch fast auf dem Bauch, ließ die Zunge weit heraushängen und zitterte am ganzen Leibe.

„Schaffen Sie den Hund hinaus“, sagte der eine der beiden Beamten, der große mit dem blonden Haar, „versuchen Sie, ihn irgendwie zu beruhigen. Führen Sie ihn auf die Straße und geben Sie ihm was zu trinken. Wir brauchen Sie hier nicht mehr.“

Der Hausmeister packte den Pudel im Nackenfell, nahm ihn hoch und zog sich zurück, halb erleichtert, halb bedauernd.

Der große blonde Polizeibeamte trat geradewegs ins Schlafzimmer. Sein Kollege folgte ihm wortlos. Aber nach wenigen Schritten blieben die beiden wie angewurzelt stehen. Ihnen bot sich ein Bild des Grauens.

Kitty lag in grotesker Haltung wie eine verrenkte Gliederpuppe auf dem Teppich vor dem Spiegel. Sie war völlig nackt, und ihr Körper wies unzählige grausame Schnitte und Stiche auf. Blut war aus vielen Wunden in den dicken Teppich geflossen und bildete dort jetzt dunkle, verkrustete Pfützen. Kittys Mund war geöffnet wie zu einem lautlosen Schrei, und ihre gebrochenen Augen schienen noch voller Entsetzen auf den Spiegel über dem Bett zu starren.

Der breite Kleiderschrank war aufgerissen. Ohne daß die beiden Beamten sich darüber vergewisserten, zweifelten sie keinen Augenblick daran, daß Kittys Kleider und Mäntel, ihre kostbaren Pelze zerschnitten waren. Der kleinere der beiden Beamten pfiff vielsagend durch die Zähne. Der große Blonde atmete tief, fast keuchend. „Das war der Schlitzer!" stieß er hervor.

Kriminalkommissar Voggenheim, der wenige Minuten später, von den Männern der Funkstreife alarmiert, mit seinem Stab am Tatort eintraf, war nicht dieser Meinung. Er hätte seine Zweifel nicht begründen können, aber irgendwie schien ihm dieser Mord arrangiert.

Zweifellos, die Stiche sahen aus, als ob sie von einem Fallschirmmesser herrührten – die spätere Obduktion sollte diesen Eindruck bestätigen. Aber der Hausmeister sagte aus, daß Kitty ohne Begleitung nach Hause gekommen war. Wie war der Mörder also in die Wohnung gelangt?

Es konnte sich um keine Zufallsbekanntschaft, sondern nur um einen Menschen handeln, der gut genug mit seinem Opfer bekannt war, um sich einen Nachschlüssel zu beschaffen. Denn die Möglichkeit, daß Kitty die Türe versehentlich offengelassen hatte, schied bei ihrer Übervorsicht von vornherein aus. Dafür, daß der Täter Kitty gekannt hatte, sprach auch, daß der Hund, den der Hausmeister als ein lebhaftes, tapferes Kerlchen beschrieb, nicht angeschlagen und seine heimkehrende Herrin auch nicht gewarnt hatte.

War der Hausmeister einer Täuschung zum Opfer gefallen?

War Kitty später doch noch einmal ausgegangen und hatte ihren Mörder mit in die Wohnung genommen?

In diesem Punkt war sich Kriminalkommissar Voggenheim nicht ganz sicher. Er erhielt erst darüber Gewißheit, als ihm wenige Stunden später Irma gegenübersaß – Irma, die zu berichten wußte, daß auch Kitty schon einmal von dem Unheimlichen mit dem Messer bedroht worden war, daß sie ihn von Angesicht zu Angesicht kannte.

Diese Aussage war glaubhaft, wenn Irma auch sonst durchaus nicht die ideale Zeugin war. Sie log, um ihre Schuldlosigkeit zu beweisen, verwickelte sich in Widersprüche und belastete sich, ohne es selbst zu merken. Kriminalkommissar Voggenheim nahm sie in Polizeigewahrsam, obwohl er nicht glaubte, in ihr die Mörderin gefunden zu haben.

Er war nicht sehr enttäuscht, als die Obduktion ergab, daß Kitty nicht nach vier Uhr nachts getötet worden sein konnte, sondern zwischen drei und vier Uhr, zu einer Zeit, für die Irma ein hieb- und stichfestes Alibi hatte. Sie hatte kurz nach drei in angetrunkenem Zustand die Ambulanz des Städtischen Unfallkrankenhauses aufgesucht, um sich eine schmerzstillende Spritze gegen ihr Rheuma zu erbetteln. Sie war dabei an einen jungen, noch unerfahrenen Arzt geraten, der sich auf eine lange, aussichtslose Debatte eingelassen hatte. Sie war aggressiv und bösartig geworden, und der Arzt hatte ihr, um sie loszuwerden, schließlich doch die gewünschte Spritze gegeben.

Merkwürdigerweise schämte sich Irma dieses Zwischenfalls und rückte erst reichlich spät damit heraus. Der junge Arzt bestätigte ihre Aussage. Aber bevor er sie entließ, stellte Kriminalkommissar Voggenheim Irma noch einige Fragen. Sein Assistent hatte inzwischen Kittys dickes Notizbuch durchgearbeitet. Der Sinn der Eintragungen war durchaus eindeutig, das Mädchen hatte über ihre nächtlichen Einnahmen sehr sorgfältig Buch geführt. Nun versuchte der Kriminalkommissar, mit Irmas Hilfe, herauszufinden, welche Männer sich hinter den Spitznamen, Abkürzungen, Buchstaben verbargen.

Das gelang nur zum Teil. Aber immerhin genügte es, verschiedenen guten Bürgern ziemlich peinliche Stunden zu bereiten. Von Irma kam auch der erste Hinweis auf Heinz Schlüter-van Dorn, Kittys große Liebe, und sie wußte auch zu berichten, daß Kitty vor noch nicht sehr langer Zeit wieder einmal als Verkäuferin tätig gewesen war, und zwar in einem Herrenartikelgeschäft.

„Das bringt uns ein ganzes Stück weiter", sagte Voggenheims Assistent hoffnungsvoll, als Irma endlich hatte gehen dürfen.

Der Kriminalkommissar unterdrückte einen Seufzer. „Ein Stück weiter im Kreise herum, meinen Sie. Wer sagt uns denn, daß ihr Mörder überhaupt im Notizbuch steht? Daß er ein zahlender Kunde war?"

„Wir müssen eben den ganzen Bekanntenkreis des Mädchens durchkämmen."

„Das müssen wir und das werden wir, obwohl ich durchaus nicht sicher bin, daß etwas dabei herauskommt. Nichts ist schwerer zu klären als ein Mord an einer Prostituierten. Mädchen, die auf der Straße Bekanntschaft suchen, egal ob an der Ecke oder aus einem Mercedes heraus, bieten sich ja geradezu selber als Zielscheibe an ... für jeden Verrückten, jeden Abartigen, jeden Verbrecher."

Der Assistent durchblätterte nochmal das Notizbuch. „Immerhin scheint sie einen festen Kundenkreis gehabt zu haben."

„Macht die Sache auch nicht besser", behauptete Voggenheim pessimistisch, „da sind Herren darunter, die man nur mit Samthandschuhen anfassen darf ... Der Teufel soll die ganze Geschichte holen!"

„Ist diese Kitty nicht das gleiche Mädchen, das eine Zeitlang mit dem Horck-Erben liiert war?"

„Sieht so aus", erwiderte der Kriminalkommissar, „das hat sie jedenfalls nach ihrer Rückkehr von einem Ausflug an die schöne blaue Riviera bei der Sitte aktenkundig gemacht."

„Wollen Sie sich den jungen Herrn auch vorknöpfen?"

„Den wollen wir erst mal unauffällig unter die Lupe nehmen. Machen Sie das. Fahren Sie nach Wiesbaden und versuchen Sie herauszubekommen, wo sich der Knabe in der Mordnacht aufgehalten hat."

„Brauchen Sie mich denn nicht hier in Frankfurt?"

Kriminalkommissar Voggenheim sah auf seine Armbanduhr. „Nein. Ich werde heute noch nach Bingen fahren. Ich möchte mir die Familie der Toten ansehen. Es wäre mir lieb, wenn einer der Angehörigen sie identifizieren würde."

Der Assistent runzelte die Stirn. „Aber wieso denn, Herr Kommissar? Der Hausmeister hat sie doch einwandfrei erkannt, und auch diese Irma –"

Voggenheim fiel ihm ins Wort. „Ja, als das Mädchen, das sie unter den Namen Helga Reimers alias Kitty kannten. Daß sie Kitty war, steht fest . . . ob es sich bei ihr aber um die echte Helga Reimers handelt, das müssen wir erst feststellen. Und darum fahre ich jetzt nach Bingen."

Familie Reimers saß beim sonntäglichen Abendbrot, als es an der Wohnungstür klingelte.

Karin sprang auf, als habe sie auf dieses Zeichen nur gewartet. „Das ist André!"

Paul Reimers reckte das Kinn. „Das sollte dich nicht hindern, dennoch fertig zu essen."

„Vati hat recht", bestätigte Anna Reimers rasch, „mach du auf, Rolf! Sag André, daß wir noch beim Essen sind . . . bitte ihn, zu warten."

„Schon recht", sagte Rolf gleichmütig. Er legte seine Serviette auf den Tisch, stopfte sich noch einen Bissen in den Mund und ging zur Tür.

Karin setzte sich mit mißmutigem Gesicht wieder hin. Inzwischen klingelte es ein zweites Mal.

„Wollt ihr nicht heute bei uns bleiben, André und du?" fragte Frau Reimers. „Oder habt ihr was Besonderes vor?"

„Also ehrlich gestanden . . .", begann Karin.

Sie sollte nicht mehr dazu kommen, den angefangenen Satz zu beenden. Denn in diesem Augenblick kam Rolf zurück.

„Draußen ist ein Herr", sagte er.

Karin lachte. „Laß doch den Unsinn! Sag André, er soll reinkommen. Eure alten Witze ziehen nicht mehr bei uns."

„Es ist wirklich nicht André", sagte Rolf unbehaglich, „sondern ein fremder Herr. Aus Frankfurt."

Bei dem Wort „Frankfurt" wechselten Frau Reimers und ihr Mann einen raschen Blick. Beide dachten sofort an Helga.

„Hast du ihm denn nicht gesagt, daß wir beim Essen sind?" fuhr Paul Reimers seinen Sohn an.

„Doch. Aber er sagte, es sei wichtig und deshalb . . ."

Die angelehnte Tür zum Flur wurde geöffnet und Kriminalkommissar Voggenheim trat in das Wohnzimmer. „Entschuldigen Sie bitte die Störung", sagte er, „es ist tatsächlich sehr wichtig . . ." Er sprach sehr höflich, nahm aber seinen Hut nicht ab.

„Wir kennen Sie ja gar nicht!" protestierte Paul Reimers. „Wer sind Sie? Was wollen Sie?"

„Es handelt sich um Ihre Tochter Helga ..." Der Kommissar machte eine kleine Pause und beobachtete aufmerksam die Gesichter der vier Menschen, die um den Tisch versammelt waren. „Ich bin Kriminalkommissar Voggenheim!"

Alle starrten ihn jetzt an, bestürzt, verwirrt, verständnislos und ahnungsvoll.

Paul Reimers reagierte als erster. Hart schob er seinen Sessel zurück und stand auf. „Ich habe keine Tochter dieses Namens!" Er ging mit steifem Nacken an Kriminalkommissar Voggenheim vorbei zur Tür.

„Paul!" Frau Reimers machte eine Bewegung, als wollte sie ihren Mann zurückhalten. Als sie sah, daß es zwecklos war, wandte sie sich dem Kriminalkommissar zu.

„Sie müssen unseren Vater entschuldigen", sagte Karin rasch.

„Ist Helga etwas ... zugestoßen?" fragte Anna Reimers.

„Ja", erwiderte der Kriminalkommissar, „leider".

Anna Reimers wurde sehr blaß, ihre Hände verkrampften sich auf der Tischdecke. „Ist sie ... tot?" fragte sie mühsam, gleichzeitig tief entsetzt und doch ungläubig.

„Es tut mir leid", sagte der Kriminalkommissar.

Eine Sekunde lang sah es aus, als ob Anna Reimers zusammenbrechen würde. Aber dann straffte sie die Schultern. „Kann ich ... zu ihr?"

„Ich bin gekommen, um Sie darum zu bitten."

Anna Reimers stand auf. „Danke. Ich werde mir nur etwas überziehen."

„Was ist denn überhaupt geschehen?" rief Karin. „Ich verstehe gar nichts!"

„Meinst du ich?" stimmte Rolf ihr zu.

„Sie hatte mir versprochen", sagte Frau Reimers, blaß bis in die Lippen, „ihren Mercedes zu verkaufen ..." Ihre Augen starrten ins Leere.

„Ihren ... was?" riefen Karin und Rolf fast gleichzeitig.

„Es ist nicht auf der Straße passiert", erklärte der Kriminalkommissar, „sondern in ihrer Wohnung." Mit einem Widerstreben, über das er sich selber wunderte, fügte er hinzu. „Sie ist ermordet worden. Es hat keinen Zweck, Ihnen das zu verheimlichen, Sie müssen es ja doch erfahren. Schon morgen wird es in allen Zeitungen stehen."

Jetzt wurde auch Karin blaß und ließ sich auf ihren Stuhl zurücksinken. „Ermordet?" flüsterte sie fassungslos. „Von wem?"

„Das wissen wir nicht."

„Aber ... Sie müssen doch eine Ahnung haben ... eine Spur! Helga

... nun ja, sie war ein bißchen leichtsinnig, aber sie hat doch keiner Fliege etwas zuleide getan ..."

„Sie war sehr leichtsinnig", erwiderte Kriminalkommissar Voggenheim mit Nachdruck, „sie hat einen unsoliden Lebenswandel geführt." Er warf einen prüfenden Blick auf Anna Reimers' starres Gesicht. „Ich verletze Ihre Gefühle nur sehr ungern ..."

„Ich wußte es", sagte sie tonlos, „ich wußte es schon seit einiger Zeit. Helga war eine registrierte Prostituierte." Sie wandte sich an Karin und Rolf. „Deshalb ist Vati nicht in die gehobene Beamtenlaufbahn übernommen worden. Es war nicht seine Schuld. Es war wegen Helga."

„Und ... das hast du uns nicht gesagt?" Karin schrie diesen Satz ihrer Mutter ins Gesicht wie eine Anklage.

„Das hätte doch keinen Sinn gehabt", erklärte Anna Reimers müde.

„O mein Gott, wenn das André erfährt!" stammelte Karin. „Wo seine Eltern doch so penibel sind ... Nie werden sie erlauben, daß er mich heiratet! Meine Schwester eine Prostituierte ... in ihrer Wohnung ermordet ... von einem unbekannten Mann! Entsetzlich."

„Im Gymnasium kann ich mich nicht mehr blicken lassen", sagte Rolf bedrückt. „Nein, das würden mir die Lehrer nie verzeihen ... und die Schüler würden mich bis ans Lebensende damit hänseln. Verdammt. Mit dem Studium ist's Essig."

Anna Reimers sah ihre Kinder an. Sie fühlte sich plötzlich entsetzlich einsam. „Es wird für euch nicht einfach werden", sagte sie mühsam, „aber ihr lebt. Denkt immer daran: ihr lebt. Und Helga ist tot. Sie ..." Ihre Stimme brach. Ohne ein weiteres Wort verließ sie das Zimmer.

Kriminalkommissar Voggenheim sah Karin an. „Ich glaube, Sie sollten Ihre Mutter begleiten", sagte er. „Die Identifizierung wird ... nun, nicht gerade angenehm sein."

Aber Karin hörte ihm gar nicht zu. Von der Straße herauf klang ein kurzes Hupen. „André!" rief sie und stürzte hinaus.

„Ich könnte mit meiner Mutter fahren, Herr Kriminalkommissar, wenn's Ihnen recht ist", erbot sich Rolf tapfer.

Voggenheim winkte ab. „Nein, das ist nichts für dich. Aber", fügte er nach einer kurzen Pause hinzu, „du wirst noch Gelegenheit genug haben, deiner Mutter zur Seite zu stehen. Sie braucht dich jetzt. Sehr sogar."

Karin und André saßen dicht nebeneinander im Wagen, als das Polizeiauto mit Frau Reimers abfuhr. Stammelnd, überstürzt, mit sichtlicher Überwindung, immer wieder von Schluchzen unterbrochen, hatte Karin ihrem Verlobten das unglückselige Schicksal ihrer Schwester erzählt. Er hatte stumm gelauscht, und nur die Hast, mit der er an seiner Zigarette zog, verriet, wie erregt er tatsächlich war.

„Nun sag doch etwas!“ drängte Karin. „Sitz nicht einfach da! Was sollen wir jetzt tun? Wie soll es weitergehen?“

„Wir werden zum festgesetzten Termin heiraten“, sagte er gepreßt.

Sie suchte seinen Gesichtsausdruck zu deuten. „Ist das dein Ernst? Nein, André, so einfach ist das nicht. Denk doch an deine Eltern!“

„Ich bin ein erwachsener Mann, Karin, und ich liebe dich. Für jeden Mann kommt einmal die Stunde, da er sich zwischen seinen Eltern und der Frau, die er liebt, entscheiden muß.“

„Die Bingener werden mit Fingern auf uns weisen.“

„Das macht nichts, solange wir uns lieben. Erst wenn ich dich jetzt sitzenließe, hätten sie wirklich ein Recht, mich zu verachten.“

„André“, sagte Karin, „ich liebe dich sehr, das weißt du. Aber ich könnte es nicht ertragen, wenn du . . . ich meine, wenn du nur aus Anstand bei mir bliebst. Du kannst leicht ein anderes Mädchen bekommen. Ich will nicht dein ganzes Leben verderben. Und ich will es mir auch nicht später vorhalten lassen . . .“

Er drückte seine Zigarette aus, nahm ihren Kopf in beide Hände. „Unsinn, Liebling. Stell dir vor, mein Vater hätte Bankrott gemacht . . . betrügerischen Bankrott von mir aus. In der Verzweiflung hätte er meine Mutter und sich selber umgebracht. Wäre das ein Grund für dich, mich zu verlassen?“

„Nein“, antwortete sie, „aber . . . das ist etwas anderes –“

Er fiel ihr ins Wort. „Es ist genau dasselbe. Ich liebe dich, und ich will dich nicht verlieren, und damit basta!“

„O André!“ Sie küßten sich lange, mit einer ganz neuen, beseligenden Zärtlichkeit.

Auf der Fahrt nach Frankfurt saß Anna Reimers auf dem Rücksitz des Polizeiautos, bewegungslos, mit gefalteten Händen. Ihr müdes Gesicht zeigte nicht eine Spur von Schminke. Sie trug einen sehr konventionellen schwarzen kleinen Hut – und doch fühlte sich Kriminalkommissar Voggenheim stark von ihr beeindruckt. Sie war eine einfache, fast unscheinbare Frau, sie war nie schön gewesen, nie reich, sie war nicht besonders klug oder gebildet. Ihr Leben war scheinbar in geordneten Bahnen verlaufen, und doch hatte sie viele Höhen und Tiefen kennengelernt. Sie hatte alle Schicksalsschläge hingenommen und war mit ihnen fertig geworden, allein aus der großen Kraft ihrer Liebe heraus. Kriminalkommissar Voggenheim hatte das Gefühl, ihr ein paar Worte sagen zu müssen. Er wandte sich zu ihr um. „Wir werden selbstverständlich alles tun, um den Mörder dingfest zu machen, Frau Reimers.“

Sie öffnete langsam die Augen und sah ihn an. „Das ist wohl Ihre Pflicht“, sagte sie, „aber Sie müssen es nicht Helgas wegen tun oder meinetwegen. Nicht aus Rache, meine ich. Die Rache macht nichts wieder gut und niemanden mehr lebendig." Sie sagte das so entschieden, als wäre damit zu diesem Thema alles gesagt, was zu sagen war.

„Trotzdem", fuhr er fort, „wenn Sie uns vielleicht einen Hinweis geben könnten ..."

Sie schüttelte den Kopf. „Ich kann Ihnen nicht helfen. Mich interessiert auch nicht, wer es getan hat. Es war ihr Schicksal. Nie hätte ich gedacht, daß es so kommen würde, und doch ... jetzt scheint es mir, als ob Helga geradewegs in ihren Tod hineingelaufen wäre ... als ob sie ihn herausgefordert hätte ..."

„Das kann wohl sein", stimmte er ihr zu. „Hat Sie Ihnen etwas über ihre Beziehungen zu einem gewissen Schlüter-van Dorn erzählt?" fragte er dann. „Oder über Viktor von Horck? Und wie stand sie zu ihrem letzten Chef, diesen Herrn Henry Schmidt?"

Aber Frau Reimers hatte die Augen schon wieder geschlossen. Sie schüttelte nicht einmal den Kopf. Sie beantwortete einfach keine Fragen mehr. Und Kriminalkommissar Voggenheim wagte es nicht, sie noch einmal zu stören. Er wußte, daß er aus dieser Frau nichts herausbringen würde.

In Frankfurt half er ihr aus dem Wagen, nahm sie am Arm, führte sie in das Büro des Leichenschauhauses und erledigte die wenigen Formalitäten, ohne sie loszulassen. Trotz ihrer aufrechten Haltung hatte er das Gefühl, daß sie von einer Sekunde zur anderen zusammenbrechen könnte. Sie fuhren mit dem Lift in den Keller hinab, in jene eisig kalten Räume, in denen es nach Tod und Desinfektionsmittel roch. Ein alter Mann im weißen Kittel zog eine der großen Schubladen aus der Wand, die lautlos auf gutgeölten Rollen herausglitt.

Kriminalkommissar Voggenheim schlug einen Zipfel des weißen Lakens zurück, gerade so weit, das Helgas starres, verzerrtes Gesicht sichtbar wurde.

„Ja", sagte Anna Reimers, „ja, das ist sie ... mein armes Kind."

Kriminalkommissar Voggenheim bedeckte das Gesicht der Toten und packte Frau Reimers' Arm.

Aber sie schwankte nicht. „Sie war so schön, so voller Gier und voller Leben ... mein armes, armes Kind."

„Sie hat nicht gelitten", sagte der Kriminalkommissar rasch, „sie hat kaum etwas gespürt ... es muß ganz schnell gegangen sein." Er führte Anna Reimers zum Lift zurück.

Sie sah ihn an. „Ich danke Ihnen, daß Sie mir das gesagt haben."

Er räusperte sich. „Es ist übrigens ziemlich sicher, daß sie sich eine beträchtliche Summe erspart hat. Die genauen Zahlen wissen wir noch nicht, aber immerhin ... Sie und Ihr Gatte haben natürlich Anspruch auf die Erbschaft."

Ihre Augen weiteten sich. „Sie glauben, wir wollen uns an diesem Geld bereichern?"

„Es steht Ihnen zu, Frau Reimers. Wenn Sie die Erbschaft ausschlagen, fällt das Geld an den Staat. Ich meine doch, Sie sollten versuchen, die Dinge ohne Sentimentalität zu sehen."

„Das Geld", sagte Anna Reimers, „hat Helga zugrunde gerichtet, dieses verdammte Geld ... und die Männer, die es ihr gaben. Nein, wir wollen das Geld nicht. Soll sich daran bereichern, wer will. Wir nicht. Es würde uns vergiften."

Sie traten auf die Straße. Obwohl Anna Reimers' Augen weit geöffnet waren, nahmen sie nichts wahr. Kriminalkommissar Voggenheim war es, der die anderen zuerst sah – Paul Reimers, Karin, André Colbert und Rolf, die neben Andrés Wagen im Schein einer Laterne standen.

„Frau Reimers", sagte er, „ich glaube, Sie werden erwartet ..."

„Mutti!" riefen Karin und Rolf.

Paul Reimers kam seiner Frau entgegen. „Wir wollen dich abholen, Anna", sagte er unbeholfen. „Es war Karins Idee, und weil André doch den Wagen da hatte ..."

„O Paul", sagte Anna Reimers, „Paul ..." Es war, als verließe sie in diesem Augenblick alle Kraft. Sie sank an seine Brust.

„Unser armes, armes Kind ..."

Kriminalkommissar Voggenheim nickte Paul Reimers über ihren Kopf hinweg zu, und er führte sie zu Andrés Wagen. Anna Reimers weinte bitterlich, aber diese Tränen lösten ihren Schmerz, ihre Verzweiflung, ihre Angst und ihr Elend.

Sie war nicht allein. Ihre Lieben waren bei ihr. Sie waren eine Familie, eine trotz allem unversehrte Familie. Und wenn die ganze Welt sich gegen sie verbündete, das wußte Anna Reimers in dieser Minute, niemand konnte ihnen etwas anhaben, solange sie nur ganz fest zusammenhielten.